HAROLD ROBBINS

# Der Seelenfänger

*Buch*

Andrew Talbot hat das Grauen des Vietnam-Krieges überlebt, jetzt fühlt er sich dazu berufen, als Prediger Gottes Wort zu verkünden. Diese Mission wird für den jungen Mann schließlich zum Multi-Millionen-Dollar-Geschäft. Der neue Superstar der Evangelisation ist der geborene Führer und verfügt über eine außerordentliche Ausstrahlung, die ihre Wirkung besonders auf Frauen nicht verfehlt.
Um seinerseits eine religiöse und politische Rückbesinnungswelle einzuleiten, verbündet sich der stockkonservative texanische Millionär Jake Randle mit Talbot. Bald heiratet dieser die schöne Jane, Randles Tochter, ohne freilich auf seine gewohnten Seitensprünge zu verzichten, in deren Folge sich Jane mit dem Gedanken an Scheidung trägt.
Nun müßte Talbot sich eigentlich um seine Frau kümmern; doch hat er gerade jetzt ganz andere Sorgen. Sein rassistisch eingestellter Schwiegervater macht ihm nämlich die Hölle heiß, weil er in einer seiner Fernsehsendungen einen farbigen Priester hat auftreten lassen. Randle zettelt eine Kampagne an, die nur ein Ziel hat: Talbot zu vernichten.

*Autor*

Harold Robbins, 1916 in New York geboren, schrieb 1948 seinen ersten Roman. Heute gehört er zu den meistgelesenen Autoren der Welt. Seine Bücher erschienen in einer Gesamtauflage von über 200 Millionen Exemplaren und wurden in alle wichtigen Sprachen übersetzt.

Außer dem vorliegenden Band sind von Harold Robbins
als Goldmann-Taschenbücher erschienen:

Adieu, Janette. Roman (8400) · Hollywood. Roman (9140) · Piranhas. Roman (42172) · Die Unsterblichen. Roman (8516) · Die Begehrlichen. Roman (43960) · Die Macher. Roman (44105) · Die Spekulanten. Roman (43596) · Adieu, Jeanette/Der Seelenfänger. Zwei Romane in einem Band (11645)

# Harold Robbins

# Der Seelen-fänger

Roman

Aus dem Amerikanischen
von Wolf Tannenberger

GOLDMANN

Ungekürzte Ausgabe
Titel der Originalausgabe: Spellbinder
Originalverlag: Simon and Schuster, New York

*Umwelthinweis:*
Alle bedruckten Materialien dieses Taschenbuches
sind chlorfrei und umweltschonend.

Der Goldmann Verlag ist ein
Unternehmen der Verlagsgruppe Random House GmbH

Genehmigte Taschenbuchausgabe 7/85

Umschlagentwurf: Design Team München
Umschlagfoto: Frank Schott, Köln
Druck: Elsnerdruck, Berlin
Verlagsnummer: 6830
MV · Herstellung: Peter Papenbrok/sc
Made in Germany
ISBN 3-442-06830-4
www.goldmann-verlag.de

17 19 20 18 16

# I

# Jesus ist Liebe

# Erstes Kapitel

»He, Preacher!« Es sollte ein Schrei werden, aber in der schwülen Dschungelluft blieb nur ein heiseres Flüstern.

Im Unterholz war ein Rascheln zu hören, ein Vogel flüchtete kreischend in die Baumkronen, dann wieder Schweigen. Preachers Stimme war gelassen und ruhig. »Wo bist du?«

»Hier drüben im Loch. Mensch, Preacher, beeil dich, es hat mich ganz böse erwischt!«

Preachers Kopf und Schultern wurden über dem Rand des Granattrichters sichtbar. Er sah auf den verwundeten schwarzen Soldaten hinunter und nickte ihm zu. Dann ließ er sich auf den Ellbogen in den Krater hinabgleiten, drehte sich ungeschickt um und setzte sich hin. Seine Uniform war so mit Schlamm verschmiert, daß sich die weiße Armbinde mit dem roten Kreuz kaum davon abhob. Er streifte den Tornister mit dem Verbandszeug vom Rücken und stellte ihn neben sich auf den Boden. »Wo hat's dich erwischt, Washington?« fragte er, während er ohne aufzuschauen seinen Tornister aufschnürte.

Der schwarze Soldat packte ihn zitternd am Arm. »Ich muß sterben«, sagte er. »Nimmst du mir die Beichte ab, Preacher?«

»Bist du bekloppt, Joe? Du bist doch überhaupt nicht katholisch, und ich bin kein Priester.«

»Na und?« flüsterte Joe. »Die Leute nennen dich Preacher, also mußt du ein Geistlicher sein.«

»Nein, bin ich nicht«, sagte Preacher. »Ich bin noch nicht mal Vikar.«

»Wir wissen doch alle, daß du ständig eine Bibel mit dir herumträgst.«

»Das hat gar nichts zu sagen«, erwiderte Preacher.

»Aber du bist ein Verweigerer oder so was, nimmst kein Gewehr in die Hand und so weiter. Das würden die dir doch nie durchgehen lassen, wenn du kein Geistlicher wärst.«

»Ich lehne es ab zu töten, mehr nicht.« Preacher hatte das Verbandszeug griffbereit. »Jetzt zeig mir mal, wo du getroffen bist.«

»Hinten«, sagte Joe. »Erst hat es wahnsinnig wehgetan, jetzt spüre ich, daß alles ganz taub wird. Mein ganzer Körper wird taub, und wenn die Kälte beim Herzen ist, dann muß ich sterben. Es ist mir ganz egal, was du für ein Geistlicher bist, du mußt mir die Beichte abnehmen! Ich will doch nicht in die Hölle mit all diesen Sünden auf meiner Seele.«

»Wenn du meinst«, sagte Preacher. »Aber erst dreh dich mal um, damit ich sehen kann, wo du verletzt bist.«

Keuchend rollte sich Joe auf den Bauch. »Au, verdammt«, stöhnte er, »das tut weh. Entschuldige, Preacher, ich wollte nicht fluchen. Das ist mir eben so rausgerutscht.«

»Schon gut«, sagte Preacher, während er den Mann untersuchte. Joes Uniformhose war blutgetränkt, und Preacher nahm eine Schere aus seinem Tornister, um den Stoff wegzuschneiden.

»Vergib mir meine Sünden, himmlischer Vater«, murmelte Joe. »Ich habe geflucht und getrunken und deinen Namen mißbraucht. Ich habe in Saigon gehurt mit zwei Schwestern, ich habe widernatürliche Unzucht mit beiden getrieben, sie mußten mein Ding –«

»Hör auf«, sagte Preacher. »Du brauchst nicht zu sterben.« Joe drehte sich um und starrte ihn an.

»Woher willst du das wissen?«

»An einem Schuß in seinen fetten schwarzen Arsch ist noch keiner gestorben«, sagte Preacher und nahm einen Tupfer, um die Wunde mit einer antiseptischen Lösung zu säubern.

Joe zuckte zusammen. »He, das brennt!«

»Halt still«, sagte Preacher. »Ich muß jetzt eine Kompresse anlegen, damit es aufhört zu bluten.«

»Kann ich rauchen?« fragte Joe.

»Klar.«

»In der Brusttasche sind ein paar Joints. Holst du mir einen raus, bitte?«

Schweigend knöpfte Preacher das Hemd auf und gab Joe seinen Joint. Der Schwarze steckte ihn sich zwischen die Lippen und knipste ein kleines Feuerzeug an. Er nahm einen Zug, dann seufzte er wohlig. »So, jetzt geht's mir schon besser.«

Einen Augenblick später hatte Preacher die Kompresse mit ein paar Leukoplaststreifen festgemacht. »Bleib auf dem Bauch liegen«, sagte er, »ich möchte nicht, daß du dich hinsetzt, sonst kommt leicht Dreck in die Wunde, und du kriegst eine Infektion. Ich schick dir die Krankenträger, damit sie dich holen.«

Joe stützte sich hoch und blickte ihn an. »Du bist okay, Preacher. Willste mal ziehen?« Er hielt ihm den Joint hin. »Der Stoff hier ist prima.«

Preacher schüttelte den Kopf. »Nein, danke.« Er packte seine Sachen zusammen.

Joe war jetzt völlig entspannt. »Welcher Konfession gehörst du denn nun an?« fragte er neugierig.

Preacher warf ihm einen kurzen Blick zu. »Meine Mutter war griechisch-orthodox, mein Vater war Methodist. Aber in der kleinen Stadt, in der ich aufgewachsen bin, gab es nur eine einzige Kirche, und die war unitarisch. Da gingen wir hin. Man könnte sagen, daß ich Unitarier bin.«

»Die Unitarier, verweigern die alle den Dienst mit der Waffe?«

»Nein«, erwiderte Preacher. »Ich glaube nur, daß man nicht töten darf. Jesus hat gesagt –«

Joe lachte. »Mich haben sie baptistisch erzogen. Ich kenne das alles. Du wirst mir doch hier nicht predigen wollen, oder?«

Preacher warf ihm einen prüfenden Blick zu. »Nein«, sagte er.

»Glaubst du, die schicken mich jetzt nach Hause?« fragte der Schwarze.

»Kann schon sein.«

»Das wäre ja gar nicht so übel. Das *Purple Heart* und das Ticket zurück in die Heimat für einen Schuß in den Hintern, das ist doch ein gutes Geschäft, oder?«

»Doch, doch.« Preacher ließ die Tasche mit dem Verbandszeug zuschnappen.

»Ich glaube, ich werde bei den Black Muslims mitmachen, wenn ich wieder zu Hause bin. Die hauen ganz schön auf den Putz. Das sind keine Nigger.« Er sah zu, wie Preacher sich auf den Weg machte. »He, Preacher, heb den Kopf nicht so hoch! Die Vietkong haben Augen wie Katzen, die sehen dich auch, wenn es Nacht ist.«

Der schwache Widerhall eines Schusses kam wie das Echo auf diese Warnung. Die Kugel durchschlug den linken Arm des Sanitäters, riß ihn herum und warf ihn zu Boden.

Einen Moment lang lag Preacher vollkommen still. Dann zog er sich mühselig hoch und sah zu, wie das Blut aus dem Ärmel herausschoß. »Nett von dir, mich zu warnen«, sagte er und warf Joe einen wütenden Blick zu. Mit der Rechten riß er den Verschluß der Tasche auf, nahm die Schere heraus und schnitt sich den Ärmel herunter. Aus dem Einschuß im Oberarm sprudelte Blut. »Du mußt mir helfen, den Arm abzubinden.«

»Klar, Preacher.« Joe kroch herüber, und gemeinsam gelang es ihnen, mit einer provisorischen Adernpresse den Blutstrom zu stoppen. »Ach Scheiße, Preacher, das tut mir echt leid.«

Preacher brachte ein Lächeln zustande. »Wir stehen alle in Gottes Hand.« Er überlegte einen Moment. »Vielleicht kannst du mir doch mal den Joint geben.«

Joe steckte den Joint wieder an, schob ihn dem anderen zwischen die Lippen und sah zu, wie er rauchte. »Ist es schlimm mit dem Arm?«

Preacher grinste.

»Es geht. Im Gegensatz zu dir kann ich jedenfalls auf dem Flug nach Hause sitzen.«

Joe starrte ihn unglücklich an. »Du, ich spür meine Eier nicht mehr. Meinst du, die sind jetzt hin?«

»Nein«, lachte Preacher und gab den Joint zurück. »Bei so einem fetten Hintern wie deinem kommen die Kugeln nicht durch.«

Joe inhalierte. »Wie lange wird es wohl dauern, bis sie uns holen?«

»Lange bestimmt nicht. Die wissen ja, daß ich hier bin.«

»Komisch, beim Kiffen werd ich immer gleich geil«, sagte Joe. »Dauernd denk ich an diese Mädchen, von denen ich dir erzählt habe. Du, ich glaube, ich hab schon wieder einen Ständer.«

»Ich hab es dir doch gesagt, daß alles in Ordnung ist«, meinte Preacher und nahm sich den Joint. Nach ein paar tiefen Zügen ließ er sich an die Wand des Loches zurücksinken. »Man darf halt nichts Schmutziges denken, hat meine Mutter mir immer gesagt.«

*Er schob den Duschvorhang weg, trocknete sich ab und legte das Handtuch auf den Sitz der Toilette. Dann setzte er sich und untersuchte sein schlaffes Geschlecht. Die Vorhaut war rot und entzündet. Es schmerzte, als er sie über die geschwollene, aufgeriebene Eichel zurückzog. So geht es nicht weiter, dachte er, während er behutsam die Vaseline auftrug. Er durfte es nicht so oft machen. Jeden Tag schwor er sich, er würde damit aufhören, doch am nächsten Tag passierte dasselbe. Genau wie eben unter der Dusche.*

*Dabei hielt er sich doch genau an die Regeln. Viel kaltes Wasser, wirklich eiskalt. Und dann war es passiert, als er sich eingeseift hatte. Fast ohne daß er es gemerkt hatte, hatte er sich von den angenehm glitschigen Gefühlen mitreißen lassen. Und schon klatschte der Samen gegen die schneeweißen Kacheln. Er hatte beschämt an sich heruntergeschaut. Er hatte es wirklich nicht gewollt. Und dann hatte er plötzlich Wasser lassen müssen und sich nicht zu beherrschen vermocht. Mit stechendem Brennen schoß der Urin in die Wanne, vermischte sich gelb mit dem Wasser und verschwand dann allmählich im Abfluß. Es tat unglaublich weh.*

*Als er aus der Dusche kam, schwor er sich, daß sein Geschlecht nie wieder hart werden dürfe. Aber er wußte schon, es würde nicht klappen. In der Schule würde es passieren, wenn er die Mädchen in ihren knappen kleinen Turnhosen sah. Dann mußte er bestimmt wieder auf die Toilette. Und am Nachmittag, wenn sie alle Coca im Drugstore tranken und die Mädchen ihre kleinen Brüste hüpfen ließen und die Pobacken rausstreckten, dann würde er bestimmt wieder draußen im Klo stehen. Manchmal konnte er nicht mal warten, bis er allein war. Bisweilen saß er mit ihnen am Tisch und spürte ganz plötzlich, wie ihm die heiße, klebrige Nässe in die Unterhose lief. Es gab nur eine Erklärung: Er war krank. Er war ganz bestimmt krank.*

*»Constantine!« Die Stimme seiner Mutter wurde durch die Tür des Badezimmers nur wenig gedämpft.*

*Er konnte seinen pompösen Namen nicht ausstehen. Seine Mutter stammte aus Chicago, war aber griechischer Herkunft und hatte ihn auf den Namen ihres Vaters taufen lassen. In der Schule hatte er diesen Namen verschwiegen. Die Jungens nannten ihn Andy; denn sein zweiter Vorname war Andrew.*

*»Constantine! Beeil dich! Du kommst sonst zu spät in die Schule.«*

*»Ich komme gleich, Mutter«, rief er zurück.*

*Er ging in die Küche hinunter und setzte sich an den Tisch. Seine Mutter stellte ihm drei Spiegeleier mit gebratenem Speck hin, frisch aus der Pfanne. Er griff nach dem gebutterten Toast und begann gierig zu essen. »Wo ist Daddy?« fragte er zwischen zwei Bissen.*

*»Dein Vater ist schon zur Kirche gegangen. Sie haben ihm angeboten, Diakon zu werden, wenn er den Unitariern jetzt offiziell beitritt.«*

*»Wird er das denn?«*

*»Ich glaube ja«, sagte sie. »Schließlich gehen wir schon seit Jahren dorthin, und dein Vater sagt, solange es eine christliche Kirche ist, sei ihm dies egal.«*

*»Außerdem ist es die einzige Kirche hier in der Stadt.«*

*Sie nickte und setzte sich auf einen Stuhl auf der anderen Seite des Tisches. »Ja, das stimmt.«*

*»Und du?« fragte er. »Was hältst du denn davon?«*

*»Ich weiß nicht recht«, sagte sie, »aber die nächste griechisch-orthodoxe Kirche ist in Chicago, und das ist ganz schön weit weg.«*

*Ihr Sohn musterte sie. »Aber das Wahre ist es wohl auch nicht?«*

*»Nein.«*

*»Was soll dann das Ganze? Wir sind doch bisher auch ohne die glücklich gewesen.«*

*»Das Geschäft deines Vaters hat an Bedeutung gewonnen. Er ist jetzt ein wichtiger Mann in der Stadt, und die Kirchenältesten möchten, daß er sie unterstützt.«*

*»Und wenn er nicht mitmacht?«*

*»Ich weiß nicht«, sagte sie ängstlich. »Du kennst sie ja. Die zeigen einem plötzlich die kalte Schulter, und dann wird man fertiggemacht. Erinnere dich an Rosenblum. Nach ein paar Jahren mußte er schließen und wegziehen.«*

*Andrew hatte sein Frühstück beendet und schob seinen Teller zurück. »Vielleicht ist es gar nicht so schlecht«, sagte er, als er aufstand.*

*»Ja, vielleicht«, sagte sie und hob den Kopf. »Ich muß mit dir reden.«*

*»Worüber denn?« fragte er vorsichtig.*

*Sie hatte den Blick abgewandt, ihre Stimme war plötzlich belegt. »Mandy hat mir heute morgen dein Laken gezeigt.«*

*»Ja, und?« fragte er mürrisch.*

*Noch immer sah sie ihm nicht in die Augen. »Es waren Flecken drin. Mandy sagt, das ginge schon einige Zeit so.«*

*»Warum kann dieses verdammte Negerweib sich nicht um ihren Kram kümmern? Sie soll die Wäsche waschen und nicht herumzeigen«, schnappte er wütend.*

*»Sie war der Ansicht, ich müßte es wissen. Deinem Vater habe ich bisher nichts gesagt, du weißt ja, er wird immer gleich wütend. Aber die Sache muß aufhören. Tu was dagegen!«*

*»Ich weiß nicht, was ich dagegen tun soll. Es passiert einfach, während ich schlafe, Mama.«*

*Seine Mutter sah zu ihm auf. »Du kannst doch etwas tun, Constantine. Du darfst eben nichts Schmutziges denken. Reine Gedanken, darauf kommt es an.«*

*Er erwiderte den Blick seiner Mutter und dachte dabei an die Mädchen in der Schule mit ihren verlockenden kleinen Körpern. »Das ist nicht so einfach, Mama.«*

*»Du schaffst es bestimmt, Constantine.« sagte sie. »Du darfst nur nichts Schmutziges denken.«*

# Zweites Kapitel

Der Streifenwagen der San Francisco Police rollte in die Halteverbotszone und stoppte. Es war drei Uhr nachmittags. Die Sonne brannte kräftig herunter auf Fisherman's Wharf. Aus den Restaurants strömten Scharen von Touristen mit bunten Hemden und Hüten, die sich gemütlich in den Zähnen herumstocherten und beim Weiterschlendern die Auslagen der Souvenirläden prüften.

»Die Geschäfte scheinen zu laufen«, sagte der Sergeant zufrieden. »Das freut mich.«

Dem Streifenbeamten, der den Wagen fahren mußte, war es egal. Der Sergeant war schon lange in diesem Bezirk und kassierte das Schmiergeld allein.

»DiMaggio's ist immer noch die Hauptattraktion«, sagte der Sergeant. »Joltin' Joe wollen sie alle gesehen haben, selbst heute noch.«

»Sicher«, sagte der Fahrer gelangweilt. Er hätte gern eine Zigarette geraucht. Das war alles, was ihn interessierte. Aber solange der Sergeant neben ihm saß, war das unmöglich. Einen Augenblick blieben sie stumm.

»Haben Sie das gesehen?« fragte der Sergeant plötzlich.

»Was denn?« Der Streifenbeamte konnte nichts entdekken, was besonderer Aufmerksamkeit wert war.

»Da drüben, an der Pier.«

»Eine Menge Leute, na und?«

»Die Mädchen mit den Großmütter-Kleidern. Das sind bestimmt sechs oder sieben.«

»Ja, und?«

»Die sammeln Geld. Sehen Sie die Blechbüchsen nicht?«

»Da laufen doch immer Gammler herum, die die Leute anbetteln«, sagte der Streifenbeamte.

»Aber doch nicht so. Die gehen ganz planmäßig vor. Die müssen irgendwie organisiert sein«, sagte der Sergeant. »Sehen Sie mal, wie geschickt die sich hingestellt haben. Wenn man der ersten nichts gibt, steht man gleich vor der zweiten.«

Der Streifenbeamte wurde allmählich neugierig. »Glauben Sie, daß das Taschendiebe sind?«

Der Sergeant dachte einen Augenblick nach. »Nein. Dazu stehen sie zu weit auseinander. Außerdem kommen sie den Leuten auch niemals zu nahe, sie tragen die Büchsen geradezu vor sich her.«

»Hübsch sind sie jedenfalls«, sagte der Streifenbeamte. »Saubere Mädels, keine Hippies. Die fixen bestimmt nicht.«

»Ja«, sagte der Sergeant, »aber irgend etwas steckt doch dahinter.«

»Wir können ja ein paar von ihnen verhaften, dann werden wir es bald wissen.«

»Lieber nicht«, sagte der Sergeant. »Warten wir erst einmal ab, was sie machen.«

Der Streifenbeamte hielt es nicht länger aus. »Hätten Sie etwas dagegen, wenn ich eine rauche, Sergeant?«

Der Sergeant warf ihm einen verächtlichen Blick zu. »Na schön, aber verstecken Sie die Zigarette ein bißchen, ich möchte nicht, daß uns der Lieutenant erwischt.«

»Danke, Sergeant«, sagte der Streifenbeamte erleichtert. Er beugte sich über das Lenkrad, zündete sich im Schutz des Armaturenbretts eine Zigarette an und sog den Rauch in die Lunge. Nach einem weiteren hastigen Zug schielte er zu seinem Vorgesetzten hinauf. »Ist irgendwas los?«

»Die Mädchen machen echt Kasse. Die Leute schmeißen das Geld nur so in die Büchsen.«

Der Streifenbeamte nahm einen letzten Zug, dann drückte er die Zigarette sorgfältig aus und richtete sich wieder auf. »Danke, Sergeant, ich war wirklich schon völlig verzweifelt.«

Der Sergeant warf ihm einen ironischen Blick zu. »Sie sollten Kautabak nehmen! Das würde nie einer merken.«

Der Fahrer lachte. »Da haben Sie recht.«

Aber der Sergeant beobachtete schon wieder die Mädchen. »Die meisten Leute sind weg«, sagte er, »mal sehen, wo die Mädchen jetzt hingehen.«

Der Fahrer ließ den Motor an. »Sagen Sie, wann ich losfahren soll!«

»Sie sind in die Straße neben dem Getränkestand eingebogen.«

»Scheiße, das ist eine Einbahnstraße. Da kann ich nicht rein.«

»Ich weiß«, sagte der Sergeant. »Fahren Sie rund um den Block, die erwischen wir noch. Die Straße ist lang.«

Aber als sie das andere Ende der Straße erreichten, waren die Mädchen nicht mehr zu sehen. »Sie sind weg«, sagte der Fahrer.

»Ganz im Gegenteil«, sagte der Sergeant. »Auf halber Höhe zweigt eine Sackgasse ab. Ich wette, da sind sie.«

Der Fahrer stellte den Streifenwagen so ab, daß er die Einfahrt der Seitenstraße versperrte. Der Sergeant hatte recht. Am Ende der Sackgasse stand ein violett gestrichener Bus. DIE GOTTESGEMEINDE stand in weißer Schrift auf den Wänden.

»Geben Sie der Zentrale unseren Standort durch«, sagte der Sergeant, »und bitten Sie um Verstärkung. Aber sagen Sie gleich, daß wir keine Schwierigkeiten erwarten. Wir überprüfen nur ein paar Betschwestern.«

Die Mädchen drängten sich um die Schiebetüren an der Seite des Fahrzeugs und bemerkten die beiden Polizisten erst, als diese schon dicht heran waren. Das Schnattern und Lachen starb sofort ab, als sie sich umdrehten.

Höflich tippte der Sergeant mit der Hand an die Mütze. »Guten Abend, Ladies.« Auf den Gesichtern der Mädchen spiegelte sich Trotz und ängstliche Abwehr. »Kein Grund zur Beunruhigung«, sagte der Sergeant. »Nur eine kleine Personenkontrolle. Darf ich bitte Ihre Ausweise sehen? Oder die Führerscheine vielleicht?«

Eines der Mädchen schob sich nach vorn. Sie schien etwas älter zu sein als die anderen. »Weshalb denn?« fragte sie mit kriegerischem Unterton. »Wir haben schließlich nichts angestellt.«

»Das hab ich auch gar nicht behauptet. Aber wir kennen Sie nicht, und wir sind verantwortlich hier für die Gegend. Wir müssen ja wissen, was vorgeht.«

Dem Mädchen genügte das nicht. »Wir kennen unsere Rechte«, sagte sie störrisch. »Wir brauchen Ihnen gar nichts zu zeigen, wenn nichts gegen uns vorliegt.«

Angewidert starrte der Sergeant sie an. Heutzutage waren die jungen Leute die reinsten Straßenjuristen. »Sie haben eine nicht angemeldete Straßensammlung durchgeführt«, sagte er beiläufig, »um nur einen der Punkte zu nennen. Sie haben den geordneten Verkehrsfluß gefährdet, indem Sie die Bürgersteige blockiert haben. Wie leicht hätte jemand von der Pier fallen und ertrinken können, der Ihnen ausweichen wollte.«

Das Mädchen war sprachlos. Sie starrte ihn einen Augenblick an, dann glitt ihr Blick zu den anderen. Schließlich drehte sie sich zu der offenstehenden Schiebetür um und rief in den Wagen hinein: »Preacher!«

Aus dem Inneren des Fahrzeugs erschien ein Mann in einem khakifarbenen Baumwollhemd, einer abgewetzten Armeejacke und ausgebleichten Jeans, die in Armeestiefeln steckten. Sehr groß war er nicht, aber das sah man erst, als er aus der Tür sprang und neben dem Bus stand. Höchstens einen Meter siebzig. Er hatte langes, sandfarbenes Haar, das bis auf die Schultern herabfiel und von einem perlenbestickten indianischen Stirnband zusammengehalten wurde. Ein Jesusbart verdeckte sein Kinn. Seine Augen schienen im ersten Moment durchdringend blau, aber wenn man genauer hinsah, schienen sie sich zu verschleiern und wurden abweisend grau. Er hatte eine angenehm tiefe Stimme.

»Willkommen in der Gottesgemeinde! Was kann ich für Sie tun, Chef?«

Der Sergeant musterte ihn. Noch so ein Jesus! Als ob er davon nicht schon genug hätte in seinem Bezirk. Jeden Tag mindestens zwanzig, und die meisten waren bis zum

Hals voll mit Drogen. Aber er war nicht seit gestern erst Polizist und ließ sich von seinen Gefühlen nichts anmerken. »Ich habe die jungen Damen gebeten, sich auszuweisen«, sagte er sachlich, »aber sie wollen sich anscheinend weigern.«

Nachdenklich nickte der Mann, dann sagte er: »Das geht in Ordnung, Kinder, zeigt dem Mann eure Ausweise.«

Während die Mädchen ihre Ausweise suchten, traf ein weiteres Polizeiauto ein, und zwei Beamte kamen die Straße heraufgestürmt. »Tom«, erklärte der Sergeant, »Sie nehmen die Ausweise mit in den Wagen und geben alle Daten ans Präsidium durch. Die sollen alles genau überprüfen.« Dann wandte er sich wieder dem Burschen in der Armeejacke zu. »Von Ihnen möchte ich bitte noch den Führerschein und die Zulassung.«

»Ja, natürlich. Ich hab sie im Wagen. Ich hol sie Ihnen sofort.« Er wandte sich der Schiebetür zu.

»Halt«, sagte der Sergeant. »Haben Sie etwas dagegen, wenn ich Sie begleite?«

»Aber nein. Bitte, kommen Sie nur.« Lässig schwang sich der Mann in den Wagen.

Der Sergeant hatte da einige Mühe. Er war nicht mehr so gelenkig wie früher. Das Innere des Fahrzeugs war vollkommen anders, als er gedacht hatte. Keine verschmierten Matratzen und keine schmutzige Wäsche, kein Schweißgeruch, kein Hasch, keine Weinflaschen. Der Wagen war weiß gestrichen, sauber und leer. Er sah nicht wie ein Wohnwagen, sondern wie ein Büro aus. Hinter dem Fahrerhaus standen ein Schreibtisch und ein dazu passender Drehstuhl. Gegenüber der Schiebetür befand sich ein mannshohes offenes Regal aus Stahlblech, dessen Fächer mit sauber verpackten Papierstapeln gefüllt waren. Auf einem kleinen Tisch stand eine ordentlich abgedeckte Schreibmaschine. Daneben ein Vervielfältigungsapparat, dessen Ausgabekorb zur Hälfte mit fertigen Flugblättern gefüllt war. Links und rechts der Schiebetür befanden sich Sitzbänke mit den dazugehörigen Sicherheitsgurten. Das gesamte Inventar war fest mit dem Boden, den Wänden oder der Decke des Wagens verschraubt, damit es nicht verrutschen konnte.

Der junge Bursche hatte ihn genau im Auge behalten, während er die Einrichtung Stück für Stück musterte. »Wir haben nicht alle im Fahrerhaus Platz, und die Straßen sind oft ziemlich holprig«, sagte er. »Ich lege Wert darauf, daß die Mädchen sich anschnallen.«

Der Sergeant grunzte und sog geräuschvoll die Luft ein. Er behauptete gern, er hätte eine bessere Nase für Marihuana als die Rauschgifthunde beim Zoll, aber hier konnte er absolut gar nichts feststellen. Es war fast zu schön, um wahr zu sein.

»Nehmen Sie Platz, Chef.« Der Bursche in der Armeejacke hatte sich an den Schreibtisch gesetzt, griff in die oberste Schublade und gab dem Polizisten Führerschein und die Wagenzulassung.

Der Führerschein war im Januar 1967 auf den Namen Constantine Andrew Talbot ausgestellt worden. Zwei Jahre alt also. Der Sergeant prüfte das Foto. Ja, es war der richtige Mann, aber er hatte sich ziemlich verändert. Auf dem Foto trug er die Haare ganz kurz. Der Bursche war älter, als er gedacht hatte. Nicht Anfang zwanzig, sondern fast dreißig. Augen, Haarfarbe, alles übrige stimmte. Der Sergeant vermißte allerdings eine Eintragung unter »Besondere Kennzeichen«.

»Sie haben da eine Narbe am linken Arm«, sagte er. »Ist die neu?«

»Eine Schußwunde. Ich war in Vietnam.«

»Mein Sohn ist bei den Green Berets«, sagte der Sergeant.

»Ich war Sanitäter.«

»Und wie lange waren Sie drüben?«

»Vier Jahre. Ich habe mich freiwillig gemeldet.«

»Und warum Sanitäter?«

»Ich halte nichts davon, Menschen zu töten«, sagte der Mann, »aber ich finde, man muß seine Pflicht tun. Das ist man seinem Vaterland schuldig.«

»Das Mädchen hat ›Preacher‹ zu Ihnen gesagt. Heißt das, daß Sie ein Geistlicher sind?«

»Nein, Sir, aber vielleicht schaffe ich es, eines Tages einer zu werden.«

Der Polizist untersuchte die Zulassungskarte. »Diese ›Gottesgemeinde‹ – ist das eine anerkannte religiöse Gemeinschaft?«

»Ja, eine Bestätigung des Staates Kalifornien liegt vor.«

»Und wo genau ist der Sitz dieser Gemeinde?«

»In der Nähe von Los Altos, wie Sie an der Zulassung sehen«, erwiderte Preacher. »Aber meine Mutter pflegte immer zu sagen: ›In jeder Seele wohnt Gottes Gemeinde.‹«

*Sie hatten das Abendessen in völligem Schweigen zu sich genommen. Erst beim Kaffee machte Andrew schließlich den Mund auf. »Ich werde euch am Wochenende verlassen.«*

*»Aber du bist doch erst vor einem halben Jahr nach Hause gekommen«, sagte seine Mutter vorwurfsvoll.*

*»Stimmt«, sagte sein Vater. »Er ist vor einem halben Jahr nach Hause gekommen und hat seither keinen Finger krummgemacht. Den ganzen Tag über liegt er im Bett und nachts treibt er sich rum und raucht Hasch und weiß Gott was. Das hat er alles bloß aus der Armee. Nicht ein einziges Mal ist er zu mir in den Laden gekommen und hat gefragt: ›Kann ich was helfen?‹ Die Zeit bei der Armee hat ihn völlig versaut. Er ist jetzt fünfundzwanzig, und es wird Zeit, daß er sich überlegt, was er eigentlich will. Als ich so alt war wie er, war ich schon verheiratet und trug Verantwortung.«*

*»Was hast du denn vor, Constantine?« fragte die Mutter.*

*»Ich weiß noch nicht. Ich fühle mich zu etwas berufen, doch ich weiß noch nicht genau, was es ist. Ich glaube, ich habe den Auftrag, den Menschen Gottes Wort zu verkünden, aber ich weiß noch nicht, wie ich das tun soll und für wen meine Botschaft bestimmt ist. Ich weiß nur, daß ich zu viele Menschen sterben gesehen habe, die nicht für ihre Seele gesorgt und das ewige Leben verloren haben, das ihnen Jesus Christus versprochen hat.«*

*Sein Vater starrte ihn an. »Wenn du das wirklich glaubst, warum bist du dann nicht in die Kirche gegangen und hast mit dem Pfarrer gesprochen?«*

*»Ich bin ja bei ihm gewesen. Sehr oft sogar, Vater. Aber er kann mir nicht helfen. Ich finde, daß Gott für alle Menschen da ist,*

*nicht nur für die Unitarische Kirche. Ich glaube, Gottes Gemeinde ist größer.«*

*»Unsinn«, knurrte der Vater. »Du bist bloß zu faul, dir eine richtige Arbeit zu suchen. Es genügt dir vollkommen, deinen Veteranenscheck und das Verwundetengeld zu kassieren, wenn du nur auf der faulen Haut liegen kannst.«*

*»Constantine«, sagte die Mutter.*

*Er drehte sich zu ihr um.*

*»Bist du fest davon überzeugt?«*

*»Ja, das bin ich.«*

*Die Mutter wandte sich an den Vater. »Es steht uns nicht zu, darüber zu rechten«, sagte sie. »Wir müssen ihn seinen Weg gehen lassen. Es könnte sein, daß er recht hat und daß in jeder Seele Gottes Gemeinde wohnt.«*

# Drittes Kapitel

Der Fahrer des Streifenwagens steckte den Kopf durch die Tür. »Sie sind alle sauber, Sergeant. Gegen keinen liegt irgendwas vor.«

Der Sergeant nickte und gab ihm Preachers Führerschein und den Kraftfahrzeugschein. »Lassen Sie den bitte auch noch durchlaufen, Tom.«

Der Fahrer verschwand.

»Sie trauen wohl niemandem, was?« fragte Preacher.

»Mißtrauen gehört zu meinem Beruf«, erklärte der Sergeant. »Wie lange wollen Sie hier in der Stadt bleiben?«

»Nur übers Wochenende. Die Gemeinde braucht Bargeld für Saatgut und Dünger. Es ist alles teurer, als wir gedacht haben.«

»Was bauen Sie an?«

»Klee, Sonnenblumen, Färberdisteln und Wachsbohnen. Außerdem Obst und Gemüse. Wir sind Vegetarier und versuchen, uns selbst zu versorgen.«

Der Sergeant nickte. Das paßte. »Wieviele seid ihr in eurer Kommune?«

»Ungefähr fünfundvierzig«, erwiderte Preacher. »Aber es werden ständig mehr. Jede Woche kommen ein oder zwei Neue.«

»Alles Mädchen?« fragte der Sergeant.

Preacher lachte. »Nein. Es gibt ungefähr fünfzehn Männer in der Gemeinde.«

»Mitgebracht haben Sie keinen davon, oder?«

»Sie werden für die schwere Arbeit auf den Feldern gebraucht. Die Mädchen waren die einzigen, die wir entbehren konnten in der Gemeinde.«

Der Sergeant warf ihm einen anerkennenden Blick zu. Der Mann war nicht dumm. Er wußte, daß es für Mädchen leichter war, Geld zu sammeln, als für Männer. Die Passanten fanden sie sympathischer und hatten auch keine Angst, wenn ein Mädchen sie ansprach.

Der Streifenbeamte kam wieder zurück. »Auch sauber«, sagte er und gab seinem Vorgesetzten Preachers Papiere.

Der Sergeant hatte noch eine Frage. »Aber ihr könnt doch nicht alle im Bus schlafen, oder?«

Wieder lächelte Preacher. »Der Besitzer der Lagerhalle da drüben war so nett, uns Unterkunft zu gewähren. Für zehn Dollar die Nacht. Da schlafen die Mädchen. Ich bewache den Wagen.«

Der Sergeant stand schwerfällig auf. »Wenn Sie sammeln, brauchen Sie trotz allem dafür eine Erlaubnis.«

»Die haben wir«, sagte Preacher und holte ein amtliches Formular aus dem Schreibtisch. »Wir haben sie gestern im Rathaus beantragt.«

Mißtrauisch prüfte der Sergeant das Schriftstück. Der Bursche hatte wirklich an alles gedacht. Die Genehmigung war genau drei Tage gültig, von Freitag bis Sonntag. Mürrisch gab der Polizist sie zurück. »In Ordnung«, sagte er. »Sehen Sie zu, daß Ihre Mädchen nicht in Schwierigkeiten geraten, und ich sorge dafür, daß meine Beamten Sie in Ruhe lassen.«

Preacher stand auf. Ein winziges Lächeln stand in seinen Augen. »Vielen Dank! Gott segne Sie, Sergeant.«

»Danke, Preacher«, sagte der Sergeant und war selbst erstaunt darüber, als er es hörte.

Preacher beobachtete von der Tür aus, wie die Polizisten zu ihren Wagen zurückgingen und abfuhren. Als sie weg waren, blickten die Mädchen Preacher an und lachten.

»Na also, die haben doch alles geschluckt«, sagte die älteste, welche den Streit mit dem Polizisten gehabt hatte.

Preacher nickte. »Das schon, aber wir werden sehr vorsichtig sein müssen. Dieser Sergeant ist kein Idiot. Der kommt bestimmt noch einmal zurück. Ganz überraschend. Ihr müßt euch strikt an die Vorschriften halten, bis ich alles arrangiert habe und wir wieder abhauen können.«

»Aber ich brauche unbedingt einen Joint«, sagte das Mädchen.

»Du wartest hier, Charlie. Wir haben fünfzig Platten in der Lagerhalle da drüben. Wenn wir die los sind, hauen wir ab, und dann feiern wir richtig.«

»Ach, Preacher«, maulte eines der Mädchen.

Preacher warf ihr einen strengen Blick zu. »Alice, ihr tut, was ich sage. Wenn wir unsere Arbeit für den Herrn fortsetzen wollen, brauchen wir Geld.« Er sprang vom Wagen herunter. »Ich fahre jetzt in die Stadt. Wer hat die Schlüssel für den Dodge?«

Preacher parkte den Lieferwagen am unteren Ende der California Street, warf eine Münze in die Parkuhr und ging dann zur Grant Street hinunter. Einladender Essensgeruch hing in der Luft, der unweigerlich Appetit machte. Es mußte Tausende von Restaurants in Chinatown geben.

Preacher folgte der Grant Street, ohne die Andenkenläden und die malerischen Restaurants zu beachten, bis er jenen Teil der Straße erreichte, wo ältere, aber durchaus solide Wohn- und Geschäftshäuser standen und ordentliche Steuerzahler ihre Büros hatten. Vor einem ehemaligen Schuhgeschäft blieb er stehen. Die beiden Schaufenster waren grau übermalt, und die Ladentür ließ sich nicht öffnen. Im Hauseingang hing ein Schild mit der Aufschrift: »SOONG DING Co. Import/Export. Kein Verkauf an Privat.« Preacher klingelte, und einen Augenblick später ging einer der beiden schweren Türflügel einen Spalt breit auf. Ein Mann stand im Eingang. »Ja, bitte?«

»Ich möchte zu Barbara Soong«, sagte Preacher.

»Und wer sind Sie?«

»Sagen Sie, Preacher möchte sie sehen.«

Der Mann nickte und machte die Tür wieder zu. Einen Augenblick später kam er zurück und machte diesmal so weit auf, daß der Besucher eintreten konnte. »Treten Sie bitte ein.«

Preacher setzte seinen Fuß in den düsteren Laden und

wartete, bis der Mann die Türe wieder zugesperrt hatte. Dann folgte er ihm durch ein Gewirr von Kisten und Schachteln zu einem Aufzug am hinteren Ende des Raumes. »Dritter Stock«, sagte der Mann und hielt Preacher die Tür auf.

Das Apartment im dritten Stock war luxuriös ausgestattet. Preacher wurde von einem elegant gekleideten Mann in einem makellosen schwarzen Anzug mit Nadelstreifen empfangen. »Bitte, folgen Sie mir.«

Am Ende eines breiten, hell erleuchteten Ganges, der mit chinesischen Seidendrucken, kostbaren Jadefiguren und Elfenbeinschnitzereien geschmückt war, erreichten sie eine tiefschwarze Edelholztür. Der Mann winkte Preacher in den dahinterliegenden Raum und schloß dann die Tür. »Sie erlauben?« fragte er höflich. »Die Firma Soong hat leider zahlreiche Feinde.«

»Ja, natürlich«, erwiderte Preacher und hob seine Arme, damit der andere ihn abtasten konnte.

»Vielen Dank«, sagte der Wächter, nachdem er sich überzeugt hatte, daß Preacher keine Waffe mitgebracht hatte. Er ging zum Schreibtisch und drückte auf einen Knopf. Eine Tür am anderen Ende des Raumes öffnete sich, und eine junge Chinesin trat ein.

Barbara Soong war relativ groß. Lächelnd hielt sie ihrem Besucher die ausgestreckten Hände entgegen. »Willkommen«, sagte sie. »Du warst so lange nicht da, Preacher. Ich dachte schon, du hättest uns völlig vergessen.«

»Aber Barbara«, sagte Preacher und nahm ihre Hände. »Wie kannst du so etwas sagen! Gute Freunde vergißt man niemals.« Nach dieser Begrüßung wurde er ernst. »Ich habe vom Tod deines ehrenwerten Vaters gehört. Erlaube bitte, daß ich mein Beileid ausdrücke, auch wenn es schon ein paar Wochen her ist.«

Barbara ging um den Schreibtisch herum und setzte sich in den Sessel, der ihrem Vater gehört hatte. »Danke, Preacher. Es ist traurig, aber nicht zu ändern. Das Leben geht weiter.« Sie schwieg einen Moment. »Was kann das Haus Soong für dich tun?«

Preacher blieb stehen. Es wäre unhöflich gewesen, wenn er sich gesetzt hätte, ohne ausdrücklich dazu aufgefordert worden zu sein. »Du weißt, daß ich mit deinem Vater gelegentlich Geschäfte gemacht habe?« – Sie nickte.

»Ich habe fünfzig Platten«, sagte er.

Barbara zögerte einen Moment, dann sah sie ihn an. »Der Zeitpunkt ist nicht gerade günstig«, sagte sie schließlich. »Der Markt ist verstopft. Es sieht fast so aus, als ob die Dealer mehr Ware bezogen hätten, als sie absetzen können.«

»Das wundert mich nicht«, sagte Preacher. »Ich habe ein paar Proben gesehen. Was die Leute auf der Straße verkaufen, ist minderwertiges Zeug. So was wollen die Kunden nicht haben.«

»Es ist aber vorhanden«, sagte sie.

»Na schön«, sagte er lächelnd. »Dann will ich dich nicht länger stören. Ich habe meine Verpflichtung gegenüber dem Hause Soong erfüllt. Du hattest die erste Option, aber wenn du meine Ware nicht willst, muß ich andere Geschäftsfreunde fragen. Vielleicht ist die Situation in Los Angeles besser.«

»Ich habe nicht gesagt, wir wären nicht interessiert«, sagte Barbara rasch. »Ich habe nur gesagt, die Marktlage sei ein bißchen problematisch.«

»Erstklassige Ware läßt sich immer absetzen«, erwiderte Preacher, »und ich biete absolute Spitzenqualität. Eigene Ernte. Wir haben sie selbst im Labor überprüft. Der THC-Gehalt liegt vierzig Prozent über dem Durchschnitt.«

»Wieviel willst du dafür?« fragte sie.

»Pro Platte fünfhundert Dollar, abzüglich eurer zwanzig Prozent Kommission selbstverständlich.«

»Das ist für San Francisco zu teuer«, erwiderte sie.

»Dann muß ich eben doch nach Los Angeles fahren«, sagte er. »Da unten haben die Leute mehr Geld für die Kleinigkeiten, die uns das Leben verschönern. Außerdem brauche ich das Geld. Die Gemeinde muß ein ganzes Jahr davon leben.«

»Setz dich doch«, sagte Barbara lächelnd. »Wir werden schon einen Weg finden. Trinken wir erst einmal Tee.«

Der Streifenwagen fuhr im Schrittempo durch den abendlichen Verkehr an der North Beach. »He, Sergeant«, sagte der Fahrer. »Sehen Sie mal, was da steht.«

Der Sergeant wandte den Kopf. Der violette Kastenwagen war an der Ecke geparkt. Die hinteren Türen standen weit offen. Preacher stand auf der kleinen hölzernen Plattform davor und sprach laut in sein Handmikrofon. Hinter ihm versperrte ein schwarzer Vorhang mit einem weißen Kreuz den Blick in den Wagen.

»Halten Sie mal einen Moment«, verlangte der Sergeant, »ich möchte hören, was er zu sagen hat.«

Preachers Stimme war klangvoll, aber nicht laut, und vor allem sehr freundlich. Auch aus den Lautsprecherboxen, die links und rechts neben ihm standen, klang sie noch überzeugend und sehr intensiv. »Wenn ihr begriffen habt, daß unser Herr Jesus Christus am Kreuz gestorben ist, um eure Sünden von euch zu nehmen, dann habt ihr den ersten Schritt in die Gottesgemeinde getan. In der Gottesgemeinde ist jedermann frei. Es gibt keine Sünde, es gibt keine Schuld, und es gibt keinen Krieg. Nur Liebe. Liebe zu Gott und Liebe zum Nächsten. In der Gottesgemeinde findet jedermann Frieden. Frieden mit sich selbst und Frieden mit anderen. Auch ihr könnt der Gottesgemeinde beitreten, eurem Nächsten die Hand reichen und in der Gemeinschaft derer leben, die gut und gerecht sind. Glaubt an den Herrn Jesus Christus und kommt in die Gottesgemeinde!« Preacher unterbrach sich für einen Moment und blickte herab auf die Schar seiner Zuhörer. Dann hob er segnend die Hände. Im Scheinwerferlicht sah er beinahe wie der Gekreuzigte aus. »Der Herr segne und bewahre euch. Amen.«

Preacher genoß das plötzliche Schweigen der Menge und verharrte noch eine Weile mit ausgebreiteten Armen. Erst als die Mädchen mit den Sammelbüchsen aus dem Wagen herauskamen und Flugblätter in der Menge verteilten, ließ er die Arme ruckartig fallen und zog sich hinter den Vorhang zurück.

»Der kann unheimlich quasseln«, sagte der Sergeant, »beinahe hätte ich auch geglaubt, was er sagt.«

Tom lachte. »Das liegt aber nicht an seiner Ansprache, Sergeant. Das liegt an den Mädchen. Wenn mir jemand so viel frisches Fleisch bietet, glaube ich alles.«

Ein Vorübergehender ließ eines der Flugblätter fallen, und der Sergeant machte die Tür auf, um es zu holen. »Du erhältst weitere Informationen über die GOTTESGEMEINDE, wenn du diesen Bestellschein an DIE GOTTESGEMEINDE, Postfach 119, Los Altos, Calif. einschickst. Vielleicht möchtest du gleich eine Spende beilegen, darüber freuen wir uns besonders.«

Als der Sergeant den Kopf hob, um aus dem Fenster zu sehen, war der schwarze Vorhang schon wieder verschwunden, die hölzerne Plattform war eingeklappt und die Türen geschlossen. Kurz darauf fuhr der Bus davon. Nur die Mädchen waren zurückgeblieben. Sie gingen die Straße hinunter, verteilten Flugblätter und schwenkten die Büchsen.

Der Sergeant warf einen Blick auf die Uhr. »Es ist ja schon neun«, sagte er. »Kommen Sie, wir fahren zurück. Sechs Stunden in dieser Kiste sind mehr als genug.«

»Wird gemacht, Sarge.« Tom hatte seinen Enthusiasmus wiedergefunden, aber sein Vorgesetzter blieb nachdenklich.

»Ich glaube, wir werden diese Gottesfreunde morgen noch einmal aufsuchen müssen«, sagte der Sergeant. »Irgend etwas an denen gefällt mir nicht recht.«

# Viertes Kapitel

»Glaubst du wirklich an Gott, Preacher?«

Überrascht rollte sich Preacher herum und starrte Barbara an. Sie hatte sich aufgesetzt und lehnte entspannt in den seidenen Kissen. Das rotgoldene Licht der kleinen Laternen verlieh ihrer Haut einen weichen Elfenbeinschimmer. Er wartete, bis sie sich eine Zigarette angesteckt hatte, dann sagte er: »Du weißt doch, daß ich an Gott glaube.«

»Manchmal bin ich mir gar nicht so sicher«, erwiderte sie. »Das Rauschgift, die Mädchen, die Art und Weise, wie du die Dinge behandelst, das wirkt alles so unproblematisch und frei. Verbietet das euer Gott nicht? Sind das nicht Sünden?«

»Das ist alles eine Frage der Interpretation«, sagte er. »Was im Geiste der Liebe getan wird, ist keine Sünde. Wer daran glaubt, daß uns Jesus erlöst hat, daß er unsere Schuld auf sich genommen hat, wer sich Gottes Gnade ganz überläßt, der ist frei von Sünde.«

Behutsam berührte sie sein Gesicht, fuhr mit dem Zeigefinger von der Schläfe zum Kinn.

»Du bist ein Rätsel für mich, eigenartig und schön«, sagte sie.

»Danke, Barbara«, sagte er leise.

»Wir sind lange nicht mehr zusammen gewesen«, sagte sie, »aber ich mußte oft an dich denken.«

»Das ging mir nicht anders.«

»Ich habe darüber nachgedacht, wie es wohl sein würde, wenn du zurückkommst. Ob du überhaupt zurückkommen würdest. Ob es noch so sein würde wie früher, als mein Vater noch lebte und ich die Verantwortung für das Haus Soong noch nicht hatte.«

»Na und? Ist es anders gewesen?« Er beobachtete sie.

Sie hob den Blick. »Ja und nein«, sagte sie.

»Was hat sich denn geändert?«

»Ich habe jetzt Zweifel. Früher war ich mir vollkommen sicher.«

Er schwieg einen Moment. »Wegen des Geschäfts?«

Sie nickte. »Ja. Ich frage mich, ob du wegen deiner Gefühle bei mir bist. Oder wegen der fünfhundert Dollar pro Platte.«

»Was glaubst du denn?«

»Ich bin mir nicht sicher«, erwiderte sie. »Sag du es mir, Preacher.«

Er legte seine Hand zwischen ihre seidigen Schenkel und streichelte sie.

»Ich bin gekommen, um dich zu lieben, Barbara. Daran hat sich nicht das geringste geändert.«

Er spürte, wie sie feucht und heiß wurde, aber sie wehrte sich noch. »Und was ist mit den anderen? Bist du bei denen auch im Namen der Liebe?« fragte sie.

Er sah ihr fest in die Augen. »Es gibt keinen anderen Grund, Barbara. Wir sind alle Kinder desselben Gottes und haben einander nichts außer Liebe zu geben.«

Das Klingeln des Telefons klang befremdlich in diesem prächtigen Raum mit seinen chinesischen Seidentapeten und kostbaren Möbeln. Barbara nahm den Hörer ab, hörte einen Augenblick zu und antwortete dann auf chinesisch. Schließlich hielt sie die Sprechmuschel zu und sagte zu Preacher: »Wenn du für vierhundertfünfundzwanzig verkaufst, können wir heute nacht alles umsetzen.«

Er dachte einen Augenblick nach.

»Wenn du meinen Rat hören willst«, sagte sie, plötzlich ganz sachlich, »dann nimm das Angebot an. Fünfzig Platten sind eine Menge Stoff. Darauf sollte man nicht lange sitzen. Die Polizei hier ist nämlich nicht dumm. Unsere Vertrauensleute im Präsidium haben uns wissen lassen, daß ihr schon auf der Liste der Personen steht, die jeden Tag überprüft werden sollen. Wenn die erfahren, daß eine große Lieferung in der Stadt eingetroffen ist, dann nehmen die euch gleich fest.«

Er grinste gelassen. »Du klingst wie dein Vater.«

»Das will ich hoffen«, sagte sie. »Das ist auch nötig, wenn man das Oberhaupt der Firma Soong ist.«

»Okay«, sagte er. »Wo und wann soll ich liefern?«

Wieder sprach sie chinesisch ins Telefon. »Jetzt sofort«, sagte sie. »Wo immer du willst.«

Er war bereits aufgestanden und fuhr in die Kleider. »Sag ihnen, wir treffen uns an der Ecke bei deinem Büro. Bringen die das Geld mit?«

»Nein«, sagte sie. »Das kriegst du morgen von mir.«

»Gut«, sagte er, während sie wieder ins Telefon sprach.

Sie legte den Hörer zurück auf die Gabel und sah zu, wie er seine Armeejacke anzog. »Preacher«, sagte sie.

»Ja?«

»Hör lieber auf damit, Preacher. Das Risiko ist viel zu groß. Es ist doch bloß Geld.«

»Das brauche ich aber. Wie soll ich ohne Geld meine Gemeinde zusammenhalten, kannst du mir das verraten?«

»Es muß doch eine andere Möglichkeit geben, als dauernd mit einem Bein im Gefängnis zu stehen.«

Er zögerte einen Moment. »Ich werde darüber nachdenken.«

Barbara griff nach ihrem Kimono. »Ich muß dich hinauslassen. Abends nach acht funktioniert der Aufzug nur noch mit einem Schlüssel.«

»Danke«, sagte er. Sie schmiegte sich an ihn, und er küßte sie zärtlich. »Denk daran, was ich gesagt habe. Nur wegen der Liebe.«

Lächelnd sah sie ihn an. »Ja, Preacher.«

Er folgte ihr zum Aufzug und wartete, bis sie den Schlüssel im Schloß umgedreht und den Knopf gedrückt hatte. Der Aufzug kam, und er hielt die Tür mit dem Fuß offen. »Ich geb denen die Schlüssel zu unserem Dodge«, sagte er. »Die Platten sind unter dem doppelten Boden. Sag ihnen, sie sollen ihn irgendwo abstellen, wenn sie ihn leer gemacht haben. Ich hol mir dann morgen die Schlüssel bei dir wieder ab.«

Sie nickte. »Komm gegen zehn, Preacher. Dann hab ich das Geld.«

»Punkt zehn, Barbara«, sagte er und drückte den Knopf.

Sie wartete, bis sich die Tür geschlossen hatte und ihr die Lichtknöpfe zeigten, daß der Aufzug im Erdgeschoß war. Als die Lichter erloschen, zog sie den Schlüssel heraus und ging langsam in ihr Zimmer zurück.

Von einem Kirchturm ganz in der Nähe schlug es vier, als Preacher über den taubedeckten Bürgersteig in der Nähe der Pier ging. Die ersten Fischerboote waren schon wieder zurück, große Netze mit Dungeness-Krabben wurden von Bord in die riesigen Kessel gehievt, die auf der Kaimauer standen. Er schaute einen Augenblick zu, dann ging er die Straße hinauf, wo der Bus parkte.

Seine Schritte klangen hohl auf dem Kopfsteinpflaster der schmalen Sackgasse. Er suchte die Schlüssel, aber die Schiebetür wurde von innen geöffnet. Erstaunt sah er hoch. »Charlie«, rief er. »Warum schläfst du denn nicht?«

Sie starrte ihn einen Augenblick an. »Ich konnte nicht schlafen. Ich habe mir Sorgen gemacht.«

Preacher stieg in den Wagen hinauf. »Aber wieso denn? Was sollte denn sein?«

Sie schloß die Tür hinter ihm. »Du bist bei dieser Chinesin gewesen.«

»Ja.«

Sie machte einen Schritt rückwärts. »Ich kann sie noch riechen in deinem Bart.«

Er lachte. »Das ist das *Chow mein.* Ich hatte noch keine Zeit, mich zu waschen.«

»Sehr witzig«, erwiderte sie. »Aber ich kann schon noch unterscheiden, ob ich Möse rieche oder *Chow mein.*«

Er zog seine Armeejacke und sein Khakihemd aus und setzte sich auf die Bank. »Du bist doch nicht etwa eifersüchtig?« fragte er streng.

Sie kniete sich vor ihm hin und begann ihm die Stiefel auszuziehen.

»Nein«, sagte sie. »Eifersucht ist eine schmutzige Sache. Aber ich wollte bei dir sein.«

»Aber du bist doch bei mir. Du bist immer bei mir«, sagte er. »Das mußt du doch wissen.«

Beinahe wütend riß sie den zweiten Stiefel herunter. »Erzähl keinen Quatsch, Preacher. Du weißt genau, was ich meine. Ich bin kein Dummerchen wie die anderen. Ich bin fünfundzwanzig. Vielleicht sind die anderen damit zufrieden, geduldig zu warten, bis du mal Lust auf sie hast. Ich erwarte schon etwas mehr. Ich will dich in meinem Bauch haben, ich will, daß dein Schwanz bei mir explodiert und nicht in diesem chinesischen Loch.«

Ärgerlich sah er auf sie herunter. Seine Stimme war kalt. »Das sind böse Gedanken. Das gefällt mir nicht, Charlie.«

»Ich kann mich dagegen nicht wehren, Preacher. Ich liebe dich so«, sagte Charlie. Ihr Kopf sank herunter, sie weinte.

»Nein«, sagte Preacher und hob ihr die Hände vom nassen Gesicht. »Du liebst Gott. Gott lebt in jedem von uns.«

»Ich weiß«, sagte sie, immer noch schluchzend. »Aber ist es denn eine Sünde, wenn ich dich haben will?«

»Nur, wenn es aus Egoismus geschieht«, sagte er.

Sie setzte sich auf die Fersen zurück und sah auf den Boden. »Dann begehe ich eine Sünde«, sagte sie leise.

Preacher stand auf. »Dann mußt du Gott bitten, daß er dir deine Sünden vergibt, Charlie.«

»Wirst du mir vergeben?«

»Ich kann keine Vergebung gewähren, das kann nur Gott«, sagte Preacher.

Sie ergriff seine Hand und preßte ihre Lippen darauf. »Es tut mir so leid, Preacher. Sei bitte nicht böse.«

Er hob sie auf und stellte sie auf die Füße. »So, nun geh aber schlafen. Es ist schon spät, und es gibt eine Menge zu tun morgen.«

Als der Sergeant am Nachmittag in die Sackgasse einbog, stand die Schiebetür offen. Preacher saß hinter dem Schreibtisch und schrieb.

»Hallo«, rief der Sergeant.

Preacher sah auf. »Hallo, Chef.«

»Störe ich?« fragte der Polizist.

Preacher lächelte. »Nicht im geringsten.«

»Haben Sie etwas dagegen, wenn ich hereinkomme?«

»Nein, nein. Bitte, kommen Sie nur.«

Wuchtig schob sich der Polizist in den Wagen. »Was schreiben Sie denn da?« fragte er mit einem Blick auf Preachers Notizen.

»Meine Predigt für morgen«, erwiderte Preacher.

»Ich habe Sie gestern abend gehört. Sie können wirklich gut reden. In meiner Jugend hätte man gesagt, Sie haben eine silberne Zunge.«

»Mit den Worten des Heilands zu sprechen ist leicht«, sagte Preacher und lächelte freundlich.

Der Polizist nickte. »Haben Sie bei Ihrer Kollekte Erfolg?«

»Oh, ja«, erwiderte Preacher. »Ich glaube, wenn wir heute abend nach Hause fahren, können wir beinahe siebenhundert Dollar mitnehmen.«

»Ich dachte, Sie wollten auch morgen noch sammeln?« sagte der Sergeant erstaunt. »Am Sonntag ist doch am meisten los auf der Pier. Da kriegen Sie mehr als an jedem anderen Tag.«

Preacher lächelte. »Da haben Sie recht. Aber es ist auch der Sabbat. ›Gott ruhte am siebenten Tag.‹ Außerdem müssen wir zum Gottesdienst in die Gemeinde zurück.«

»Aber wenn Sie schon einmal da sind«, sagte der Sergeant, »da ist es doch jammerschade, auf all das schöne Geld zu verzichten.«

»Ach, so viel brauchen wir gar nicht, Sergeant. Unsere Bedürfnisse sind äußerst bescheiden. Vor allem sind wir hier, um Gottes Wort zu verbreiten.«

Der Sergeant musterte ihn prüfend. Der Bursche meinte es offenbar ernst. Auch der Polizeileutnant in Los Altos, bei dem er sich heute morgen nach der Kommune erkundigt hatte, schien überzeugt, daß die Leute ordentlich und gesetzestreu seien. Sie hätten eine zwanzig Morgen große Farm weit draußen im Süden der Stadt, und auch die Frau des Leutnants habe dort schon Gemüse und Eier gekauft. Sie müßten wohl so etwas ähnliches wie die Zeugen Jehovas sein oder die Adventisten vom siebenten Tag. Sie verkauften ihre Produkte von Tür zu Tür, verteilten religiöse Broschüren, seien aber niemals aufdringlich, sondern wohlerzogen und friedlich. Soweit, so gut. Aber der Sergeant wußte auch, daß im Polizeipräsidium Informationen über eine große Lieferung Marihuana vorlagen, die angeblich in der Stadt eingetroffen sein sollte. Und die mußte ja von irgendwo kommen.

»Sind Sie allein?« fragte er. »Wo sind denn die Mädchen?«

»Die sind mit den Sammelbüchsen unterwegs.«

»Jetzt weiß ich immer noch nicht genau, wo Sie eigentlich schlafen«, sagte der Polizist.

»Gehen Sie ruhig mal rüber«, sagte Preacher. »Die Türe ist offen.«

»Eigentlich wäre es mir lieber, wenn Sie es mir zeigten.«

»Aber gern«, sagte Preacher. Er stand auf, und der Polizist folgte ihm über die Straße. Die Tür des Lagerhauses war offen.

Im Innern lagen zehn ordentlich zusammengerollte Schlafsäcke auf dem sauberen Fußboden. Ansonsten war der kleine Raum leer. Der Sergeant blickte sich um. Nicht der leiseste Hauch von Hasch lag in der Luft. »Sehr hübsch«, sagte der Polizist. »Wie ich sehe, ist schon alles zum Aufbruch bereit.«

Preacher nickte. Sie gingen zurück auf die Straße. Als Preacher die Tür wieder schloß, drehte der Sergeant sich um. »Sie haben eine Menge Geld gesammelt«, sagte er. »Passen Sie nur gut auf, daß man Sie nicht überfällt.«

»Ich glaube nicht, daß uns Gefahr droht«, lächelte Preacher. »Über uns wacht der Herr.«

»Seien Sie trotzdem vorsichtig«, sagte der Sergeant. »Wenn Sie Hilfe brauchen, dann rufen Sie mich an!«

»Danke«, sagte Preacher. »Das ist wirklich sehr nett.«

Es schien so, als wolle der Sergeant jetzt endgültig gehen, aber er drehte sich noch einmal um. »Es gibt da Gerüchte, daß eine große Lieferung Rauschgift in der Stadt abgesetzt werden soll. Haben Sie etwas davon gehört?«

»Nein, tut mir leid«, sagte Preacher.

Der Polizist starrte ihn unverwandt an, aber der Mann

im Khakihemd hielt seinem Blick stand. Schließlich nickte der Sergeant. »Ich hab's mir gedacht«, sagte er. »Sie gehören ja nicht zu der Szene.« Er hielt Preacher die Hand hin. »Nichts für ungut. Ich tue ja nur meine Pflicht, wenn ich Sie so was frage.«

Preachers Händedruck war kraftvoll und fest. »Ich verstehe, Sergeant.«

»Auf Wiedersehen, Preacher. Und viel Glück weiterhin.«

»Auf Wiedersehen. Gott segne Sie, Sergeant.«

Preacher sah zu, wie der Polizist zu seinem Streifenwagen zurückging, der auf der Hauptstraße parkte. Barbara hatte recht. Es war zu gefährlich. Er würde aufhören damit. Er hatte das eigenartige Gefühl, daß er nur deshalb nicht strenger verhört worden war, weil der Sergeant ihn mochte. Als ob er gesagt hätte: »Diesmal laß ich euch laufen, aber tut es nie wieder!«

Nachdenklich ging er zurück und stieg in den Bus. Nachdenklich starrte er auf seine Notizen. Die Überschrift der Predigt für morgen hieß: »Gehet hin und sündiget nicht mehr.«

# Fünftes Kapitel

»Keine Durchfahrt. Betreten verboten!« stand auf den Schildern neben dem Schotterweg, der von der Hauptstraße wegführte. Preacher ließ den Lieferwagen vorsichtig über den holprigen Weg rollen. Vor der Anhöhe gab er noch einmal Gas. Als der Wagen die leichte Steigung geschafft hatte, hielt er an und stieg aus. Er streckte sich und sah hinunter ins Tal. Es war sieben Uhr morgens.

Von hier oben aus waren die vier sauber gestrichenen Holzbaracken, aus denen die Gottesgemeinde bestand, gut zu sehen. Das Frauenhaus war das größte. Hier wohnten achtundzwanzig Frauen und sieben Kinder. Das Haus der Männer war kleiner. Sie waren zusammen mit Preacher nur siebzehn. Im dritten Haus waren die Küche und der Eßsaal untergebracht, während das kleinste Gebäude als Versammlungsraum, Kirche und Gemeinschaftshaus diente. Hinter den Häusern standen große offene Schuppen, in denen die Traktoren und landwirtschaftlichen Geräte, die Lastwagen und die Privatautos abgestellt wurden. Am Ende der Siedlung stand das kleine Verwaltungsgebäude, in dem er selbst wohnte.

Eine blaue Rauchwolke kräuselte sich über dem Schornstein der Küche. Preacher entging nicht, daß der violette Bus bereits wieder am gewohnten Platz unter dem Schuppendach stand. Die Mädchen waren also gut nach Hause gekommen. Auf dem Freeway hatte Charlie die Strecke von San Francisco herunter viel schneller geschafft als er selbst; denn er hatte sich strikt an die Nebenstraßen gehalten, um nicht in eine Routinekontrolle der Polizei zu geraten. Der offene Laderaum des Lieferwagens stank unglaublich nach Marihuana. Die Chinesen hatten den Wagen offenbar äußerst hastig entladen und dabei einige der sorgfältig eingewickelten Platten zerbrochen. Vielleicht waren sie aber auch gar nicht achtlos gewesen, sondern hatten sich einfach nur überzeugt, daß sie auch wirklich erhielten, wofür sie bezahlten. Jedenfalls mußten der Laderaum und das Geheimfach gründlich gesäubert werden. Vielleicht wäre es sogar besser, den doppelten Boden ganz zu entfernen, sie würden ihn ohnehin nicht mehr brauchen.

Langsam ging Preacher zum Wagen zurück. Der Weg ins Tal war eng und gewunden, die meiste Zeit bestand er nur aus zwei Reifenspuren im festgebackenen Lehm. Preacher brauchte fast zehn Minuten, ehe er die Siedlung erreichte. Es schien, als ob ihn die ganze Gemeinde vor den Häusern erwarte.

Sie winkten und lächelten, als er langsam vorbeifuhr. »Willkommen, Preacher. Willkommen zum Sabbat!«

Er winkte zurück. »Danke, Kinder. Einen fröhlichen Sabbat.«

Er parkte den Lieferwagen vor seinem Haus. Tarz, ein schlanker, hochgewachsener junger Mann mit blondem Haar und einer altmodischen Großmutterbrille kam ihm entgegen. Tarz war Preachers Assistent, er wurde der »Organizer« genannt. Charlie folgte ihm auf dem Fuß.

»Willkommen zum Sabbat«, sagte Tarz. Beim Lächeln zeigte er schöne, regelmäßige Zähne.

»Einen fröhlichen Sabbat, Tarz.« Preacher nahm seine Hand, während er gleichzeitig Charlie fragte: »Wie war denn die Fahrt? Irgendwelche Probleme?«

»Ach was«, strahlte sie. »Die reinste Spazierfahrt.«

»Gut«, sagte Preacher. »Und wie geht es den Kindern?«

»Glänzend. Sie sind noch ganz aufgeregt, weil sie den Menschen Gottes Wort bringen konnten. Die ganze Zeit fragen sie, wann sie wieder hinaus dürfen.«

»Ich kann es ihnen nachfühlen«, lächelte Preacher. »Könntest du bitte den Wagen in den Schuppen fahren«, fragte er Tarz. »Ich will rasch noch duschen, ehe wir frühstücken.«

Tarz nickte. »Klar, Preacher.« Er zögerte einen Moment. »Hat alles geklappt? Haben wir genug gekriegt, um die Zinsen zu zahlen?«

Preacher nickte. »Die Leute in der Bank werden strahlen, wenn du ihnen morgen das Geld bringst.«

Tarz grinste. »Das ist auch besser so. Die werden gegen Ende des Quartals immer ganz komisch.«

»Na, dann können sie sich jetzt wieder abregen«, meinte Preacher und ging ins Haus.

Charlie war ihm gefolgt. »Du siehst erschöpft aus«, sagte sie. »Ich mach dir Wasser warm, dann kannst du ein schönes Bad nehmen.«

»Danke«, erwiderte er. »Eine kalte Dusche genügt mir.«

»Hör schon auf, Preacher. Dieses eine Mal kannst du doch tun, was ich sage.«

Er warf ihr einen ironischen Blick zu und seufzte. »Du hast recht, ich bin müde.« Er ließ sich auf einen Stuhl sinken.

»So ist es brav«, sagte sie und nahm einen Joint aus der Tasche und steckte ihn an. »Hier«, sagte sie, »nimm ein paar Züge. Das wird dir guttun. Ich heize inzwischen den Herd an, dann komm ich zurück und ziehe dich aus.«

Preacher sog den duftenden Rauch in die Lungen. »Du behandelst mich wie ein Baby.«

Sie lachte. »Ihr Männer denkt immer, ihr wärt unheimlich stark. Aber geschadet hat es noch keinem von euch, ein bißchen bemuttert zu werden.«

Er machte erneut einen weiteren tiefen Zug, während sie in den Nebenraum ging, wo der Herd stand. Er lehnte den Kopf an die Wand. Plötzlich merkte er, daß er tatsächlich sehr müde war. Viel müder, als er gedacht hatte. Es konnte tatsächlich nicht schaden, ein bißchen bemuttert zu werden.

Als Tarz Preachers Wohnung betrat, goß Charlie gerade das kochende Wasser in den hölzernen Zuber, den sie in der Küche aufgebaut hatte. »Wo ist Preacher?« fragte der junge Mann.

»Nebenan. Er ist auf dem Stuhl eingeschlafen.«

Tarz warf einen Blick durch die Tür. Charlie hatte recht. Preachers Augen waren geschlossen, sein Kopf hing zur Seite, er war immer noch völlig bekleidet, nur seine Stiefel hatte er von den Füßen gestreift. »Sie erwarten ihn in der Versammlung«, sagte Tarz.

»Das schafft er nicht mehr«, sagte Charlie. »Er war die ganze Nacht wach und ist sieben Stunden gefahren.«

»Und was soll ich den anderen sagen?«

»Na, die Wahrheit«, sagte das Mädchen. »Es ist schließlich Sabbat, und an einem Tag der Woche hat sogar Gott sich ausruhen müssen.«

Tarz sagte nichts.

»Sag ihnen, sie sollen beten. Er kommt später, wenn er ein bißchen geschlafen hat, heute nachmittag irgendwann.«

Tarz nickte. »Brauchst du Hilfe?«

Sie lachte. »Nein, ich werde schon mit ihm fertig. So schrecklich groß ist er ja nicht.«

Tarz ging wieder hinaus, und Charlie kippte einen weiteren Kessel mit heißem Wasser in den Waschzuber. Dann warf sie ein paar grüne Kristalle aus einer Packpapiertüte hinein und rührte mit einem großen Holzlöffel um. Zufrieden sog sie den Fichtennadelduft ein, der mit dem heißen Dampf aufstieg. Das roch wirklich gut.

Als Preacher Charlies Hand auf seiner Schulter spürte, wachte er ruckartig auf. »Ich habe geschlafen«, sagte er verblüfft.

»Ich weiß«, erwiderte Charlie.

»Wie spät ist es denn?« fragte er. »Meine Predigt ist fertig.«

»Die kann warten«, sagte Charlie. »Ich hab ihnen schon gesagt, daß du erst heute nachmittag kommst. Jetzt zieh dich erst einmal aus. Das Bad ist fertig.«

Während er sein Hemd aufknöpfte, hob Preacher den Kopf, um zu schnuppern. »Was ist das für ein Geruch?«

»Fichtennadelsalz«, kicherte Charlie vergnügt. »Das hab ich in San Francisco gekauft. Der Mann in der Drogerie hat gesagt, es wäre sehr erfrischend, besonders wenn man eine lange Nacht hinter sich hat.«

»Du willst wohl, daß ich wie eine Parfumfabrik rieche?«

»Versuch's erst mal, ehe du meckerst«, sagte Charlie. »Angenehmer als *Chow mein* ist der Geruch ganz bestimmt.«

»Nun, wir werden ja sehen.« Preacher lachte und stieg in die Wanne.

Charlie beobachtete ihn. »Na, wie gefällt's dir?«

Genüßlich ließ er sich in das duftende Wasser sinken. »Großartig. Ich hatte völlig vergessen, wie schön so ein Wannenbad sein kann.«

Sie lächelte. »Ich wußte doch, daß du es magst.«

»Wie recht du hast, Charlie.«

Sie gab ihm Seife und einen Schwamm. »Jetzt schrubb dich mal ordentlich ab, ich mache dir inzwischen Frühstück.«

»Früher hat mich immer meine Mutter gewaschen«, sagte Preacher mit einem fröhlichen Grinsen.

»Ja, das war früher«, gab Charlie zurück. »Jetzt bist du ein großer Junge und wäschst dich alleine.«

»In Ordnung«, sagte er. »Und wenn du sowieso in die Küche gehst, dann sag doch bitte Tarz, daß er vorbeikommen soll.«

»Kann das nicht warten? Ich finde, du solltest dich erst einmal ausruhen.«

»Es ist wichtig.«

Als Tarz hereinkam, trocknete Preacher sich gerade ab. »Wie geht's?« fragte Tarz.

»Gut«, erwiderte Preacher, »ich bin nur ein bißchen schlapp gewesen.«

»Charlie hat gesagt, du hättest etwas Wichtiges mit mir zu besprechen.«

Preacher legte das Handtuch beiseite. »Ja«, sagte er. »Ich möchte, daß du gleich morgen früh mit sechs Mann hinausfährst und das Feld Nummer Zehn pflügst. Nehmt beide Traktoren und sorgt dafür, daß von der jetzigen Bepflanzung nichts wieder hochkommt. Anschließend könnt ihr Luzerne säen.«

Tarz starrte ihn ungläubig an. »Mit Luzerne werden wir aber nicht viel verdienen.«

»Wir verdienen erst recht nichts, wenn wir eingelocht werden. Dann ist die Gemeinde kaputt.«

»Aber wir bezahlen die Hypothek von dem Geld.«

»Wir müssen eine andere Lösung finden«, erwiderte Preacher. »Wir haben eine ganze Menge Geld gesammelt in Frisco. Vielleicht sollten wir diese Sammlungen regelrecht organisieren und jede Woche eine andere Stadt besuchen.«

»Die Kinder werden ganz schön frustriert sein. Die meisten sind doch zu uns gekommen, weil sie denken, daß hier die draußen üblichen Regeln nicht gelten. Sie lieben die Freiheit, die ihnen die Gottesgemeinde geschenkt hat; sie schätzen es, daß sie hier nicht dauernd kontrolliert und reglementiert werden.«

»Sie können doch weiterhin tun, was sie wollen«, sagte Preacher. »Wir ziehen uns nur aus dem Geschäft zurück, das ist alles.«

Tarz schüttelte den Kopf. »So sehen die Kinder das nicht. Die denken, du kriechst vor den Spießern zu Kreuze.«

»Da haben sie gar nicht so unrecht. Es ist eine ganz praktische Frage. Wenn man gegen die Gesetze verstößt, landet man früher oder später im Knast. Und ich glaube nicht, daß die anderen da lieber hin möchten als ich.«

»Aber ihren eigenen Stoff werden sie unbedingt haben wollen.«

»Das ist ihre Sache«, sagte Preacher. »Dagegen habe ich nichts. Ich sage nur, daß das Zeug nicht bei uns angebaut werden darf. Und jeder, der dagegen verstößt, muß die Gemeinde verlassen.«

Tarz starrte ihn einen Augenblick an, dann nickte er langsam. »Okay. Morgen früh um sechs sind die beiden Traktoren da draußen.«

»Ich fahr mit euch raus«, sagte Preacher.

»Was ist los?« fragte Tarz. »Traust du mir nicht, oder was?« Er war offensichtlich beleidigt.

Preacher lachte. »Du weißt genau, daß ich dir vertraue. Ich möchte nur aufpassen, daß ihr auch alles richtig macht, ihr Kinder der Großstadt. Ich bin immer noch der oberste Farmjunge hier.«

Tarz grinste. »Wie du meinst, Preacher. Aber ich glaube, es ist besser, wenn du es den Kindern erklärst. Mir nehmen sie es sicher nicht ab.«

»Gut, das mache ich«, sagte Preacher. »Wir müssen immer daran denken, daß unsere Arbeit für Gott das einzig Wichtige ist. Alles andere ist nebensächlich.«

# Sechstes Kapitel

Preacher fuhr aus dem Schlaf hoch und setzte sich auf. Seit einer Woche war er aus San Francisco zurück, und seither litt er unter Angstträumen. Jede Nacht schreckte er hoch. Woher die bösen Ahnungen kamen, ließ sich nicht feststellen. Weder Gebete noch Fasten, weder Sex noch Marihuana schienen ihn von seiner Nervosität befreien zu können. Jedesmal, wenn er ein paar Stunden Ruhe gefunden hatte, kamen die Ängste zurück.

In seinem Schlafzimmer war es stockdunkel, vor den Fenstern stand eine pechschwarze, mondlose Nacht. Preacher spürte neben sich eine Bewegung und streckte die Hand aus. Nackte Haut, ein junger, kräftiger Körper. Er versuchte sich zu erinnern, mit wem er im Bett gelegen hatte, als ihn der Schlaf übermannte, aber es fiel ihm nicht ein. Er wußte, daß einige Mädchen bei ihm gewesen waren, aber er hatte zuviel Marihuana geraucht, und sein Kopf war benommen.

»Preacher?« flüsterte eine Stimme im Dunkel.

»Ja.«

»Geht es dir gut?«

»Ja. Ich kann bloß nicht schlafen.« Preacher zögerte einen Moment. »Außerdem kann ich nichts sehen. Es ist hier so finster.«

Ein leises Kichern kam aus dem Dunkel. »Ich bin Melanie, falls du das meinst. Mensch, Preacher, du warst wirklich unheimlich *high.* Wir haben dich zu dritt ins Bett bringen müssen.«

»Zu dritt?« fragte Preacher.

»Ja, Sarah, Charlie und ich.«

Im gleichen Augenblick spürte Preacher auch auf der anderen Seite eine Bewegung. Jemand setzte sich auf. »Alles okay, Preacher?« Das war Charlie, er kannte die Stimme.

»Ich kann nicht schlafen«, sagte Preacher.

»Du hast nicht mehr richtig geschlafen, seit du aus Frisco zurück bist«, erwiderte Charlie. »Und sonst hast du auch nichts zustande gebracht. Ich glaube, diese chinesische Hure hat dich verhext.«

»Hör auf mit dem Unsinn«, erwiderte Preacher. »Es gibt keine Hexen. An so etwas hat man im Mittelalter geglaubt.«

Charlie stand auf. »Ich werde dir einen Kräutertee machen.« Mit einem Streichholz zündete sie eine Stearinkerze an. Jetzt waren alle drei Mädchen zu sehen. Sie waren genauso nackt wie er selbst. Charlie nahm eine kleine Flasche aus der Fichtenholzkiste, die als Nachttisch neben dem Bett stand. »Hier, Melanie, reib ihn mal ordentlich ein, vielleicht entspannt er sich dann.«

»Was ist das für Zeug?« fragte Preacher.

»Kamasutra-Moschusöl«, sagte Charlie. »Ich habe die Flasche extra aufgehoben für dich.«

»Ich will eine Zigarette.«

»Du hast genug geraucht gestern nacht«, sagte sie.

»Ich will keinen Joint, ich will eine richtige Zigarette. Mit Tabak.«

»Damit hast du doch schon vor einem Jahr Schluß gemacht, Preacher. Du wirst doch mit dem Dreck nicht wieder anfangen wollen?«

»Das mußt du schon mir überlassen«, sagte Preacher gereizt.

Charlie holte ihm schweigend die Zigaretten vom Tisch. Preacher nahm sich eine, und Charlie hielt ihm die Kerze hin, damit er sie anzünden konnte. Er nahm einen tiefen Zug, mußte aber gleich husten, als ihm der heiße, trockene Rauch in die schmerzende Kehle geriet.

»Na, geht's dir jetzt besser«, fragte Charlie mit spöttischer Stimme.

»Ja,« sagte er knapp und nahm einen weiteren Zug.

»Dann leg dich jetzt wieder hin und laß dich von den Mädchen massieren.«

Er nickte und ließ sich auf die Matratzen zurücksinken. Charlie zündete eine zweite Kerze an und steckte sie in den Kerzenhalter neben dem Bett. Dann ging sie zur Tür. »Ich bin gleich wieder da«, sagte sie.

Preacher sah ihr aufmerksam zu. »Danke, Charlie.«

»Du brauchst uns nicht zu danken, Preacher«, erwiderte sie. »Du weißt doch: Wir lieben dich alle.«

»Und ich liebe euch«, gab er leise zurück.

»Dreh dich um«, sagte Sarah. »Leg deinen Kopf bei mir in den Schoß.«

Er rutschte hinüber und legte den Nacken zwischen die Schenkel des Mädchens, das aufrecht im Schneidersitz hinter ihm saß. Noch einmal zog er an der Zigarette. Es tat unglaublich gut. Es war dumm von ihm, daß er aufgehört hatte zu rauchen. Warum hatte er das nur getan? Er hielt den Rest der Zigarette hoch, und Melanie drückte sie aus. Dann ließen die Mädchen das Kamasutra-Öl auf ihre Handflächen tropfen und begannen mit ihrer Massage. Ein feiner Moschusgeruch hing in der Luft.

Sarah begann mit dem Hals und den Schultern, während Melanie, die zwischen seinen Beinen kniete, zunächst seine Füße, Waden und Knöchel bearbeitete. Charlie hat recht, dachte Preacher, die teils energischen, teils zarten Hände der Mädchen taten ihm gut. Er schloß seine Augen und gab sich dem sinnlichen Wohlgefühl der sanften Berührungen hin, die unmittelbar auf die Nervenenden unter der Haut wirkten.

Sarah hatte inzwischen seinen Brustkasten erreicht und streichelte in behutsamen Kreisen über seine Rippen und Brustwarzen, während Melanie seine Oberschenkel zu kneten begann. »Wehr dich nicht«, sagte sie. »Deine Muskeln sind ja ganz verkrampft. Entspann dich lieber, bleib locker.«

»Und wie soll ich das machen?« fragte er.

»Erzähl uns was über Gott«, sagte Sarah. »Wenn du dich auf Gott konzentrierst, dann denkst du nicht an dich selbst. Das löst die Verspannung.«

Er öffnete seine Augen und beobachtete, wie sie mit ausgestreckten Armen über ihm kniete, um seinen Bauch zu erreichen. Er sah den Schweißfilm auf ihrer Haut und spürte den Duft, der aus ihren Schamhaaren aufstieg. »Das ist gar nicht so einfach«, sagte er. »Mit deiner Möse direkt vor der Nase.«

Sie kicherte. »Okay. Dann erzähl ich dir was über Gott.«

»Gut«, sagte Preacher.

»Ich weiß nicht recht.« Sarah zögerte plötzlich. »Es ist dieser Traum. Ich habe mich nie getraut, dir davon zu erzählen. Vielleicht ist es eine Gotteslästerung, darüber zu reden.«

»Gotteslästerung wäre es nur, wenn du Angst hättest, mit den anderen Mitgliedern unserer Gemeinde zu teilen. Das gilt auch für deine Zweifel und deine Probleme.«

»Melanie kennt den Traum schon. Ich habe ihr davon erzählt.«

»Dann erzählst du ihn jetzt eben mir«, sagte Preacher.

Sarah massierte seine Bauchmuskeln, ihre Finger streichelten noch etwas fester als auf der Brust. »In dem Traum ist es Nacht. Ich bin auf dem Kalvarienberg und bete kniend zu Füßen des Kreuzes. Aus irgendeinem Grund hebe ich plötzlich den Blick und sehe, daß Jesus mich ansieht. Wie Weißglut fließt mir sein Blick durch die Seele, und ich bin völlig geblendet. Dann ist sein Gesicht plötzlich weg, und du schaust herunter auf mich. Dabei ist dein Gesicht so voller Schmerz, daß ich zu dir hinauf möchte, um dich zu trösten. Ich recke mich, so hoch ich nur kann, aber ich erreiche nicht einmal deine Füße. Ich muß weinen aus lauter Verzweiflung. Dann wache ich auf.«

Preacher spürte Tränen auf seinem Gesicht. Sarah weinte, während sie ihn massierte. Preacher schwieg.

»Was glaubst du, was das bedeutet?« fragte das Mädchen. »Ist es eine Vision? Oder bist du wirklich unser Herr Jesus Christus?«

»Eins weiß ich sicher«, erwiderte Preacher. »Ich bin nicht Jesus Christus. Was dein Traum bedeutet, weiß ich nicht so genau. Ich könnte mir allerdings vorstellen, daß du Gott mit solcher Dringlichkeit suchst, daß du seine Herrlichkeit unbewußt auf jemand anderen überträgst. Auf jemanden, den du leichter erreichen kannst, der dir zugänglich ist.«

»Ist das Gotteslästerung?« fragte Sarah.

»Nein. Jeder von uns sucht Gott. Entweder wir suchen ihn in uns selbst oder in Bildern, die wir uns von ihm machen. Entscheidend ist nur, daß wir nicht etwa Trugbilder anbeten, sondern stets daran denken, daß es nur den einen Gott gibt, der uns seinen einzigen, eingeborenen Sohn geschickt hat, um uns zu erlösen.«

Sarahs weiche Finger berührten Preachers Geschlecht im selben Augenblick, in dem Melanie seine Hoden erreicht hatte. Er spürte, wie kleine Flämmchen in seinen Lenden zu flackern begannen.

Plötzlich zogen die beiden Mädchen ihre Hände zurück. »Dreh dich auf den Bauch«, sagte Sarah. »Charlie hat gesagt, wir sollten sofort mit dem Rücken anfangen, wenn wir übermäßigen Blutandrang bei dir feststellen.«

»Und warum?« knurrte Preacher.

»Sie möchte, daß du vollkommen entspannt bist, wenn du deinen Kräutertee trinkst«, sagte Melanie.

»Aber ich bin doch vollkommen entspannt.«

»Dreh dich um«, sagte Sarah. »Wenn wir fertig sind, bist du noch viel entspannter.«

Als Charlie aus der Küche zurückkam, schlief Preacher schon beinahe wieder. »Na, wie fühlst du dich jetzt?« fragte sie.

Er drehte sich um. »Ganz entspannt.«

»Gut«, sagte Charlie. »Dann setz dich jetzt hin und trink das hier.«

Preacher setzte sich auf, und sie gab ihm die Tasse. »Sei vorsichtig«, warnte sie ihn. »Es ist heiß.«

Behutsam nahm er den ersten Schluck und verzog das Gesicht. »Was soll denn das sein? Das schmeckt ja abscheulich.«

»Trink nur, das ist gut für dich, Preacher.«

»Aha. Und *was* ist es?«

»Ginseng-Tee. Aber nicht aus der Tüte, sondern aus

richtigen Wurzeln. Deshalb hat es auch eine Weile gedauert«, sagte Charlie stolz.

»Und wozu soll das gut sein?«

»Die Ginsengwurzeln geben dir Kraft.«

Er musterte sie mit einem ironischen Blick. »Die Chinesen sagen, sie machen potent.«

»Das kommt hinzu«, grinste Charlie.

Preacher nahm noch einen Schluck. »Findet ihr, ich hätte es nötig?«

»Schaden wird es dir jedenfalls nicht. Du bist ja nur noch ein Schatten deiner selbst seit einigen Tagen.«

»Ich weiß«, sagte Preacher. »Aber ist euch denn nie in den Sinn gekommen, daß ich andere Sorgen haben könnte?«

»Nun ja, diese kleine Medizin wird deine Stimmung sicher wieder bessern.«

Preacher nahm einen weiteren Schluck. »Schmecken tut sie jedenfalls scheußlich.«

»Trink alles schön aus«, sagte Charlie. »Je schneller du damit fertig bist, desto schneller kommen wir wieder ins Bett.«

»Meinst du, ich kann danach besser schlafen?« fragte Preacher.

»Mit dem Schlafen wirst du bestimmt keine Schwierigkeiten mehr haben«, sagte Charlie mit einem winzigen Lächeln. Sie wartete, bis er die Tasse geleert hatte, nahm sie ihm ab und stellte sie auf die Kiste neben dem Bett.

»Sollen wir die Kerzen ausblasen?« fragte Melanie.

»Nein«, sagte Charlie. »Kerzenlicht ist so romantisch.« Sie legte Preacher die Hände auf die Schultern, stieß ihn zurück in die Kissen und küßte ihn auf den Mund. Im gleichen Augenblick spürte er, wie eins der beiden anderen Mädchen sein Geschlecht in die Hand nahm und mit den Lippen umfing.

»He, was ist los?« protestierte er lächelnd. »Ich fühle mich wie das Lamm, das gemästet wird für die Schlachtbank.«

Charlie hob ihren Kopf für einen Moment. »Du weißt also gar nicht, was los ist?« fragte sie atemlos.

Preacher schüttelte den Kopf.

»Wir möchten, daß du in jeder von uns heute nacht ein Baby machst«, sagte sie.

»Heute nacht?« fragte er ratlos.

»Ja«, sagten alle drei gleichzeitig.

Er starrte sie ungläubig an. »Und warum?«

»Auf diese Weise können wir dich immer bei uns behalten. Auch wenn du weg bist, trägt jede von uns ein Stück deiner Göttlichkeit in sich.«

»Ihr seid ja verrückt«, sagte Preacher.

»Nein, keineswegs. Du wirst uns verlassen. Das wissen doch alle.«

»Wer hat euch denn das eingeredet?«

»Es ist doch nichts mehr wie früher«, sagte Charlie bedrückt. »Seit du befohlen hast, daß Feld Nummer Zehn umgepflügt wird, hast du dich völlig verändert. Wir haben gedacht, wenn wir alle mit dir zusammen sind, so wie früher, dann kommt alles wieder ins Lot.«

Preacher stand ruckartig auf. »Wer hat euch dazu angestiftet?« fragte er wütend.

»Niemand«, sagte Charlie. »Aber die ganze Gemeinde ist unruhig. Die Hälfte der Leute möchte weggehen, bevor du uns verläßt.«

Nervös griff Preacher nach einer Zigarette. »Und ihr habt gedacht, wenn ihr schwanger seid, wäre alles wieder in Ordnung?«

»Ja«, sagte Charlie.

»Hört zu«, sagte Preacher. »Ich gehe nirgendwo hin. Und jetzt hebt eure köstlichen Hintern hier raus und sagt den anderen Bescheid. Macht ihnen klar, daß ich hierbleibe und daß sie gefälligst zu mir kommen sollen, wenn ihnen etwas nicht paßt.«

Charlie schluchzte, und als er die beiden anderen ansah, stellte er fest, daß sie ebenfalls weinten. Preacher schüttelte wütend den Kopf. Es war offensichtlich unmöglich, den Mädchen klarzumachen, worum es ihm ging.

»Bist du böse auf uns?« fragte Charlie.

»Nein, ich bin euch nicht böse«, erwiderte Preacher. »Ihr alle seid meine Kinder.«

»Wir lieben dich, Preacher«, sagte Sarah und küßte seine Hand.

»Wir möchten einfach wieder mit dir zusammen sein, so wie früher«, sagte Melanie und hielt seine andere Hand fest.

»Aber ihr seid doch zusammen mit mir«, sagte Preacher. »Es hat sich doch gar nichts geändert.«

»Dann laß uns bitte heute nacht hierbleiben«, bettelte Melanie. »Wir versprechen, uns gut zu benehmen.«

Preacher sah zu Charlie hinüber, der immer noch die Tränen übers Gesicht liefen. »Gut«, sagte er, plötzlich besänftigt. »Macht die Kerzen aus, dann wollen wir schlafen.«

Aber Preacher konnte nicht wieder einschlafen, und erst am Morgen, als er die beiden bärtigen Männer mit den breitkrempigen schwarzen Hüten aus dem weißen Cadillac steigen sah, den sie vor dem Gemeinschaftshaus abgestellt hatten, wurde ihm plötzlich bewußt, was es mit seinen düsteren Ahnungen auf sich gehabt hatte.

Die beiden Männer waren Bruder Ely und Bruder Samuel von der Gemeinde der Gottessöhne, und jetzt wußte Preacher auch, wem die Firma Soong die Marihuana-Platten verkauft hatte.

# Siebtes Kapitel

Der weiße Cadillac war ein eindrucksvolles Gefährt. Das Verdeck war zurückgeschlagen und enthüllte elegante, lederbezogene Polster in leuchtendem Rot. Preacher ging um das Fahrzeug herum und las, was auf der Zulassung stand, die neben der Lenksäule angeklebt war. Der Wagen gehörte der Gemeinde der Gottessöhne, San Francisco. Preacher richtete sich nachdenklich auf und ging ins Versammlungsgebäude.

Tarz saß mit den beiden Besuchern am Tisch. Die Männer waren in düsteres Schwarz gehüllt, ihre breitkrempigen Hüte, ihre Hemden und Hosen, ja sogar die üppigen Bärte waren pechschwarz. Als Preacher hereinkam, standen sie auf.

»Guten Tag, Bruder Ely. Guten Tag, Bruder Samuel«, sagte Preacher. Die Hand gab er den Besuchern allerdings nicht.

Bruder Ely lächelte verbindlich. »Ach, Preacher, wie schön, daß man sich wieder mal sieht.«

Preacher nickte, ohne zu lächeln.

»Wir haben gehört, daß Sie bei uns in der Stadt waren«, sagte Bruder Samuel langsam. »Warum haben Sie uns nicht besucht?«

»Dazu gab es keine Veranlassung«, erwiderte Preacher.

»Aber Sie waren doch volle drei Tage da«, sagte Ely. »Da hätten Sie wirklich hereinschauen können. Bruder Robert schätzt Sie sehr, das wissen Sie doch. Er findet, niemand arbeitet mehr für die Werke des Herrn als Sie, Preacher.«

Preacher warf den beiden Männern einen prüfenden Blick zu. Mit einer Geste lud er sie ein, sich wieder zu setzen. Er selbst wählte einen Stuhl auf der anderen Seite des Tisches, zündete in aller Ruhe eine Zigarette an und lehnte sich beinahe schläfrig zurück. »Ich glaube nicht, daß euch Bruder Robert geschickt hat, um mir Komplimente zu machen«, sagte er, ohne zu lächeln.

Bruder Ely warf Tarz einen bedeutungsvollen Blick zu, dann kehrten seine Augen zu Preacher zurück. »Bruder Robert hat uns beauftragt, ein sehr persönliches Gespräch mit Ihnen zu führen«, sagte er förmlich.

»In der Gottesgemeinde kennen wir keine Geheimnisse«, entgegnete Preacher. »Sprechen Sie ruhig ganz offen. Ich habe vor Tarz und den anderen Kindern nichts zu verbergen.«

Bruder Samuel schob seinen Stuhl zurück und stand auf. Er war groß und breitschultrig. »Wir sollen Bruder Roberts Auftrag nur Ihnen mitteilen«, sagte er drohend.

Preacher sah zu ihm hoch. Der Mann war berüchtigt. Früher hatte er als Rausschmeißer in billigen Bars und als Geldeintreiber für unseriöse Kreditinstitute gearbeitet. Dann hatte er angeblich eine Wandlung vom Saulus zum Paulus erlebt und war Mitglied der Gottessöhne geworden. Sein Job war freilich bei Bruder Robert derselbe geblieben wie früher: Er sollte die Leute einschüchtern und besonders die Opposition in der Kirche selbst unterdrükken. »Sie verschwenden Ihre Zeit, Bruder Samuel«, sagte Preacher gelassen.

»Setz dich«, rief Bruder Ely sofort. »Preacher wird schon wissen, was er verantworten kann.«

Bruder Samuel ließ sich mit wütendem Gesicht auf den Stuhl fallen und starrte schweigend auf seine gefalteten Hände.

Ely wandte sich wieder an Preacher. »Sie haben sicher gehört, daß wir gerade eine sehr erfolgreiche Missionskampagne durchgeführt haben. Wir haben über zweihundert neue Mitglieder gewonnen.«

»Ich habe davon gehört«, sagte Preacher neutral. Es stimmte tatsächlich. Die Gottessöhne waren durch ganz Kalifornien gereist und hatten kleine Gemeinden und Familien besucht, von denen viele am Rande des Existenzminimums dahinvegetierten. Sie hatten den Leuten versprochen, sie vor dem angeblich unmittelbar bevorstehenden völligen Zusammenbruch der Gesellschaft zu schützen.

»Zweihundert«, sagte Bruder Ely bedeutsam. »Wir haben jetzt mehr als fünfhundert Mitglieder und zudem neugegründete Gemeinden in Los Angeles und San Diego.« Preacher nickte, ohne etwas zu sagen.

»Wir sind eine regelrechte Bewegung geworden«, sagte Ely. »Bald wird man nicht mehr an uns vorbeikönnen.«

»Herzlichen Glückwunsch«, sagte Preacher ironisch.

»Wir haben ein Vermögen von 800.000 Dollar in bar und in Grundstücken, und wir sammeln mehr als tausend Dollar die Woche. Überall, wo wir Gemeinden haben, besitzen wir kleine Geschäfte. Wir wachsen wirklich unheimlich.«

»Außerdem habt ihr noch Crazy Charlie«, sagte Preacher.

»Nein, den haben wir nicht mehr«, sagte Ely entschlossen. »Bruder Robert hat ihn rausgeworfen. Was dieser Charlie wollte, paßte nicht in unsere Kirche. Wir stehen auf der Seite Gottes in Fragen der Keuschheit. Charlie wollte bloß Jesus spielen und Sex.«

»Aber Charlie ist doch mit Bruder Robert von der Scientology Kirche gekommen«, erwiderte Preacher.

»Das ist nicht wahr«, sagte Ely. »Bruder Robert hat L. Ron schon lange verlassen. Er hat Charlie nie in der Scientology Kirche gesehen. Er sagt, Charlie hätte gelogen, er sei nie in der Scientology Kirche gewesen, sondern hätte die ganze Zeit im Gefängnis gesessen.«

»Und wo ist Charlie jetzt?« fragte Preacher.

»Irgendwo in der Nähe von Los Angeles«, sagte Ely. »Er soll ein paar junge Leute bei sich haben und dafür sorgen, daß sie ständig bekifft sind. Nur so kann er sie in dem Glauben erhalten, er sei Jesus Christus und werde sie beim Jüngsten Gericht vor der Hölle bewahren.«

»Charlie ist ein übler Bursche«, sagte Preacher. »Eines Tages wird er noch jemanden umbringen.«

»Der doch nicht«, sagte Ely verächtlich. »Das ist doch ein Feigling.«

»Dann wird er eben ein paar von den verrückten Kindern anstiften, an seiner Stelle zu morden.«

»Das geht uns nichts an«, sagte Ely. »Wir haben jedenfalls nichts mehr mit ihm zu tun.«

Preacher schwieg einen Augenblick. »Aber das war ja wohl nicht der Grund, weshalb Sie gekommen sind, oder?«

»Bruder Robert schlägt vor, daß wir uns zusammentun«, sagte Ely. »Er möchte, daß Ihre Gemeinde sich der Kirche der Gottessöhne anschließt. Er sagt, zusammen wären wir vielleicht sogar stärker als die Scientology-Leute.«

Preacher lachte. »Schlagt euch das aus dem Kopf. Wir sind eine schlichte christliche Gemeinde und halten uns an die Bibel. Mit eurer komplizierten Verbindung von Jehova, Jesus und Luzifer wollen wir nichts zu tun haben. Wir glauben nur daran, daß Jesus gestorben ist, um uns zu erlösen.«

»Aber Bruder Robert hat doch bewiesen, daß Jesus Christus eine Versöhnung zwischen seinem Vater Jehova und seinem Onkel Luzifer herbeigeführt hat. Beim Jüngsten Gericht wird Jesus die Gerechten bei seinem Vater versammeln, und Luzifer vernichtet die anderen.«

»Also für mich hat Bruder Robert noch gar nichts bewiesen«, erwiderte Preacher, »und allen anderen, die der Heiligen Schrift vertrauen, ist seine Lehre genauso zuwider. Nein, es paßt nicht zusammen.«

»Wieviele Kinder haben Sie in Ihrer Gemeinde?« fragte Ely.

»Knapp über vierzig«, sagte Preacher.

»Wenn Sie der Kirche der Gottessöhne beitreten würden, hätten Sie bald über hundert.«

»Das interessiert mich nicht«, sagte Preacher.

»Vielleicht sollten Sie darüber nachdenken«, sagte Ely. »Die Polizei ist Ihnen schon auf der Spur. Die wissen, daß Sie das Marihuana in Frisco verkauft haben. Aber wir können verhindern, daß die Ihnen hier auf den Pelz rükken.«

»Die sollen nur kommen«, sagte Preacher gelassen. »Wir sind sauber. Die finden hier nichts.«

»Na, na«, sagte Ely. »Für fünfhundert Platten brauchen Sie mindestens fünf Morgen Hanf.«

»Da muß wohl ein Mißverständnis vorliegen«, erwiderte Preacher. »Auf unserer Farm wächst nirgendwo Hanf.«

Bruder Ely warf ihm einen prüfenden Blick zu. »Vom Hause Soong haben wir etwas ganz anderes gehört, Preacher.«

»Haben Sie Marihuana bei denen gekauft?« fragte Preacher.

»In der Tat. Fünfhundert Platten. Und zwar zur selben Zeit, als Sie in Frisco gewesen sind, um Ihre finanzielle Situation aufzubessern.«

»Das ist interessant«, sagte Preacher. »Und nun glauben Sie also, wir bauten hier Hanf an, ja?«

»Nein«, sagte Ely. »Das *glauben* wir nicht, das haben uns die Leute gesagt, die es *wissen.* Es gibt Männer im Hause Soong, die mögen es nicht, daß Sie mit Barbara schlafen. Diese Leute wollen, daß sich das Mädchen vom Geschäft zurückzieht. In einer solchen Geheimgesellschaft ist für Frauen kein Platz.«

Preacher erhob sich. »Das ist alles Quatsch. Bitte teilen Sie Bruder Robert mit, daß die Gottesgemeinde nicht daran interessiert ist, mit ihm Geschäfte zu machen.«

Bruder Ely legte den Kopf schief und sah ihn von unten her an. »Wenn ihr eine richtige Gemeinde seid, warum lassen Sie die Kinder nicht demokratisch darüber abstimmen, was sie tun wollen?«

»Ich hab nichts dagegen«, sagte Preacher. »Die Kinder können gehen, wann immer sie wollen. Aber ich mache keine Geschäfte mit Bruder Robert.«

»Dann geben Sie uns nicht die Schuld, wenn euch die Polizei den Laden hier auseinandernimmt!«

Bruder Samuel stand auf. »Ich hab dir doch gleich gesagt, daß man diesen Trottel mit etwas Nachdruck zum Pfad der Tugend zurückführen muß«, knurrte er und schob sich drohend an Preacher heran.

Preacher beobachtete ihn. »Ich glaube, Sie sollten darauf verzichten, mich irgendwie belehren zu wollen«, sagte er.

Samuel hob seine Fäuste zu einem gewaltigen Schlag, aber Preacher drehte nur lässig den Kopf, und der gefährliche Schwinger ging in die Luft.

»Warum beruhigen Sie sich nicht, Bruder Samuel«, sagte Preacher mit tonloser Stimme. »Sie wissen doch, daß wir gewaltfrei zu leben versuchen.«

»Ich werd dir schon zeigen, wie ihr leben sollt«, grunzte Samuel und stürzte sich mit erhobenen Fäusten auf seinen Gegner.

Diesmal sah es so aus, als ob Preacher zur Seite ausweichen wolle, und Samuel setzte ihm nach. Er begriff überhaupt nicht, wie ihm geschah, als ihn Preachers Fußtritt am Kopf traf. Man hörte, wie unter dem Stiefel ein Knochen zersplitterte, dann fiel Bruder Samuel schwer auf die Seite, aus Mund und Nase floß Blut. Verblüfft versuchte er, noch einmal hochzukommen, stützte sich ungeschickt auf die Arme, starrte wütend zu Preacher hinauf, aber er schaffte es nicht mehr hochzukommen. Stöhnend brach er zusammen und krümmte sich auf dem Fußboden.

Preacher sah ungerührt zu. »Nehmen Sie ihn mit, Bruder Ely, und teilen Sie Bruder Robert mit, was ich gesagt habe. Wir wollen nichts mit den Gottessöhnen zu tun haben.«

»Hatten Sie nicht gesagt, Sie lehnten Gewalt ab?« fragte Ely.

»Das schon«, sagte Preacher. »Aber Selbstverteidigung ist gelegentlich notwendig. Bruder Samuel wußte wohl nicht, daß ich drei Jahre in Vietnam war.«

Ely schwieg einen Augenblick lang. Er machte keinen Versuch, dem Mann auf dem Boden zu helfen. »Trotzdem, Preacher, ich möchte, daß Sie Bruder Roberts Vorschlag noch einmal überdenken.«

»Das habe ich bereits«, sagte Preacher abschließend und kehrte Bruder Ely den Rücken und verließ das Gebäude.

Vom Fenster seiner Wohnung aus beobachtete er, wie Tarz und Bruder Ely dem Verletzten in den schneeweißen Cadillac halfen. Bruder Samuel hielt sich ein Handtuch vor das Gesicht. Er sagte etwas zu Tarz, der sich daraufhin umdrehte und wegging.

»Was war denn los?« fragte Charlie. Der weiße Cadillac wurde gewendet, und als er die Siedlung verließ, wirbelte eine Staubwolke auf.

»Nichts«, sagte Preacher, »gar nichts.« Er sah zu, wie Tarz zurück ins Versammlungshaus ging. Das gefiehl ihm nicht. Normalerweise wäre Tarz sofort zu ihm gekommen. Er fragte sich, ob Tarz wohl schon vor diesem überraschenden Besuch mit den Gottessöhnen Kontakt gehabt hatte, aber er verbannte diesen Gedanken sofort wieder.

Die Gottesgemeinde gehörte zusammen. Einen Judas gab es hier nicht.

# Achtes Kapitel

Preacher saß im Lieferwagen der Gottesgemeinde und wartete darauf, daß Charlie vom Postamt zurückkam. Normalerweise holte er Post nicht selbst aus der Stadt, aber heute war er nervös. Der Zusammenstoß mit den beiden Gottessöhnen hatte ihn doch stärker beunruhigt, als er sich selbst eingestehen mochte. Im Grunde hielt er die Kirche der Gottessöhne für eine relativ harmlose Sekte, eine der zahlreichen pseudo-religiösen Gemeinschaften in Kalifornien, die den frustrierten Hippies und anderen jungen Leuten, die vom Leben enttäuscht waren und den Schlüssel zu einer bestimmten Selbstverwirklichung suchten, eine fragwürdige Heimat boten.

Es waren Leute wie L. Ron, Bruder Robert und Crazy Charlie, die bei der Rekrutierung der Jugendlichen den meisten Erfolg hatten. Sie predigten ihnen die Unzufriedenheit mit der Gesellschaft und versprachen eine goldene Zukunft. Mehr als ein junger Mensch war in die absolute Abhängigkeit von einem religiösen Führer oder einer Sekte geraten, die dies rücksichtslos ausnutzten. Das Erstaunlichste war dabei, daß die Opfer absolut glücklich darüber waren, daß sie ausgenutzt wurden, weil sie das Gefühl hatten, daß sie gebraucht wurden.

Mit Gottes Verheißung hatte das wenig zu tun, und dennoch übten die Sekten eine Anziehungskraft aus, die Preacher sich nicht zu erklären vermochte. Der Herr hatte ihn beauftragt, den suchenden und ratlosen Menschen zu helfen, und er bemühte sich, diesen Auftrag so gut es ging zu erfüllen. Aber vielleicht genügte das nicht. Vielleicht fehlte ihm eine Eigenschaft, die andere besaßen. Vielleicht lag es daran, daß er die Herrschaft Gottes predigte, während die jungen Menschen die irdische Autorität suchten. Aber er konnte sich selbst nicht verleugnen. Er verbreitete das Wort Gottes. Er vermochte sich nicht als angeblicher Stellvertreter Gottes auf Erden über seine Nächsten zu erheben und Gehorsam von ihnen zu fordern. Sie waren alle Gottes Kinder, und er war einer von ihnen.

Charlie kam über die Straße, fröhlich schwenkte sie einen Postsack. »Wir haben mehr als hundert Briefe gekriegt«, strahlte sie, als sie neben ihm saß. »Alle aus San Francisco, soweit ich gesehen habe.«

»Gut«, sagte Preacher und ließ den Motor an. »Diese Flugblätter, die wir verteilt haben, waren also erfolgreich.«

»Ach«, sagte Charlie. »Das hätte ich beinahe vergessen. Da ist noch ein Telegramm. Für dich.«

Preacher riß den gelben Umschlag auf und las. RUF MICH UNBEDINGT SOFORT UNTER NUMMER 777-2121 AN. BARBARA.

Das Telegramm war vor zwei Tagen in San Francisco aufgegeben worden. Er hätte es gestern schon haben müssen. Merkwürdig, daß Tarz es ihm nicht mitgebracht hatte. Aber vielleich war es erst gekommen, als Tarz die Post bereits abgeholt hatte.

Preacher stellte den Motor wieder ab und stieg aus. »Ich komme gleich wieder«, sagte er.

Charlie las ihm die Unruhe vom Gesicht ab. »Stimmt was nicht, Preacher?«

»Ich weiß noch nicht«, sagte er und ging rasch zur Telefonzelle neben dem Postamt.

Während er wählte, beobachtete er durch die Glastür, wie Charlie die ersten Briefe aufmachte. Dann wartete er. Nach dem zweiten Klingeln fielen die Münzen.

Barbara meldete sich.

»Hier ist Preacher.«

Barbaras Stimme war eigenartig verhalten und ängstlich. »Warum rufst du erst jetzt an?«

»Ich habe dein Telegramm erst vor einer Minute gekriegt«, sagte er.

»Du wirst Besuch bekommen«, flüsterte sie.

»Schon geschehen. Heute morgen«, erwiderte Preacher. »Ich habe sie rausgeworfen.«

»Das ist aber heikel, Preacher. Ich –«

»Was hast du mit den Gottessöhnen zu tun?«

»Gar nichts«, flüsterte Barbara. »Aber mein Onkel findet, daß an der Spitze des Hauses Soong keine Frau stehen dürfe. Er hat das Geschäft mit den Gottessöhnen gemacht und ihnen außerdem noch gesteckt, von wem wir die Ware gekauft hatten.«

»Konntest du das nicht verhindern?«

»Leider nicht«, erwiderte sie. »Er hat das ganze Unternehmen übernommen. Ich bin praktisch seine Gefangene. Sie haben mich in meiner eigenen Wohnung eingesperrt. Die meisten Vettern halten zu ihm.«

»Gibt es denn niemanden mehr, der loyal ist?«

»Ich weiß nicht. Sie lassen niemanden zu mir herauf.«

»Warum haust du nicht einfach ab?«

»Ich hab es versucht. Aber sie haben unten am Fahrstuhl zwei Männer aufgestellt, die mich nicht rauslassen. Mein Onkel hat der Familie erzählt, ich wäre eine Hure, weil wir die Nacht zusammen verbracht haben.«

Preacher dachte einen Augenblick nach. »Und was passiert als nächstes?«

»Ich weiß nicht«, erwiderte sie. »Ich habe Angst. Für übermorgen hat er den Familienrat einberufen. Von überall her kommen die Vettern. Aus Los Angeles, aus Chicago, sogar aus New York.«

»Was werden sie tun?«

»Es kann sein, daß sie mich wegschicken werden«, sagte sie. »Und ich kann nichts dagegen tun. Ich darf an der Sitzung nicht teilnehmen.«

»Das wäre ja gar nicht so schlecht«, sagte Preacher. »Im Grunde bedeutet die Verantwortung für das Haus Soong doch nur eine Last für dich.«

»Ich glaube, du verstehst mich nicht richtig«, sagte Barbara leise. »Wenn die Vettern mich ›wegschicken‹, komme ich nie mehr zurück.«

Preacher zuckte zusammen. »Du meinst –? Nein, das ist nicht dein Ernst!«

»Anders geht es nicht«, sagte sie fatalistisch. »Nur wenn das Oberhaupt des Tongs tot ist, kann ein anderer nachrücken.«

»Du mußt da weg«, sagte Preacher.

»Das geht nicht, ich hab es dir doch erklärt.«

»Ich hole dich raus.«

»Das schaffst du nicht. Wie willst du hier raufkommen? Unten am Fahrstuhl stehen zwei Mann, und außer meinem Onkel hat niemand einen Schlüssel mehr. Nur wenn er den Fahrstuhl bedient, kann jemand mir das Essen bringen.«

»Besitzt du noch deinen eigenen Schlüssel?«

»Ja, aber das nützt dir gar nichts. Ich kann ihn dir ja nicht geben. Wenn sie dieses Privattelefon nicht übersehen hätten, hätte ich dir nicht mal das Telegramm schicken können.«

»Es ist ein Aufzug von Otis, wenn ich mich richtig erinnere, oder?«

»Ja.«

»Hol deinen Schlüssel raus und sag mir die Nummer.«

»Warte mal«, sagte Barbara. Man hörte, wie sie den Hörer hinlegte. Einen Augenblick später war sie zurück. »Ich habe ihn.«

Preacher zog einen Zettel und seinen Kugelschreiber heraus. »Schieß los.«

»Eins, null, sieben, zwei, drei, fünf, K, I.«

Preacher las ihr die Nummer noch einmal vor.

»Richtig«, sagte sie. »Aber was soll das nützen?«

»Otis hat garantiert Unterlagen für Notfälle. Ich werde mir einen Schlüssel nachmachen lassen.«

»Aber du mußt an den Wachen vorbei«, sagte sie.

»Überlaß das nur mir«, sagte er. »Ich komme morgen nacht um zwei. Ich rufe dich kurz vorher an. Pack auf jeden Fall deine Sachen zusammen, auch wenn du nichts mehr von mir hören solltest.«

Barbara schwieg einen Augenblick, dann sagte sie: »Preacher, wenn du nicht willst, brauchst du gar nichts zu unternehmen. Deshalb habe ich dir das Telegramm nicht geschickt. Ich möchte nicht, daß dir etwas passiert.«

»Wir stehen alle in Gottes Hand«, sagte Preacher. »Laß uns beide um seinen Schutz bitten. Bis morgen nacht, Barbara.«

»Ich werde für dich beten«, sagte sie.

Preacher hängte ein. Einen Augenblick später klingelte das Telefon, und die Vermittlung meldete sich. »Das macht noch fünfundneunzig Cents zusätzlich«, sagte die Stimme.

Nachdenklich betrachtete Preacher das Kleingeld in seiner Hand, suchte die passenden Münzen heraus und wartete, bis sie klickend durch den Apparat gerutscht waren. »Danke«, sagte die Stimme des Mädchens von der Vermittlung. Preacher legte den Hörer zurück auf die Gabel und ging zum Lieferwagen zurück.

Preacher packte die schwarzen Hosen, den schwarzen Rollkragenpullover und die Skimütze nebeneinander aufs Bett, dann rollte er alles zusammen, verschnürte das handliche kleine Paket mit einem schmalen Gürtel und steckte es in eine unscheinbare Papiertüte. Ehe er hinüber zum Versammlungshaus ging, legte er das Päckchen auf den Vordersitz des Dodge.

Tarz, Charlie und noch ein halbes Dutzend andere saßen am langen Tisch und sortierten die Post, die Preacher und Charlie gebracht hatten. Es gab drei verschiedene Häufchen. Das erste bestand aus Briefen von Leuten, die eine Spende geschickt hatten. Sie würden zum Dank eine besonders schöne Broschüre über die Gottesgemeinde erhalten. Der zweite Stapel waren Anfragen, die mit einem hektographierten Merkblatt beantwortet werden konnten. Der dritte Stapel enthielt die kritischen und feindseligen Zuschriften, deren Absender einen Formbrief erhalten würden, der sie aufforderte, christliche Nächstenliebe walten zu lassen, statt andere zu hassen, und im übrigen in der Heiligen Schrift und den Lehren des Heilands Vergebung und Beistand zu suchen.

Tarz hob den Kopf, als Preacher hereintrat. »Gestern und heute waren zusammen fast hundertzehn Dollar in der Post«, sagte er stolz. »Nicht schlecht, was?«

Preacher nickte. »Wie sieht es mit neuen Mitgliedern aus?«

»Schwer zu sagen«, erwiderte Tarz, »zwei oder drei Leute machen einen guten Eindruck. Ich werde dafür sorgen, daß sie eine Einladung erhalten und zum Wochenende als Gäste herkommen.«

»Das ist gut«, sagte Preacher. »Eine einzige gerettete Seele ist mehr wert als alle Schätze der Erde.«

»Amen«, bestätigte Tarz.

Preacher winkte seinen Assistenten ins hintere Zimmer und schloß dann die Tür hinter ihm.

»Ich fahre heute nach Frisco«, erklärte er. »Ich bin morgen den ganzen Tag weg und komme wahrscheinlich erst übermorgen zurück.«

»Du redest also doch noch mit Bruder Robert?« fragte Tarz eifrig.

Preacher warf ihm einen skeptischen Blick zu. Tarz schien ja geradezu begeistert von dieser Idee. »Nein«, sagte er knapp. »Die Sache ist völlig privat. Außerdem warst du ja selber dabei und weißt genau, was ich Bruder Robert habe ausrichten lassen.«

»Ich glaube, die werden das nicht einfach so hinnehmen«, erwiderte Tarz. »Die machen garantiert Stunk.«

»Sie haben nichts gegen uns in der Hand. Wir sind sauber.«

»Das meine ich nicht«, sagte Tarz. »Du weißt doch, wie die Gottessöhne arbeiten. Die schicken einen ganzen Trupp Missionare und bedrohen uns mit Hölle und Schwefel und ewiger Verdammnis, weil wir in Sünde leben und jeden Tag Unzucht begehen.«

»Wenn Gott die Liebe nicht vorgesehen hätte, wären unsere Körper wohl nicht mit den Organen ausgestattet, die zur Liebe notwendig sind«, sagte Preacher. »Ich möchte nur, daß du dafür sorgst, daß die Gottessöhne kein LSD in unserer Gemeinde zurücklassen, wenn sie uns wirklich besuchen, solange ich weg bin. Sonst machen die Kinder noch Dummheiten.«

»Und was ist, wenn sie ihre neunschwänzigen Katzen und Peitschen mitbringen und die Mädchen auspeitschen wollen? Die Kerle sind unglaublich brutal, und es sind nicht genug Männer hier, um sie zu stoppen.«

»Hast du Angst?« fragte Preacher.

»Ja«, sagte Tarz. »Vergiß nicht, daß ich ein Jahr bei ihnen war. Ich habe erlebt, was sie mit Leuten machen, die ihnen im Weg sind.«

Preacher dachte einen Augenblick nach. »Sobald sie auftauchen, rufst du einfach die Polizei über dein Funksprechgerät. Die Polizei wird schon fertig mit denen.«

»Das werden die Kinder nicht mögen. Die meisten von ihnen hassen die Bullen.«

»Immer noch besser, man läßt sich von der Polizei helfen, als sich verprügeln zu lassen«, sagte Preacher und seufzte. »Aber ich bleibe sowieso nicht lange weg. Wahrscheinlich kommen die gar nicht, bevor ich zurück bin. Falls sie überhaupt aufkreuzen.«

»Die kommen bestimmt«, sagte Tarz düster.

»Was macht dich so sicher?«

»Bruder Ely hat gesagt, Bruder Robert wäre bestimmt wahnsinnig wütend darüber, daß du Bruder Samuel so übel mitgespielt hast. Er hat schon angekündigt, daß sie zurückkommen werden.«

»Kann sein«, sagte Preacher. »Aber du weißt ja, was du zu tun hast. Wenn du tust, was ich sage, gibt es bestimmt keinen Ärger.«

»Okay, Preacher, geht in Ordnung.«

Preacher hatte noch eine andere Frage. »Wieviel Geld haben wir in der Kasse?«

»Ich weiß nicht«, sagte Tarz vorsichtig. »Wieviel brauchst du denn?«

Preacher lächelte. Tarz ging wirklich sehr sorgfältig mit ihrem Geld um. Jeder wußte, daß er ein Geizkragen war. »Fünfhundert«, sagte Preacher, und als er das Entsetzen im Gesicht des anderen sah, fügte er rasch hinzu: »Es ist nur geliehen. Du kannst es dir wieder zurückholen.«

Tarz grinste. »In diesem Falle kann ich den Betrag vielleicht für dich zusammenkratzen.«

# Neuntes Kapitel

Preacher fand einen Parkplatz direkt gegenüber von Otis. Es war kurz vor fünf, und überall strömten die Leute aus den Büros und Fabriken, um Feierabend zu machen. Preacher stieg aus, und während er Geld in die Parkuhr warf, musterte er die Gesichter der Leute. Rasch hatte er gefunden, was er suchte.

Er ging auf einen jungen Chinesen zu und tippte ihm auf die Schulter. Der junge Mann drehte sich um. Er trug eine verblichene blaue Arbeitsjacke und Jeans. »Ja?« sagte er und musterte Preacher aus zusammengekniffenen Augen.

Preacher hielt dem jungen Mann einen Zwanzigdollarschein hin. »Ich wollte Sie um einen Gefallen bitten.«

»Kein Hasch«, sagte der junge Mann hastig.

»Nein, kein Hasch«, lächelte Preacher.

»Sind Sie Polizist?«

Preacher schüttelte den Kopf. »Kein Polizist. Ich wollte Sie bitten, in das Haus da drüben zu gehen und etwas abzuholen für mich.«

»Wenn das alles ist, warum gehen Sie nicht selbst hin?«

»Tja, wissen Sie, meine Augen stehen nicht so im Gesicht, wie sie sollen«, sagte Preacher. »Ich brauche den Schlüssel zur Wohnung meiner Freundin. Ihr Vater hat sie eingesperrt, aber heute nacht ist er nicht da, und wenn ich den Schlüssel habe, kann ich sie rausholen.«

Der junge Mann grinste. »Dem alten Herrn gefallen Ihre Augen nicht, wie?«

»So ähnlich«, bestätigte Preacher.

»Es handelt sich bestimmt nicht um etwas Kriminelles, oder?«

»Nein, Mann. Alles völlig *cool* und korrekt. Liebe kennt nun mal keine Grenzen.«

»Ich verstehe. Die meisten alten Leute sind komisch. Sie sollten mal meine Mutter sehen, wenn ich mit einem Mädchen gehe, das keine Chinesin ist. Drei Häuserblocks weit hört man sie keifen.«

»Holen Sie den Schlüssel für mich?«

Der junge Mann nickte. »Sagen Sie mir nur, was ich tun soll.«

»Es ist ganz einfach«, sagte Preacher. »Sie gehen einfach zum Kundendienstschalter und sagen, Sie wollten den Schlüssel für Miß Soong abholen. Dabei zeigen Sie den Zettel mit dieser Nummer hier vor. Wenn Sie den Schlüssel haben, vergleichen Sie noch einmal die Nummern, und wenn alles okay ist, dann bringen Sie mir bitte den Schlüssel.«

»Und wenn es nicht funktioniert?«

»Dann sagen Sie einfach, Sie kämen morgen noch einmal und bringen mir nur meinen Zettel zurück. Die zwanzig Dollar kriegen Sie auf jeden Fall.«

»Und wieso glauben Sie, daß die den Schlüssel tatsächlich haben?« fragte der junge Chinese. »Die müssen doch erst angefertigt werden.«

»Ich habe vorher angerufen. Man hat mir gesagt, der Schlüssel wäre um vier Uhr nachmittags fertig. Jetzt ist es schon beinahe fünf.«

Preacher sah zu, wie der junge Mann über die Straße und in das Gebäude hineinging. Dann lehnte er sich an den Wagen und steckte sich eine Zigarette an. Er hatte sie noch nicht ganz zu Ende geraucht, als der Chinese zurückkam.

»Haben Sie ihn?« fragte Preacher.

Der junge Mann grinste. »Kein Problem. Sie haben mich gefragt, ob ich bar zahlen wollte, und ich sagte: ›Schicken Sie uns eine Rechnung!‹«

Preacher lächelte. »Das war *clever* von Ihnen.«

»Ich habe mir gedacht, daß die Sache noch lustiger ist, wenn der Alte selbst die Rechnung bezahlen muß«, sagte der junge Chinese und reichte Preacher einen Umschlag.

Preacher nahm den Schlüssel heraus und verglich die Nummer mit seinem Zettel. Dann gab er dem Chinesen das Geld. »Vielen Dank, Kumpel!«

»Ich habe zu danken«, sagte der junge Mann, als er den Zwanzigdollarschein wegsteckte. »Ich hoffe, es klappt alles. Viel Glück!« Er hob die Hand und mischte sich wieder unter die Menge. Preacher wartete noch, bis er endgültig um die Ecke verschwunden war, dann setzte er sich in den Wagen und machte sich auf den Weg.

Eine Stunde später verließ er die Oakland-Brücke, bog scharf nach rechts ab und fuhr fast bis zur Uferpromenade zurück. Er parkte vor einem alten, grauen Haus in einer verkommenen Straße, schloß den Wagen sorgfältig ab, ging ein paar Stufen hinauf und klingelte an der Haustür.

Die Tür öffnete sich nur einen Spalt breit. Im Lichtschein, der aus dem Inneren herausfiel, war ein baumlanger Schwarzer zu sehen. »Ja?« knurrte er dunkel.

»Ali Elijah«, gab Preacher zur Antwort.

»Und wer sind Sie?«

»Sagen Sie, Preacher möchte ihn sprechen.«

Der Mann nickte und schloß die Tür wieder. Preacher wartete einige Minuten, dann kam der Schwarze zurück. »Bitte, folgen Sie mir«, sagte er ausdruckslos.

Preacher trat in den engen Flur, wartete, bis der Mann die Tür hinter ihm zugesperrt und verriegelt hatte, und folgte ihm dann eine schmale Treppe hinauf, die auf einen weiteren engen Korridor führte. Vor einer Stahltür hielten sie an.

»Heben Sie bitte die Hände.« Preacher gehorchte, und der Schwarze klopfte ihn ab. Nachdem er sich überzeugt hatte, daß der Besucher keine Waffe mitführte, nickte der Leibwächter. »Sie können jetzt rein.«

Da der Mann keinerlei Anstalten machte, die Türe zu öffnen, drehte Preacher am Türknopf und trat in den dahinterliegenden Raum. Keine der relativ hohen Wände ringsum hatte ein Fenster; irgend jemand hatte sie zumauern lassen. Für Beleuchtung sorgte ein altmodischer Kronleuchter, dessen Lampen mit rotem Stoff abgeschirmt waren. Hinter einem wuchtigen Schreibtisch am anderen Ende des Raumes saß der Mann, nach dem Preacher gefragt hatte. Sein Gesicht lag im Halbschatten, aber man sah, daß er neugierig war. Er sah weder freundlich noch unfreundlich aus, nur neugierig.

»Wir haben uns lange nicht gesehen, Preacher«, sagte er.

»Vier Jahre«, sagte Preacher.

»Du hast dich überhaupt nicht verändert«, sagte Elijah.

»Oh doch«, sagte Preacher. »Ich habe mich verändert; wir haben uns alle geändert.«

»Das ist wahr«, sagte Elijah. »Ich habe zu Allah gefunden. Allah ist Allah, und Mohammed ist sein Prophet.«

»Wir alle suchen Gott, jeder auf seine seine Art«, sagte Preacher. »Ich habe auf meine Weise zu ihm gefunden, und ich freue mich, daß du ihn auf deine Weise gefunden hast.«

Elijah musterte ihn. »Vier Jahre. Aber du hast dich kein bißchen geändert. Du bist nicht gekommen, um Allah zu suchen. Weshalb bist du gekommen?«

Preacher warf einen Blick zurück über die Schulter. Der Leibwächter stand immer noch hinter ihm in der Tür. Preacher wandte sich wieder zu Ali Elijah. »Ich habe dir ein Erinnerungsstück mitgebracht«, sagte er, nahm einen kleinen Leinenbeutel aus seiner Tasche, löste die Schnur und kippte den Inhalt auf die Platte des Schreibtischs.

Elijah starrte bewegungslos auf die drei plattgedrückten MG-Kugeln, die vor ihm auf dem Tisch lagen. Dann hob er die Hand und schickte den Leibwächter fort. Erst nachdem sich die Tür geschlossen hatte, sah er auf. »Das war in einem anderen Leben«, sagte er. »Der Mann, dem das damals passiert ist, hieß Joe Washington.«

»Der Herr gibt, und der Herr nimmt«, sagte Preacher. »Du lebst noch, also preise den Herrn.«

»Dank sei Allah, dem Gnädigen«, sagte Elijah. Er nahm die plattgedrückten Kugeln auf und wog sie in seiner Hand. »Jetzt sind sie so klein«, sagte er. »Aber als du sie aus mir rausgeholt hast, haben sie mich vor Schmerzen fast umgebracht. Sie fühlten sich an wie Kanonenkugeln.«

Preacher schwieg.

»Was willst du von mir?« fragte Elijah.

»Ich brauche Hilfe«, erwiderte Preacher.

»Das ist mal was Neues.« Elijah lächelte jetzt. »Wir verstecken uns hier. Alle Welt jagt uns. Wir haben kein Geld, um unseren Kindern etwas zu essen zu kaufen, und jetzt kommst du und benötigst Hilfe.«

Preacher schob die Hand in die Tasche, zog sechs Fünfzigdollarscheine heraus und legte sie auf den Tisch. »Hier ist jedenfalls mal Geld für die Kinder. Sie sollen wegen unserer Sünden nicht leiden.«

Elijah betrachtete einen Moment lang das Geld, dann hob er den Blick. »Ich wußte es doch. Du hast dich kein bißchen verändert.« Abrupt stand er auf, nahm einen der Scheine und machte die Tür auf. »Hier«, sagte er. »Bring das Geld zu Rebecca. Sie soll zu einem der Läden gehen, die rund um die Uhr geöffnet haben, und ein paar Vorräte kaufen. Der Junge soll mitgehen und tragen helfen.«

Elijah schloß die Tür hinter sich und kehrte zu Preacher zurück. »Woher wußtest du, wo du uns findest?«

»Ich habe einfach in meinem Buch nachgesehen«, erwiderte Preacher. »Als du verwundet warst, hast du mich gebeten, einen Brief an deine Mutter zu schreiben. Das hier war die Adresse. Ich wußte zwar nicht, ob du tatsächlich hier bist, aber ich dachte, ich könnte hier genausogut anfangen wie irgendwo sonst.«

Elijah setzte sich wieder hinter den Schreibtisch und deutete auf einen Stuhl. »In welcher Weise kann ich dir helfen?« fragte er.

Preacher setzte sich. »Ich brauche vier Rauchgranaten mit Magnesium, die die Illusion eines Brandes erzeugen«, sagte er dann. »Außerdem einen Sprengsatz, der stark genug ist, um eine Stahltür mit doppeltem Scharnier aus einer Ziegelmauer zu reißen, einen Zünder mit zehn Sekunden Vorlauf und eine Strickleiter, die vom dritten Stock bis auf die Straße herunterreicht.«

Elijah starrte ihn verblüfft an. »Das ist ja eine ganz schöne Wunschliste. So eine Ausrüstung liegt nicht einfach in der Gegend herum. Das dauert eine Weile, bis so etwas zusammengestellt ist.«

»Ich weiß«, sagte Preacher. »Aber soweit ich mich erinnere, warst du in deinem anderen Leben Stabsunteroffizier bei den Pionieren. Ich habe mir also gedacht, wenn das überhaupt jemand hinkriegt, dann du.«

»Wann würdest du die Sachen denn brauchen?«

»Morgen«, erwiderte Preacher.

Elijah schüttelte den Kopf. »Das ist äußerst knapp.«

»Mehr Zeit habe ich nicht«, sagte Preacher.

»Wir brauchen allerdings für die Materialbeschaffung noch etwas Geld.«

Preacher holte hundert Dollar hervor. »Das müßte genügen, oder?«

Elija musterte ihn. »Die Sache muß wichtig sein.«

»Das ist sie.«

Elijah schwieg einen Augenblick. »Ich glaube, wenn du das Unternehmen allein startest, gibt es Probleme. Du bist schließlich nur Amateur. Am Schluß sprengst du dich noch selbst in die Luft.«

»Zeig mir nur, was ich zu tun habe. Ich begreife ziemlich schnell.«

»So rasch kann das keiner«, sagte Elijah. »Ich werde dich besser begleiten.«

»Nein«, sagte Preacher. »Das ist meine Sache. Ihr habt schon Sorgen genug.«

»Ich frag dich gar nicht«, lachte der Schwarze. »Vielleicht habe ich mich doch nicht so geändert, wie ich gedacht habe. Damals in Vietnam habe ich mich auch immer freiwillig zu allem gemeldet.«

»Ich erinnere mich«, sagte Preacher.

»Außerdem bin ich schon seit zwei Monaten nicht mehr aus diesem Haus rausgekommen«, sagte Elijah. »Es wird Zeit, daß ich wieder mal Luft schnappe.«

»Das kommt überhaupt nicht in Frage«, sagte Preacher. »Viel zu viele Leute sind von dir abhängig.«

Elijah hob die drei Kugeln auf. »Diesmal hinterlasse ich keine Erinnerungsstücke. Ich nehme bestimmt alle mit. Wenn Allah, sein Name sei gepriesen, dich zu unserer Schwelle geführt hat, dann wäre es eine Sünde, wenn wir dich allein in die Gefahr ziehen ließen.«

# Zehntes Kapitel

Vor dem grauen alten Haus unter der Oakland-Brücke standen zwei Wagen, als Preacher am nächsten Tag gegen elf Uhr nachts bei Ali Elijah vorbeifuhr. Er hielt nicht an, sondern parkte den Lieferwagen ein paar Straßen weiter. Vorsichtig ging er zurück, um zu sehen, ob die Luft rein war. Er war noch mehr als hundert Meter entfernt, als plötzlich die Haustür aufging und mehrere Männer mit Koffern und Kisten herauskamen. Ihnen folgten zwei Frauen, die ebenfalls Säcke mit Hausrat und Bettzeug herausschleppten. Erstaunt beobachtete Preacher, wie sie die beiden Wagen beluden. Einer der Männer ging noch einmal ins Haus und kehrte kurz darauf mit einem weiteren Koffer zurück. Hinter ihm kam eine junge Frau aus dem Haus, die ein Kind auf dem Arm trug. Dann folgten noch ein paar Kinder. Alle saßen bereits in den Autos, als Ali Elijah herauskam. Er trug einen kleinen Jungen auf seinen Armen. Elijah ging zum vorderen Wagen und gab das Kind der Frau, die auf dem Vordersitz saß. Der Mann am Steuer ließ den Motor an.

Elijah redete leise auf seine Frau ein. Sie nickte. Er küßte sie, dann trat er zurück und schlug die Wagentür zu. Der Wagen fuhr an, und der zweite folgte sofort. Elijah sah ihnen einen Augenblick nach und winkte mit der Hand, als sie um die Ecke verschwanden. Dann ging er wieder die Treppe zur Haustür hinauf.

Bevor er ins Haus ging, warf Elijah noch einen prüfenden Blick auf die Straße zurück und entdeckte, daß Preacher schon beinahe neben ihm stand. »Du bist früh dran«, sagte er ausdruckslos.

Preacher nickte stumm. Er folgte Elijah ins Haus und wartete, bis der Schwarze die Tür hinter ihnen versperrt hatte. Die Atmosphäre war anders geworden. Das Haus schien plötzlich von allem Leben verlassen. Schweigend gingen die beiden Männer die Treppe hinauf.

Preacher wartete, bis Elija sich hinter seinen Schreibtisch gesetzt hatte. »Stimmt etwas nicht?« fragte er schließlich.

Elijah blickte ihn unbewegt an. Er schien etwas sagen zu wollen, schüttelte aber doch nur den Kopf.

Preacher holte ein Päckchen Zigaretten heraus und reichte es über den Tisch. Mit leicht zitternden Fingern nahm Elijah eine heraus. Preacher nahm sich selbst auch eine, hielt Elijah ein brennendes Streichholz hin und wartete, bis der den ersten Zug gemacht hatte, ehe er sprach. »Du kannst es mir ruhig erzählen«, sagte er leise. »Ich bin schließlich dein Freund.«

Elijah sackte in seinem Sessel zusammen und stieß den Rauch aus der Lunge. »Nachdem du gestern gegangen warst, habe ich lange nachgedacht. Du hast uns auf Anhieb gefunden, also ist es nur eine Frage der Zeit, bis auch andere auf dieselbe Idee kommen.«

Preacher gab keine Antwort.

»Wir sitzen hier alle zusammen, ein Haus voller Frauen und Kinder, und zack kommen plötzlich die Bullen! Sie schwingen die Knüppel und ballern herum, und garantiert gibt es dann Verletzte. Das wollte ich nicht.«

Preacher zog an seiner Zigarette und schwieg.

»Ich habe mir gedacht, ich habe kein Recht, sie in all das hineinzuziehen. Sie haben doch gar nichts damit zu tun. Ich habe den Rest von dem Geld genommen, das du mir gegeben hast, und hab sie nach South Carolina geschickt. Dort wohnt die Familie meiner Frau. Da sind sie in Sicherheit.«

»Und was wird aus dir?« fragte Preacher.

Elijah warf ihm einen abwehrenden Blick zu. »Ich komm schon zurecht. Ich dachte, nach unserem kleinen Job heute nacht gehe ich vielleicht nach Los Angeles. Vielleicht können die Brüder ein bißchen zusammenrücken und einen Platz für mich finden.« Er verzog sein Gesicht zu einem ironischen Grinsen. »Ich habe gehört, Ron Karenga ist ein richtiger Fernsehstar geworden da unten. Er macht eine Menge Kies mit den ganzen Talkshows, in denen er auftritt. Die Panther sammeln unheimlich Geld auf den Cocktailparties der Schickeria. Die würden bestimmt eine Menge Scheinchen hinblättern, um mal einen echten gemeingefährlichen Nigger zu sehen.«

Preacher drückte seine Zigarette im Aschbecher aus. »Bist du daran denn echt interessiert?«

Elijah senkte den Blick. »Nein.«

»Warum gehst du dann nicht zu deiner Familie?«

»Ich bin kein unbeschriebenes Blatt«, sagte Elijah bedrückt. »Die Bullen sind überall hinter mir her, und wenn ich bei meiner Familie bin, dann hängen meine Frau und die Kinder gleich wieder mit drin. Ich hab sie ja gerade weggeschickt, damit das nicht passiert.«

Preacher schüttelte den Kopf.

»Ich verstehe das nicht.«

»Was gibt's denn da zu verstehen?« fragte Elijah. »Ich bin bloß ein kleines Rädchen. Ich habe immer die Drecksarbeit tun müssen, und nun stehe ich auf den Fahndungslisten der Polizei. Unsere Führer haben sich im Glanz der Bewegung gesonnt und dabei keinen Finger gerührt. Jetzt heißt es plötzlich, die Revolution habe ein neues Stadium erreicht und fände ab sofort am Verhandlungstisch statt. Ich solle mich irgendwo verkriechen, sie würden die Sache schon hinkriegen. Ich bin ihnen lästig geworden.«

»Das tut mir leid«, sagte Preacher.

»Das braucht es nicht. Das ist schließlich nicht dein Problem.«

»Das Problem, das mich hierhergeführt hat, ist ja auch nicht deins, und trotzdem willst du mir helfen.«

»Das ist etwas anderes. Du kannst mein Problem ja nicht lösen.«

»Das vielleicht nicht«, erwiderte Preacher, »aber du könntest ja draußen bei uns bleiben, bis du dir überlegt hast, was du tun willst.«

»Und was sagen deine Freunde dazu?« fragte Elijah.

»Die Leute wollen doch keine Schwarzen in ihrer Gemeinde.«

»Wir sind alle Gottes Kinder.«

Elijah gab keine Antwort.

»Du brauchst dich ja nicht sofort zu entscheiden«, fügte Preacher hinzu. »Überleg es dir halt. Du bist uns willkommen, wann immer du kommst.«

Elijah nickte. Dann zog er einen Karton aus der Ecke und stellte ihn auf den Schreibtisch. »Da ist alles drin, was du brauchst.«

Es war fast ein Uhr morgens, als Preacher und Elijah in die Grant Street in Chinatown einbogen, wo die Firma Soong ihren Sitz hatte. Preacher zeigte auf den Eingang neben dem Schuhladen. »Das ist die Tür, die wir aufsprengen müssen.«

Elijah sah sich die eisernen Türflügel an. »Ganz schön massiv«, sagte er.

»Ich hab's ja gesagt«, erwiderte Preacher. »Aber wir müssen sie im ersten Anlauf aufkriegen.«

»Es wird schon klappen«, sagte Elijah zuversichtlich. »Ich hab mir schon so was ähnliches gedacht und genügend Sprengstoff mit.« Er lachte kurz auf. »Wir reißen ihnen den Arsch auf.«

»Ich will nicht, daß jemand verletzt wird«, sagte Preacher. Er bog rechts um die Ecke und fuhr um den Block.

»Ist denn irgend jemand da drin?«

»Zwei Männer, soviel ich weiß.«

»Sind sie irgendwo in der Nähe der Tür?«

»Ich glaube nicht«, sagte Preacher. »Wahrscheinlich sind sie hinten im Laden, aber man kann natürlich nie wissen.«

»Dann sprengen wir das Ding aus den Angeln«, meinte Elijah. »Auf diese Weise fangen die Mauern die Druckwelle auf, und die Türflügel kippen direkt auf die Straße.«

Preacher drehte sich zu ihm um. »Hast du wirklich ausreichend Sprengstoff dabei?«

Elijah lachte. »Der reicht aus, um das halbe Haus in die Luft zu jagen.«

»Es gibt eine Durchfahrt neben dem Haus, die zur Parallelstraße führt. Wir fahren von hinten heran. Auf diese Weise kann ich den Wagen direkt unter Barbaras Fenster abstellen.«

»Drei Stockwerke über eine Strickleiter hinunterzuklettern, das dauert ganz schön lang. Ich hoffe nur, das Mädchen beeilt sich. Sonst haben wir nämlich sämtliche Polizisten von Frisco am Hals.«

»Ja«, sagte Preacher. Er bog in die Durchfahrt ein, stellte den Motor ab und machte die Scheinwerfer aus. »Wir steigen besser hier schon aus und schieben den Wagen das letzte Stück. Ich möchte nicht, daß die Leute uns hören.«

»Scheiße!« murmelte Elijah. »Ich hätte mir gleich denken können, daß die Sache in Arbeit ausartet.«

Lautlos rollte der Lieferwagen die Durchfahrt hinunter. Preacher musterte die Mauer auf beiden Seiten der Durchfahrt. Schließlich hob er die Hand. Elijah kam um den Wagen herum und starrte hinauf. Preacher nickte und zeigte ihm Barbaras Fenster. Dann gingen sie zurück auf die Straße hinter dem Block. Unter einer Laterne sah Preacher auf das Zifferblatt seiner Uhr. Es war Viertel vor zwei. »Ich muß telefonieren«, sagte er zu Elijah.

Eine Telefonzelle stand auf der gegenüberliegenden Seite der Straße. Preacher warf eine Münze ein und wählte Barbaras Nummer.

Sie meldete sich mit einem Flüstern.

»Preacher hier«, sagte er. »Ist alles in Ordnung? Bist du allein?«

»Ja.«

»Tu genau, was ich sage. Zieh dir Hosen und Schuhe mit flachen Absätzen an. Bleib ganz ruhig, wenn es unten ein bißchen Lärm gibt. Warte am Aufzug, bis ich oben bei dir bin. Verstanden?«

»Ja.«

»Denk dran, daß alles nur Lärm ist und keine echte Gefahr besteht. Warte einfach ab, bis ich da bin.«

»Ja, Preacher.«

Er verließ die Telefonzelle und ging mit Elijah zum Wagen zurück. Er schlüpfte in die Träger des Rucksacks, in dem die Strickleiter lag, und setzte die schwarze Wollmütze auf. »Ich halte die Granaten, bis du den Sprengsatz angebracht hast«, sagte er zu Elijah.

»Okay.«

»Sobald die Türe raus ist, werfen wir die Granaten hinein. Wenn die beiden Chinesen panikartig rausgeschossen kommen, gehe ich rein, und du läufst zum Wagen.«

»Und was ist, wenn die Chinks drinbleiben?«

»Dann werd ich sie ausschalten müssen.«

»Das haut nicht hin«, sagte Elijah. »Du verlierst zuviel Zeit. Ich übernehme die beiden, und du saust zum Aufzug.«

Preacher warf ihm einen prüfenden Blick zu. »Okay, aber bitte bring niemanden um.«

»Ach was«, grinste Elijah. »Ich sorge nur dafür, daß sie sich nicht aufregen.«

Preacher nickte. Er sah noch einmal auf die Uhr. Es war genau zwei. »Los«, sagte er.

# Elftes Kapitel

Sie warteten am Ende der Durchfahrt, bis ein einzelnes Auto auf der Straße vorbeigerollt war. Dann traten sie aus dem Häuserschatten. Preacher sah die Straße hinauf und hinunter, es war niemand zu sehen. »Noch etwas«, sagte er zu Elijah, »wenn ich ins Haus gehe, mußt du dich sofort in den Wagen setzen und den Motor anlassen.«

»Ich warte auf euch«, gab der Schwarze zurück. Als sie am Laden vorbeigingen, tauchte Elijah in den Schatten der Einfahrt, während Preacher einfach weiterging. Als er am Ende des Blocks war, sah er noch einmal die Straße hinauf. Sie war immer noch leer. Preacher ging wieder zum Laden zurück. Als er den Eingang erreicht hatte, kam Elijah so hastig herausgesprungen, daß er Preacher fast umgerannt hätte. »Los weg hier, gleich knallt's!« zischte er heiser.

Sie waren kaum zehn Schritte weg, als eine dumpfe Detonation erfolgte. Die Schaufenster zerbarsten, und wie in Zeitlupe löste sich die eiserne Tür aus ihrer Befestigung und kippte auf die Straße.

»Jetzt«, sagte Ali Elijah und riß Preacher zwei der Granaten aus der Hand, zog die Sicherung und schleuderte sie durch die leeren Schaufensterhöhlen. Die beiden nächsten folgten sofort hinterher.

Einen Augenblick später begann das Innere des Ladens unheimlich zu leuchten. Rauch quoll durch Türen und Fenster. Das Schrillen einer Alarmglocke zerriß die Stille der Nacht. Direkt danach stürzte ein schwarzgekleideter Chinese heraus und lief die Straße hinunter, wo sich ein Feuermelder befand. Die beiden Gestalten im Dunkel entdeckte er nicht.

»Hast du nicht gesagt, es wären zwei Männer?« flüsterte Elijah. »Demnach muß noch einer drin sein.«

»Das wird sich gleich zeigen«, sagte Preacher entschlossen. Er zog sich die Wollmütze über Nase und Mund und stürmte durch die offene Tür in die Rauchschwaden.

Das gespenstische Licht des Magnesiumfeuers hatte das Innere des Gebäudes in eine Flammenhölle verwandelt. Preacher hatte den Aufzug schon beinahe erreicht, als hinter einer Wendeltreppe der zweite Chinese auftauchte. Aus den Augenwinkeln sah Preacher den erhobenen Arm des Angreifers und den matten Glanz einer Automatic-Pistole.

Preacher warf sich zur Seite, doch Elijah war bereits an dem Mann dran und verpaßte ihm einen Handkantenschlag ins Genick. Die Pistole schepperte über den Boden. Während der Mann zu Boden sank, schlug Elijah noch ein zweites Mal zu. Dann nickte er Preacher zu und ging gelassen zum Ausgang zurück.

Preacher steckte den Schlüssel ins Schloß und drehte ihn um. Einen Herzschlag lang rührte sich gar nichts, dann begann sich die Tür ganz langsam zu öffnen. Preacher sprang in den Aufzug und drückte auf den Knopf mit der Drei. Es schien eine Ewigkeit zu dauern, bis sich die Tür wieder geschlossen hatte, und eine weitere Ewigkeit, bis der Aufzug das dritte Stockwerk erreichte. Aber als die Tür endlich wieder aufging, stand Barbara vor ihm.

»Los, komm«, sagte er, ehe sie den Mund aufmachen konnte. Von der Straße hörte man schon die Sirenen der Feuerwehr, die rasch näherkamen. Preacher zog Barbara hinter sich her ins Schlafzimmer. Er schob das Fenster hoch und zerrte die Strickleiter aus dem Rucksack. Er verhakte die Stahlklammern, warf die Leiter ins Dunkel und steckte den Kopf aus dem Fenster. Elijah stand neben dem Wagen und winkte. »Runter mit dir!« sagte Preacher zu Barbara.

»Aber meine Sachen«, protestierte sie.

»Die kommen schon noch mit«, erwiderte Preacher. »Jetzt mußt du erst mal runter.«

Barbara blickte hinaus. Ihr Gesicht war plötzlich ganz weiß. »Ich schaffe das nicht. Ich . . .«

»Du schaffst das schon!« sagte Preacher. Er hob das Mädchen hoch und setzte es auf die Brüstung. »Du stellst jetzt als nächstes einen Fuß auf die Leitersprosse und hältst dich mit der Hand oben fest. Dann kletterst du Tritt um Tritt nach unten.«

»Ich habe schreckliche Angst!« schrie sie verzweifelt.

»Besser Angst haben, als tot sein«, erwiderte Preacher. »Los jetzt!«

Gehorsam setzte Barbara ihren Fuß auf die Leiter, die schlaff an der Hausmauer hing. Ganz langsam begann sie, hinunterzuklettern.

Preacher lehnte sich aus dem Fenster. »Halt die Leiter straff!« rief er zu Elijah hinunter.

Barbara begann schneller zu klettern, als sie spürte, daß die Strickleiter nun nicht mehr so schwankte.

Preacher warf einen Blick ins Zimmer zurück. Neben dem Bett standen zwei Reisetaschen. Er schaffte sie zum Fenster und beugte sich über die Brüstung. Elijah half Barbara gerade von den letzten Sprossen der Leiter herunter. Die Feuerwehrsirenen waren noch näher gekommen. »Achtung! Jetzt kommen zwei Taschen«, rief Preacher.

»Okay!« brüllte Elijah.

Preacher ließ die erste Tasche fallen, und Elijah und Barbara gingen aus dem Weg, um nicht getroffen zu werden. »Und jetzt noch eine!« rief Preacher. Er ließ den Griff der Tasche los, schwang sich hinaus auf die Leiter und kletterte wie ein Schimpanse hinunter.

Als er von der Strickleiter sprang, hörte er, wie Elijah mörderisch fluchte. Er drehte sich um und sah, daß die zweite Tasche an der Seite aufgeplatz war. Aus dem Inneren quollen sauber gebündelte Banknoten hervor.

Preacher packte die Tasche und warf sie in die Fahrerkabine des Dodge. »Zum Herumtrödeln ist keine Zeit«, sagte er. »Machen wir, daß wir hier wegkommen!«

Er lief um den Wagen herum und klemmte sich hinter das Steuer, während Barbara und Elijah auf der anderen Seite einstiegen. Er legte den Gang ein und schoß ohne

Licht aus der Einfahrt. Erst auf der Straße schaltete er die Scheinwerfer an. Es wäre dumm gewesen, wenn ihn die Polizei wegen eines Verkehrsdelikts gestoppt hätte.

Nachdem sie zehn Blocks von der Grant Street entfernt waren, machte Preacher den Mund auf. »Barbara, darf ich dich mit Ali Elijah bekanntmachen? Ali, das ist Barbara Soong!«

Keiner sagte etwas.

»Ohne Elijah hätten wir keine Chance gehabt«, fügte Preacher hinzu.

»Ich bin so froh«, sagte Barbara. »Wie kann ich mich je revanchieren?«

Elijah grinste. »Kein Problem, meine Dame. Benutzen Sie einfach die hübschen grünen Scheinchen hier aus der Tasche.«

»Sind tausend Dollar okay?«

»Fünftausend wären allerdings besser«, sagte Elijah. »Ich habe den Eindruck, daß in diesem Täschchen noch wesentlich mehr ist.«

»Chinesen zahlen grundsätzlich nicht, was ihre Partner verlangen«, sagte Barbara trocken. »Zweitausendfünfhundert.«

Elijah lachte. »Okay, Drachenlady, zweitausendfünfhundert genügen mir auch.«

Barbara drehte sich um. »Drachenlady? Wie kommen Sie auf den Namen?«

»Sie sind doch Barbara Soong, oder?«

Sie nickte, dann begannen ihre Augen zu funkeln. »Sie meinen, das ist mein Spitzname?«

»Erraten«, sagte Elijah. »Sie gelten als ziemlich gefährlich.« Er drehte sich um. »Sag mal, Preacher, woher kennst du denn die Dame?«

»Wir sind alte Freunde«, erwiderte Preacher. »Ich kenne ihren Bruder aus Vietnam.«

»Gibt es eigentlich irgendwelche Hintern, aus denen du keine Kugeln herausgeholt hast?« fragte Elijah.

»Mein Bruder ist tot«, sagte Barbara. »Preacher hat uns seine Sachen gebracht.«

»Das tut mir leid«, sagte Elijah. Er schwieg einen Augenblick. »Könnt ihr mich nach Hause fahren?« fragte er. »Sie gibt mir das Geld, und dann trennen wir uns?«

»Kein Problem«, sagte Preacher.

Zu dieser frühen Morgenstunde war kaum Verkehr auf den Straßen, und sie schafften es in weniger als zwanzig Minuten nach Oakland hinüber. Preacher wollte gerade von der Brücke herunter in Elijahs Straße einbiegen, als er die kreisenden Blaulichter sah. Vier Zivilfahrzeuge und zwei Streifenwagen standen direkt vor dem Haus. Preacher fuhr weiter, ohne zu stoppen.

Sie waren bereits auf der Brücke und fuhren nach San Francisco zurück, als er sagte: »Da hat dich jemand verpfiffen!«

Elijah hatte sich beim Anblick der Polizeifahrzeuge blitzartig vom Sitz rutschen lassen und auf dem Boden versteckt. »Das glaube ich auch«, knurrte er.

»Hast du einen Verdacht?« fragte Preacher.

»Nein«, sagte Elijah. »Nur gut, daß ich meine Familie rechtzeitig weggeschickt habe.« Plötzlich packte er Preacher am Arm. »Meinst du, daß etwas passiert ist? Meinst du, sie sind von den Bullen geschnappt worden?«

»Glaube ich nicht«, sagte Preacher. »So schnell arbeiten die nicht. Da hat dich einer verpfiffen. Irgend jemand wollte dich aus dem Verkehr ziehen lassen.«

Elijah gab keine Antwort.

Preacher fuhr von der Brücke herunter und bog auf den Bayshore Freeway ein. »Und was wirst du jetzt machen?«

»Weiß ich nicht.« Elijah warf Preacher einen prüfenden Blick zu. »Gilt dein Angebot noch? Ich meine, in die Gemeinde zu kommen?«

»Natürlich.«

Elijah nickte bedächtig. »Es sieht so aus, als hättest du mich überzeugt.« Er kicherte dunkel.

»Was gibt's da zu lachen?« fragte Preacher.

»Ooch«, sagte Elijah, »ich habe nur gerade daran gedacht, was deine Jünger für ein Gesicht machen werden, wenn du an diesem herrlichen Morgen mit der Drachenlady und einem Black Muslim daherkommst.«

# Zwölftes Kapitel

Um fünf Uhr morgens verließ Preacher den Freeway und hielt bei einer Raststätte an. »Ich glaube, wir können alle einen Kaffee gebrauchen«, sagte er und reckte sich auf dem Sitz.

»Ich würde ganz gern auch was essen«, sagte Elijah. »Ich habe seit gestern mittag nichts mehr gehabt.«

»Die Tasche nehmen wir besser mit, denke ich«, sagte Preacher. »Wie sieht es mit der anderen aus, Barbara? Ist da irgendwas Wertvolles drin?«

Barbara gab keine Antwort, sondern warf ihm nur einen wütenden Blick zu.

»Na gut«, sagte er, »dann nehmen wir beide.«

Sie stiegen aus, verschlossen die Fahrerkabine und gingen in die Raststätte. An der Theke saßen zwei Lastwagenfahrer, ansonsten war der Raum leer. Der Mann hinter dem Büffet hatte die Arme auf die Kasse gestützt und hörte Radio, während eine müde Serviererin Plastik-Sets und Ketchup-Flaschen für das Frühstück auf den Tischen verteilte.

Sie setzten sich in eine der Nischen und stellten die Reisetaschen unter die Bank. Die Serviererin brachte ihnen je eine Speisekarte und eine Tasse mit dampfendem Kaffee. »Guten Morgen!« sagte sie munter. »Weiß jeder von euch, was er will?«

»Eine doppelte Portion Spiegeleier mit Würstchen«, sagte Elijah sofort.

»Bratkartoffeln dazu?«

»Ja, nicht zu knapp, bitte. Und die Eier bitte umgedreht, aber nicht ganz durch.«

»Alles klar.« Das Mädchen sah Barbara an.

»Einen anständigen Tee und Buttertoast, bitte.«

»Verstanden. Sie kriegen zwei Teebeutel. Und Sie?«

»Ein Western-Omelette«, sagte Preacher, »aber bitte nur mit Gemüse, kein Fleisch.«

»Das geht leider nicht. Der Teig ist schon fertig.«

»Dann nehme ich ein Käse-Omelette.«

Auf dem Fensterbrett neben der Nische waren eine Fernbedienung für die Musikbox und ein Geldeinwurfschlitz. Der Lautsprecher befand sich direkt auf dem Tisch und daneben ein Schildchen: »Drei Singles oder eine Viertelstunde Radio 25 Cents.« Preacher zog eine Handvoll Kleingeld heraus.

»All-News-Radio ist auf Kanal 77«, sagte Elijah.

Preacher drehte den Knopf, und die Stimme des Nachrichtensprechers sprudelte über den Tisch. »Die Staatsanwaltschaft in Los Angeles geht davon aus, daß die Morde an Sharon Tate und ihren Freunden von derselben Bande verübt worden sind, auf deren Konto auch die La-Bianca-Morde gehen. Die Motive sind zwar immer noch unklar, aber die Polizei ist der Ansicht, daß höchstwahrscheinlich dieselben Tatwaffen benutzt wurden. Die Staatsanwaltschaft rechnet innerhalb der nächsten Stunden mit einem entscheidenden Durchbruch bei den Ermittlungen. In der Umgebung beider Tatorte ist in den letzten Tagen eine Gruppe von Hippies beobachtet worden. Die Polizei teilte mit, man erwarte, die Mitglieder dieser Gruppe schon sehr bald verhören zu können. Das war's aus Los Angeles. Nach den Werbespots hören Sie die neuesten Meldungen aus San Francisco, bye, bye!«

»Die Bullen sind echt phantasielos«, sagte Elijah. »Immer sind es die Hippies oder die Neger gewesen!«

Preacher gab keine Antwort, sondern trank schweigend seinen Kaffee. Die Serviererin kam mit Barbaras Tee, Toast und Butter. »Das Essen der beiden Herren kommt gleich«, sagte sie, ehe sie wieder zur Theke zurückkehrte.

Die Nachrichtensendung ging weiter. »In San Francisco wurden heute Befürchtungen laut, daß der Bandenkrieg in

Chinatown wieder aufleben könnte. Kurz nach zwei Uhr heute morgen explodierten im Erdgeschoß eines Geschäftshauses in der Grant Street mehrere Brandbomben. Die Türen und Fenster wurden herausgesprengt und die Fassade erheblich beschädigt. Es gelang der Feuerwehr jedoch rasch, die Flammen unter Kontrolle zu bringen und eine Ausbreitung des Brandes zu verhindern. Personen kamen nicht zu Schaden, da sich zur Zeit des Anschlags niemand in dem ehemaligen Schuhgeschäft aufhielt, das gegenwärtig als Lagerhalle benutzt wird. Wegen der in den Trümmern gefundenen Überreste von Brandbomben primitiver Bauart hat die Staatsanwaltschaft die Ermittlungen aufgenommen. Beobachter weisen darauf hin, daß das Gebäude, in dem eine chinesische Import-/Export-Firma ihre Büroräume hat, schon seit langem als das Hauptquartier des Wong Dip Tongs gilt, einer der mächtigsten chinesischen Geheimgesellschaften in unserem Land. Der Wong Dip Tong werde traditionell von einem Mitglied der Familie Soong geleitet, heißt es in gewöhnlich gut unterrichteten Kreisen. Der letzte bekannte Chef des Tongs war angeblich Charles Duk Soong, der im vergangen Jahr im Alter von 71 Jahren verstarb. Wenn diese Angabe stimmt, dürfte in der Geheimgesellschaft zur Zeit ein Machtvakuum herrschen, denn der einzige Sohn von Charles Soong ist vor vier Jahren in Vietnam gefallen. Eine Stellungnahme der Familie Soong zu dem Anschlag war bisher nicht zu erhalten. Die Feuerwehr schätzt den angerichteten Sachschaden auf mindestens 15.000 Dollar. Die Ermittlungen über die Hintergründe der Tat werden verstärkt fortgesetzt.«

Preacher schüttelte den Kopf. »Die Strickleiter haben sie mit keinem Wort erwähnt.«

»Das wundert mich nicht«, sagte Barbara. »Ich kenne schließlich meinen Onkel. Der war bestimmt vor allen anderen in meinem Zimmer und hat sie versteckt. Er würde sich hüten, der Polizei irgendwelche Einblicke in Familienangelegenheiten zu geben.«

»Glaubst du, er weiß, was du mitgenommen hast?« fragte Preacher.

»Nein, die Sachen waren in meinem Privatsafe. Was da drin war, hat niemand gewußt.«

»Er wird dich trotzdem suchen.«

Barbara nickte. »Das ist mir klar.«

Die Serviererin brachte ein Tablett mit den Eiern. Während sie die Teller hinstellte, herrschte Schweigen am Tisch. »Guten Appetit, Leute!« sagte das Mädchen und lächelte, bevor es wieder ging.

Während die Männer zu essen begannen, wandte sich der Nachrichtensprecher einem weiteren Bericht zu. »Aufgrund eines Hinweises aus der Bevölkerung durchsuchten Beamte des FBI und der Polizei heute eine konspirative Wohnung in Oakland, in der sich angeblich Ali Elijah, mit bürgerlichem Namen Joseph Washington, aufhalten sollte. Washington, in Unterweltkreisen ›Der Ingenieur‹ genannt, wird wegen seiner mutmaßlichen Beteiligung an verschiedenen Bombenanschlägen und Attentaten der Black Muslims in mehreren Bundesstaaten gesucht. Das Haus unter der Oakland Bridge war allerdings nicht mehr bewohnt. Ein Polizeisprecher erklärte, aufgrund verschiedener Fingerzeige müsse man annehmen, daß sich noch in allerjüngster Zeit mehrere Personen in dem Haus aufgehalten hätten. Vermutlich befindet sich der Flüchtige noch in der näheren Umgebung der Stadt. Es wird weiter nach ihm gefahndet.«

Preacher verneigte sich erst vor Barbara, dann vor Elijah. »Ich sitze ja mit zwei äußerst berühmten Persönlichkeiten am Tisch«, frotzelte er.

»Berühmte Persönlichkeiten?« grinste Elijah. »Ich glaube, du spinnst, Mann. Wir sind Stars! Richtige Stars!« Er nickte zufrieden und schaufelte eine weitere Gabel mit Bratkartoffeln in sich hinein. »Sie haben nichts über meine Familie gesagt. Ich glaube, die sind jetzt erst einmal sicher vor ihnen.«

»Hoffen wir's«, sagte Preacher. Er stocherte einigermaßen lustlos in seinem Omelette herum. Es schmeckte ihm nicht.

»Ich kann nicht länger mit euch herumziehen«, sagte Barbara plötzlich.

Preacher sah erstaunt hoch. »Was ist denn los?«

»Mein Onkel ist kein Idiot«, sagte sie. »Bei dir sucht er mich doch als erstes. Und er weiß genau, wo ihr lebt. Er hat ja schon den Gottessöhnen verraten, wo ihr zu finden seid.«

»Aber wo sollst du sonst hin?« fragte Preacher. »Kennst du irgendeinen Chinesen, der es riskieren würde, dir auch nur einen Schritt weiterzuhelfen? Dein Onkel hat vermutlich überall seine Informanten sitzen.«

»Der geht aufs Ganze«, sagte Barbara. »Und wenn er mich findet, gibt's Mord und Totschlag. Ich möchte euch da nicht reinziehen.«

Preacher hörte ihr nachdenklich zu. Barbara hatte nicht unrecht. Die Gottesgemeinde war keine Kampftruppe. Früher oder später würde bekannt werden, wo sich Barbara aufhielt. Dann hatte er eine Idee. »Wartet einen Augenblick«, sagte er und stand auf. »Ich muß mal telefonieren.«

Das Telefon stand in einer Kabine am anderen Ende der Raststätte. Preacher warf eine Münze ein und gab der Vermittlung die Nummer. Das Rufzeichen summte. »Fünfundsechzig Cents«, verlangte die Stimme aus der Vermittlung.

Preacher warf weitere Münzen in den Apparat. Im gleichen Augenblick meldete sich seine Mutter. Ihre Stimme klang schläfrig. »Ja, bitte?«

»Hallo, Mutter«, sagte Preacher vergnügt.

»Constantine! Geht es dir gut?« Ihre Stimme war plötzlich besorgt.

»Ausgezeichnet, Mutter, glaub mir«, sagte er rasch.

»Ist dir eigentlich klar, daß es noch nicht mal halb sechs ist?«

»Ich weiß«, sagte er. »Tut mir leid, daß ich dich geweckt habe. Aber ich brauche deine Hilfe.«

»Hast du Schwierigkeiten, mein Junge?«

»Nein, Mutter, es geht nur um einen Gefallen. Eine Freundin von mir sucht eine Bleibe, und ich wollte dich fragen, ob du sie eine Weile bei dir unterbringen kannst, bitte.«

»Es ist doch ein ordentliches Mädchen?«

»Ja, Mutter.«

»Ein christliches Mädchen?«

»Ja, Mutter.«

»Kein Hippiemädchen?«

»Nein, Mutter. Ihr Bruder war mein Freund in Vietnam drüben. Er ist in meinen Armen gestorben. Jetzt ist ihr Vater gestorben, und ihr Onkel will ihr alles wegnehmen, was sie besitzt. Sie braucht einen Zufluchtsort, wo sie Ruhe hat, bis die Rechtsanwälte alles geklärt haben.«

»Und wie heißt sie?«

»Beverly«, sagte er zögernd. »Beverly Lee.«

»Lee?« fragte seine Mutter. »Was ist denn das für ein Name?«

»Das ist ein chinesischer Name. Aber sie ist Amerikanerin, Mutter, und sie war auf dem College. Sie macht dir bestimmt keine Arbeit. Sie kann dir Gesellschaft leisten. Das tut dir sicher ganz gut, wo du Vater nicht mehr hast. Wenn sie bei dir ist, hast du wieder jemand zum Reden.«

Seine Mutter zögerte. »Ist sie auch wirklich nett, Constantine?«

»Ja, Mutter, da bin ich ganz sicher.« Immer noch spürte er Zweifel bei ihr. »Es wäre ein wirklicher Akt christlicher Nächstenliebe, wenn du sie aufnehmen würdest. Sie braucht eine Freundin wie dich.«

Preacher hörte, wie seine Mutter einen Seufzer ausstieß. »Gut«, sagte sie schließlich. »Ich werde es versuchen, aber wenn es ein schlechtes Mädchen ist, dann darf sie keine Minute hier bleiben.«

»Sie wird dir bestimmt keinen Ärger machen, Mutter. Gott wird es dir sicher vergelten.«

»Bringst du sie vorbei?«

»Das geht leider nicht, Mutter. Ich muß mich hier um einige sehr wichtige Sachen kümmern. Aber ich sorge dafür, daß sie heil bei dir ankommt.«

»Und wann ungefähr wird das sein?«

»Heute abend wahrscheinlich. Am besten gibst du ihr einfach mein Zimmer.«

»Das werde ich auf keinen Fall tun«, sagte sie mit Bestimmtheit. »Sie kann das Gästezimmer haben.«
»Auch gut.«
»Und wann kommst du mal wieder vorbei?«
»Bald, Mutter. Vielleicht schon am Wochenende.«
»Und dieses Mädchen kommt heute abend?«
»Ja, Mutter. Vielen Dank.«
»Gib gut auf dich acht, Junge.«
»Mach ich.«
»Gott beschütze dich.«
»Gott beschütze dich, Mutter.« Preacher legte den Telefonhörer auf und ging zu den anderen zurück. Er blieb vor ihnen am Tisch stehen und sagte: »Ich glaube, ich habe eine Lösung gefunden.«
»Und die wäre?« fragte Barbara.
»Meine Mutter hat gesagt, du könntest eine Weile zu ihr nach Fullerton kommen«, sagte er und setzte sich. »Bei ihr bist du sicher. Ich habe ihr gesagt, dein Name sei Beverly Lee. Den Namen Soong solltest du vorerst mal vergessen. Ich glaube, es ist besser, wenn die Leute da keine Verbindungen herstellen.«
Barbara gab keine Antwort.
»Wenn wir nach Los Altos kommen, bringe ich dich zu einer Bank, da kannst du im Tresor ein Schließfach für deine Geldtaschen mieten. Dann besorgen wir dir einen Wagen, und du fährst nach Fullerton rüber.«
»Aber ich kann mich doch nicht einfach einem völlig fremden Menschen aufdrängen«, sagte Barbara.
»Es handelt sich nicht um einen fremden Menschen«, sagte Preacher mit einem Lächeln, »sondern um meine Mutter.«

# Dreizehntes Kapitel

Als er den Dodge todmüde vor seinem Haus abstellte, war es beinahe Mittag. Seine Augen waren rotgerändert. Er hoffte nur, daß es ihm besser gehen würde, sobald er geduscht hatte. Barbara auf den Weg zu bringen, hatte länger gedauert, als er gedacht hatte. In letzter Minute hatte er sich noch dazu entschlossen, Ali Elijah mitfahren zu lassen, damit sie die sechshundert Kilometer nach Fullerton nicht allein zurücklegen mußte. Sie wollte ihr Geld lieber in Los Angeles auf die Bank bringen, damit sie jederzeit darüber verfügen konnte, und Preacher hatte ihr recht geben müssen. Es war ja schließlich ihr Geld, und sie konnte damit tun, was sie wollte.

Die Häuser der Gottesgemeinde lagen merkwürdig ruhig unter der Sonne, aber er war zu müde, um es zu bemerken. Langsam ging er in seine Unterkunft und zog sich aus. Er pumpte das Wasser in den Behälter über der Dusche und ließ es dann auf sich herabrieseln. Das eiskalte Quellwasser wirkte wie ein Schock und machte ihn im Nu wieder munter. Er atmete kräftig durch und seifte sich ordentlich ein, dann spülte er entschlossen den Schaum ab. Er griff sich ein Handtuch und rieb sich die Haut damit, bis sie kräftig durchblutet war.

In diesem Augenblick ging die Tür auf, und Charlie trat in den Raum. Sie hatte geweint. »Was ist los?« fragte Preacher.

»Sie sind fort«, sagte sie hilflos.

»Wer ist fort?« fragte er. »Wovon redest du, Charlie?«

»Sie haben gesagt, sie kämen nicht wieder«, schluchzte sie. »Sie haben nicht auf mich gehört.«

Preacher packte sie an den Schultern. »Wer, Charlie? Wer?«

»Tarz und die anderen. Sie haben gesagt, es wäre hier nichts mehr wie früher. In der Gemeinde wäre es jetzt schon genauso wie auch sonst überall. Es gäbe keine Freiheit mehr, nur noch Vorschriften. Sie haben sich in ihre Autos gesetzt und sind weggefahren.«

Preacher starrte sie an. »Wann war das?«

»Heute morgen, gleich nach dem Frühstück.«

»Haben sie gesagt, wohin sie wollten?«

Charlie schüttelte den Kopf. »Sie wollen sich trennen. Tarz hat das Geld aus dem Safe verteilt, und dann sind sie aufgebrochen.« Sie hielt ihre Hand hoch. »Ich habe mein Geld noch, siehst du?«

Preachers Blick wanderte von ihrem Gesicht zu den zerknitterten Geldscheinen in ihrer Hand. »Wie kam er dazu?«

»Das Geld gehöre uns allen, hat er gesagt. Wir hätten alle dafür gearbeitet.«

Preacher zog seine Jeans an. »Ist außer dir sonst noch jemand geblieben?«

»Ein Dutzend Mädchen vielleicht. Die Männer sind als erste gefahren. Es war nicht mehr genug Platz in den Autos, sonst wären die Mädchen wahrscheinlich auch weg. Die meisten packen bereits ihre Sachen.«

Preacher knöpfte sein Hemd zu und fuhr in die Stiefel. »Ruf sie alle zusammen. Ich gehe schon vor. Wir treffen uns im Versammlungshaus.«

Der Safe stand sperrangelweit offen. Preacher starrte auf die leeren Fächer und spürte ein flaues Gefühl in sich aufsteigen. Alles war weg, auch der Betrag für die Pacht. Zwanzigtausend Dollar.

Er hörte die Stimmen der Mädchen und drehte sich um. »Weiß eine von euch, wo Tarz hinwollte?«

Die Mädchen starrten ihn unsicher an und schüttelten schließlich die Köpfe. Charlie antwortete für alle. »Er hat niemandem etwas gesagt.«

»Ist jemand bei ihm im Wagen mitgefahren?«

»Nein, er war allein.«

Preacher schwieg.

»Was sollen wir tun, Preacher? Sie haben praktisch alles mitgenommen, was wir hier hatten.«

»Wir kommen schon klar«, sagte Preacher so entschlossen wie möglich. »Wir werden uns alle nur noch mehr Mühe geben müssen als bisher.«

»Aber wir können nicht alles schaffen. Es gibt ein paar Dinge, die sind einfach zu schwer für uns Frauen. Dafür brauchen wir Männer.«

»Unsere Hauptaufgabe besteht darin, Menschen zu Jesus Christus zu führen«, sagte er. »Dies könnt ihr ebensogut wie Männer. Doch als erstes müssen wir die Häuser aufräumen. Charlie, schick zwei von den Mädchen in die Küche, damit sie uns etwas kochen. Ich fahre inzwischen in die Stadt und versuche ein paar Mexikaner anzuheuern, die auf dem Feld die dringendsten Arbeiten erledigen.«

»Ich habe euch doch gesagt, daß Preacher uns nicht verläßt«, sagte Charlie zufrieden. »Tarz hat gelogen. Preacher ist wiedergekommen.«

»Das nützt doch nichts«, sagte Melanie mutlos. »Wir sind einfach nicht mehr genügend Leute, um weiterzumachen.«

Preacher wandte sich zu ihr um. »Das ist nicht wahr, Melanie. Erinnere dich, was Johannes in seinem zweiten Brief sagt.« Er spürte, wie seine Stimme Festigkeit gewann. »›Seht euch vor, daß ihr nicht verliert, was wir erarbeitet haben, sondern vollen Lohn empfanget.‹« Er unterbrach sich und konzentrierte sich auf ihre erwartungsvollen Gesichter. »Sollen Tarz und die anderen doch gehen. Auch dafür hat Johannes die richtigen Worte gefunden: ›Wer weitergeht und bleibt nicht in der Lehre Christi, der hat Gott nicht; wer in der Lehre Christi bleibt, der hat beide, den Vater und den Sohn.‹«

Er wandte sich um und verschloß den Safe. »So, das hätten wir hinter uns. Aber Gottes Arbeit liegt vor uns. Es wird Zeit, daß wir anfangen.«

Preacher ging quer durch die Gruppe hindurch zum Ausgang. In der Tür drehte er sich noch einmal um. »Ich komme in zwei Stunden zurück. Ich erwarte, daß ihr dann alle dabei seid, die Dinge wieder in Ordnung zu bringen. Ab morgen läuft dann alles wieder wie gehabt. Wir werden noch einsatzfreudiger für Jesus arbeiten als jemals zuvor. Habt ihr verstanden?«

Es gab ein kurzes Zögern, dann hörte er, was er wollte. »Ja, Preacher.«

Preacher stellte den Wagen auf dem Parkplatz der Bank ab, stieß energisch die Glastüren auf und marschierte zielsicher durch den Kassenraum zum Büro des Geschäftsführers. Die Sekretärin blickte ihn fragend an.

»Mein Name ist Preacher Talbot«, sagte er. »Ich möchte zu Mr. Walton.«

Das Mädchen nickte und griff zum Telefonhörer, um den Besucher anzumelden. Dann winkte sie Preacher. »Sie können gleich reingehen.«

Mr. Walton war ein schmächtiger, freundlicher Mann. Er streckte die Hand aus und lächelte. »Schön, daß Sie uns besuchen, Preacher Talbot.«

Preacher schüttelte ihm die Hand. »Guten Tag, Mr. Walton.«

Walton winkte ihm, Platz zu nehmen. »Was kann ich für Sie tun, Preacher?«

»Ich würde gern die Kontoauszüge der Gottesgemeinde ansehen«, sagte Preacher.

»Aber natürlich«, sagte Walton verbindlich und griff nach dem Telefonhörer. Irgendein Zug in Preachers Gesicht mußte ihn beunruhigt haben. »Stimmt etwas nicht«, fragte er.

Preacher hielt dem prüfenden Blick des anderen stand. »Ich bin mir nicht sicher. Unser Schatzmeister hat uns verlassen, als ich auf einer Geschäftsreise war, und es sieht so aus, als ob er nicht mehr zurückkäme.«

Das Lächeln war aus dem Gesicht des Bankdirektors verschwunden. Eine Minute später hielt Preacher den Kontoauszug in der Hand. Die Zahlen waren eindeutig: die Gottesgemeinde hatte keinerlei Guthaben mehr.

Preacher sah auf und bemerkte, daß ihn Walton beobachtet hatte. »Könnten Sie bitte feststellen lassen, ob die letzte Hypothekenrate bezahlt worden ist?«

Es stellte sich heraus, daß nichts einbezahlt worden war. Die Summe war seit Wochen schon fällig. Walton zeigte Verständnis. Er werde selbstverständlich gern eine längere Zahlungsfrist einräumen, sagte er. Er sei in gar keiner Weise beunruhigt, da der Grundbesitz der Gottesgemeinde ihm als Sicherheit vollkommen ausreiche.

Nachdem Preacher die Bank verlassen hatte, suchte er eine Telefonzelle auf und ließ sich mit seiner Mutter verbinden. »Ist Beverly schon bei dir?« fragte er.

»Nein, bisher noch nicht«, sagte sie.

»Sobald sie eintrifft, sag ihrem Fahrer doch bitte, daß er sofort zu mir kommen soll. Er muß mir bei ein paar sehr wichtigen Dingen helfen in der Gemeinde.«

Beim Arbeitsamt erklärte Preacher einem hocherfreuten Beamten, er brauche drei Landarbeiter für die Gemeinde. Man versprach ihm, sie würden am nächsten Tag eintreffen. Einigermaßen zufrieden setzte Preacher sich in den Dodge und fuhr wieder nach Hause.

Schon von weitem sah er die beiden Wagen, die vor dem Versammlungshaus standen. Einen davon glaubte er zu erkennen: der blaue Chevrolet gehörte eindeutig Tarz. Preacher war glücklich. Tarz war zurückgekommen, er hatte es immer gewußt. Strahlend stürmte Preacher ins Haus. Kaum war er über die Schwelle, wurden seine Arme von kräftigen Fäusten gepackt. Er wurde vorwärtsgestoßen, und Bruder Elys Stimme drang an sein Ohr. »Hallo, Preacher!«

Ely saß am Kopfende des großen Tisches. Neben ihm Tarz, mit aufgeschürftem, blutverkrustetem Gesicht und zugeschwollenen Augen. Hinter ihnen standen die Mädchen zusammengedrängt an der Wand, von zwei bulligen Männern mit Peitschen bewacht. Sie starrten Preacher mit weit aufgerissenen ängstlichen Augen an.

Preacher versuchte sich loszureißen, in dem er sich überraschend zur Seite warf, aber es gelang ihm nicht, sich zu befreien. Die beiden Männer hielten ihn eisern fest.

»Laßt ihn los«, sagte Ely.

Einen Augenblick lang rieb sich Preacher die schmerzenden Handgelenke. Seine Augen fixierten Ely. »Ich habe Ihnen doch gesagt, Sie sollten sich hier nicht mehr sehen lassen.«

Ely lächelte. »Wir dachten eigentlich, wir tun dir einen Gefallen, Preacher. Dein Freund Tarz war doch ziemlich unartig, oder? Wir bringen ihn wieder zurück.«

»Und woher wußten Sie, wo er steckte?«

»Das war leicht«, lachte Ely. »Er hat bei uns angerufen. Er hat gefragt, ob wir ihn wieder bei uns aufnehmen. Aber du kennst ja Bruder Robert, er kann unglaublich stur sein, wenn es um Ehrlichkeit geht. Er will nichts mit Gaunern zu tun haben.« Er warf einen dicken Briefumschlag auf den Tisch. »Wir haben euch sogar euer Geld mitgebracht. Mehr als zwanzigtausend Dollars. Zähl es ruhig nach.«

Preacher sah ihn nachdenklich an. Dann ging er zu Tarz. Er nahm das zerschlagene Gesicht des jungen Mannes vorsichtig in die Hände und betrachtete es. Die Haut war an mehreren Stellen geplatzt, und Preacher war sich beinahe sicher, daß die Nase und der rechte Backenknochen gebrochen waren. »Im Nebenzimmer ist ein Erste-Hilfe-Kasten«, sagte er, »und vielleicht können Sie eins der Mädchen aus der Küche eine Schüssel mit Eis holen lassen. Damit können wir wenigstens seine Schmerzen etwas lindern, bis wir ihn zu einem Arzt bringen.«

Tarz bewegte mühsam die Lippen. »Es tut mir so leid, Preacher.«

»Sprich lieber nicht, es tut dir nur weh«, sagte Preacher leise. »Na, was ist?« fragte er Ely.

Ely nickte. »Ich hatte schon beinahe vergessen, daß du mal Sanitäter warst, Preacher.« Er winkte einem seiner Männer. »Holt ihm, was er verlangt hat.«

Preacher hantierte rasch und geschickt. In wenigen Minuten hatte er das Gesicht des Verletzten gesäubert und behutsam einen Verband angelegt. Trotzdem wimmerte Tarz vor Schmerzen, und Preacher verabreichte ihm eine Morphiumspritze. Tarz fiel Sekunden später in Schlaf.

Preacher richtete sich auf und musterte Ely, der immer noch grinsend am Tisch saß. »Ich gehe nicht davon aus, daß Bruder Robert mit alledem nur christliche Nächstenliebe im Sinn hat?«

»Was denn sonst?« fragte Ely. »Glaubst du, er hätte andere Gründe?«

»Allerdings«, sagte Preacher. Er warf einen Blick zu den Mädchen hinüber. »Warum lassen Sie die Kinder nicht ihre Arbeiten machen, während wir uns unterhalten?«

»Ach, nein«, sagte Ely. »Die Mädchen können ruhig hören, was ich zu sagen habe.«

Preacher nahm sich einen Stuhl und setzte sich an den Tisch. »Also gut«, sagte er. »Fangen Sie an!«

»Bruder Robert meint, wir könnten immer noch sehr gut zusammenarbeiten.«

»Da bin ich mir gar nicht sicher«, erwiderte Preacher.

Ely nickte. »Bruder Robert hat schon befürchtet, daß du das sagst. Er hat deswegen noch einen ganz anderen Vorschlag.«

»Und der wäre?«

Bruder Ely hob seinen Blick. »Barbara Soong.«

»Ich verstehe nicht ganz.«

»Ganz einfach, du sagst uns, wo wir sie finden, und damit ist die Sache erledigt.«

»Kein Problem«, sagte Preacher. »Sie wohnt im Haus der Firma Soong in der Grant Street. Im dritten Stock, wenn ich nicht irre.«

»Hör auf mit den Späßen. Du weißt genau, daß sie dort nicht mehr ist. Seit letzter Nacht ist sie verschwunden, und Barbaras Onkel ist fest überzeugt, daß du sie dort rausgeholt hast. Und Tarz hat uns freundlicherweise erzählt, daß du schon tagelang nicht mehr hier warst.«

»Sie trauen mir einiges zu«, sagte Preacher. »Ich fürchte bloß, Sie überschätzen mich ziemlich.«

»Vielleicht«, sagte Ely. Er wies mit der Hand auf die Mädchen. »Da drüben sind elf deiner Kinder. Elf gegen eine. Ein fairer Tausch, finde ich.«

»Das schon. Aber ich hab die eine leider nicht, die Sie suchen.«

Bruder Ely hob einen Finger. Einer der beiden Männer, die bei den Frauen standen, trat einen Schritt zurück und ließ die Peitsche knallen. Das Geräusch hallte wie ein Pistolenschuß in dem großen Raum wider. Dann zuckte der Arm des Mannes erneut hoch, und diesmal riß die Peitschenschnur einer der Frauen das Kleid auf. Der Stoff war wie mit einem Messer von oben bis unten zerschnitten, so daß sie fast vollkommen nackt war. Noch einmal knallte die Peitsche. Ein feuerroter Striemen erschien auf dem Körper des Mädchens, der von der Kehle bis zum Ansatz des Schamhaars reichte. Die junge Frau keuchte, stieß einen erstickten Schrei aus und sah hilflos an sich herunter, als ob sie nicht glauben könnte, was ihr da widerfuhr. Ihre Hand griff zum Hals und war sofort voller Blut. Das Mädchen wurde ganz blaß, verdrehte die Augen und brach bewußtlos zusammen.

Bruder Ely wandte nur zögernd den Blick von ihr ab. »Das war Nummer eins, bleiben uns noch zehn.«

»Sie verschwenden Ihre Zeit«, sagte Preacher. »Ich kann Ihnen nicht geben, was ich nicht habe.«

»Es sind deine Kinder«, sagte Ely, drehte sich zu den Frauen um und hob wieder den Finger.

Preacher nutzte den Augenblick, in dem alle den Mann mit der Peitsche anstarrten. Im Bruchteil einer Sekunde war er auf der anderen Seite des Tisches und stürzte sich auf Bruder Ely. Ehe der wußte, wie ihm geschah, lag er am Boden und hatte die Nadel einer Morphiumspritze im Ohr, die Preacher im Ärmel versteckt gehabt hatte.

»Keine Bewegung«, schrie Preacher, »sonst stoße ich zu. Wenn Sie das Morphium im Kopf haben, gehen Sie jämmerlich zugrunde. Das Morphium lähmt Ihr Gehirn.«

Bruder Ely erstarrte.

»So, jetzt wollen wir aufstehen«, sagte Preacher. »Schön langsam. Wir wollen doch nicht, daß ein Unfall passiert, nicht wahr? Sagen Sie Ihren Freunden, sie sollen auf Distanz bleiben.«

»Tut, was er sagt«, keuchte Ely mit heiserer Stimme.

»Gut«, sagte Preacher. »Jetzt los! Immer schön langsam.« Vorsichtig erhob er sich, ohne die Hände mit der

Morphiumspritze von Elys Kopf zu entfernen. Ely stand ebenso vorsichtig auf.

»Jetzt rückwärts zur Wand«, sagte Preacher. »Immer schön langsam.«

Schritt für Schritt tasteten sich die beiden Männer nach hinten, bis Preacher in seinem Rücken die Wand spürte. »So ist es gut«, sagte er. »Jetzt nicht mehr bewegen.« Er konnte den ganzen Raum überblicken.

Außer Ely waren noch vier weitere Männer im Raum. Preacher musterte sie. »Sagen Sie ihnen, sie sollen sich bis auf die Unterhosen nackt ausziehen.«

»Tut, was er sagt«, wiederholte Ely gequält.

»Aber ich habe gar kein Unterzeug an, Bruder Ely«, sagte einer der Männer.

»Das tut mir echt leid«, sagte Preacher. »Aber das soll Sie nicht hindern. Ziehen Sie sich aus!«

Der Mann zögerte.

»Tu, was er sagt«, stöhnte Ely.

Wenig später standen die Männer nackt da. Ohne ihre Anzüge sahen sie sehr viel weniger furchterregend aus als zuvor.

»Gut«, sagte Preacher. »Jetzt stellt euch neben der Tür mit dem Gesicht zur Wand auf.« Er wartete, bis die Männer seinem Befehl nachgekommen waren. »So, Kinder, jetzt hebt ihre Sachen auf und bringt sie ins andere Zimmer hinüber.«

Die Mädchen taten, wie geheißen. »Charlie, kümmere dich bitte um Jane. Im Erste-Hilfe-Kasten sind antiseptische Tupfer.« Preacher wandte sich wieder an Ely. »Wer von euch hat die Autoschlüssel?«

»Sie sind bei mir in der Tasche.«

»Nehmen Sie die Schlüssel ganz langsam heraus. Aber nicht vergessen: schön langsam!«

Bruder Ely gehorchte. »Fallen lassen!«

Klirrend fielen die Schlüssel zu Boden.

»Wo sind die Wagenschlüssel von Tarz?«

»Die müssen noch stecken«, sagte einer der Männer.

»Hol sie, Melanie!«

Das Mädchen brachte sie ihm wenig später.

»Nein, behalt du sie«, sagte Preacher zu ihr. »Die Schlüssel hier auf dem Fußboden kannst du den Kerlen da drüben hinwerfen.«

Die Schlüssel schlitterten klingelnd über die Fliesen. »Okay, Brüder, ihr fahrt jetzt nach Hause. Nehmt die Schlüssel, und dann ab mit euch!«

»Wir können doch nicht so auf die Straße«, sagte einer der Männer.

»Vielleicht machen Sie es ihnen begreiflich«, sagte Preacher und verstärkte den Druck der Spritze um eine Spur.

»Tut, was er sagt«, kreischte Ely.

Einer der Männer hob den Schlüssel auf und ging hinaus, die anderen folgten. Man hörte den Anlasser, der Motor heulte auf, die Reifen wirbelten Steine und Schmutz auf, dann zischte der Wagen davon. »Jetzt gehen wir schön langsam zur Tür«, sagte Preacher.

Sie kamen gerade noch rechtzeitig, um den schweren Wagen am Fuß des Hügels um die Ecke biegen zu sehen. In einer Staubwolke fuhr er die Serpentinen hinauf. Preacher wartete, bis er hinter der Kuppe des Hügels verschwunden war.

»Was wollen Sie jetzt mit mir machen?« fragte Ely.

»Ich habe keine große Wahl«, sagte Preacher. »Sie würden ja doch immer wieder zurückkommen.«

»Bestimmt nicht«, jammerte Ely. »Ich komme bestimmt nie wieder zurück. Und ich verspreche Ihnen, dafür zu sorgen, daß euch Bruder Robert künftig in Ruhe läßt.«

»Tut mir leid«, sagte Preacher. Er ließ den Mann los und schlug ihm voll aufs Ohr.

Ely war leichenblaß, seine Rechte schoß zu seinem Ohr hinauf. Voller Entsetzen starrte er auf das Blut an seinen Fingern. »Muß ich jetzt sterben?« fragte er wimmernd.

Preacher warf ihm einen langen, prüfenden Blick zu. »Nein«, sagte er schließlich und zeigte ihm die noch immer volle Morphiumspritze. »Ich habe Sie nur ein bißchen gekratzt. Aber, Gott verzeih mir, einen Moment lang hätte ich Sie am liebsten erledigt.« Er packte Ely am Kragen und zog ihn zurück ins Haus. »Ziehen Sie sich aus!«

»Ich etwa auch?« fragte Ely. »Aber . . .«

»Sie auch«, sagte Preacher. Er beobachtete, wie Ely seine Schuhe auszog und die Hosen abstreifte, dann wandte er sich an die Mädchen. »Legt seine Sachen zu den übrigen und sperrt ihn in der Vorratskammer ein, bis wir uns überlegt haben, was wir mit ihm machen.«

Die Frauen umringten Bruder Ely und stießen ihn ziemlich unsanft hinaus. Preacher beugte sich über Jane, die zusammengekrümmt auf dem Fußboden saß. Die Wunde hatte aufgehört zu bluten.

Als Preacher herantrat, hob das Mädchen den Kopf. »Meinst du, das wird wieder?«

Er nickte. »Nur die Haut ist ein bißchen geplatzt. Das gibt bestimmt keine Narbe.« Dann wandte sich Preacher an Charlie. »Ihr müßt Tarz sofort ins Krankenhaus bringen. Nehmt seinen Wagen.«

»Okay«, sagte sie.

Preacher hob den Bewußtlosen auf, trug ihn hinaus und bettete ihn auf den Rücksitz des Chevy.

»Was soll ich den Leuten im Krankenhaus sagen, woher die Verletzungen kommen?« fragte Charlie.

»Sag ihnen, er wäre bei einer Rauferei an den Falschen geraten. Die Rechnung würden wir bezahlen.«

Charlie und ein weiteres Mädchen setzten sich in den Wagen und fuhren los. Preacher drehte sich um und ging ins Versammlungshaus zurück. Müde ließ er sich auf einen Stuhl fallen. »Wir möchten uns bei dir bedanken«, sagte Melanie. »Du hast uns gerettet.«

Preacher hob den Kopf und lächelte. »Nicht mir müßt ihr danken, sondern Gott«, sagte er. »Alles, was wir tun, geschieht durch ihn.«

»Wir lieben dich«, sagte das Mädchen.

»Und ich liebe euch«, erwiderte er.

»Soll ich dir einen Kaffee machen?«

»Nein danke, ich möchte mich nur ein bißchen ausruhen.«

»Willst du allein sein?«

Er nickte. »Bitte.«

Leise verließen die Mädchen das Zimmer. Preacher

starrte den Briefumschlag an, der auf dem Tisch lag. Schließlich riß er ihn auf. Zwei ordentliche Bündel mit Banknoten fielen heraus. Auf dem abgenutzten Holz des Tisches sahen sie sehr sauber und neu aus. Preacher betrachtete sie, dann schlug er in einem plötzlichen Wutanfall auf die Geldscheine ein. Die Banderolen zerrissen, und die Banknoten wirbelten über den Tisch, einige fielen sogar auf den Boden.

Als vier Stunden später Ali Elijah hereinkam, saß Preacher immer noch bewegungslos vor den Geldscheinen. Die beiden Männer sahen sich an. Keiner sagte ein Wort.

Schließlich brach Elijah das Schweigen. »Du siehst so aus, als ob du sehr lange nachgedacht hättest.«

»Kann schon sein«, sagte Preacher.

»Hast du hier Ärger gehabt?«

»Allerdings, ja. Ich habe Bruder Ely von der Kirche der Gottessöhne in der Vorratskammer einsperren müssen.«

»Und was hast du jetzt mit ihm vor?«

Preacher zuckte die Achseln. »Nicht viel. Ich glaube, ich werde ihn am Morgen laufen lassen.«

»Du wirst sowieso nicht so weitermachen können wie bisher.«

Preacher fuhr hoch. »Wieso nicht?«

»Ich habe unterwegs an einer Raststätte haltgemacht und im Fernsehen einen Bericht über die Verhaftung der Leute gesehen, die angeblich Sharon Tate umgebracht haben. So ein paar Hippies, sie werden die Manson-Familie genannt. Der Chef ist ein gewisser Charles Manson, und ich sage dir, der Typ hat genauso einen Bart und solche Haare wie du.«

»Crazy Charlie«, sagte Preacher und nickte. »Das wundert mich nicht. Dem traue ich so etwas zu. Der Kerl ist verrückt.«

»Du kennst ihn?«

»Ich hab ihn vor Jahren ein paarmal in Haight Ashbury gesehen.«

»Du hast da eine Menge Moos auf dem Tisch liegen. Das Jesus-Geschäft scheint offenbar besser zu gehen als unsere Mohammed-Kiste. Soviel Mäuse haben wir nie eingesammelt.«

»Es ist kein Geschäft«, sagte Preacher. »Jesus ist Liebe.«

»Nenn es, wie du willst, Preacher. Ich finde, es sieht nach dem ganz großen Geld aus. Ich glaube, du sitzt auf einer Goldgrube und weißt es nicht einmal.«

Preacher sah nachdenklich auf. »Meinst du wirklich?«

»Darauf kannst du deinen weißen Hintern verwetten«, sagte der Farbige. »Ich erinnere mich noch, wie es war, wenn meine Mutter zum Gottesdienst ging. Wenn der Pfarrer rief, wurde er förmlich mit Geld überschüttet. Er brauchte bloß den Mund aufzumachen und ›Jesus‹ zu schreien!«

# II

# Jesus ist Geld

# Erstes Kapitel

Jake Randle hatte es sich auf dem Rücksitz seines schwarzen Mercedes 600 bequem gemacht. Draußen, vor den dunkelgetönten, kugelsicheren Scheiben, die ihn vor neugierigen Blicken schützten, verbrannte die Sonne von Texas die Erde, aber Old Jake spürte es nicht. Die eingebaute Klimaanlage sorgte für eine angenehme Temperatur im Inneren des Wagens.

Zwischen seinen Lippen wippte unangezündet eine Havanna, auf der er vorsichtig herumkaute, damit sein Gebiß nicht verrutschte. Rauchen macht längst nicht soviel Spaß wie Kauen, pflegte er manchmal zu sagen. Das einzige, was ihn an der Havanna störte, war die ärgerliche Tatsache, daß die Kommunisten auf Kuba sowohl die Erzeugung als auch den Vertrieb kontrollierten. Wenn er die Möglichkeit dazu gehabt hätte, dann hätte er diese ganze Bagage nach Rußland geschickt und Kuba den Leuten zurückgeben, die wußten, was sie den Amerikanern an Dank und Respekt schuldig waren. Ohne die Amerikaner wäre die Insel immer noch eine spanische Kolonie! Den Hintern könnten sie Spanien küssen!

Als der schwere Wagen von der Hauptstraße der kleinen Stadt, die den Namen seines Großvaters trug, auf die asphaltierte Privatstraße abbog, die zu seiner vierzig Meilen entfernten Ranch hinausführte, warf Randle einen Blick aus dem Fenster. Das letzte Gebäude des Ortes war eine verfallene Scheune, die nicht mehr benutzt wurde, seit vor zwanzig Jahren der Fluß, an dem sie lag, endgültig ausgetrocknet war. Randle stutzte plötzlich. Auf dem Stoppelfeld neben der Scheune hing zwischen zwei Masten ein riesiges Transparent, zwei Meter hoch und sechs Meter breit. Grell leuchtete die rote und schwarze Leinwand.

Randle klopfte an die Trennscheibe. »Bitte, halten Sie«, sagte er zu dem Chauffeur.

»Jawohl, Mr. Randle.«

Der Mercedes rollte am Straßenrand aus, und Old Jake setzte seine Brille auf. Er hatte keine Schwierigkeiten zu lesen, was auf dem Transparent stand. Die Buchstaben waren schön groß und sehr deutlich.

»IHR KENNT SIE VOM FERNSEHEN!«

Darunter waren vier grob gerasterte Fotos zu sehen, jedes mit dem Namen des abgebildeten Mannes: Oral Roberts, Rex Humbard, James Robinson, Jerry Falwell. Darunter aber folgten ein wesentlich größeres Bild sowie der Text: »JETZT LIVE HIER BEI IHNEN: C. ANDREW TALBOT, DER GRÖSSTE DER EVANGELISTEN! SONNTAG, 16 UHR 30. EINTRITT FREI. JESUS BRAUCHT EUCH – NICHT EUER GELD!« Weiter unten stand dann noch in sehr viel kleinerer Schrift: »Eine Veranstaltung der Gottesgemeinde, Kirche der amerikanischen Christen, Los Altos, California.«

Randle hatte den Text eben zu Ende gelesen, als auf dem Acker hinter dem Transparent eine riesige Staubwolke aufstieg, aus der sich nach und nach die Umrisse eines Zirkuszeltes herausschälten. Als der Staub sich verzogen hatte, konnte Randle auch die Traktoren erkennen, mit denen die Halteseile gespannt wurden. Praktisch gleichzeitig wurde in das hintere Ende des Zeltes eine Plattform geschoben und ein riesiges weißes Kreuz hochgezogen. Ein Gabelstapler mit zusammenklappbaren Holzbänken fuhr unter die Kuppel, und zwei Männer stellten flink die Bankreihen auf. Dann rauschte hinter der Plattform eine große Leinwand herunter, die ein weiteres Porträt des Predigers zierte. Andrew Talbot zeigte mit ausgestrecktem Finger auf den Betrachter, ganz wie Uncle Sam auf dem berühmten Rekrutierungsplakat der U. S. Army. Die Worte waren allerdings andere: »JESUS BRAUCHT DICH!« stand auf der Leinwand.

Hinter dem Zelt entdeckte Randle nun auch die schweren Sattelschlepper, mit denen die ganze Show hergebracht worden war. Sie waren am anderen Ende des Akkers neben den Wohnwagen, Mini-Bussen und Lieferwagen abgestellt. Im Zelt lief alles mit militärischer Präzision ab. Während lange Teppichbahnen auf den Gängen zwischen den Bankreihen ausgelegt wurden, gingen an den Zeltmasten Lautsprecherboxen und Scheinwerfer hoch. Erst hatte Randle geglaubt, daß Dutzende von Menschen am Werk wären, aber als er genauer hinsah, stellte er fest, daß es nur acht Männer waren, die von einem riesigen Neger beaufsichtigt wurden.

Randle drückte einen Knopf, und die schalldichte Scheibe, die ihn von seinem Chauffeur und dem Leibwächter trennte, senkte sich lautlos. »Fahren Sie auf den Platz!«

Der Chauffeur nickte und steuerte die schwere Limousine auf das Stoppelfeld. Vor dem Zelt hielt er an.

»Ist es so recht, Mr. Randle?«

Der alte Mann ignorierte die Frage. Er senkte das Seitenfenster per Knopfdruck. Einige der Männer hatten einen Moment lang den Wagen beobachtet, der auf sie zurollte, waren aber auf Zuruf des farbigen Aufsehers rasch an die Arbeit zurückgekehrt. Randle steckte den Kopf aus dem Fenster und brüllte: »Hey, Nigger! Komm mal hier rüber!«

Joe Washington sah ihn einen Augenblick lang erstaunt an, dann ging er auf den Mercedes zu. Er ließ sich nicht anmerken, ob ihm bewußt war, daß der Leibwächter auf dem Vordersitz eilig seine Pistole aus dem Schulterhalfter gezerrt hatte. »Ja, Sir?« fragte er höflich.

Randle starrte ihn ärgerlich an. Er konnte Schwarze nicht leiden. Niggern und Mexikanern, sagte er immer, kann man nicht trauen. »Was zum Teufel macht ihr hier?«

»Wir machen Zelt fertig für Gottesdienst, Sir«, sagte Joe im Dialekt der ehemaligen Südstaaten-Sklaven.

»Wer hat das genehmigt?« fragte Randle.

Joe zuckte die Achseln. »Wir haben Papiere vom Rathaus.«

»Das hier ist mein Land«, sagte Randle. »Und mir hat niemand etwas gesagt.« Joe zuckte erneut die Achseln.

»Ich nix viel wissen, Sir. Ich bloß Arbeiter hier.«

Randle wandte sich an den Chauffeur. »Verbinden Sie mich mit der Grundstücksverwaltung!« Der Fahrer drückte zwei Tasten, dann gab er den Hörer nach hinten. »Haben Sie die Parzelle an diesen Wanderprediger vermietet?« bellte Randle.

»Ja, Sir. Sie haben zweihundert Dollar bezahlt.«

»Warum wurde ich nicht informiert?«

»Ich dachte, solche Kleinigkeiten interessieren Sie nicht, Mr. Randle. Entschuldigen Sie bitte.« Die Stimme des Verwalters zitterte förmlich.

»Wie oft soll ich Ihnen noch sagen, daß ich alles wissen will, was auf meinem Grund und Boden geschieht?« brüllte Randle.

»Die Leute hatten ausgezeichnete Referenzen, Mr. Randle. Sowohl Reverend Lydon als auch Dekan Ellsworth haben sie dringend empfohlen.«

Randle schwieg einen Moment lang. Die beiden Geistlichen waren die Stützen der Gemeinde, man konnte sie nicht gut vor den Kopf stoßen. »Das nächste Mal fragen Sie mich!« knurrte er. »Ganz egal, an wen Sie was vermieten!« Dann legte er auf.

»Wer ist dieser Talbot?« fragte er Joe. »Ich habe den Namen noch nie gehört.«

Joe machte ein sehr überraschtes Gesicht. »Er ist einer von den allerbesten Predigern, die es überhaupt gibt, Sir. Jeder kennt C. Andrew Talbot.«

»Im Fernsehen hab ich ihn aber noch nie gesehen.«

»Haben Sie kein Kabelfernsehen?«

»Hier draußen nicht, nein.«

»Ah, deshalb. In Kalifornien ist er immer im Kabel. Glauben Sie mir, wenn Sie ihn einmal gehört haben, das vergessen Sie nie! Wenn Talbot das Wort Gottes erklärt, dann springt der Teufel gleich auf die Beine und rennt wie ein Hase.«

Randle zwinkerte zufrieden. »So ein richtiger Bußprediger, ja? Der die Leute das Fürchten lehrt?«

Joe nickte. »Ja, Sir.«

»Keine Humanitätsduselei, was? Nichts mit dem süßen Jesus, der uns allen das Licht bringt, nicht wahr?«

»Nein, Sir«, bestätigte Joe. »Talbot interessiert sich nur dafür, daß er die Sünde aus den Leuten rauskriegen tut, damit sie sich hinknien und Jesus um Gnade anflehen.«

Randle dachte einen Augenblick nach. »Solche Prediger mag ich. Mit dem neumodischen Kram hab ich gar nichts im Sinn.«

»Er auch nich'.«

»Gut. Vielleicht komme ich später zur Predigt, aber jetzt möchte ich erst einmal mit ihm reden. Wo ist dieser Talbot?«

»Ist noch nich' hier, Sir«, erwiderte Joe. »Er ist in der Kirche drüben und betet mit der Baptistengemeinde. Aber er freut sich bestimmt, wenn er hört, daß Sie da waren. Vielleicht haben Sie nach dem Gottesdienst Zeit?«

»Vielleicht«, sagte Randle. Er zog einen Hundert-Dollar-Schein aus der Tasche. »Halten Sie mir in der ersten Reihe eine Bank frei! Ich sitze gern ein bißchen für mich, ja?«

Joe sah das Geld an. »Eintritt frei, Sir. Das Geld kann ich nich' annehmen.« Er kratzte sich am Kopf. »Aber die erste Reihe halt ich Ihnen bestimmt frei!«

»Tu das, mein Junge!« Randle lehnte sich wieder in den Sitz zurück und ließ das Fenster hinaufgleiten.

Joe blieb stehen und sah andächtig zu, wie der Mercedes zur Straße zurückrollte und eilig davonschoß.

Einer der Arbeiter grinste ihn an. »Das war ja ein gräßliches Arschloch. Ich dachte, ich spinne, als du plötzlich den dämlichen Nigger gespielt hast.«

Joe warf dem Mann einen kühlen Blick zu. »Du hast ein ziemlich großes Maul, Johnson. Wenn du deine Hände so eifrig wie deine Zunge bewegtest, wären wir vermutlich schon fertig.«

Johnson starrte dem Wagen nach, der immer rascher dem Horizont zustrebte. »Mann, das ist wirklich ein riesiger Schlitten«, meinte er bewundernd.

»Wenn du nicht sofort wieder an die Arbeit gehst, Johnson, sorge ich dafür, daß dir die Augen vollends aus dem Kopf fallen.«

Johnson hielt beschwichtigend die Hände hoch. »Okay, Boß, okay.«

Joe wartete, bis Johnson wieder im Zelt war, dann drehte er sich noch einmal um. Der Mercedes war weg. Joe schüttelte bedauernd den Kopf, bevor er hinter das Zelt zu Preachers Wohnwagen ging. Das große silberne Wohnmobil mit dem schwarzen Symbol der Gottesgemeinde an den Seiten funkelte wie ein Juwel in der Sonne. Joe machte die Tür auf und fragte: »Bist du da, Beverly?«

Die Stimme von Barbara Soong, die aus Sicherheitsgründen den Namen Beverly Lee beibehalten hatte, kam aus dem hinteren Teil des Wagens. »Komm nur rein, Joe.«

Er trat ein, schloß die Tür hinter sich und blieb einen Augenblick reglos stehen, um sich an das gedämpfte Licht zu gewöhnen und die angenehme Kühle zu genießen, die ihn plötzlich umfing.

Beverly saß an dem kleinen Eßtisch, der zugleich als provisorischer Arbeitsplatz herhalten mußte. Kontobücher, Rechnungen und Belege stapelten sich vor ihr auf dem Tisch.

»Wie sieht's denn aus?« fragte Joe.

Beverly hob den Kopf. »Wie üblich sind wir pleite. Wir kommen einfach finanziell auf keinen grünen Zweig. In jeder Stadt nehmen wir gerade so viel ein, daß wir es bis zur nächsten schaffen.«

»Hast du mit Preacher darüber gesprochen?« fragte er.

»Natürlich«, sagte sie. »Ich habe mit ihm geredet, bis ich blau im Gesicht war, aber er hört gar nicht hin. ›Unser Trachten gilt Gott‹, sagt er mir immer, ›nicht dem Geld‹.«

»Wann wird der Bursche nur endlich erwachsen?« fragte Joe und rollte die Augen. »Die ortsansässigen Kirchen wären bestimmt mit zwanzig Prozent der Kollekte zufrieden. Er brauchte ihnen wirklich nicht fünfzig Prozent in den Rachen zu schmeißen.«

Beverly schwieg.

»Weißt du eigentlich, wieviel diese Fernseh-Evangelisten kassieren?« fragte Joe. »Die verdienen Millionen. Die brauchen sich nicht abzuschinden, die tingeln nicht mit dem Zirkuszelt durch die Lande und brauchen auch nicht aus dem Koffer zu leben. Die haben eigene Jets und steigen nur in den besten Hotels ab.«

»Ich weiß«, sagte Beverly knapp.

»Die fressen jeden Tag Roastbeef und Steaks«, fuhr Joe unbeirrt fort.

Beverly lächelte schwach. »Gelegentlich auch mal *Chow mein*?«

Joe schüttelte grinsend den Kopf. »Ich verstehe wirklich nicht, warum du mit uns rumziehst, Beverly. Du hast es doch wirklich nicht nötig. Du hast doch genug Geld.«

Beverlys Augen schienen plötzlich zu leuchten. »Du weißt genau, warum ich bleibe, Joe. Aus demselben Grund, der uns alle hier hält«, sagte sie. »Wir lieben ihn, das genügt doch.«

Dagegen fiel ihm kein Argument ein. Wenn ihm damals, als ihn Preacher vor Jahren in Oakland aufgesucht hatte, irgend jemand gesagt hätte, daß er jemals mit einem Jesus-Freak in der glühenden Hitze von Texas herumreisen würde, dann hätte Joe schallend gelacht. Aber genauso war es gekommen. Jetzt war er hier, und Beverly auch, von der restlichen Truppe zu schweigen.

Manchmal fragte sich Joe, ob Preacher eigentlich wußte, welche Macht er über die Menschen besaß. Wie sie ihm zuhörten, wie sie ihm glaubten, wie sie sich ihm aufschlossen. Preacher trug das Wort Gottes mitten ins Leben der Menschen hinein. Er hätte sich bloß irgendwo niederlassen und seine Fähigkeiten ausnützen müssen. Das Geld wäre scheffelweise ins Haus gebracht worden.

Aber Preacher war daran nicht interessiert. Wahrscheinlich hörte er nie richtig zu, wenn sie ihn dazu überreden wollten, doch endlich eine Gemeinde zu gründen. Immer wenn sie davon anfingen, wie schön es doch wäre, eine eigene Kirche zu haben, starrte er vage ins Leere und gab geduldige, ausweichende Antworten. Dann waren sie plötzlich die Kinder, die nicht wußten, worauf es ankam im Leben.

»Nein. Ein festes Haus ist nicht das richtige Forum für

mich. Der Herr hat mir nicht den Auftrag gegeben, irgendwo Wurzeln zu schlagen, sondern sein Wort in die Herzen der Menschen zu pflanzen. Ich höre, was er seinen Jüngern gesagt hat.« An dieser Stelle machte er meist eine kleine Pause, ehe er die Worte aus dem Markus-Evangelium zitierte, um die Diskussion zu beenden: »›Gehet hin in alle Welt und prediget das Evangelium aller Kreatur.‹«

# Zweites Kapitel

Um halb vier hatte Joe schon hundertsiebenundachtzig parkende Autos und vierhunderteinundachtzig Personen gezählt, nicht eingerechnet die zahllosen Kinder, und auf der Straße warteten immer noch Wagen, die auf das Feld fahren wollten. Joe nickte zufrieden. Diesmal würde etwas hängenbleiben. Vielleicht mehr als achthundert Dollar.

Aus vier riesigen Lautsprechern dröhnte die Gospel-Musik auf die Straße hinaus. Sie hatten moderne Lieder ausgewählt, wehmütig, aber doch mit energischem Beat, mehr Country & Western als frommer Choral, und die Leute sprachen sehr gut darauf an. Die Atmosphäre war freundlich, beinahe festlich. Die Bankreihen füllten sich schon. Im Zelt gab es siebenhundertfünfzig Sitzplätze. Sechs Mädchen in wallenden weißen Gewändern führten die Besucher ins Zelt und gaben jedem eine Broschüre mit dem Programm. Joe lächelte. Dieses Arrangement verfehlte nie seine Wirkung.

»Willkommen im Namen des Herrn, Jesus Christus«, sagte das Mädchen und lächelte freundlich. Und wenn die Besucher saßen, drückte es ihnen das Programm in die Hand.

»Amen«, sagten die Leute dann meistens. Und: »Danke.«

Dann lächelte das Mädchen erneut und streckte die Hand aus. »Das Programm kostet einen Dollar. Das Geld geht im Namen des Herrn an die Armen und Kranken.«

Es folgte meist eine winzige Pause, ein kurzes Zögern, und dann kam der Dollar zum Vorschein. Nie gab jemand sein Programm an die Mädchen zurück. Der Vorgang fand ja in aller Öffentlichkeit statt, und der jeweilige Besucher mußte befürchten, daß sein Verhalten von allen Bekannten und Nachbarn beobachtet wurde.

Dann sagte das Mädchen: »Ich danke Ihnen im Namen unseres Herrn, Jesus Christus«, steckte das Geld in den Beutel und ging dem nächsten Besucher entgegen.

Joe überzeugte sich mit einem raschen Blick, daß der Besucherstrom noch immer nicht abriß, und ging dann strahlend zum Wohnwagen Preachers. Diesmal klopfte er nicht, sondern stieg einfach die Treppe hinauf und machte die Tür auf. »He, Preacher«, rief er energisch.

»Ja, ich bin hier.«

Joe trat ein und machte die Tür hinter sich zu. Preacher saß ganz hinten im Wagen. Predigtnotizen und Zettel mit Bibelzitaten lagen vor ihm auf dem Tisch. »Sag mal, Preacher, glaubst du an Gott?« fragte Joe.

»Was ist denn das für eine dämliche Frage?« gab Preacher zurück. »Du weißt doch genau, daß ich an Gott glaube, oder?«

»Wenn Gott dir ein Zeichen schickt, glaubst du, du würdest das merken?«

Preacher sah ihn verblüfft an. »Was soll das?«

»Ich habe so eine Ahnung. Ich glaube, daß heute da draußen ein Wunder geschieht«, sagte Joe.

Preacher schwieg einen Augenblick. »Ich frage mich wirklich, worüber du redest«, sagte er schließlich. Seine Stimme klang mißtrauisch.

»Als du heute in der Baptistenkirche gewesen bist, war so ein Mann da. Er saß in einem dicken Mercedes, mindestens zehn Meter lang. Erst wollte er uns von seinem Grundstück vertreiben, dann hat er einen Haufen Fragen gestellt, und am Ende hat er versprochen, er würde zum Gottesdienst kommen, wenn ich ihm die erste Reihe freihalte, damit er für sich sitzen kann.«

»Und das hast du getan?« fragte Preacher mit einem prüfenden Blick.

Joe nickte.

»Ist er schon da?«

»Nein«, sagte Joe. »Aber es ist ja noch früh. Er wird schon noch kommen.«

»Was macht dich so sicher?« fragte Preacher neugierig.

»Er hat mich gefragt, ob du so ein richtiger Bußprediger wärst, der die Leute mit Hölle und Schwefel bedroht, und ich habe ja gesagt. Er sagte, das Geschwätz vom süßen Jesus könne er nicht leiden und das übrige neumodische Zeug. Ich habe ihm gesagt, er solle zum Gottesdienst kommen, du wärest sein Mann.«

Preacher schüttelte den Kopf. »Das hättest du nicht tun sollen. Du weißt doch, daß das nicht stimmt.«

Joe warf ihm einen nervösen Blick zu. »Könntest du es nicht versuchen? Nur dieses eine Mal, Preacher. So eine deftige, altmodische Predigt hat schließlich noch niemand geschadet.«

»Aber das ist doch gar nicht mein Stil«, sagte Preacher.

Joe druckste herum. »Preacher, ich hab dir das eigentlich vor dem Gottesdienst nicht sagen wollen, aber ich fürchte, jetzt bleibt mir nichts anderes übrig. Die Männer haben gesagt, daß sie gehen, wenn sie nicht heute nach dem Gottesdienst den ganzen rückständigen Lohn bis auf den letzten Cent ausbezahlt kriegen. Ohne Lohn arbeiten, ist nicht ihr Stil. Sie haben Familien, denen sie Geld schikken müssen. Und wir schulden ihnen jetzt schon den Lohn für vier Wochen.«

»Sie wissen doch, daß wir bezahlen, sobald wir das Geld haben.«

»Natürlich wissen sie das. Sie fragen sich bloß, wann das Geld kommt. Die Männer sehen doch, was wir einnehmen, und sie wissen, daß es nicht reicht.«

»Wenn genug Leute kommen«, erwiderte Preacher, »kriegen wir heute vielleicht zweitausend Dollar.«

»Selbst wenn . . . Das Geld ist doch gleich wieder weg. Zweihundert kostet die Platzmiete, zweihundert brauchen wir für Benzin, fünfzig Dollar gehen ans Elektrizitätswerk für Strom und Beleuchtung, tausend Dollar, die Hälfte der Einnahmen, gehen an die hiesigen Kirchen. Es bleiben uns also gerade noch fünfhundertfünfzig. Wenn du davon das Geld für das Essen noch abrechnest, bleibt nicht mal genug, um wenigstens einem der Männer den Lohn auszuzahlen.«

Preacher schwieg.

»Du wirst Beverly wieder um Geld bitten müssen«, sagte Joe schließlich.

»Das geht nicht«, sagte Preacher. »Sie hat uns schon viel zu viel Geld gegeben.«

»Dann brauchst du ein Wunder«, sagte Joe. »Würdest du so ein Wunder erkennen, wenn du es siehst?«

Preachers Gesicht wurde bitter. »Vielleicht. Wenn du mir zeigst, wer es ist.«

»Das brauche ich nicht«, sagte Joe. »Er sitzt ganz allein in der ersten Reihe. Sein Name ist Randle. Jake Randle.«

Als Joe gegangen war, starrte Preacher lange auf seine Notizen. Es war lange her, daß er den Kindern vom Gott der Liebe und des Friedens, von Gottes Geduld und von Gottes Verständnis erzählt hatte. Er hatte sie gelehrt, daß Gott die Sorgen und Bitten aller Menschen anhörte, daß er seinen Sohn als Erlöser geschickt hatte und daß jeder zu ihm in sein himmlisches Reich kommen werde, der an Christus zu glauben bereit war. Aber das war ein anderer Gott als der seiner jetzigen Predigten. Das war der Gott einer idealistischen Gegengesellschaft gewesen, die vom allgegenwärtigen Profitstreben und vom Schrecken der Kriege entsetzt war. Ein Gott für Kinder.

Und jetzt waren die Kinder erwachsen. Der Gott, in dessen Namen Preacher predigte, schien ein anderer geworden zu sein. Nicht mehr der Gott der Gnade und der Erlösung, sondern der Gott der Rache und der Bestrafung, der alle zu ewiger Verdammnis verurteilen würde, die seinen Sohn nicht als Messias annehmen wollten. Alle Menschen waren in Sünde geboren und mußten auch sterben in Sünde, wenn sie nicht zu Ihm kamen und sich vom Blut des Lammes reinwaschen ließen.

Preacher schloß seine Augen. Es war doch derselbe Gott, von dem er da sprach. Derselbe Gott! Was war denn vorgegangen mit Ihm, was er nicht erkannte? Oder war er selbst blind gewesen? Hatte er nicht gesehen, was immer schon da gewesen war? Hatte ihm erst jener Tag die Augen geöffnet, an dem die Streifenwagen der Polizei in die Gottesgemeinde gerast kamen?

Es waren vierzehn Polizisten in vier Streifenwagen gewesen. Sie hatten in einer gewaltigen Staubwolke vor dem Versammlungsgebäude gestoppt. Preacher hatte sich nach Ali Elijah umgesehen, aber der Schwarze war sofort verschwunden, als die Wagen auf dem Hügel aufgetaucht waren. Erleichtert trat Preacher ins Freie.

Sofort ging einer der Polizisten auf ihn los. Er zerrte seine Pistole heraus und zielte auf Preacher. »Los! Umdrehen! Hände hoch! An die Wand!«

Preacher starrte ihn ungläubig an. »Was ist denn hier los?«

»Das wirst du schon sehen! Los, an die Wand!« brüllte ein zweiter Polizist.

Schweigend drehte Preacher sich um. Jetzt erst kamen die Mädchen heraus. »Kommt her!« rief einer der Polizisten. »Alle!«

Die Mädchen suchten Preachers Blick. Sie waren verängstigt und wußten nicht, was sie tun sollten. Er nickte ihnen unmerklich zu. Sie näherten sich, immer noch zögernd.

»Durchsucht die Häuser!« rief eine Stimme. »Es müssen noch mehr da sein als die fünf hier.«

Preacher legte seine Handflächen auf den rauhen Verputz und lehnte sich gegen die Wand des Gebäudes. Einer der Polizisten tastete ihn ab. »Der hier ist sauber«, rief er.

Preacher nahm die Hände herunter und drehte sich um. »Können Sie mir jetzt vielleicht sagen, was Sie vorhaben?«

Der Polizeibeamte, der ihn durchsucht hatte, gab keine Antwort.

»Ich hoffe, es ist Ihnen klar, daß Sie sich auf einem Privatgrundstück befinden«, sagte Preacher gereizt. »Haben Sie einen richterlichen Durchsuchungsbefehl?«

Ein untersetzter Beamter mit Leutnantsstreifen kam auf

ihn zu. »Ja, wir haben einen Durchsuchungsbefehl.« Er zog ein Papier aus der Tasche.

Preacher nahm es ihm aus der Hand.

»Sie brauchen das gar nicht zu lesen«, knurrte der Polizist. »Ich kann Ihnen sagen, was drinsteht. Wir suchen Waffen, gestohlene Waren und Drogen.«

Preacher war erleichtert. Ali Elijah suchten sie jedenfalls nicht. »Sie verschwenden bloß Ihre Zeit«, sagte er. »Wir sind eine religiöse Gemeinschaft.«

Der Polizist verzog höhnisch den Mund. »Das hat Charles Manson auch gesagt, als die Polizei auf die Ranch kam.«

»Mit denen haben wir gar nichts zu tun.«

»Kann sein«, gab der Polizist zurück. »Für mich seht ihr all gleich aus. Hippies. Lange Haare und Jesusbart. Sie sind ihm unglaublich ähnlich.«

»Ich wußte nicht, daß es ein Verbrechen ist, jemandem ähnlich zu sehen«, stieß Preacher heraus. Er schüttelte traurig den Kopf. »Ich verstehe das nicht. Seit drei Jahren sind wir jetzt hier und haben nie Ärger gehabt. Was soll denn der Terror?«

Der Beamte mochte sich auf nichts festlegen. »Wir haben da gewisse Hinweise erhalten.«

»Aus der Stadt?« fragte Preacher. »Mit den Leuten dort sind wir doch immer gut ausgekommen. Mit allen. Fragen Sie doch mal bei der Bank. Fragen Sie mal die Hausfrauen, die ihr frisches Gemüse und Obst bei uns kaufen.«

»Das werden sie wohl nicht mehr tun«, sagte der Polizist. »Der Stadtrat hat soeben Ihre Konzession widerrufen.«

Preacher starrte ihn ungläubig an. »Warum denn? Es gibt doch gar keinen Grund.«

»Eine Begründung ist auch nicht nötig«, sagte der Leutnant. Er zögerte einen Moment. »Haben Sie etwas dagegen, wenn wir uns umsehen?«

»Es bleibt mir wohl keine andere Wahl, oder?«

Der Leutnant schüttelte den Kopf. Dann winkte er seinen Beamten, und die Männer verteilten sich auf die Gebäude. Je zwei von ihnen gingen gemeinsam vor, zwei blieben bei ihrem Vorgesetzten zurück. »Wir brauchen von Ihnen sämtliche Ausweise oder Führerscheine sowie die Zulassungen der Autos.«

Zwei Polizisten brachten Charlie und Melanie aus der Küche. Sie hatten die Mädchen im Polizeigriff gepackt und verrenkten ihnen die Arme. Charlies Gesicht war gerötet von ohmächtiger Wut. »Die Schweine haben uns direkt vom Herd weggezerrt. Jetzt brennt unser Essen an«, schrie sie zornig.

»Das tut mir aber leid«, höhnte einer der beiden Beamten. Er stieß sie brutal nach vorn, so daß sie fast hingestürzt wäre. »Los, an die Wand, aber dalli.«

»Hände weg, du dreckiges Schwein«, fauchte Charlie.

»Bleib ruhig, Charlie, reg dich nicht auf«, sagte Preacher gedämpft. Er sah, daß jetzt auch die mexikanischen Tagelöhner und die drei Frauen herbeigeholt wurden, die auf den Feldern gearbeitet hatten.

Der Leutnant wartete, bis alle zusammen waren. »Sind noch weitere Personen da?«

Preacher schüttelte den Kopf. »Nein«, sagte er.

»Das kann stimmen«, sagte einer der Polizisten. »In dem Bericht, der uns vorliegt, heißt es, es wären zehn Frauen.«

»Gut«, sagte der Leutnant. Er wandte sich an Preacher. »Dann geben Sie mir jetzt Ihre Papiere!«

Die Durchsuchung dauerte insgesamt fast drei Stunden und erbrachte, außer zwei halbgerauchten Joints in der Kabine des Lieferwagens, absolut nichts. Der Leutnant streckte Preacher die beiden Stummel anklagend hin. »Gibt's hier noch mehr von dem Zeug?«

»Keine Ahnung, Leutnant«, erwiderte Preacher. »Ich gehöre nicht zu den Leuten, die Kippen aufheben.«

Ärgerlich wandte sich der Leutnant an seine Beamten. »Habt ihr sonst noch irgend etwas Belastendes gefunden?«

»In der Küche sind eine Menge scharfgeschliffener Messer«, rief ein besonders Eifriger.

Der Leutnant streifte ihn mit einem verächtlichen Blick. Einer der anderen Männer drängte sich vor. »Wir könnten die Mädchen durchsuchen. Wer weiß, was die alles unter ihren Kleidern versteckt haben. Ich hab mal gehört –«

Der Leutnant wurde regelrecht wütend. »Red keinen Quatsch. Du weißt doch genau, daß wir dafür nur Beamtinnen einsetzen dürfen.«

»Vielleicht genügt es, wenn wir sie abtasten?« schlug ein anderer vor.

»Wenn du mich anfaßt, stehst du am nächsten Tag vor Gericht«, knurrte Charlie.

»Halt den Mund, Smitty«, sagte der Leutnant. Dann wandte er sich wieder an Preacher. »Das wär's dann für heute, aber wir sind noch lange nicht fertig mit Ihnen. Wir werden Sie von jetzt an im Auge behalten. Machen Sie bloß keinen Fehler, sonst machen wir Schluß mit Ihrer Kommune. Wir wollen bei uns keine Hippies und Leute wie euch.«

Sie standen alle vor dem Versammlungshaus und sahen schweigend zu, als die Streifenwagen endlich wieder den Hügel hinauffuhren. Schließlich drehten sie sich zu Preacher um. Charlie fragte, was alle dachten: »Was sollen wir jetzt machen?«

Er sah sie lange an, ehe er Antwort gab. »Geht wieder an die Arbeit! Ich fahre morgen früh in die Stadt und bringe alles in Ordnung.«

Aber er glaubte selbst nicht, daß alles wieder wie früher werden könnte. Die Worte des Polizisten klangen ihm noch im Ohr, und er war fest überzeugt, daß der Mann genau das tun würde, was er angekündigt hatte.

# Drittes Kapitel

Die Atmosphäre in der Stadt hatte sich drastisch geändert. Preacher spürte es zuerst, als er zur Bank kam. Der früher so gelassene, freundliche Mr. Walton war plötzlich befangen und steif, als Preacher zu ihm ins Büro geführt wurde.

»Sie haben vermutlich gehört, daß man unsere Konzession widerrufen hat«, sagte Preacher. »Wir dürfen kein Gemüse mehr in Los Altos verkaufen.«

Mr. Walton nickte. »Ja, irgendwo war die Rede davon.«

»Ich verstehe gar nicht, warum die uns nicht mehr wollen«, sagte Preacher. »Und ich wollte Sie fragen, ob Sie nicht ein gutes Wort für uns einlegen können. Wir haben doch nie jemand Ärger gemacht.«

»Der Stadtrat trifft seine eigenen Entscheidungen«, erwiderte Mr. Walton. »Es wird nicht gern gesehen, wenn jemand die Behörden beeinflussen will.«

Preacher schwieg. Was Walton da sagte, entsprach nicht ganz den Verhältnissen. Als sie seinerzeit die Konzession beantragt hatten, waren sie von Walton begeistert unterstützt worden. »Was ist denn nur los?« fragte Preacher. »Ist denn jetzt alles anders geworden?«

Walton vermochte seinem Gegenüber nicht in die Augen zu sehen. »Vielleicht haben sich die Ladenbesitzer beschwert, daß Sie ihnen Kunden wegnehmen.«

Preacher schüttelte den Kopf. »Sie wissen doch selbst, daß das nicht stimmt. Die meisten kleineren Läden haben sich doch selbst beliefern lassen von uns. Die waren für uns sogar die wichtigsten Kunden.«

Der Bankmanager schwieg.

»Mr. Walton«, bat Preacher, »wir brauchen doch diese

Einkünfte. Wenn wir unser Gemüse nicht verkaufen dürfen, können wir weder unsere Rechnungen noch die Hypothekenzinsen bezahlen.«

»Ich kann Ihnen leider nicht helfen«, sagte Walton.

»Und was sollen wir machen?« fragte Preacher.

Walton lehnte sich im Sessel zurück. »Sie könnten natürlich das Grundstück verkaufen. Wir werden uns gern bemühen, einen Käufer zu finden. Ich wüßte sogar jetzt schon einige Leute, die sehr interessiert daran sind.«

Preacher nickte. Was Walton sagte, war deutlich. Auch die Bank wollte die Gottesgemeinde loswerden. »Wir haben eine Menge Geld investiert«, sagte er bitter.

Walton wurde plötzlich sehr eifrig. »Da finden wir schon eine Lösung. Sie werden bestimmt keinen Schaden erleiden. Vielleicht machen Sie sogar noch einen Profit.«

»Und wenn wir nicht verkaufen wollen?«

»Das steht Ihnen natürlich frei«, sagte Walton. »Aber ich möchte Sie darauf hinweisen, daß der Darlehensausschuß unserer Bank jetzt sehr strenge Maßstäbe anlegen muß. Ich bin gehalten, sorgfältig darauf zu achten, daß Zinsen und Tilgungen pünktlich bezahlt werden. Ich kann keine weitere Rücksicht mehr nehmen.«

Preacher stand unsicher auf und sah auf den Bankbeamten herunter, der gelassen hinter dem Tisch sitzenblieb. »Wir wollen nichts Böses, Mr. Walton. Wir wollen nur in Frieden leben und arbeiten. Wir fallen niemand zur Last.«

Walton blickte zur Tür, als ob er sich überzeugen wollte, daß sie auch zu sei. »Das weiß ich doch, Mr. Talbot«, sagte er leise. »Aber ich kann wirklich nichts tun. Mir sind die Hände gebunden.«

Preacher nickte, ohne etwas zu sagen. Dann ging er zur Tür. Er hatte die Klinke bereits in der Hand, als Walton ihn noch einmal stoppte. »Denken Sie an das, was ich gesagt habe, Mr. Talbot. Wenn Sie sich dazu entschließen sollten, den Besitz zu verkaufen, kann ich Ihnen jederzeit ein paar Interessenten nennen.«

»Das werde ich tun, Mr. Walton. Ich danke Ihnen«, sagte Preacher und schloß die Tür hinter sich.

Der Magistratsbeamte im Rathaus war äußerst herablassend. »Natürlich können Sie Einspruch gegen die Entscheidung der Stadträte einlegen, aber es wird Ihnen nichts nützen. Die Herren haben sich längst ihre Meinung gebildet.«

»Ich möchte aber trotzdem gehört werden«, sagte Preacher bestimmt.

»Wenn Sie meinen. Ich kann Ihren Fall ja für die Tagesordnung der nächsten Sitzung vormerken lassen, die in knapp vier Wochen stattfindet.«

»Und früher kann man nichts unternehmen?« fragte Preacher.

»Der Stadtrat tritt nur einmal pro Monat zusammen«, erklärte der Beamte. »In diesem Monat hat er bereits getagt.«

Niedergeschlagen ging Preacher hinaus auf den Parkplatz. Zwei Polizisten standen neben dem Dodge. Einer von ihnen hatte ihm gerade ein Strafmandat unter den Scheibenwischer geklemmt. Preacher nahm es an sich. Widerrechtliches Parken wurde ihm darauf vorgeworfen.

»Was soll das?« fragte er die Polizisten. »Ich habe doch Geld in die Parkuhr gesteckt.«

Der Polizist zeigte auf ein Schild an der Einfahrt: »NICHT FÜR LASTWAGEN«. Preacher sah sich ungläubig um. Auf dem Parkplatz standen mehr als fünf Lieferwagen, und keiner davon hatte ein Strafmandat an der Scheibe.

»Wieso dürfen die denn hier parken und ich nicht?« fragte Preacher.

»Zu denen kommen wir schon noch«, sagte der Polizist mit unbewegtem Gesicht.

»Und Sie werden denen auch Strafzettel verpassen?«

Der Polizist nickte. »Sicher. Jetzt machen wir allerdings erst einmal Mittag.« Er blickte demonstrativ auf die Uhr.

Schweigend setzte sich Preacher hinter das Lenkrad. Während er auf die Straße einbog, beobachtete er im Rückspiegel, wie die beiden Polizisten ihm nachsahen. Am Armaturenbrett leuchtete ein Warnlämpchen, das signalisierte, daß der Tank fast leer war. Er hielt bei der

Tankstelle, an der sie Stammkunden waren. »Hallo, Mike«, sagte er, als der Tankwart aus seinem Büro kam. »Machst du ihn mir bitte voll?«

»Mach ich, Preacher«, sagte der Mann und ging zur Zapfsäule, wo er zögerte. »Zahlst du bar?«

»Wenn du willst«, sagte Preacher. »Warum fragst du? Wir hatten doch immer ein Konto bei euch.«

»Ach, das sind neue Bestimmungen«, sagte Mike und kratzte sich verlegen am Kopf. »Die privaten Kundenkonten sind abgeschafft worden. Es kann jetzt nur noch mit Kreditkarten oder mit Bargeld bezahlt werden.« Er steckte den Zapfhahn in den Tankstutzen, stellte ihn auf Automatik und wandte sich wieder an Preacher. »Soll ich mal unter die Haube sehen?«

Preacher schüttelte den Kopf. »Da ist alles in Ordnung.«

Mike ging zum Wagen zurück und wartete, bis die Tankuhr sich abstellte. »Acht Dollar dreißig.«

Schweigend gab ihm Preacher zehn Dollar und ließ sich das Wechselgeld geben. Der Mann bedankte sich und wollte sich abwenden. »Gute Fahrt, Preacher!«

Preacher blieb stehen. »Mike, wir sind doch immer gute Freunde gewesen. Vielleicht kannst du mir sagen, was plötzlich hier los ist?«

Mike war sichtlich verlegen. »Ich weiß selbst nicht genau, Preacher.«

»Ich rede mit niemand darüber. Du kannst es mir ruhig erzählen.«

Mike sah sich vorsichtig um. Seine Stimme sank zu einem Flüstern herab. »Es ist wegen dieser Sache mit Manson. Alle haben jetzt plötzlich Angst. Ihr lebt nun mal da draußen in eurer Kommune, genauso, wie es diese Mordbande tat.«

»Aber jeder weiß doch, daß wir völlig harmlos sind. Wir haben nie mit irgendwem Ärger gehabt. Es muß uns folglich irgendwer angeschwärzt haben.«

»Ich weiß es nicht, Preacher, das kannst du mir glauben. Ich hab bloß gehört, daß sie bei der Predigt am letzten Sonntag überall in den Kirchen über die Hippies geredet haben, über den schamlosen Umgang mit Drogen und Sex und so weiter. Sie haben gesagt, es wäre kein Wunder, daß solche Gottlosigkeit dazu führte, daß man harmlose Menschen ermordet. Manson sei auch so ein Hippie gewesen.«

Preacher atmete tief durch. Das hätte er sich denken können. All seine Versuche, mit der örtlichen Geistlichkeit Kontakt aufzunehmen, waren abgeblockt worden. »Danke, Mike«, sagte er. »War nett von dir, mir zu sagen, was los ist.«

Auch vor der Einfahrt zum Parkplatz der Post hing das Schild »NICHT FÜR LASTWAGEN«. Preacher ließ den Dodge lieber gleich auf der Straße, ging zu seinem Postfach und machte es auf. Ungefähr fünfzehn Briefe waren gekommen. Er schob sie in die Tasche und schloß das Fach wieder. Der Beamte hinter dem Schalter beobachtete ihn. Normalerweise hielt Preacher einen kleinen Schwatz mit dem Mann, wenn er die Post holte, aber diesmal wandte sich der Beamte eilig ab und kramte in seinen Papieren, als ihre Blicke sich trafen. Preacher verstand und ging wortlos wieder hinaus.

Draußen im Wagen sah sich Preacher die Post an. Gleich der erst Brief war ein Schock. Er war in unbeholfenen Druckbuchstaben geschrieben: »HAUT AB, IHR DRECKIGEN HIPPIES, BEVOR WIR EUCH RAUSPRÜGELN AUS EUERM LOCH!« Eine Unterschrift fehlte. Rasch riß Preacher die anderen Umschläge auf. Sie enthielten ähnliche Drohungen, nirgendwo war ein Absender drauf. Alle Briefe waren gestern abgestempelt worden und stammten aus Los Altos und der näheren Umgebung. Schweigend schob sie Preacher in die Ablage unter dem Armaturenbrett und ließ den Motor an. Über Nacht hatte sich alles geändert, und er war vollkommen hilflos dagegen.

Er warf einen Blick in den Rückspiegel, als er aus seiner Parklücke fuhr. Ein Streifenwagen der Polizei war gerade um die Ecke gebogen und hängte sich an. Preacher bemühte sich, ganz vorschriftsmäßig zu fahren, und beachtete die Geschwindigkeitsbeschränkungen sorgfältig. Am Stadtrand bog er auf den Highway ein, der zur Gottesgemeinde hinausführte. Aber auch als er die Stadtgrenze längst hinter sich hatte, fuhr der Streifenwagen noch hinter ihm her. Preacher behielt sein Tempo noch ein paar Minuten lang bei, dann blinkte er und fuhr auf die Standspur.

Sofort hielt der Streifenwagen neben ihm an. Einer der beiden Beamten lehnte sich aus dem Fenster. »Stimmt was nicht?« fragte er lauernd.

»Danke, alles bestens«, erwiderte Preacher.

»Und wieso halten Sie dann?« fragte der Polizist. Preacher lächelte freundlich. »Ich dachte, es interessiert Sie vielleicht, daß wir schon fünf Kilometer außerhalb der Stadtgrenzen sind.«

Der Polizist wurde rot, warf erst seinem Fahrer, dann Preacher einen wütenden Blick zu. »Wir suchen nur eine geeignete Stelle zum Wenden«, erklärte er schließlich.

»Bitte sehr«, sagte Preacher. »Die ganze Straße ist frei. Tun Sie sich keinen Zwang an.«

Ein gefährliches Glitzern trat in die Augen des Polizisten. »Was sind Sie für einer? Ein Witzbold?«

»Nein, Sir«, gab Preacher zurück. »Ein Staatsbürger, der Ihnen behilflich sein möchte. Ich versuche nur zu verhindern, daß Sie Ärger mit der Highway Patrol kriegen. Die mögen es nämlich gar nicht, wenn man ihren Kompetenzbereich nicht respektiert. Das wissen Sie doch, oder?«

Der Polizist schob den Unterkiefer vor und suchte vergeblich nach einer passenden Antwort. Schließlich nickte er mißmutig, und der Fahrer legte den Gang ein. Der Streifenwagen wendete mit kreischenden Reifen und schoß zurück in die Stadt. Preacher wartete noch einen Moment, dann setzte er seinen Weg fort. Er fühlte sich irgendwie besser, auch wenn er wußte, daß es kein Sieg war.

Das Dröhnen der schweren Motoren überraschte sie, als sie sich eben zu Tisch setzen wollten. Als der erste Stein durchs Fenster klirrte, stand Preacher bereits an der Tür. Aber ehe er draußen war, hatten die Angreifer ihre Maschinen schon wieder gewendet und rasten zwischen den Häusern den Hügel hinauf. Im Zwielicht der Dämmerung erkannte Preacher vier schwere Motorräder, deren Fahrer einheitlich weiße Sturzhelme trugen.

Die Mädchen drängten hinter ihm aus der Tür. »Geht wieder rein«, sagte Preacher. »Sie sind weg.«

Ali Elijah gab ihm einen zerknitterten Zettel. »Das war um einen der Steine gewickelt.«

»ERSTE UND LETZTE WARNUNG«, stand auf dem Blatt. »VERSCHWINDET, SOLANGE IHR KÖNNT. DAS NÄCHSTE MAL MACHEN WIR ERNST!« Schwarzer Filzstift, Blockbuchstaben auf teurem Papier.

Preacher ließ sich auf einen Stuhl fallen. Er war plötzlich sehr müde. Es gab keinen Ausweg mehr, nichts, was er tun konnte. Er schob den Frauen das Blatt hin. »Lest mal!« sagte er. »Draußen im Wagen habe ich noch fünfzehn ähnliche.«

»Was bedeutet denn das?« fragte Charlie.

Preacher zuckte die Achseln. »Genau, was da steht. Sie wollen uns loswerden.«

»Aber wenn wir nicht hierbleiben können, wohin sollen wir dann?«

»Ich weiß es nicht«, sagte Preacher. »Zum Weggehen brauchen wir Geld, und alles, was ich habe, steckt hier in dem Grundstück.«

Eine der Frauen hatte zu weinen begonnen.

»Was ist denn, Beth?« fragte Preacher.

»Willst du uns wegschicken?«

»Nein, ich will euch nicht wegschicken«, sagte Preacher. »Aber ihr könnt auch nicht hierbleiben. Ihr wärt hier einfach nicht sicher.«

»Damals in San Francisco haben wir eine Menge Geld auf der Straße gesammelt«, sagte Charlie. »Wenn wir uns einen neuen Wohnwagen kaufen, könne wir alle zusammen auf Tour gehen.«

»Das wird uns nichts nützen. Ich glaube, die Atmosphäre hat sich drastisch geändert. Die Leute sind nicht mehr so freundlich wie früher. Sie mögen uns nicht mehr.«

»Wegen dieser Manson-Geschichte?«

Preacher nickte. »Ich glaube ja. Das hängt alles mit diesen Morden zusammen.«

Charlie schwieg einen Augenblick.

»Es gibt auch noch andere Möglichkeiten, Geld zu verdienen.«

Preacher sah sie aufmerksam an.

»Bevor ich zu dir kam, war ich einige Zeit bei Moise David«, sagte Charlie. »Die Mädchen haben eine Menge für ihn verdient.«

»Moise David ist ein Verrückter«, sagte Preacher bestimmt. »Er verfälscht das Wort Gottes und benutzt es für seine schäbigen Zwecke. Jesus hat nie von uns verlangt, daß wir unsere Körper mißbrauchen sollen für ihn. Die Bande Gottes hat mit Geilheit und Prostitution, mit Unzucht und Gier nach fremdem Fleisch nichts zu tun. Wenn wir uns davor nicht hüten, sind wir verdammt und verlieren das ewige Leben, ganz egal, womit wir unsere Taten rechtfertigen wollen.«

»Aber wir haben doch auch miteinander geschlafen.«

»Bei uns war Liebe der einzige Grund«, sagte Preacher. »Was Moise David von seinen Mädchen verlangt, ist etwas völlig anderes.« Er schwieg einen Augenblick. »Kommt, laßt uns ins Bett gehen. Wir sind alle müde. Vielleicht fällt uns morgen was ein, wenn wir frischer sind.«

Charlie sah die anderen Mädchen an, dann kehrte ihr Blick zu Preacher zurück. »Denk dran, Preacher: Wir lieben dich, was immer du tun willst.«

»Und ich liebe euch«, sagte er.

Dann gingen die Mädchen hinaus, und Preacher blieb mit Elijah allein. »Keine einfache Sache«, sagte der Schwarze. »Was hast du vor?«

»Ich muß etwas finden, wo ich sie hinschicken kann. Mir bleibt gar keine andere Wahl.«

Elijah sah ihn nachdenklich an. »Vielleicht gibt es doch einen Ausweg. Ich wüßte, wie du die Gottesgemeinde zusammenhalten könntest.«

»Und wie?«

»Wenn der Berg nicht zum Propheten kommt«, sagte Elijah, »dann muß eben der Prophet zum Berg kommen. Du mußt dein Image verändern. Laß dir die Haare schneiden, rasier dich und werde solide. Dann kannst du auf Tour gehen und ihnen die frohe Botschaft verkünden, wie sie es aus dem Radio und Fernsehen kennen. Du kannst eine tolle Show mit den Mädchen abziehen. Du steckst sie in durchsichtige weiße Gewänder, und sie stehen bewundernd um dich herum, während du predigst und aus vollem Herzen die Sünde verfluchst.«

»So einfach ist das nun auch wieder nicht«, sagte Preacher. Er dachte einen Augenblick nach. »Dafür brauchen wir Startkapital.«

»Beverly würde dir sicher das nötige Geld leihen. Sie hat doch bei euch in Fullerton ein ganz hübsches Sümmchen geparkt.«

»Das kann ich nicht machen.«

Elijah lachte. »Warum nicht? Auf diese Weise kannst du den Menschen weiterhin Gottes Wort predigen, und das ist es doch, was du willst, oder?«

Preacher gab keine Antwort.

»Wenn du dich dazu entschließen könntest«, sagte Elijah, »dann wäre ich der erste Bekehrte. Ich nehme wieder den Namen Joe Washington an und vergesse die ganze Black Muslim-Geschichte. Mann, ich wäre wie neu geboren.«

»Ist das dein Ernst?« fragte Preacher.

»Und ob!« sagte Elijah. »Ich bin sicher, daß Gott dich mit dieser Prüfung von deinem Wege nicht endgültig abbringen wollte. Wozu hätte er dir dann diese ganzen knakkigen Weiber gegeben, die dir unbedingt helfen wollen, sein Wort zu verbreiten?«

# Viertes Kapitel

Der schwarze Mercedes fuhr pünktlich um 16 Uhr 30 auf den Platz vor dem Zelt. Der Leibwächter sprang vom Beifahrersitz und hielt seinem Arbeitgeber den Schlag auf. Ärgerlich wischte Jake Randle die Hand weg, die ihm der Leibwächter hinstreckte, und stieg allein aus dem Wagen. Ganz langsam, nur leicht auf den goldenen Knauf des Spazierstocks gestützt, ging er zum Eingang des Zeltes.

Joe gab aus dem Hintergrund das verabredete Zeichen, und die beiden hübschesten Hostessen liefen dem alten Mann mit flatternden Kleidern entgegen und führten ihn zu seinem Platz. Erst schwieg die Menge erstaunt, dann hob ein Raunen an. Jake Randle. Jake Randle war da. Für viele war es das erste Mal, daß sie den Mann, nach dessen Familie die Stadt benannt war, leibhaftig vor sich sahen.

Alle Augen waren auf Randle gerichtet, als er die Stufen zur vordersten Reihe herabkam, die für ihn reserviert worden war. Nun war den Leuten klar, warum sich dort keiner hatte hinsetzen dürfen. Erstaunlicherweise war niemand deswegen böse. Man hatte Verständnis dafür. Das stand dem alten Mann zu. Randle ging bis zur Mitte der Bank, dann setzte er sich, ohne auch nur einen Blick in die Menge zu werfen. Die Mädchen gaben ihm ein Programm, verlangten aber keine Spende von ihm. Er legte das Heft neben sich auf die Bank, ohne einen Blick hineinzuwerfen. Sein Leibwächter nahm in angemessener Entfernung neben ihm Platz.

Bedächtig nahm Randle den Hut ab. Ein mächtiger, schneeweißer Schopf kam darunter zum Vorschein. Der alte Mann legte den Hut auf die Bank und richtete den Blick auf die Kanzel. Von dem überdimensionalen Foto starrte Preacher auf ihn herunter. Die Worte JESUS BRAUCHT DICH gleißten im Scheinwerferlicht. Neben dem Podium waren große hölzerne Fässer mit vergoldeten Zapfhähnen aufgebockt, auf jeder Seite fünf. Fanfarenstöße und Trommelwirbel erklangen vom Band, Randles Augen folgten dem Spotlight zum Seiteneingang des Zeltes.

Die Klappe ging hoch, und Preacher trat ins Rund. Allein stand er im Scheinwerferlicht. Über dem Anzug trug er einen schimmernden schwarzen Talar mit weißem Kragen. Seine sandfarbenen Haare waren straff zurückgebürstet, das Gesicht war blaß und gelassen. In den Händen hielt er eine in Leder gebundene Bibel mit Goldprägung. Der Trommelwirbel dauerte an, und nach einer Pause ging Preacher mit gemessenen Schritten zur Kanzel. Dort blieb er stehen, legte die Bibel hin, und im selben Augenblick verstummte der Trommelwirbel.

Schweigend musterte Preacher die Anwesenden.

Via Lautsprecher meldete sich eine tiefe, sonore Stimme. »Ich heiße Sie im Namen unseres Herrn, Jesus Christus, herzlich willkommen in der Gottesgemeinde, der Kirche der amerikanischen Christen. Zu Ihnen spricht nun Reverend C. Andrew Talbot.«

Ein leises Rascheln ging durch die Reihen, als sich die Gläubigen in Erwartung der Predigt in die Sitze zurücksinken ließen. Preacher ließ seine Augen lange auf ihnen ruhen, ehe er sprach. Dann donnerte seine Stimme aus den Lautsprecherboxen, stark und fest, aber doch mit der Spur eines näselnden Südstaaten-Akzents, der den Leuten zeigte, daß er einer der Ihren war. »Wir alle sind Sünder!«

Ihre Aufmerksamkeit war ihm jetzt sicher. Während sie darauf warteten, daß er weitersprach, herrschte knisternde Spannung.

»Ihr seht mich an, und jeder fragt sich im stillen: Wieso bin ich denn ein Sünder? Bin ich nicht regelmäßig zur Kirche gegangen? Hab ich nicht heute morgen erst den Gottesdienst besucht und auf jedes Wort gehört, das der Pfarrer gesagt hat?

Natürlich habt ihr das alles getan. Aber es genügt nicht, dem Herrn bloße Lippendienste am Sonntag zu leisten. Blickt bis auf den Grund eurer Seelen! Denkt an vergangene Tage und an die Tage, die kommen. Glaubt ihr wirklich, daß ihr sicher seid vor dem Zorn Gottes, wenn das Jüngste Gericht kommt? Wenn er aus dem Himmel herabsteigt und die Gottlosen straft?

Könnt ihr wirklich behaupten, ihr hättet euch nicht abgewandt von Gott? Haben euch die Gier und die Unreinheit eurer Herzen nicht dazu verführt, eure Körper mit Unzucht, Hurerei, Sodomie, Fellatio, Cunnilingus und Homosexualität zu beflecken? Habt ihr nicht eure Seelen mit Boshaftigkeit, Neid, Betrug und Mordgedanken geschändet?

Könnt ihr behaupten, ihr hättet euch nicht der Trunksucht und Völlerei hingegeben? Habt ihr nicht stets euren egoistischen Vorteil gesucht? Euch unrechtmäßig Besitz angeeignet? Oder Dinge begehrt, die euch nicht zustanden?«

Preacher unterbrach sich und ließ seine Augen über die Menge hingleiten.

»Wahrlich ich sage euch, wenn unter euch auch nur einer ist, der vortritt und sagen kann, daß er keiner dieser Sünden schuldig ist, dann seid ihr alle gerettet.«

Er schwieg und musterte sie. Nichts rührte sich, die Stille war fast unerträglich.

Preacher holte tief Luft, und jetzt schien seine Stimme noch intensiver zu werden. »Dann will ich euch sagen, was der Apostel Paulus den Römern gesagt hat: ›Ich schäme mich des Evangeliums Christi nicht; denn es ist eine Kraft Gottes, die da selig machet alle, die daran glauben.‹

Diese Worte des heiligen Paulus sind auch das Thema meiner heutigen Predigt. Mißstände im heutigen Amerika sind kein Beleg dafür, daß sich Gott von uns abgewandt hätte. Das Gegenteil ist der Fall. Wir haben uns von Gott abgewendet! Dieses Land wurde in Gottes Namen gegründet, und es wird seine Geschlossenheit und Stärke nur dann zurückgewinnen, wenn wir ihm Gottes Namen zurückgeben. Dazu haben wir die Kirche der amerikanischen Christen gegründet. Wir wollen den Vereinigten Staaten von Amerika den Segen unseres Herrn Jesus Christus zurückholen!«

Ein zustimmendes Murmeln schwoll zu einem begeisterten Schrei an: »Amen!« riefen die Leute, und das Echo schien sich für einen Moment in der Leinwand des Zeltes zu fangen.

Preacher sah kühl auf die Menge herunter. Sein Gesicht zeigte nicht im mindesten, was er dachte. Aber jetzt hatte er sie, das wußte er sicher. Alle Augen hingen an seinen Lippen, gierig warteten sie auf die Botschaft.

»Der Teufel ist in euch gefahren!« schrie Preacher. »Wo wird man euch finden, wenn der Erlöser kommt? Wenn er eure unsterblichen Seelen heimholen will? Glaubt mir, der Tag ist nahe. Es dauert gar nicht mehr lange. Werdet ihr mit Jesus zum Himmel hinaufgehen können und vor Gottes goldenem Thron stehen? Oder schleift euch der Teufel zur Hölle hinunter ins Feuer, in die Fisternis und in die Verdammnis? Das werdet nur ihr wissen.«

Dramatisch hob Preacher die Arme und sah zum Zeltdach empor. »Hilf mir, o Herr, diesen mißratenen Sündern hier deine Wege zu zeigen!« betete er. »Hilf mir, gütiger Jesus, in deiner Gnade.«

Diesmal schrie die Menge noch lauter, und niemand bemerkte, daß die Begeisterung durch eingespielten Beifall und Zurufe aus den Lautsprechern behutsam gelenkt und verstärkt wurde. »Amen! Lobet den Herrn!«

Mehr als dreißig Minuten lang schleuderte er den Zuhörern seine Worte entgegen. Er beschimpfte, verfluchte und bedrohte sie solange mit den gräßlichsten Bildern der Hölle, zu der sie angeblich verdammt waren, bis sie sich in einem Zustand verängstigter Selbstverleugnung befanden.

Dann brach er ruckartig ab. Schweiß troff von seinen Haaren und seinem Gesicht, sein Talar hing durchgeschwitzt an seinem Körper. Erneut ließ er seinen Blick über die Menge schweifen.

»Ich komme jetzt zu euch herunter«, verkündete er,

»denn ich sehe, daß in einigen von euch der Teufel noch stärker als bei anderen steckt. Ich komme im Namen von Jesus Christus zu euch, und mit seiner Hilfe werde ich mit dem Teufel kämpfen, um eure Seelen zu retten.«

In ängstlichem Schweigen sahen die Gläubigen zu, wie Preacher die Stufen herabstieg. Langsam ging er zwischen den Bankreihen hoch und musterte jedes Gesicht. Schließlich blieb er stehen und deutete mit ausgestrecktem Arm auf einen jungen Mann, der so aussah, als ob er vor Angst im Boden versinken wolle. »Du! Komm hierher!«

Der junge Mann schüttelte ängstlich den Kopf. »Nein«, sagte er. »Nein.«

Preacher beugte sich vor, zerrte den jungen Mann aus der Bank und schleuderte ihn auf die Knie. »Bekenne, daß du gesündigt hast!«

Der junge Mann schüttelte den Kopf und versuchte verzweifelt, sich Preachers Griff zu entwinden. Aber Preacher hielt ihn eisern fest. »Leg ein Geständnis ab! Bekenne mir deine Sünden!« rief er und schlug den jungen Mann links und rechts auf die Wangen. »Weiche, Satan!« rief er. »Verlaß diesen elenden Sünder! Gib seinem Mund Gelegenheit, die Worte zu sprechen, die ihn erlösen.«

Der junge Mann begann krampfhaft zu zittern. Es schien, als wolle er sprechen, aber nur Speichel kam über seine Lippen.

»Satan, verlaß diesen Leib!« schrie Preacher und schlug den jungen Mann so knallhart ins Gesicht, daß dieser fast ohnmächtig wurde. Preacher bückte sich und zog den Mann wieder hoch. Der Kopf seines Opfers schwankte willenlos auf den Schultern. »Bekenne deine Sünden!« befahl Preacher mit drohender Stimme.

Da fiel der junge Mann auf die Knie und bat mit erhobenen Händen um Gnade. »Ich bekenne, ich habe gesündigt. Jesus, vergib mir! Vergib mir, ich habe gesündigt! Ich habe Whiskey getrunken und Haschisch geraucht und mit schamlosen Frauen geschlafen. Ich habe meinen Körper und meine Seele beschmutzt. Jesus, vergib mir!« Er schlug die Hände vors Gesicht, sein Körper wurde von heftigem Schluchzen geschüttelt.

Triumphierend sah Preacher sich um. Dann half er dem jungen Mann auf die Füße und führte ihn behutsam die Stufen hinunter zur Rednertribüne. »Komm mit mir, mein Sohn«, sagte er. In der atemlosen Stille war jedes seiner Worte deutlich zu hören. »Ich werde dich waschen mit dem heiligen Wasser, das wir mit großen Kosten und Mühen vom Jordan geholt haben, damit du wieder in die Gottesgemeinde eintreten kannst und dem Erlöser gereinigt begegnest.«

Er schob den jungen Mann vor eines der Fässer an der Tribüne und stieß ihn dann auf die Knie. Auf einen Wink hin eilte eines der weißgekleideten Mädchen herbei und drehte den goldenen Zapfhahn auf.

Preacher fing den dünnen Wasserstrahl mit der Hand auf und begann das Gesicht des jungen Mannes zu waschen. Dann sammelte er mit beiden Händen eine größere Menge und goß sie über dem Kopf des Knienden aus. »Ich taufe dich mit diesem heiligen Wasser des Jordan. Im Namen des Vaters ...« Es folgte ein weiterer Guß. »... im Namen des Sohnes ...« Wieder eine Handvoll Wasser. »... und im Namen des Heiligen Geistes. Amen.«

Die Versammlung rief ebenfalls: »Amen!«

»Und nun, mein Sohn, will ich dir sagen, wie unser Herr Jesus Christus gesagt hat: ›Gehe hin und sündige nicht mehr!‹«

Während die beiden Mädchen den jungen Mann beiseite führten und zum Ausgang hinausließen, wandte sich Preacher wieder der Versammlung zu. »Wer unter euch ist der nächste? Wer kommt her zu mir, um sich reinwaschen und taufen zu lassen? Werdet ihr freiwillig kommen, oder muß ich euch einzeln herunterzerren und eigenhändig zwingen, euch retten zu lassen?«

Es herrschte gespanntes Schweigen, aber nur einen Moment lang. Dann stand in einer der letzten Bankreihen ein Mann auf und rief: »Ich komme zu dir, Bruder Talbot!« Dann erhob sich ein Mann weiter links, dann eine Frau ganz am Rande, und plötzlich waren die Gänge voll von Menschen, die zu den Fässern mit Jordanwasser hindrängten.

Preacher stieg die Treppen zur Kanzel hinauf, um detaillierte Anweisungen für die Massentaufe zu geben. Mächtig dröhnte seine Stimme durchs Zelt. »Ihr wascht euch mit dem heiligen Wasser des Jordan. Es ist dasselbe Wasser, in dem sich einst unser Herr Jesus Christus gewaschen hat. Es ist teuer und schwer zu beschaffen, also benutzt es bitte nur sparsam, damit es für alle reicht. Wer von euch dazu beitragen will, daß wir noch mehr von dem heiligen Wasser ins Land holen können, um noch mehr reuige Sünder zu retten, möge bitte fünf Dollar oder ruhig auch mehr in die Opferstöcke neben den Fässern einwerfen. Unsere frommen Hostessen danken euch dafür im Namen unseres Herrn, Jesus Christus, ebenso wie ich.

Im übrigen möchte ich darauf hinweisen, daß die Hälfte aller Einkünfte an die First Baptist Church of Randle abgeführt wird, zu Händen des ehrenwerten Pastors Dr. John Lydon, aufgrund dessen freundlicher Einladung wir diese Missionsveranstaltung durchführen, um euch die frohe Botschaft zu bringen.«

Mit diesen Worten verließ Preacher endgültig die Kanzel und stellte sich neben die Wasserfässer, um jedem die Hand zu drücken, der sich gereinigt hatte und das Zelt durch den Seitenausgang verließ. Es dauerte länger als eine Stunde, bis die Versammlung sich aufgelöst hatte. Dann war das Zelt endlich leer. Nur ganz vorn, in der ersten Reihe, saß ein alter Mann, ganz für sich. Jake Randle stützte sich mit beiden Händen auf den goldenen Knauf des Spazierstocks und musterte Preacher mit reglosen Augen.

Preacher gab den Blick zurück, ohne etwas zu sagen.

Plötzlich erhob sich der alte Mann, wandte sich um und ging langsam zwischen den Bankreihen hoch.

»Wollen Sie nicht auch zum heiligen Wasser kommen, um sich reinzuwaschen, Mr. Randle?« rief Preacher hinter ihm her. »Oder sind Sie ganz frei von Sünde und brauchen nichts zu bereuen?«

Der alte Mann drehte sich um, stützte sich schwer auf seinen Stock und warf Preacher einen verächtlichen Blick zu. »Sie sind ein Hochstapler, Mr. Talbot«, sagte er mit rasselnder Stimme. »In diesen Fässern ist genausowenig Jordanwasser wie in dem ausgetrockneten Fluß auf dem Feld draußen.«

»Wenn Sie das wirklich glauben, Mr. Randle, dann kommen Sie doch bitte einen Augenblick mit mir.«

Randle starrte ihn mißtrauisch an. Schließlich nickte er. Preacher führte ihn durch den Seitenausgang hinaus. Hinter ihnen hakten die Mädchen die Opferstöcke von der Tribüne los, um sie zu Preachers Wagen zu bringen, wo das Geld gezählt werden sollte.

Schweigend gingen Preacher und Randle über den Akker zum Fluß, in einigem Abstand folgte der Leibwächter. Ungläubig starrte der alte Mann hinunter, als sie das ausgespülte Ufer erreicht hatten. Über die rissige Erde floß Wasser, das Flußbett war schon fast bis zur Hälfte gefüllt.

Randle starrte Preacher fassungslos an. »Ein Wunder!« sagte er heiser.

Preacher schüttelte den Kopf. »Nein, Mr. Randle. Kein Wunder. Heute mittag um eins wurden zum ersten Mal die Bewässerungsschleusen am Pecos-River-Staudamm geöffnet. Man hatte erwartet, daß das Wasser gegen fünf Uhr hier eintreffen würde.«

Randle schwieg einen Augenblick lang. Als er den Mund wieder öffnete, klang seine Stimme respektvoll. »Haben Sie Lust, heute abend zum Dinner zu kommen, Mr. Talbot?«

»Reverend Talbot«, verbesserte Preacher.

»Wo sind Sie denn ordiniert worden?«

»Am Christian Unity College in Sioux Falls.«

Randle kniff spöttisch die Augen zusammen. »Das ist doch ein Mail-Order-College.«

»Kann schon sein«, sagte Preacher. »Aber es hat eine anerkannte theologische Fakultät.«

Randle nickte. »Na gut. Also – Reverend Talbot – wie ist es? Komen Sie heute abend zum Dinner um acht?«

»Wenn Sie so freundlich sind, Ihren Wagen zu schikken, wird es mir ein Vergnügen sein, Mr. Randle.«

# Fünftes Kapitel

Er verließ die enge Duschkabine, nahm ein trockenes Handtuch und rubbelte sich sorgfältig ab. Charlies Stimme kam von der anderen Seite des Vorhangs, der das »Badezimmer« vom übrigen Wohnwagen abtrennte. »Magst du einen Joint, Preacher?«

»Wäre nicht schlecht«, sagte er. »Ich bin absolut groggy.«

Sie schob den Vorhang beiseite und gab ihm den Joint. Sie trug immer noch das wallende Gewand der Hostessen. Preacher schob sich den dünnen Joint zwischen die Lippen, und Charlie riß ein Streichholz ab, um ihm Feuer zu geben.

»Das tut gut«, sagte Preacher, als er den ersten Zug nahm.

Charlie lächelte. »Für dich nur das Beste. Dreh dich um, Preacher, dann trockne ich dir den Rücken ab.«

Sie nahm das Handtuch, und er drehte sich um. »Was macht ihr denn gerade?« fragte er.

»Tarz und Beverly zählen das Geld«, sagte sie. »Die anderen sind dabei, aufzuräumen und sauberzumachen.«

Preacher ging zu einem der winzigen Fenster. Das Zelt lag schon wieder am Boden, und die Leinwand wurde um die Masten gerollt. Der Gabelstapler brachte die Bänke zu einem der Tieflader. Preacher nahm noch einen Zug, dann gab er Charlie den Joint zurück. »Das genügt«, sagte er. »Jetzt geht es mir wieder blendend.«

Charlie schüttelte lächelnd den Kopf. »Das war doch noch gar nichts«, sagte sie.

Preacher lachte. »Ich glaube, es wäre ein bißchen komisch, wenn ich völlig bekifft beim guten alten Jake Randle aufkreuzen würde.«

»Ich frage mich sowieso, was du eigentlich bei ihm willst«, sagte Charlie. »Soviel ich gehört habe, ist er so geizig, daß er den Büffel von einer Fünfcentmünze abkratzen könnte.«

»Woher willst du das wissen?«

»Einer der Männer, die in der Kirche mit dem Klingelbeutel herumgehen, hat's mir erzählt. Wenn er überhaupt je zum Gottesdienst kommt, dann wirft er höchstens mal einen Silberdollar hinein.«

Preacher lachte. »Das sieht ihm ähnlich.«

»Und warum gehst du dann hin?«

»Neugier, vermutlich. Außerdem hat er mich eingeladen. Ich nehme an, er wird wissen, warum.« Preacher schlang sich das Handtuch um die Hüften. »Komm, wir sehen mal nach, was wir verdient haben.«

Charlie nahm noch einen raschen Zug, dann drückte sie den Joint sorgfältig aus und folgte Preacher nach hinten. Tarz und Beverly hatten die Einnahmen bereits zu sauberen Stapeln geordnet.

»Viertausendundsechzehn Dollar«, verkündete Beverly, als Preacher herantrat.

Er stieß einen Pfiff aus. »Das ist eine Menge Moos.«

»Das ist absoluter Rekord«, sagte Beverly. »Bisher hatten wir noch nie mehr als die Hälfte.«

»Ich frage mich, woran das liegt«, sagte Preacher nachdenklich.

»Du hast ihnen endlich gegeben, was sie verlangen«, mischte sich Joe aus dem Hintergrund ein. »Die wollen keinen Zuckerbubi, der ihnen was vorsäuselt. Die wollen einen Kerl, der ihnen mit Hölle und Verdammnis solange einheizt, bis ihnen die Scheiße im Arsch kocht.«

Preacher sah ihn unsicher an. »Glaubst du das wirklich?«

»Und ob!« sagte Joe. »Du hast nicht gesehen, wie sie gestrahlt haben, als du Tarz vertrimmt und nach vorne geholt hast. Die haben geglaubt, du hättest den Teufel selbst in der Mangel.«

»Wahrscheinlich hast du das selber geglaubt«, sagte Tarz. »Meine Zähne tun jedenfalls höllisch weh. Ich bin heilfroh, daß du mich nicht jedesmal so gewaltsam bekehrst.«

»Das tut mir leid, mit den Zähnen«, sagte Preacher. »Ich wollte dir nicht wehtun.«

Tarz lachte.

»Ich beschwere mich ja nicht. Aber ich glaube, mein Geld war ich wert.«

Joe räusperte sich. »Beverly, soll ich es ihm sagen, oder machst du das?«

»Ich werd es ihm sagen«, fiel ihm das Mädchen ins Wort. »Preacher, wir haben uns was überlegt, als du geduscht hast. Wir finden, du solltest der Kirche in Randle nicht mehr als vierhundert Dollar geben.«

Preacher schüttelte den Kopf. »Das geht nicht. Wir haben ihnen die Hälfte versprochen.«

»Das macht nichts«, sagte Joe. »Woher sollen die wissen, wieviel wir gekriegt haben? Charlie hat sich sagen lassen, daß die sonntags höchstens zweihundert Dollar bei der Kollekte kassieren. Wenn wir denen das Doppelte geben, dann machen die sich doch glatt in die Hose vor Freude.«

»Das wäre nicht richtig.«

»Es ist aber auch nicht richtig, wenn wir den Männern, die für dich arbeiten, seit Wochen kein Geld geben«, konterte Joe. »Ich finde, wir sind ihnen mehr schuldig als irgendwelchen Popen im hintersten Texas. Die haben doch überhaupt nichts für uns getan. Alles haben wir selber bezahlt, Platzmiete, Gas, Strom und Steuern. Vierhundert sind mehr als genug für die Brüder.«

Preacher schwieg.

»Wenn du damit einverstanden wärst, Preacher«, sagte Beverly rasch, »könnten wir jedem der Männer den Wochenlohn auszahlen und einen Teil von dem, was wir ihnen noch schulden. Außerdem wäre noch etwas übrig für uns.«

»Auf diese Weise hätten wir alle etwas davon, Preacher«, rief Joe. »Denk daran, daß unser nächster Termin erst am Donnerstag ist. Bis dahin verdienen wir vier Tage lang gar nichts.«

Preacher sah schweigend vom einen zum anderen. »Ich werde darüber nachdenken«, sagte er schließlich. »Vor morgen fahren wir ja nicht ab. Ich sage euch Bescheid.«

Er ging ins Vorderteil des Wohnwagens, zog den Vorhang hinter sich zu, klappte sein Klappbett herunter und legte sich hin. Die Hände hinter dem Kopf gefaltet, starrte er ratlos zur Decke hinauf. Geld. Warum ging es immer nur um Geld?

Der Vorhang wurde zur Seite geschoben, und Charlie trat ein. Sie setzte sich ans Fußende der spartanischen Pritsche. »Du bist völlig verkrampft, Preacher. Willst du nicht noch was rauchen, damit du dich wieder entspannst?«

Er schüttelte den Kopf. »Lieber nicht.«

»Joe und Beverly haben nicht so ganz unrecht«, sagte sie vorsichtig.

Preacher gab keine Antwort.

»Ich weiß, es geht mich nichts an«, sagte Charlie. »Und die Mädchen sagen auch nichts, aber ich weiß, daß sie unglücklich sind. Es geht ihnen gar nicht so ums Geld, es ist noch was anderes. Wir sind nicht mehr so lustig wie früher. Wir ziehen herum und müssen dauernd nur schuften. Wir haben nicht mal Zeit, um ins Kino zu gehen. Wir dürfen keine Parties mehr feiern, wir dürfen nicht rauchen und wir dürfen nicht trinken, denn wenn die Leute uns dabei erwischen, sind wir erledigt. Am schlimmsten ist es, daß wir nicht mehr bei dir sein dürfen. Du schließt dich nachts in deinen Wohnwagen ein, und nie darf eine von uns zu dir kommen, um dir die Zeit zu vertreiben.«

»Man kann doch nicht das Gegenteil von dem tun, was man predigt«, erwiderte Preacher.

»Ich sage ja nicht, daß du das Gegenteil tun sollst«, rief Charlie. »Aber wir sind doch keine Heiligen, oder? Was machst du denn, wenn du mal Bock auf 'ne Frau hast? Holst du dir einen runter?«

Preacher gab keine Antwort, sondern sah sie nur an.

»Entschuldige«, sagte sie rasch. »Das war blöde.«

»Schon gut«, sagte er.

Charlie hatte zu weinen begonnen. »Warum haben sie uns bloß aus der Gemeinde vertrieben? Da war alles so friedlich und schön.«

Preacher ergriff ihre Hand. »Ich weiß nicht, Charlie. Gott hat bestimmt seine Gründe. Vielleicht ist das eine Prüfung für uns.«

»Das ist nicht fair, Preacher. Das ist einfach nicht fair.« Charlie beugte sich über ihn und küßte sein Genital, das unter dem Handtuch hervorsah. Dann erhob sie sich rasch. »Wir lieben dich! Vergiß das nicht, Preacher!« Der Vorhang fiel hinter ihr zu, ehe er antworten konnte.

Er blieb einen Augenblick liegen, dann setzte er sich nachdenklich auf. Es war schon beinahe sieben, und er würde sich anziehen müssen. Jeden Augenblick konnte Randles Chauffeur kommen.

Der große schwarze Wagen legte die vierzig Meilen vom Stadtrand bis zu dem großen Torbogen aus verwittertem Holz, auf den die Worte »RANDLE RANCH« eingebrannt waren, in weniger als einer halben Stunde zurück. Zwischen dem Eingangstor und dem breit hingelagerten Ranchhaus lagen weitere zwei Meilen.

Auf dem betonierten Flugplatz der Ranch sah Preacher drei kleine Privat-Jets, zwei Hubschrauber und eine zweimotorige Cessna. Ebenso wie am Haupttor kam auch hier ein uniformierter, schwerbewaffneter Wächter mit Cowboyhut aus seiner verdunkelten Glaskabine und sah zu, wie der Wagen vorbeifuhr. Ein paar hundert Meter hinter dem Flugplatz erreichten sie den weißgestrichenen Zaun, der das Ranchhaus umgab. Diesmal war das Tor durch eine Schranke versperrt, die ein weiterer uniformierter Wächter alsbald für sie aufzog.

Jetzt fuhren sie nicht länger durch staubiges Farmland, sondern durch einen kunstvoll gestalteten Wüstengarten mit Salbeibüschen, Opuntien, Säulenkakteen, Yuccapalmen, Blumen und einem großen künstlichen See, hinter dem ein herrlicher, tiefgrüner Rasen zum Haus hinaufstieg. Langsam rollte der Wagen vor dem säulengeschmückten Haupteingang aus. Preacher sah erwartungsvoll auf die Scheibe, die ihn von Randles Chauffeur und dem Leibwächter trennte. Aber die beiden Männer blieben auch jetzt bewegungslos sitzen. Sie sagten nichts und drehten sich nicht einmal um. Dann kam der Butler die Stufen von der Veranda herunter und hielt Preacher den Schlag auf.

Der Mann war hochgewachsen und hielt sich sehr gerade. Er trug einen Frack mit steifer Hemdbrust und schwarzem Querbinder. Als er die Wagentür öffnete, verbeugte er sich leicht und sagte mit einem britischen Akzent: »Willkommen auf der Randle Ranch, Reverend Talbot.«

Preacher stieg aus. »Vielen Dank.«

Der Butler winkte ihm. »Hier entlang, bitte.«

Preacher ging die Stufen hinauf, der Butler folgte. Ein Diener hielt ihnen die Tür auf und schloß sie auch wieder, als sie im Haus waren. Preacher hatte einigen Prunk erwartete, aber jetzt war er doch fast geblendet. Sie standen in einer riesigen Halle. Das schwere Deckengebälk und die rustikalen, holzverkleideten Wände standen in eigentümlichem Kontrast zu dem schwarzweißen Marmorfußboden und dem strahlenden Lüster, dessen geschliffene Kristalle eher zu einem italienischen Palazzo gepaßt hätten als zu einem Ranchhaus in Texas.

»Mr. Randle und die übrigen Gäste sind in der Bibliothek«, sagte der Butler.

Preacher nickte. Jetzt war er froh, daß er seinen schwarzen Anzug, ein weißes Hemd, eine schmale schwarze Schleife und blankpolierte schwarze Cowboystiefel anhatte. Er betrachtete sich einen Augenblick lang im Spiegel und war durchaus zufrieden mit sich. Er sah wirklich gut aus. Und die kleine, mit einem Kreuz verzierte amerikanische Flagge im Knopfloch schadete sicherlich auch nicht. In diesem Zeichen verbanden sich Patriotismus und Christentum für jedermann sichtbar. Der Butler stieß eine mächtige Eichentür vor ihm auf.

Die Bibliothek war ein riesiger Saal. Abgesehen von den deckenhohen, gläsernen Schiebetüren zum Garten waren alle Wände mit schweren Eichenholzschränken zugestellt, in denen ledergebundene Bücher standen. Auch das übrige Mobiliar war außerordentlich wuchtig: eine dunkle Ledercouch, schwere, lederbezogene Sessel und ein mächtiger mexikanischer Tisch. In der Nähe des Fensters stand ein gewaltiger Schreibtisch mit drei Telefonen, und in einer Nische neben der Tür ratterte leise ein Fernschreiber, der die Gespräche mit einer Atmosphäre von Geschäftigkeit untermalte.

Jake Randle saß in einem hohen Ohrensessel vor dem Kamin, dessen lodernde Flammen die Nachtkühle fernhielten. Ihm gegenüber saßen zwei sehr unterschiedliche Damen. Die eine war recht jung, die andere hingegen schon weißhaarig. Zwischen den Sessseln der beiden Frauen standen drei Männer und sahen dem Neuankömmling entgegen.

Der alte Mann blieb sitzen, als er Preacher die Hand reichte. »Reverend Talbot.«

»Guten Abend, Mr. Randle«, gab Preacher zurück. Der Händedruck des Alten war fest und energisch.

Randle wandte sich an die anderen Gäste. »Das ist der junge Mann, von dem ich Ihnen erzählt habe«, sagte er. »Reverend Talbot, ich möchte Sie mit einigen meiner Freunde bekannt machen. Sie sind eigens aus Dallas und Houston gekommen, um Sie kennenzulernen.«

Preacher ließ sich die Überraschung nicht anmerken. »Es ist mir eine Ehre, Mr. Randle.«

Der alte Mann nickte. »Der Große da neben Ihnen ist Richard Craig, der Präsident der Gesellschaft für ein Besseres Amerika; daneben steht John Everett, der Vorstandsvorsitzende der Agentur Everett und Singer; der Gentleman hinter dem Sessel ist Marcus Lincoln, der Leiter der Randle Communications. Wir betreiben fünf Fernsehsender in Großstädten und dreißig Radiostationen im ganzen Land. Bis Ende des Jahres werden wir einen Satelliten besitzen.«

Preacher gab jedem der Männer die Hand und murmelte dazu den Namen des jeweiligen neuen Bekannten, damit er sich ihn einprägte. Mit einem fragenden Blick wandte er sich dann wieder dem alten Mann zu.

»*Last, not least* die beiden Damen. Im Sessel zu Ihrer Linken sitzt Mrs. Helen Lacey, die Vorsitzende des Christlichen Frauenrates.«

Preacher verbeugte sich über der Hand der weißhaarigen alten Dame. »Mrs. Lacey.«

Ihr Blick war prüfend, ihre Stimme blieb kühl. »Guten Abend, Reverend Talbot.«

»Die Dame zu Ihrer Rechten ist Miß Jane Dawson, die stellvertretende Geschäftsführerin der Randle Computer Services. Lassen Sie sich nicht von ihrem hübschen Gesicht täuschen, sie ist ein mathematisches Genie.«

Preacher lächelte, als die junge Frau ihm die Hand gab. »Ich freue mich, Ihre Bekanntschaft zu machen, Miß Dawson. Ich selbst bin leider nie in der Lage gewesen, mehr als fünf Zahlen so zusammenzuzählen, daß zweimal dasselbe Ergebnis herauskommt.«

Die junge Frau lachte. »Wenn das so ist, Reverend Talbot, dann brauchen Sie offenbar dringend einen privaten Computer.«

Preacher lächelte, nickte und wandte sich wieder an Randle. »Ich hatte gar nicht erwartet, mich heute abend in so interessanter Gesellschaft wiederzufinden.«

»Das war ein spontaner Einfall von mir«, sagte Randle. »Möchten Sie vor dem Essen noch einen Drink? Wir haben da einen erstklassigen Bourbon.«

Preacher schüttelte den Kopf. »Nein, danke.«

Randle kniff listig die Augen zusammen. »Anti-Alkoholiker, wie?«

»Nein. Ich vertrage bloß keine hochprozentigen Sachen. Aber ich würde mich freuen, wenn Sie ein Glas Rotwein hätten für mich.«

»Bordeaux oder lieber Burgunder?«

Preacher lachte. »Ich fürchte, Sie überschätzen mein Unterscheidungsvermögen. Ich trinke selten französischen Wein.«

Randle schmunzelte. »Nehmen Sie Bordeaux. Der wird Ihnen schmecken. Es gibt nichts Besseres als einen guten Bordeaux. Außerdem paßt er zum Essen. Es gibt Texas-Steaks aus meiner eigenen Rinderzucht.«

Das Dinner verlief ziemlich ruhig. Der größte Teil der Konversation wurde von Randle bestritten, der Preacher systematisch nach seinen Aktivitäten ausfragte. Als das Essen vorbei war, wußte Randle, daß einundzwanzig Personen zu Preachers Mannschaft gehörten, daß sie wöchentlich drei Missionsveranstaltungen schafften und kaum die Unkosten einspielten.

Zum Kaffee gingen sie zurück in die Bibliothek. Zigarren und Cognacschwenker wurden verteilt, die Herren bedienten sich alle. Nur Preacher und die Damen begnügten sich mit Zigaretten, während die Frauenrats-Dame sich auch einen Cognac einschenken ließ.

Randle saß wieder in seinem Sessel vor dem Kamin. »Nun, Reverend«, sagte er, »ich vermute, Sie fragen sich allmählich, was das alles hier soll, oder?«

Preacher nickte. »Ein bißchen neugierig bin ich schon. Das muß ich zugeben.«

»Ich habe mich über Sie informiert«, sagte Randle. Er nahm einen Schnellhefter aus dem Zeitungsständer neben dem Sessel, zog ein sauberes Manuskriptblatt heraus und reichte es Preacher. »Das ist Ihre Biographie. Können Sie mir bitte sagen, ob die Angaben einigermaßen korrekt sind?«

Rasch überflog Preacher das Blatt. Wer immer dem alten Mann diese Informationen beschafft hatte, er war außerordentlich gründlich gewesen. Es war alles aufgeführt: Eltern, Bildungsweg, Wehrdienst und ehrenhafte Entlassung, die Gottesgemeinde, die Missionsarbeit. Die Tatsache, daß sein Geld immer noch in Los Altos im Grundstück der Gottesgemeinde steckte, war den Ermittlern ebensowenig entgangen wie die Höhe der Aufwendungen für das Zirkuszelt und die Fahrzeuge seiner Mission. Preacher gab dem alten Mann die Tabelle zurück. »Stimmt alles.«

Randle warf einen Blick in die Runde. »Ich glaube, der Reverend könnte der Mann sein, nach dem wir gesucht haben«, sagte er. »Er ist noch jung, vierunddreißig. Vietnam-Veteran, verwundet, mit ehrenhafter Entlassung. Fast vier Jahre in der Armee, mit dem *Purple Heart* ausgezeichnet. Seit er aus Vietnam zurück ist, hat er sich ständig darum bemüht, junge Menschen zu Christus zu führen. Erst in einer kleinen religiösen Gemeinschaft und später, als sich zeigte, daß dieser Ansatz nicht wirksam genug war, mit seiner Missionsbewegung. Der Reverend sieht gut aus, er ist ein ordentlicher, unverheirateter amerikanischer Junge, dem die Frauen zu Füßen liegen und der von den Männern wegen seiner kraftvollen Erscheinung geschätzt wird. Ich bin der Ansicht, wir sollten uns in Ruhe mit ihm unterhalten, um festzustellen, ob er wirklich alle unsere Erwartungen erfüllt und unsere Ansichten teilt.«

Preacher hob die Hand. »Einen Moment, Mr. Randle. Ich verstehe nicht ganz. Könnten Sie mir bitte sagen, was Sie eigentlich suchen?«

Randle sah auf. »Wir suchen einen religiösen Führer, der Amerika wachrütteln kann.«

Preacher schüttelte den Kopf. »Und warum gerade ich? Es gibt doch viel bekanntere Männer. Prediger, die längst eine große Gemeinde haben, und Einfluß. Billy Graham zum Beispiel, Jerry Falwell, Oral Roberts, Rex Humbard, ja sogar James Robinson, obwohl der noch sehr jung ist. Wenn Sie mich nehmen, müssen Sie ganz von vorn anfangen. Mich kennt doch kein Mensch.«

Randle ließ sich nicht irritieren. »Das ist ja gerade Ihr Vorteil. Wir können Sie zu dem machen, was uns vorschwebt. Wir haben das Geld und den nötigen Apparat. Ob wir diesen Apparat für Sie einsetzen, hängt nur davon ab, ob wir inhaltlich übereinstimmen.«

Preacher schwieg.

»Die Männer, die Sie erwähnt haben, sind gute Leute«, sagte Randle, »aber sie sind viel zu beschäftigt. Das sind richtige Unternehmer, die machen Umsätze von zwanzig, dreißig Millionen im Jahr. Die haben doch gar keinen Grund, sich irgendeinen Partner zu suchen, bei denen sie Angst haben müßten, daß er sich einmischt. Außerdem sind wir der Ansicht, daß das Publikum jemanden Neues will. Irgendwo ist das Predigen auch eine Art Showbusiness. Das Fernsehen bringt ja auch jedes Jahr neue Stars. Ich glaube, die Religion erfüllt ein ähnliches Bedürfnis.«

Preacher sagte immer noch nichts.

Marcus Lincoln, der Geschäftsführer der Randle Communications, mischte sich ein. »Natürlich geht es nicht nur um Ihre Fähigkeiten als Prediger, Reverend Talbot, das verstehen Sie sicher. Wir müßten Video-Aufnahmen von Ihnen machen und die Spezialisten fragen, was sie von Ihrem Appeal halten. Manchmal sind die besten Leute einfach nicht telegen und kommen auf dem Bildschirm nicht an.«

»Das stimmt«, fügte Everett, der Public-Relations-Manager, hinzu. »Wir müßten außerdem feststellen, ob Sie mit vorgefertigten Texten umgehen können, ob Sie ein guter Stegreifsprecher sind, ob Sie die Presse richtig behandeln und ob Sie schlagfertig sind.«

Preacher sah von einem zum anderen. »Ich bin sehr geschmeichelt, daß Sie mir so viel Aufmerksamkeit widmen«, sagte er. »Sie eröffnen da äußerst faszinierende Perspektiven. Aber bislang hat eigentlich noch niemand erwähnt, was mich am meisten beschäftigt.«

»Und was wäre das, Reverend Talbot?« fragte Randle.

»Gott«, sagte Preacher und lächelte auf Randle herunter. »Wie paßt *er* denn in all diese erstaunlichen Pläne?«

# Sechstes Kapitel

Randles Gesicht verzog sich sarkastisch. »So, so, junger Mann«, sagte er heiser. »Sie wollen wissen, was das alles mit Gott zu tun hat? Das will ich Ihnen erklären.« Er stemmte sich schwerfällig hoch und ging ein paar Schritte zum Fenster, wobei er sich schwer auf den Stock stützte. »Vor vielen Jahren, als ich noch ein kleiner Junge war, ging ich jeden Morgen sechs Kilometer weit zu Fuß in die Schule. Und wissen Sie, was wir jeden Morgen als erstes getan haben, wenn der Unterricht anfing? Wir haben den amerikanischen Treueid geschworen.«

Randle legte die rechte Hand feierlich auf die Brust und reckte das Kinn hoch. »Ich schwöre der Fahne der Vereinigten Staaten von Amerika und der unter Gott geeinten Nation, der Freiheit und Gerechtigkeit für alle ewige Treue«, sagte er dröhnend.

Einen Augenblick lang herrschte respektvolle Stille. Dann ging der alte Mann mühsam zum Kamin zurück und ließ sich in seinen Sessel sinken. »Der unter Gott geeinten Nation! Wußten Sie, daß es so ein paar verrückte Liberale und Kommunisten gibt, die verhindern wollen, daß diese Worte auch weiterhin zum Unterricht in den Schulen gehören? Kein Wunder, daß wir den Vietnamkrieg verloren haben! Oder was glauben Sie, weshalb unsere Kinder dem Alkohol und dem Rauschgift verfallen? Warum denken sie bloß noch an Sex und vergessen den Respekt vor ihren Eltern und der Nation?

Ich sage es Ihnen: Die jungen Leute erleben seit Jahren, wie diese Intellektuellen und Weltverbesserer von der Ostküste, diese Kerle wie Franklin Roosevelt systematisch den Reichtum unseres großartigen Landes an Sozialhilfeempfänger und andere Schmarotzer, an alle möglichen Negerrepubliken, Neutralisten und Kommunisten – einschließlich der Sowjetunion – verschenken, deren einziges Sinnen und Trachten danach steht, uns zu vernichten und hier dieselbe Mißwirtschaft zu errichten, die sonst überall auf der Welt herrscht.

Ich war dreißig Jahre alt, als Roosevelt gewählt wurde, und ich erinnere mich noch genau an Daddys Worte, als wir das Wahlergebnis im Radio hörten. ›Junge‹, hat er damals gesagt, ›Junge, das ist der Anfang vom Ende. Erst sperrt er uns sämtliche Konten, dann erhöht er die Steuern so lange, bis uns gar nichts mehr bleibt. Als nächstes führt er uns dann in den Krieg, genauso wie Wilson. Er behauptet, die Welt sicherer zu machen für die Demokratie, aber wenn alles vorbei ist, verschenkt er wieder den Sieg.‹

Genauso ist es gekommen. Doch jetzt müssen alle christlich denkenden Amerikaner sich wehren und das Schicksal ihres Landes wieder selbst in die Hand nehmen. Wir wollen wieder sagen, was uns gefällt und was nicht. Wir müssen unsere christlichen Werte wiedergewinnen und dürfen uns nicht länger zugunsten der Nigger, Juden und Kommunisten ausplündern lassen. Ich jedenfalls werde es nicht länger hinnehmen, daß alles, was ich mit meiner Hände Arbeit erworben habe, in die Taschen dieser Leute wandert.«

Randle unterbrach sich, etwas außer Atem, und sah in die Runde. Seine Freunde nickten und murmelten zustimmend. Der Alte wandte sich wieder an Preacher. »Nun, junger Mann, habe ich mich klar ausgedrückt?«

»Vollkommen klar, Sir.«

»Und was meinen Sie?«

Preacher dachte einen Augenblick nach. »Wie hießen doch gleich die Weine, die Sie mir empfohlen haben?«

»Bordeaux und Burgunder.«

»Ja, sehen Sie, Sir«, sagte Preacher gedehnt, »Sie kommen mir wie ein Mann vor, der bittere Tränen über seinen schrecklichen Durst weint, obwohl er unter jedem Arm eine schöne Flasche Wein hat. Französischen Wein, wohlgemerkt. Ich verstehe nicht viel vom Rechnen, wie ich schon sagte, aber ich würde doch annehmen, daß Sie heute mindestens hundert, wenn nicht fünfhundertmal soviel Geld haben wie 1933, als Roosevelt gewählt wurde und Ihr Vater sagte, das wäre der Anfang vom Ende. Deshalb verstehe ich nicht so ganz, weshalb Sie so jammern. Ich habe doch bloß gefragt, was eigentlich Gott mit Ihren Plänen zu tun hat. Diese einfache Frage haben Sie aber bisher nicht beantwortet.«

Eisiges Schweigen herrschte plötzlich im Raum. Randles Freunde hielten den Atem an. »Wollen Sie vielleicht sagen, daß ich Blödsinn verzapfe, Reverend Talbot?« fragte der alte Mann mit trügerisch sanfter Stimme.

Preacher blieb ebenfalls leise. »Das haben Sie gesagt und nicht ich, Mr. Randle.«

Randle lachte laut auf. »Sie haben wirklich Nerven, junger Mann, das muß ich schon sagen!«

Preacher gab keine Antwort.

Randle wandte sich an die anderen. »Ich hatte doch recht«, sagte er. »Das ist genau unser Mann. Der läßt sich nicht irremachen, der sagt nur das, was er denkt. Der glaubt an Gott und Vaterland und sonst gar nichts. Hab ich recht, Reverend?«

»Ja, Sir«, erwiderte Preacher. »Das haben Sie.«

Der Mercedes brachte Preacher lange nach Mitternacht zu seinen Freunden zurück. Als er ausstieg, wurden gerade die letzten Teile des Zeltes verladen. Er bedankte sich bei Randles Fahrer und machte sich auf den Weg zu seinem Wohnwagen.

Joe löste sich aus der Gruppe der Männer am Tieflader und kam ihm entgegen. »Na, wie war es?« fragte er.

»Ganz gut«, erwiderte Preacher.

»Beverly und Tarz sind im Wagen«, sagte Joe. »Sie warten auf deine Entscheidung wegen des Geldes.«

Preacher nickte und hielt seinem Partner die Tür auf. »Komm rein«, sagte er.

Beverly und Tarz saßen am Schreibtisch. Beide hatten eine Tasse Tee vor sich stehen.

»Du siehst müde aus«, sagte Beverly. »Ich mache dir rasch eine Tasse Ginseng-Tee.«

Preacher schüttelte den Kopf. »Danke, nein. Ich brauche nichts.«

Beverly wandte sich an Joe. »Wie steht es mit dir?«

»Danke, ich hol mir ein Bier«, sagte Joe. Er ging zum Kühlschrank, riß eine Bierbüchse auf und trank auch gleich einen Schluck. »Mann, ist es staubig da draußen«, sagte er. »Den Tieflader kann ich morgen früh um neun losschicken.«

»Nicht nötig«, entgegnete Preacher. »Wir fahren nicht weiter. Wir bleiben hier, wo wir sind. Morgen können die Männer das Zelt wieder aufbauen.«

»Aber wir haben schon über tausend Dollar Kaution hinterlegt für zwei andere Plätze«, wandte Beverly ein. »Die verlieren wir, wenn wir unsere Termine nicht wahrnehmen.«

Preacher gab keine Antwort.

»Dann brauchen wir uns wegen des Geldes keine Gedanken mehr zu machen«, sagte Beverly. »Wenn wir der Kirche die Hälfte der Einnahmen geben, können wir nämlich nicht einmal einen Wochenlohn an die Arbeiter auszahlen.«

»Gebt der Kirche ihr Geld«, sagte Preacher. »Wir haben bisher nicht betrogen, und ich habe nicht die Absicht, jetzt damit anzufangen.«

»Jetzt hör mal zu, Preacher!« sagte Beverly wütend. »Es wird Zeit, daß du auf den Teppich runterkommst. Die Leute wollen schließlich auch leben, und dazu brauchen sie Geld! Wie heißt es in der Bibel: Man soll dem Kaiser geben, was des Kaisers ist, und Gott, was Gottes ist.«

Preacher griff in die Tasche seines Jacketts und warf einen wohlgefüllten Briefumschlag auf den Tisch. »Da sind zehntausend Dollar drin. Das reicht wohl fürs erste.«

Sprachlos starrten seine Freunde ihn an. Joe hatte sich als erster gefaßt. »Was ist eigentlich los? Woher hast du das Geld?«

»Mr. Randle möchte, daß wir noch einen Missionsgottesdienst abhalten.«

Joe nahm das Geld aus dem Briefumschlag. »Und dafür zahlt er uns zehntausend Dollar?«

»Er will uns ins Fernsehen bringen«, sagte Preacher.

»Ins Fernsehen?«

Preacher nickte.

Joe strahlte plötzlich über das ganze Gesicht. Aufgeregt warf er das Geld in die Luft, umarmte Preacher und tanzte mit ihm herum, während die Banknoten zu Boden fielen wie Herbstlaub. »Ein Wunder! Ich hab's ja gesagt! Als ich den Riesen-Mercedes gesehen habe, da wußte ich gleich: Jetzt passiert ein Wunder!«

Preacher lachte. »Ein Wunder ist das bestimmt nicht. Randle ist ein völlig egozentrischer Hund. Aber er denkt, daß er uns für sich einspannen könnte.«

»Ist doch egal, was er denkt«, sagte Joe. »Solange er zahlt.«

»Mir ist das gar nicht egal«, sagte Preacher. »Aber die Wege des Herrn sind unerforschlich. Gott will, daß ich die frohe Botschaft verbreite, und vielleicht ist Randle das Werkzeug, das er mir schickt, damit ich den Auftrag auch ausführen kann.«

»Wie auch immer«, sagte Joe und verdrehte die Augen zum Himmel. »Vielen Dank, lieber Gott!«

Preacher lächelte. »Einfach wird das Ganze nicht, das sag ich euch gleich. Das wird keine gewöhnliche Predigt. Ab morgen laufen hier jede Menge Leute herum, die alles fürs Fernsehen herrichten. Das wird viel komplizierter als sonst. Fernsehen ist etwas ganz anderes als ein normaler Zeltgottesdienst.«

Joe ließ sich auf einen Stuhl fallen. »Da mache ich mir gar keine Sorgen. Ich glaube, ich schreibe meiner Frau und den Kindern gleich heute abend, daß wir demnächst im Fernsehen auftreten! Jetzt werden wir Stars!«

»Nein«, sagte Preacher. »Wir wollen doch nicht vergessen, wer der eigentliche Star in unserer Show ist.«

»Na, das ist doch klar!« sagte Joe. »Du bist der Star!«

»Nein, ich nicht«, sagte Preacher, »sondern Gott!«

# Siebtes Kapitel

Blinzelnd trat Preacher aus dem Wohnwagen in die grelle Sonne hinaus. Joe kam aufgeregt über das Feld. »Da bist du ja endlich. Die warten schon alle auf dich.«

»Ich wollte gerade rübergehen«, erwiderte Preacher. Er sah zu, wie ein riesiger Trailer auf dem Zeltplatz rangierte. »Noch einer?« fragte er.

Joe nickte. Es standen schon zwei weitere, etwas kleinere Lastwagen neben dem Zelt. »Die gehen kein Risiko ein. Die haben so viele Generatoren mitgebracht, daß sie das halbe Land mit Strom versorgen könnten. Gemessen an dem, was die hier verpulvern, waren die zehntausend Dollar, die uns der alte Randle gegeben hat, noch nicht mal ein Trinkgeld.«

»Kann schon sein«, sagte Preacher. »Wie läuft's denn im Zelt?«

»Die Mädchen müssen sich umziehen. Statt weißer Kleider sollen sie hellblaue anziehen«, sagte Joe. »Sie sagen, fünfzig Prozent aller Zuschauer besäßen Schwarzweißgeräte, und da käme Weiß bloß als schmutziges Grau.«

Preacher schlug die Zeltklappe hoch und trat ein. Der ganze Innenraum war verändert. Die hölzernen Bänke waren durch velourbespannte, goldglänzende Sessel ersetzt worden. Die Bretter waren völlig mit rotem Teppichboden bedeckt. Überall standen Scheinwerferbatterien, und über dem Podium hatten die Fernsehleute eine riesige Beleuchterbrücke errichtet. Die große Leinwand mit Preachers Foto und den Worten »JESUS BRAUCHT DICH« war abgehängt worden. Statt dessen hing jetzt eine riesige, weißsilberne Diorama-Wand hinter dem Podium, auf die während des Gottesdienstes die verschiedensten Bilder projiziert werden sollten.

Preacher suchte sich einen Weg durch die Kabel, die überall auf dem Boden herumlagen, um Marcus Lincoln zu begrüßen, der mitten im Zelt stand und einer Reihe von Männern Anweisungen gab. Lincoln machte ihn mit Jim Woden, dem Regisseur, Perry Smith, dem Chefkameramann, und Mike Bailey, dem Assistenten, bekannt, der zugleich für das Drehbuch zuständig war.

»Na, was sagen Sie, Reverend?« fragte er und zeigte mit einer weitausholenden Geste auf die neue Inneneinrichtung des Zeltes, die Kameras und die Scheinwerfer.

»Ich hätte nie gedacht, daß es soviel Arbeit macht, einen schlichten Gottesdienst zu filmen, Mr. Lincoln«, erwiderte Preacher.

»Es geht nicht nur darum, den Gottesdienst und die Versammlung zu filmen«, sagte Jim Woden, der Regisseur. »Wir müssen auch gutes Fernsehen machen. Die Sendung geht ja über die verschiedensten Kanäle zu den verschiedensten Zeiten hinaus, und man weiß nie, was die Konkurrenz gerade zeigt. Wenn wir die Leute nicht wirklich zu fesseln verstehen, schalten sie einfach auf ein anderes Programm um und sehen sich die zehnte Wiederholung von *Rauchende Colts* an.«

»Fernsehzuschauer sind nicht so geduldig wie die Leute im Zelt hier«, fügte Lincoln hinzu. »Wer zum Gottesdienst kommt, der weiß, was er will. Die Fernsehzuschauer sitzen einfach im Sessel und brauchen bloß die Knöpfe der Fernbedienung zu drücken, dann kommt alles, was sie wollen, zu ihnen.«

»Haben Sie denn das Skript schon fertig, Reverend? Ich meine – die Predigt?« fragte Bailey dazwischen. »Ich will ja nicht drängeln, aber wir brauchen den Text für das Drehbuch, damit wir die Einstellungen festlegen können.«

»Beverly tippt gerade den Text ab, Mr. Bailey«, erwiderte Preacher. »In einer halben Stunde ist sie bestimmt fertig damit. Aber das sage ich Ihnen gleich: Ein ausgearbeitetes Manuskript ist das nicht. Nur ein paar Notizen als Gedächtnisstützen für mich.«

»Das genügt, Reverend«, sagte Bailey.

»Wir haben übrigens ein paar Vorschläge«, sagte Lincoln, »wie man das Programm noch mehr profilieren könnte.«

»Verbesserungsvorschläge sind mir immer willkommen«, sagte Preacher. »Lassen Sie hören.«

»Zu Beginn der Sendung könnte man zeigen, wie die Autos von der Straße auf den Platz fahren und die Leute ins Zelt strömen. Als Luftaufnahme«, sagte Woden. »Ein Hubschrauber steht schon bereit.«

»Prima. Das ist eine gute Idee«, sagte Preacher. »Keine Einwände.«

»Außerdem finden wir, daß die Fässer mit dem heiligen Wasser ziemlich kitschig aussehen. Und den Kameras sind sie im Weg.«

»Aber ich brauche das Wasser«, entgegnete Preacher. »Wie soll ich die Leute dazu bringen, sich taufen zu lassen, wenn ich kein Wasser habe?«

»Das ist mir schon klar, Reverend«, sagte Woden respektvoll. »Aber wenn sich die Leute vor den Holzfässern drängen, kann im Fernsehen kein Mensch mehr richtig sehen, was eigentlich vorgeht. Auf dem Bildschirm sieht das so aus, als ob Ameisen aufeinander herumkriechen.«

Preacher dachte einen Augenblick nach. »Ich wüßte aber nicht, wie ich es sonst machen könnte.«

»Sie haben doch hinter dem Zelt diesen Fluß«, sagte Woden. »Alles klares, sauberes Wasser. Könnten Sie daraus nicht Ihren Jordan machen?«

»Und wie soll ich die Leute aus dem Zelt hinunter zum Fluß bringen? Die haben doch alle ihre schönsten Kleider und Sonntagsanzüge an und wollen bestimmt nicht in irgendwelche Flüsse getaucht werden.«

»Da wüßte ich schon eine Lösung«, sagte Woden. »Wir brauchen das Publikum gar nicht. Wenn Sie zunächst mal die Mädchen zum Fluß führen und mit dem Taufen beginnen, sorge ich dafür, daß fünfzig oder hundert Schauspieler und Schauspielerinnen in der Menge mitgehen, ins Wasser tauchen und von Ihnen getauft werden. Das sieht ganz spontan und natürlich aus, und Sie werden staunen, was dann kommt. Dann gehen nämlich auch die anderen Leute ins Wasser, und Sie können mehr Leute taufen, als Sie jemals gedacht hätten.«

Preacher schwieg ablehnend. »Aber das wäre nicht ehrlich, Mr. Woden. Diese Schauspieler suchen doch gar nicht das Heil.«

»Woher wissen Sie das, Reverend?« fragte Woden. »Wir sagen ihnen zwar, was sie tun sollen, aber wenn sie es tatsächlich tun, dann ist das immer noch ihre eigene Entscheidung. Und wenn sie sich taufen lassen, vielleicht suchen sie dann tatsächlich das Heil! Auch wenn es ihnen gar nicht bewußt ist.«

Preacher blieb stumm.

Lincoln wischte mit der Hand durch die Luft. »Diese Sendung kostet Mr. Randle eine Menge Geld, Reverend. Er setzt ganz auf Sie. Aber Sie können so gut sein, wie Sie wollen, Reverend, das allein genügt nicht. Wenn die Leute jede Woche Ihren Gottesdienst einschalten sollen, dann brauchen wir ein Superfinale. Es gibt keine Show, die ohne Finale auskommt; denn das bringt die Zuschauer in der nächsten Woche zurück. Und diese Massentaufe, Reverend, das können Sie mir glauben, das ist ein Superfinale!«

»Ich weiß nicht, Mr. Lincoln«, gab Preacher zurück. »Ich möchte eigentlich nichts tun, was Gottes Wort irgendwie billig machen könnte.«

»Aber das tut es doch gar nicht, Reverend. Glauben Sie mir, das Ganze wird auf dem Bildschirm wie eine überwältigende Glaubensdemonstration wirken«, sagte Lincoln gedehnt.

Preacher zögerte.

»Ich habe eine Idee«, sagte Woden. »Wie wäre es, wenn ich morgen mal fünfzig Leute mitbringen würde und wir versuchen es einfach. Wenn wir uns die Aufzeichnung ansehen, merken wir schon, wie es wirkt. Wenn es nicht hinhaut, dann lassen wir's eben.«

Preacher sah ihn einen Augenblick unschlüssig an, dann nickte er schließlich. »Das können wir machen. Aber wenn es mir nicht gefällt, dann kommt es auch nicht in die Sendung.«

»Natürlich nicht«, sagte Woden. »Sie sind der Boß.«

Preacher sah Lincoln unsicher an. »Ist sonst noch etwas?«

»Nein«, sagte Lincoln. »Das wäre im Augenblick alles. Wenn sich noch irgendwas ergeben sollte, sage ich Ihnen Bescheid.«

»Dann gehe ich jetzt zu meinem Wagen zurück«, sagte Preacher.

»Denken Sie bitte daran, Beverly zu sagen, daß sie uns den Text Ihrer Predigt gibt, sobald sie damit fertig ist«, rief Bailey.

»Ich kümmere mich darum«, sagte Preacher. Er wandte sich ab und ging hinaus auf den Platz.

Joe war ihm gefolgt. »Na, was hältst du davon, Preacher?«

»Ich finde, die sind verrückt«, sagte Preacher.

»So schlecht ist die Sache nun auch wieder nicht«, protestierte Joe. »Jedenfalls nicht schlimmer als die vorgetäuschte Bekehrung von Tarz mit all den Schlägen und seinem Gewimmer.«

Preacher blieb stehen und drehte sich um. »Du verstehst einfach nicht, was ich meine. Ich sag ja nicht, daß es mir nicht gefällt. Wahrscheinlich ist es tatsächlich das Größte, was bei der Übertragung eines Gottesdienstes je gezeigt wurde. Ich hoffe bloß, sie kriegen es hin. Trotzdem halte ich die samt und sonders für völlig verrückt.«

»Okay, Reverend«, sagte Woden. »Ich weiß, daß Sie das alles schon hundertmal gemacht haben. Aber jetzt ist die Kamera dabei, da sprechen wir es lieber noch einmal durch. Also: Wenn die Zeltklappe hochgeht, kommen Sie rein. Mit der Bibel in der Hand. Sie sehen nicht nach oben oder nach unten und auch nicht zur Seite, sondern einfach geradeaus. Die Kamera fährt vor Ihnen her. Aber sie sehen bitte nicht direkt in die Linse, sondern über die Linse hinweg. Achten Sie auf die Kreidemarkierungen am Boden, damit sie nicht aus dem Bild entschwinden. Die Stufen gehen Sie langsam hinauf, dann legen Sie die Bibel auf die Kanzel, sehen Ihr Publikum an und beginnen mit der Begrüßung: ›Ich heiße Sie im Namen unseres Herrn Jesus Christus willkommen, und so weiter und so fort‹. Alles klar?«

Preacher nickte.

Der Regisseur verschwand hinter der Zeltklappe. Dann rief er von innen: »Los!«

Die Klappe ging hoch, und Preacher trat ein. Er ging bewußt langsam und beachtete alles, was man ihm gesagt hatte. Schließlich begann er zu sprechen: »Ich heiße Sie . . .«

»Okay, stop!« rief Woden. »Sehr gut.« Er wartete einen Moment, dann trat eine Assistentin heran und sagte ihm ewas ins Ohr. Woden sah noch einmal zu Preacher hinauf. »Das war hervorragend, Reverend, aber es gibt noch ein kleines Problem. Hätten Sie etwas dagegen, wenn wir Sie etwas schminken? Auf dem Monitor wirken Sie viel zu blaß.«

Preacher zog die Augenbrauen hoch. »Muß denn das sein?«

»Kommen Sie her, und sehen Sie selbst«, sagte der Regisseur.

Preacher sprang von der Bühne herunter und folgte Woden zu dem wuchtigen Monitor, den die Fernsehleute neben dem Podium aufgestellt hatten. »Okay«, sagte Woden. »Laßt die Aufzeichnung laufen.«

Testbilder und Ziffern flimmerten über den Schirm, dann war Preacher zu sehen. Er sah sich zum erstenmal auf der Mattscheibe. Ein eigenartiges Gefühl. Er hatte gar nicht gewußt, daß seine Haut so käseweiß war. »In Wirklichkeit bin ich aber nicht so blaß«, sagte er.

»Die Kameras zeichnen auch Halttöne auf, die wir mit unbewaffnetem Auge nicht sehen«, erläuterte Woden. »Ein ganz natürlicher Effekt. Das kann man mit ein bißchen Make-up ohne weiteres abdecken.«

»Geht in Ordnung«, sagte Preacher. »Wann ist denn das Videoband fertig, das wir heute morgen gemacht haben? Sie haben doch gesagt, wir könnten es gleich anschließend sehen?«

»Das haben wir ein bißchen zurechtschneiden müssen«, sagte Woden. »Die Kleider der Mädchen waren zum Teil etwas durchscheinend. Aber in zehn Minuten sind wir sicherlich fertig. Wenn Sie inzwischen in Ihren Wohnwagen gehen, kann ich Sie rufen.«

Preacher nickte. Er wußte, worauf der Regisseur anspielte. »Durchscheinend« war nicht ganz das richtige Wort. Wenn die Mädchen in den nassen Kleidern aus dem Wasser herauskamen, sahen sie praktisch nackt aus. Er hatte es gleich heute morgen bemerkt, aber er hatte es wieder vergessen, als die Schauspieler in den Fluß gestürmt waren, um sich taufen zu lassen. Die Begeisterung der Leute hatte ihn selbst mitgerissen. Es war unglaublich realistisch gewesen. Jetzt noch klang es ihm in den Ohren: »Lobet den Herrn! Ich bin wiedergeboren! Erlösung! Ich danke dir, Jesus, mein Herr!«

»Gut. Ich warte im Wagen auf Sie.« Er ging hinaus auf den Platz.

Eine Frauenstimme rief hinter ihm her. »Reverend Talbot.«

Preacher sah auf. »Ja, Miß Dawson? Kann ich etwas für Sie tun?«

»Die Bänder für den automatischen Anrufbeantworter sind fertig«, sagte sie. »Wollen Sie mal hören, ob es Ihnen gefällt?«

»Ja, gern.«

»Können wir irgendwo hingehen, wo es ein bißchen ruhiger ist?«

»In meinen Wohnwagen«, sagte er. »Da wollte ich sowieso gerade hin.«

Die junge Frau folgte ihm. »Sehr hübsch«, sagte sie und musterte flüchtig die Einrichtung.

»Nichts Besonderes«, gab er zu. »Aber ein anderes Zuhause habe ich nicht.« Er führte sie in das Wohnzimmer. »Sie können das Bandgerät da auf den Tisch stellen.«

»Sie wissen ja, wie es funktioniert«, sagte sie. »Wenn das Telefon klingelt, wird automatisch das Band abgespielt, dann gibt der Computer den Anruf an eine der Assistentinnen weiter.«

»Ja, das ist mir erklärt worden.« Mit der Telefonaktion sollte die Resonanz beim Publikum kontrolliert werden. Während der Sendung würden die Zuschauer immer wieder aufgefordert werden, eine bestimmte Telefonnummer anzurufen. Wenn sie ihren Namen, ihre Adresse und ihr Geburtsdatum angaben, würde ihnen Reverend C. Andrew Talbot einen Brief schicken, der die Namen von fünf berühmten Amerikanern mit demselben Geburtsdatum und ein ganz persönliches Gebet enthielt. All das sollte völlig kostenlos sein. Der Anrufer brauchte kein Geld zu überweisen, er mußte nichts kaufen, sogar der Anruf beim Sender war frei.

Miß Dawson drückte eine Taste, und Preachers Stimme kam aus dem Lautsprecher. »Guten Tag, hier spricht Reverend C. Andrew Talbot von der Gottesgemeinde, Kirche der amerikanischen Christen, ich möchte mich im Namen unseres Herrn Jesus Christus für Ihren Anruf bedanken. Wenn Sie jetzt bitte einen Augenblick warten, gebe ich das Gespräch an eine meiner Assistentinnen weiter, die Ihren Namen und Ihre Adresse aufschreibt. Noch einmal herzlichen Dank für den Anruf. Gott segne Sie!«

Miß Dawson schaltete ab. »Na, was meinen Sie?«

»Es ist ziemlich lang, oder nicht?«

»Das macht nichts«, sagte Miß Dawson. »Unsere Untersuchungen haben gezeigt, daß die Leute das mögen. Auf diese Weise wird Ihre Antwort glaubwürdiger.«

Preacher zuckte die Achseln. »Sie müssen es wissen.«

»Das ist mein Job«, sagte Miß Dawson. »Sie kennen die Bibel, wir kennen die Menschen.«

»Aber die Menschen und die Bibel, das ist doch dasselbe.«

Miß Dawson warf ihm einen fragenden Blick zu. »Ich habe den Eindruck, dieser ganze Wirbel gefällt Ihnen nicht so ganz, oder?«

»Ein bißchen merkwürdig kommt das alles mir schon

vor«, sagte Preacher. »Aber ich werd' es schon noch lernen.«

Miß Dawson stand auf. »Ich glaube, Sie lernen sehr schnell, Reverend.«

Es klopfte. »Das Videoband ist jetzt fertig«, rief eine Stimme.

»Komme sofort«, rief Preacher zurück. Er wandte sich wieder der jungen Frau zu. »Woden will mir das Playback der Taufszene zeigen, die wir heute morgen gedreht haben. Kommen Sie mit?«

»Ja, gern«, sagte sie.

»Die Vorführung findet im Ü-Wagen statt«, sagte der Mann, den Woden geschickt hatte. Sie folgten ihm über den Platz.

Der Ü-Wagen war ein riesiger Trailer, der bis unters Dach mit Schneidetischen, Monitoren und elektronischer Ausrüstung vollgestopft war. Rund um den größten Bildschirm standen Lincoln, Woden, Bailey und Smith.

»Film ab«, sagte Woden, als Miß Dawson und Preacher hereinkamen.

Das Licht ging aus, und das Videoband lief über den Schirm. Preacher sah sich selbst und die Mädchen, dann kamen die Schauspieler. Er war verblüfft, wie spontan und realistisch die Szene jetzt wirkte. In wenigen Minuten war alles vorbei, und das Licht ging wieder an.

Lincoln wandte sich um. »Na, was sagen Sie jetzt, Reverend?«

Preacher nickte. »Sie hatten recht, Mr. Lincoln. Es ist wirklich sehr gut. Einen kleinen Einwand habe ich allerdings doch.«

»Und der wäre?«

»Die Kleider. Die Mädchen sehen doch beinahe nackt aus.«

»Ja, da haben Sie recht«, sagte Woden. »Wir sind schon dabei, das zu ändern. Wir haben hellblaue Slips für die Mädchen bestellt, die sie unter den Kleidern anziehen können. Dann gibt es keine Probleme mehr, Reverend.«

»Nachdem Sie bisher schon recht gehabt haben, will ich

Ihnen da nicht widersprechen«, sagte Preacher. »Ich überlasse dies Ihnen und Ihrem Geschmack.«

Lincoln lächelte. »Das wird eine ausgezeichnete Show, Reverend. Ich habe ein gutes Gefühl.«

»Hoffentlich behalten Sie recht«, sagte Preacher.

»Reverend Talbot«, rief Bailey.

»Ja, bitte?«

»Ich habe mir erlaubt, Ihre Notizen für die Predigt noch einmal abschreiben zu lassen«, erklärte der Regie-Assistent. »Der Text ist natürlich derselbe geblieben, aber ich habe in roter Schrift ein paar Regieanweisungen einfügen lassen, damit Sie wissen, wo Sie zur Gliederung und Akzentuierung des Textes den Blick auf eine andere Kamera richten sollen. Sehen Sie sich das bitte mal an? Wenn Sie Fragen haben, sagen Sie mir einfach Bescheid.«

Preacher nahm seinen Text wieder an sich. »Vielen Dank, Mr. Bailey.« Er wandte sich fragend an Lincoln. »Werde ich im Moment noch gebraucht?«

»Nein, Reverend. Ich glaube, es ist alles klar«, sagte Lincoln.

Preacher verließ den Trailer und schlenderte über den Platz. »Na, wo gehen Sie hin?« fragte Miß Dawson, die ihm gefolgt war.

»Ich weiß nicht.« Preacher zuckte die Achseln. »Es geht alles so schnell. Am liebsten würde ich erst einmal abschalten und ein paar Joints rauchen.«

»Aber, Reverend Talbot«, sagte Miß Dawson erschrokken. »Ich hätte nie gedacht, daß ein Pfarrer auch nur im Traum daran denkt . . .«

»Wir sind auch nur Menschen, Miß Dawson.« Preacher grinste vergnügt. »Was dachten Sie eigentlich, was zum Beispiel der heilige Franziskus gemacht hat, als er in der Wildnis herumgeirrt ist? Ich will es Ihnen sagen: Er hat Blätter, Pilze und Früchte gegessen und außerordentlich starke Visionen gehabt. Glauben Sie, das war Zufall?«

»Ich habe noch nie darüber nachgedacht«, gab sie zu.

»Vergessen Sie nicht, daß ich vier Jahre in Vietnam war, Miß Dawson. Da lernt man eine Menge, im Dschungel.«

Die junge Frau sah ihn nachdenklich an. »Ich habe tollen Stoff bei mir im Hotel«, sagte sie.

Preacher schüttelte den Kopf. »Ich glaube, das wäre nicht gut, wenn ich jetzt in die Stadt fahren würde.«

»Ich habe auch ein paar Joints in der Handtasche«, sagte Miß Dawson.

»Wenn das so ist«, lächelte Preacher, »sollten wir vielleicht zu mir in den Wohnwagen gehen und das Tonband noch mal überprüfen. Wer weiß. Vielleicht können wir noch etwas ganz Neues daraus machen.«

# Achtes Kapitel

Zehn Tage nach Abschluß der Dreharbeiten war Preacher erneut bei Jake Randle. Aber diesmal fuhr er nicht abends zum Essen hinaus auf die Ranch, sondern morgens um zehn.

Im Konferenzzimmer hinter der Bibliothek saßen dieselben Personen wie bei seinem ersten Besuch. Jake Randle hatte den Vorsitz, er saß am oberen Ende des Tisches und kaute vergnügt auf seiner Havanna.

»Tragen Sie doch Ihre Zahlen noch einmal vor, Mr. Lincoln«, sagte er munter.

Lincoln nickte und schlug die Ledermappe auf, die vor ihm auf dem Tisch lag. »Wir haben die Sendung zweimal über unsere eigenen Fernsehstationen laufen lassen. Am Dienstagmorgen um elf und am Donnerstagabend um zehn. Am Dienstagmorgen haben wir eine Einschaltquote von elf und am Donnerstagabend eine Einschaltquote von fünfzehn Prozent der Zuschauer im Bereich der Sender erzielt. Außerdem haben wir aus dem Material eine halbstündige Hörfunksendung zusammengeschnitten, die wir an verschiedenen Wochentagen zu unterschiedlichen Zeiten über zweiundvierzig UKW- und fünfundfünfzig Mittelwellensender ausgestrahlt haben. Dabei haben wir von Sendung zu Sendung einen ständig wachsenden Zuhöreranteil erreicht. Am Anfang waren es manchmal nur sechs, am Ende der Woche waren es in einem Fall sogar zweiundzwanzig Prozent. Im Durchschnitt hatten wir eine Einschaltquote von über sechzehn Prozent.« Lincoln klappte die Mappe mit leichter Hand wieder zu und hob lächelnd den Blick. »Ich glaube, diese Ergebnisse sind durchaus ermutigend. Sie weisen darauf hin, daß es für dieses Programm ein beträchtliches Publikum gibt.«

Randle wandte sich an Miß Dawson. »Jetzt Sie, bitte.«

»Danke, Mr. Randle.« Die junge Frau hatte nur ein Bündel Computerausdrucke dabei. Von einem der Blätter las sie jetzt ab. »Aufgrund der Fernsehsendungen registrierten wir insgesamt einhundertelftausendfünfhunderteinundzwanzig Telefonanrufe. Gemessen an der von Mr. Lincoln genannten Einschaltquote und der Reichweite der betreffenden Sender ist das ein außerordentlich starkes Echo. Bei den Hörfunksendungen haben wir dazu aufgefordert, Briefe und Karten an Reverend Talbot zu schikken. Die Auszählung ist noch im Gange, und der tägliche Posteingang ist nach wie vor stark. Aufgrund unserer Hochrechnungen nehmen wir an, daß insgesamt über zweihunderttausend Zuschriften eingehen werden. Auch das ist, gemessen an den Zahlen von Mr. Lincoln, ein außerordentlich positives Ergebnis.« Sie legte ihre Aufstellung zurück auf den Tisch. »Alles in allem würde ich sagen, daß wir ein gutes Programm haben.«

»Vielen Dank, Miß Dawson«, sagte Randle und wandte sich an Richard Craig. »Von Ihren Leuten haben die Show doch sehr viele gesehen. Was meinen denn die?«

»Die Gesellschaft für ein Besseres Amerika war sehr beeindruckt, Mr. Randle. Unsere Mitglieder sind überzeugt, daß dieses Programm hervorragend geeignet ist, unseren Standpunkt in der Öffentlichkeit zu verbreiten.«

»Und was meinen Sie, Mrs. Lacey?« fragte Randle.

»Der Vorstand des Christlichen Frauenrats ist der Ansicht, daß Reverend Talbot ein leuchtendes Beispiel für alle amerikanischen Christen und besonders für unsere Jugend abgibt. Es wäre uns eine Ehre, sein Missionsprogramm in jeder erdenklichen Weise zu fördern.«

Randle lehnte sich in seinem Sessel zurück. »Mr. Everett?«

Der Public Relations-Manager räusperte sich und warf einen Blick in die Runde. »Sie sind sich wahrscheinlich darüber im klaren, daß wir bei unseren Umfragen einen etwas anderen Ansatz wählen müssen als Sie. Wir untersuchen vor allem, welche Reaktionen der Star einer Show beim Publikum auslöst, welches Image er hat, welche Gefühle auf ihn projiziert werden.«

Everett machte eine Kunstpause, um seinen Worten mehr Gewicht zu verleihen. »Dabei haben wir festgestellt, daß die Reaktionen auf Reverend Talbot außerordentlich positiv sind. Die Männer sehen Führerqualitäten und Stärke in ihm verkörpert, Eigenschaften, die sie selbst anstreben und die sie bewundern. Die Frauen schätzen seine Stärke und seinen jugendlichen Idealismus, und diese Mischung appeliert sowohl an ihre sexuellen als auch an ihre mütterlichen Instinkte.« Everett machte erneut eine Pause und sah sich am Tisch um. »Meiner Ansicht nach dürfte es relativ leicht sein, Reverend Talbot ein Image zu geben, das all unseren Zielvorstellungen völlig entspricht.«

»Gut.« Der alte Mann nickte. Dann hob er den Blick zu Preacher, der am anderen Ende des Tisches saß. »Reverend Talbot, Sie sehen so aus, als ob Sie Einwände hätten?«

»Nicht direkt Einwände«, erwiderte Preacher. »Was ich hier gehört habe, ist alles sehr interessant, aber ich habe doch eine Frage. Wie soll es denn nun weitergehen?«

»Das ist eine sehr berechtigte Frage, Reverend, aber ich glaube, die können nur wir beide, Sie und ich, wirklich schlüssig beantworten.« Randle erhob sich. »Meine Damen, meine Herren, ich danke Ihnen für dieses Gespräch.«

Die Konferenz war beendet, und nach knappen Abschiedsgrüßen blieben Preacher und Randle allein. Der alte Mann musterte schweigend sein Gegenüber und kaute auf seiner Zigarre. Preacher gab den Blick gelassen zurück und blieb ebenfalls stumm.

Schließlich nahm Randle die Havanna aus dem Mund und betrachtete sie geistesabwesend. »Ich könnte Sie so groß machen, daß Sie populärer werden als der Papst«, sagte er beinahe behutsam. »Es hängt natürlich ganz von Ihnen ab, Reverend.«

Preacher schwieg.

»Ihre Show müßte einfach noch ein bißchen poliert werden. Sie müssen diesen bulligen Nigger und die Chinesin rausschmeißen, die bei Ihnen herumhängen. Die passen überhaupt nicht ins Bild. Die Leute mögen nun mal keine Nigger und keine Gelben. Und diese zehn kleinen Pipimädchen, die Ihnen die Füße waschen, als ob Sie der liebe Gott wären, sind auch nicht das Wahre. Sie quasseln zuviel. Jeder, der bei Ihnen im Zelt war, weiß spätestens nach zwei Stunden, daß Sie die alle gebumst haben. Die müssen verschwinden.«

»Ist das alles?« fragte Preacher.

»Nein.« Randle hob den Blick von seiner Zigarre und kniff die Augen zusammen. »Sie müssen außerdem aufhören, Jane Dawson zu vögeln. Sie haben ihr derart den Kopf verdreht, daß sie ihre Arbeit vernachlässigt. Außerdem habe ich ein sehr persönliches Interesse an ihr.«

Preacher stand auf. »Vielen Dank, Mr. Randle. Ich habe sehr viel gelernt.«

Der alte Mann sah ihn mißtrauisch an. »Was haben Sie gelernt, Reverend?«

»Ich habe gelernt, daß ich Sie gar nicht brauche. Ich schaffe es allein, Mr. Randle.«

Der Industriemagnat grunzte verächtlich. »Und woher nehmen Sie die fünf Millionen Dollar, die nötig sind, um Sie zu verkaufen?«

»Ich habe dieselben Berichte wie Sie gehört, Mr. Randle. Ich bin ganz schön herumgekommen mit meiner Show. Sie sind nicht der einzige, der ein paar Ersparnisse hat.«

»Kleingeld«, sagte der alte Mann. »Sie würden jahrelang brauchen, ehe Sie wirklich etwas verdienen. Ich kann dafür sorgen, daß sie jedes Jahr dreißig, vierzig, vielleicht sogar fünfzig Millionen scheffeln. Und zwar so schnell, daß Ihnen davon ganz schwindlig im Kopf wird.«

»Ich habe es nicht eilig«, erwiderte Preacher. »Ich kann warten. Ich bin ja noch jung, Mr. Randle.«

»Warum fällt es Ihnen denn so schwer, zu tun, was ich verlange?« fragte der alte Mann. »Diese Leute sind doch nicht wichtig für Sie. Die kann man doch einfach ersetzen.«

Preacher schüttelte den Kopf. »Sie verstehen das nicht, Mr. Randle. Diese Menschen bedeuten mir mehr, als Sie wissen können. Zwischen uns herrschen Liebe, Vertrauen und Glauben. Diese Menschen sind all die harten Jahre hindurch bei mir geblieben und haben zu mir gestanden. Judas hat unseren Herrn Jesus Christus für dreißig Silberlinge verraten. Glauben Sie wirklich, Sie könnten mir soviel bieten, daß ich meine Freunde verrate?«

Randle kniff wütend die Augen zusammen, dann schob er die kalte Zigarre zurück in den Mund und entspannte sich wieder. »Setzen Sie sich, junger Mann, setzen Sie sich«, sagte er. »Wir müssen darüber nachdenken, wo wir für Sie eine Kirche errichten.«

Preacher nahm wieder Platz. »Ich habe in Los Altos ein Grundstück.«

»Das geht nicht«, sagte Randle. »Die Leute denken, in Kalifornien gibt es bloß Irre. Sie brauchen eine Gemeinde im Süden oder Südwesten.« Er kaute nachdenklich auf der Zigarre. »Die Stadt darf nicht zu groß, aber auch nicht zu klein sein. Sie muß gute Verkehrsverbindungen haben, und vor allem darf es keinen Prediger mit überregionaler Bedeutung geben.«

»Wie wäre es mit New Orleans?« fragte Preacher. »Die Lage ist gut, und ich habe die Stadt schon immer gemocht.«

»Geht nicht. Viel zu katholisch.«

»Atlanta? Atlanta ist schön.«

»Geht auch nicht. Zu liberal.«

»Memphis? Das liegt wirklich zentral.«

»Mmmh.«

Preacher schlug mit der Faust auf den Tisch. »Sie treiben schon wieder ein Spielchen mit mir, Mr. Randle. Sie wissen längst ganz genau, wo ich hingehen soll.«

»Stimmt«, sagte Randle.

»Und wo ist das, wenn ich fragen darf?«

Der alte Mann grinste vergnügt. »Hören Sie auf, mit Miß Dawson zu schlafen?«

»Habe ich bereits getan«, sagte Preacher.

»Dann weiß ich ein herrliches Plätzchen für Sie. Eine Stadt, wo lauter Leute wohnen wie wir.« Der alte Mann lächelte, nahm eine Streichholzschachtel vom Tisch und entzündete seine Zigarre. Durch eine gewaltige Rauchwolke warf er Preacher einen fröhlichen Blick zu. »Sie bleiben bei uns hier in Randle.«

»Sie machen wohl Witze?« entgegnete Preacher. »Hier gibt es ja jetzt schon zwei Kirchen, die beide am Hungertuch nagen, weil die ganze Gemeinde bloß dreitausend Seelen umfaßt.«

Der alte Mann kratzte sich zögernd am Kinn, dann hob er den Finger. »Sie vergessen zwei Dinge: Erstens gehört die Stadt mir, und was ich wünsche, geschieht. Zweitens wird Ihre Kirche nicht für die Stadt Randle errichtet. Sie wird für ganz Amerika da sein.«

»Aber die Leute müssen doch irgendwo herkommen«, erwiderte Preacher. »Bisher ist Randle doch bloß eine Bedarfshaltestelle für Überlandbusse.«

»Kümmern Sie sich um Ihre Predigt und Ihre Mission«, sagte Randle. »Den Rest überlassen Sie mir. Ich werde Ihnen die Leute schon bringen.«

# Neuntes Kapitel

Als ihn der Mercedes vor seinem Wohnwagen absetzte und wieder davonfuhr, war es schon fast ein Uhr morgens. Preacher blieb stehen und sah zum Himmel empor. Die Sterne funkelten hell auf dem blauen Samt der texanischen Nacht. »Ich habe Angst, Herr«, sagte er laut. »Ich weiß nicht, wohin deine Wege mich führen, aber ich glaube, daß du deine schützende Hand über mich hältst. Und dennoch habe ich Angst.«

Er lauschte einen Moment lang ins Dunkel hinein, dann seufzte er leise. »Glaub nicht, daß ich zweifle, Herr, oder daß ich deine Güte mißbrauchen will, aber ich bin nur ein einfacher Mann. Ich will den Menschen dein Wort bringen, wie es dein Sohn Jesus Christus befohlen hat. Aber ich bitte dich, Herr, mir ein Zeichen zu geben, damit ich sicher sein kann, auch jetzt noch auf deinen Pfaden zu wandeln. Ich brauche Gewißheit, daß mich nicht der Versucher auf seine teuflischen Wege geführt hat.«

Er starrte hinaus in den schweigenden Himmel und wollte sich eben abwenden und die Stufen zum Wohnwagen hinaufgehen, als eine große Sternschnuppe über den Horizont stürzte. Ihm stockte der Atem, und eine eigentümliche Hitze durchströmte sein Blut. Im selben Augenblick folgte der zweite Meteorit und riß dieselbe leuchtende Spur wie der erste ins Dunkel. Dann kam, fast noch heller und größer, der dritte. Er schien einen Moment lang fast unbeweglich am Himmel zu hängen, ehe er fiel.

Preachers Augen füllten sich mit Tränen, er sank mitten auf dem Feld in die Knie, faltete seine Hände und senkte den Kopf. Drei Sternschnuppen. Er kannte sie. Der Vater, der Sohn und der Heilige Geist. Die ganze Dreieinigkeit war gekommen, um ihm zu zeigen, daß er nicht allein war.

Preacher betete laut. »Ich danke dir, Herr. Vergib mir meine Zweifel und Ängste. Ich fürchte mich nicht mehr. Befiehl du meine Wege, damit ich allen deine frohe Botschaft bringen kann, wie es mir dein Sohn Jesus Christus aufgetragen hat, der für meine Sünden am Kreuz gestorben ist und mich erlöst hat. Ich danke dir. Amen.«

Er blieb noch einen Augenblick auf den Knien, dann erhob er sich langsam. Er fühlte sich gestärkt und erfrischt. Alles schien strahlend und neu. Lächelnd stieg Preacher die Treppe hinauf und klinkte die Tür seines Wohnwagens auf.

Beverly und Joe spielten Karten, und es sah aus, als ob der Schwarze kein besonderes Blatt hätte. Eben warf er resignierend die Karten zurück auf den Tisch, und Beverly, vor der sich ohnehin schon ein nettes Sümmchen aufgetürmt hatte, strich ihren Gewinn ein.

»Spiel bloß mit der Drachenlady nicht Karten«, stöhnte Joe und wischte sich über die Stirn. »Die zieht dir das letzte Hemd aus.«

Preacher nickte geistesabwesend und steuerte auf seine Schlafkoje zu. Er zog die Vorhänge hinter sich zu, nahm seine Bibel heraus und setzte sich auf den Bettrand.

Noch ehe er das Buch aufschlagen konnte, waren Joe und Beverly bei ihm. Sie rissen die Vorhänge auf und starrten ihn an. »Was ist mit dir los?« fragte Joe ängstlich. »Bist du krank?«

Preachers Augen starrten ins Leere. Es schien, als ob er Welten erblickte, die weit jenseits der Wirklichkeit lagen. »Wir werden hier eine Kirche bauen.«

Joe sperrte den Mund auf. »Machst du Witze? Eine Kirche ist doch das letzte, was dieses Drecksnest hier braucht. Die können ja nicht einmal die unterhalten, die sie schon haben!«

Preacher gab keine Antwort.

»Randle hat dich völlig besoffen gemacht mit seinen Millionen«, sagte Joe. »Aber Geld schafft noch keine Gemeinde. Um eine Kirche zu errichten, braucht man Menschen und noch einmal Menschen. Und die gibt es hier nicht.«

»Das weiß ich auch«, sagte Preacher.

»Dann halte dich dran«, sagte Joe. »Wenn er dir das Geld gibt, um eine Gemeinde zu gründen, dann bau deine Kirche da, wo du wenigstens eine Chance hast!«

Preacher ließ sich nicht irritieren. »Gott will hier seine Kirche. Hier wird sie gebaut.«

»Woher weißt du denn, wo Gott seine Kirche hinhaben will?« fragte Joe. »Hat er dir das persönlich gesagt?«

»Ja«, sagte Preacher.

Joe starrte ihn ungläubig an. »Bist du betrunken, oder hast du gekifft?«

Preacher schüttelte den Kopf. »Ich habe Gott um ein Zeichen gebeten, und er hat mir ein Zeichen geschickt.«

»Hör mal«, sagte Joe. »Du stehst hier nicht auf der Kanzel. Du redest mit mir!«

Preacher stand auf. »Joe, es ist wahr. Eben, als ich draußen auf dem Feld stand, habe ich Gott um ein Zeichen gebeten. Ich bat ihn, mir zu zeigen, daß ich noch seinen Willen erfülle und nicht vom Teufel gelenkt werde, und er hat mir geantwortet. Drei Sternschnuppen, jede heller und größer als die andere, schossen über den Himmel, und die letzte blieb einen Augenlick über mir stehen. Da spürte ich, wie mich Gottes Klarheit und Wärme erfüllte, und ich wußte, hier muß die Kirche gebaut werden.«

»Bist du sicher, daß du dir das alles nicht einbildest?« fragte Joe. »Wir sind hier in Texas, da ist der Himmel immer voll Sternschnuppen.«

»Aber nicht solche«, erwiderte Preacher. »Ich weiß, was ich gesehen und was ich gefühlt habe.«

Joe wußte nicht weiter. Beverly nahm ihn beim Arm. »Komm, Joe, wir sind alle sehr müde. Schlafen wir erst einmal drüber. Wir können ja morgen früh weiterreden.«

Joe nickte. »Okay.« Er blickte Preacher sorgenvoll an. »Bist du ganz sicher, daß dir nichts fehlt? Magst du noch irgendwas trinken?«

»Mir ist es nie besser gegangen«, sagte Preacher.

»Na, schön«, sagte Joe zögernd. »Gute Nacht, dann!«

»Gute Nacht«, sagte Beverly.

Sie ließen den Vorhang zurückfallen und setzten sich wieder an den Tisch. »Was hältst du davon?« fragte Joe leise.

»Ich weiß nicht recht«, flüsterte Beverly.

»Komm, stell dich ans Fenster«, sagte Joe. »Ich zeig dir hundert Sternschnuppen in einer Stunde.«

»Das schon«, gab Beverly zu. »Aber das sind nicht die Sterne, die Preacher gesehen hat.«

»Du glaubst ihm?«

Beverly drehte sich um. Ihre Augen waren groß und vage geworden. »Natürlich glaube ich ihm. Ich habe ihm immer geglaubt. Genauso wie du. Was hätten wir für einen Grund, bei ihm zu bleiben, wenn wir ihm nicht glauben? Reich wird doch keiner davon, oder?«

»Liebst du ihn?« fragte er.

»Natürlich liebe ich ihn. Du nicht?«

Joe nickte. »So wird es wohl sein.«

»Aber ich bin nicht verliebt«, sagte Beverly. »Das ist etwas anderes.«

»Ich weiß«, sagte Joe. »Ich bin doch nicht blöd.«

Sie lächelte, als sie sein Blick traf. »Dann zeig's mir doch, Joe.«

»Hey«, sagte er heftig. »Ich dachte –«

»Ach, denk nicht so viel«, sagte sie und legte ihm die Hand auf den Mund, als Joe sie umarmte. »Das brauchst du doch gar nicht.«

Preacher saß auf dem Bett, die Bibel noch immer unaufgeschlagen im Schoß, als die Tür des Wohnwagens hinter Joe und Beverly zuschlug. Er stand auf und begann, sich zu entkleiden. Alles hatte sich schlagartig geändert. Es war, als ob ihn eine Flutwelle erfaßt hätte, die ihn davontrug. Zu einem fernen Ufer, das er nicht kannte.

Er streckte sich nackt auf dem Bett aus, schob sich das Kissen unter den Kopf und knipste das kleine Nachtlämpchen an. Dann nahm er die Bibel, schlug den ersten Psalm auf und las, wobei er lautlos die Lippen bewegte.

*»Wohl dem, der nicht wandelt im Rat der Gottlosen*
*noch tritt auf den Weg der Sünder*
*noch sitzt, wo die Spötter sitzen,*
*sondern hat Lust am Gesetz des Herrn.*
*Und sinnt über seinem Gesetz Tag und Nacht!*
*Der ist wie ein Baum, gepflanzt an den Wasserbächen,*
*der seine Frucht bringt zu seiner Zeit,*
*und seine Blätter verwelken nicht.*
*Und was er macht, das gerät wohl.«*

Preacher legte die Bibel zur Seite, knipste das Licht aus, verschränkte die Arme hinter dem Kopf und starrte ins Dunkel. Einige seiner Probleme waren gelöst. Stand nicht geschrieben, daß seine Arbeit ihm wohl geraten werde? Wenn er davon profitierte, daß er Gottes Wort predigte, dann traf ihn keine Schuld. Er tat ja damit Gottes Werke.

Dennoch blieben Zweifel. Machte er sich vielleicht etwas vor? Versuchte er zu rechtfertigen, was nicht zu rechtfertigen war? War es nicht doch seine Eitelkeit, die ihn trieb? Er stand noch einmal auf und kniete sich neben das Bett. Seine Stimme hallte im leeren Wohnwagen wider, als er die Worte des 139. Psalms sprach.

*»Erforsche mich, Gott, und erkenne mein Herz;*
*prüfe mich und erkenne, wie ich's meine.*
*Und sieh, ob ich auf bösem Wege bin,*
*und leite mich auf ewigem Wege.«*

Er lehnte sich mit den Armen auf die Bettkante und legte den Kopf darauf. »Du bist nicht wie andere, Constantine«, hatte ihm seine Mutter einmal gesagt. »Du brauchst eine Kirche. Ehe du nicht auf deiner eigenen Kanzel stehst, wirst du die Menschen nicht rühren.«

Damals hatte er nicht gewußt, was sie meinte. Jetzt war es ihm klar. Sein Gott war ein sehr persönlicher Gott. Jesus war menschlich für ihn, Jesus verstand die menschlichen Schwächen, weil er selbst ein Menschensohn war. Deshalb konnte er auch den Menschen vergeben, ihre Sünden auf sich nehmen und für sie sterben, so daß sie erlöst waren. Keine Drohungen, Kriege und Strafen. Keine Rachegedanken wie bei Gottvater, dem schrecklichen Herrn. Nur Vergebung und Gnade für den, der ihn annimmt.

Preacher hörte nicht, daß jemand leise die Tür öffnete. Erst als der Vorhang weggezogen wurde, merkte er, daß er nicht mehr allein war.

»He, Preacher«, rief Charlie.

Er wandte sich um. Sie trug eine verblichene Wolljacke über dem Nachthemd. »Was ist?« fragte er.

»Beverly und Joe liegen draußen im Auto und vögeln«, sagte sie.

Preacher setzte sich auf die Bettkante. »Und warum erzählst du mir das?«

»Ich bin einfach neidisch«, sagte sie. »Die beiden amüsieren sich so gut, daß ich selbst richtig Lust gekriegt habe.«

Preacher verzog das Gesicht, dann lachte er plötzlich. Es hatte sich überhaupt nichts geändert. Die Menschen waren immer noch Kinder. Ein Stein fiel dem künftigen Kirchengründer vom Herzen. »Das kann ich verstehen.«

»Ach?« sagte Charlie verblüfft. »Ich dachte, bei dir rührt sich überhaupt nichts mehr in der Hose.«

Preacher stand auf und drückte sie an sich. »Wie kommst du denn darauf?«

# Zehntes Kapitel

Als die schwarze Limousine vorfuhr, drehten sich die Rotorflügel des Hubschraubers schon. Der Chauffeur riß die Tür auf, und Preacher stieg aus.

Im selben Augenblick steckte Randle seinen Kopf aus der Kabine des Hubschraubers. »Hierher, mein Sohn«, brüllte er laut, um den Motor zu übertönen. »Wir wollen doch nicht den ganzen Tag hier herumtrödeln.«

Der Pilot half Preacher an Bord.

»Ihr Platz ist der neben Mr. Randle«, sagte er und schob die Kabinentür zu.

Kaum hatte Preacher seinen Sicherheitsgurt umgeschnallt, da hob der Hubschrauber auch schon ab. Es waren sechs Sitze in der Kabine, aber außer Preacher und Randle war nur noch ein weiterer Passagier da, der vor ihnen saß und ihnen den Rücken zukehrte.

Randle grinste. »Ich hab Sie früh aus den Federn geholt, was, mein Sohn?«

Preacher warf einen Blick auf die Uhr. Es war gerade halb acht. »Allerdings, Sir.«

»Morgenstund hat Gold im Mund, sag ich immer. Morgens früh gelingt die Arbeit am besten«, sagte Randle. »Ich dachte, es wäre besser, ich hole Sie, ehe Ihr kleiner Betthase Sie vollkommen schlapp macht.«

Preacher gab keine Antwort, sondern sah Randle nur abschätzig an.

Der alte Mann ließ sich nicht beeindrucken. »Ich habe Ihnen schon einmal gesagt, daß ich alles weiß, was bei euch vorgeht.«

Preacher schwieg.

»Interessiert es Sie gar nicht, wohin wir so früh am Morgen schon unterwegs sind?«

»Doch«, nickte Preacher.

»Wir sehen uns das Grundstück an, wo die Kirche gebaut werden soll.«

»Warum sind wir nicht mit dem Auto gefahren?«

»Es ist einfacher so«, sagte Randle. »Die Stelle liegt fünfundvierzig Meilen nördlich der Stadt.« Er beugte sich vor und tippte dem Mann auf die Schulter, der neben dem Piloten saß. »Haben Sie die Pläne, Chuck?«

»Hier, Mr. Randle.« Der Mann drehte sich um und reichte verschiedene Landkarten und Pläne nach hinten, die von einer Klammer an einem Sperrholzbrett festgehalten wurden.

»Das ist Chuck Michaels, der Leiter der Randle Construction Company«, sagte Randle. »Chuck, das ist Dr. Talbot.«

Während sich die beiden Männer die Hand gaben, befestigte Randle die Karten am Sitz des Piloten. »Können Sie Karten lesen, mein Sohn?«

»Ein bißchen«, erwiderte Preacher. »Das mußten wir in Vietnam lernen, für den Fall, daß wir von den eigenen Truppen abgeschnitten wurden.«

Randle warf einen Blick aus dem Fenster, dann zeigte er auf die Karte. »Jetzt sind wir hier. Wir überqueren die Stadt, dann folgen wir dem Highway Zehn nach Norden.« Er zeigte auf einen Punkt am oberen Ende der Karte. »Da fliegen wir hin.«

Preacher beugte sich vor, um den Ortsnamen lesen zu können. »Churchland.« Er warf Randle einen verwirrten Blick zu. »Von einer Stadt namens Churchland habe ich noch nie etwas gehört.«

»Das wundert mich nicht«, sagte Randle. »Die gibt es auch gar nicht. Jedenfalls noch nicht.«

»Ich verstehe nicht ganz.«

»Das macht nichts«, sagte Randle. »Ich werde es Ihnen erklären. Ich habe Ihnen doch gesagt, daß ich keine Zeit verliere, wenn ich etwas anpacke. Ich bin nicht mehr so jung, als daß ich warten könnte wie ihr. Den richtigen

Mann für die Kirche, die Amerika aus seiner Verkommenheit führt, habe ich lange gesucht. Aber in der Zwischenzeit habe ich Pläne gemacht.«

Randle schlug die oberste Karte zurück. Ein Stadtplan erschien, auf dem das Wort »CHURCHLAND« in riesigen Buchstaben prangte. »Das ist ja unglaublich«, sagte Preacher. Randle warf ihm einen gekränkten Blick zu.

»Ich meine, das ist ja unglaublich groß«, verbesserte Preacher.

»Etwas Großes zu machen ist auch nicht schwieriger als etwas Kleines zu machen«, lächelte Randle. »Mir gehören da draußen mehr als fünfhundert Quadratmeilen. Das Land wartet geradezu darauf, daß man es zu einem christlichen Zweck nutzt. Churchland soll das Leuchtfeuer werden, das ganz Amerika auf den richtigen Weg bringt.« Er warf einen Blick durch die Scheibe. »Jetzt sind wir gleich da.« Er hob die Stimme, damit der Pilot ihn verstand. »Gehen Sie über dem Highway herunter. Ich möchte Dr. Talbot etwas zeigen.«

»Jawohl, Sir.« Der Hubschrauber senkte sich hinunter zur Straße.

»Da, sehen Sie«, sagte Randle.

Eine riesige Tafel mit frischen, leuchtenden Farben stand neben der Straße. Der Hubschrauber blieb unmittelbar davor in der Luft stehen, und Preacher las eine eigentümliche Ankündigung:

»CHURCHLAND
Die künftige Heimat der Gottesgemeinde
Kirche der amerikanischen Christen
Pfarrer: Dr. Andrew C. Talbot
Im Dienste des Herrn und der Vereinigten Staaten
Eröffnung im Mai 1976«

Preacher warf dem alten Mann einen beunruhigten Blick zu. »Aber das sind ja nur noch zwei Jahre. Um eine Gemeinde aufzubauen, braucht man viel länger. Oral Roberts, Shuller, Falwell, Pat Robertson, sie alle haben Jahre gebraucht, ehe sie eine Kirche gebaut haben.«

»Die haben anfangen müssen, bevor es das Fernsehen gab«, sagte Randle. »Als die erstmals im Fernsehen waren, wuchsen ihre Gemeinden mit atemberaubender Schnelligkeit. Die wissen doch bis heute noch nicht, was da mit ihnen passiert. Im Grunde genommen sind sie ganz altmodisch. Aber wir wissen ganz genau, was wir wollen. Wir haben das Know-how, wir haben die Mittel. Wir bauen diese Gemeinde auf, wie eine Fernsehstation eine Erfolgsserie produziert. Ehe wir in die Öffentlichkeit gehen, ist jeder Bestandteil erprobt und getestet. Die Ergebnisse der Marktforschung, die Testsendungen, die Öffentlichkeitsarbeit – alles wird in die Computer gefüttert und kommt von dort genau programmiert zu uns zurück. Im Mai 1976 werden Sie der bekannteste Prediger in ganz Amerika sein.«

Preacher schwieg. Er sah nachdenklich aus dem Fenster, während der Hubschrauber wieder an Höhe gewann und über ein kleines Wäldchen hinwegflog. Auf dem Gelände dahinter herrschte lebhafte Aktivität. Überall fuhren kleine Lastwagen über die flachen, trockenen Felder. Weiße Kalkstreifen blieben hinter ihnen zurück. Preacher beobachtete das Gewimmel, warf einen Blick auf den Stadtplan, und plötzlich begriff er: Die Lastwagen markierten den Grundriß der künftigen Stadt auf dem Boden. »Das ist ja phantastisch«, sagte Preacher beeindruckt.

Randle lächelte zufrieden. »Ich habe Ihnen doch gesagt, daß ich keine Zeit zu verschwenden gedenke.« Er ließ Preacher noch einen Augenblick Zeit, den Anblick der künftigen Stadt zu genießen, dann sagte er: »Kommen Sie, wir fliegen zurück. Chuck erklärt Ihnen die weiteren Einzelheiten bei mir auf der Ranch.«

Der vergrößerte Stadtplan von Churchland bedeckte eine ganze Wand im Arbeitszimmer des alten Mannes. Der Butler servierte Kaffee, dann zog er sich lautlos zurück.

Randle nickte Michaels zu. »Fangen Sie an, Chuck!«

Der stämmige Architekt nahm einen hölzernen Zeigestock und wandte sich in dozierendem Tonfall an Preacher. »Ich möchte zunächst darauf hinweisen, daß

Churchland keine unausgegorene Sache ist, die wir überstürzt konzipiert haben, sondern das Ergebnis langjähriger Überlegungen. Mr. Randle und ich haben seit Jahren darüber gesprochen, wie diese Stadt aussehen könnte, und die anfänglichen Planungen sind immer wieder überprüft und modifiziert worden.

Lassen Sie mich nun mit den Einzelheiten beginnen. Wenn man den Highway verläßt und die Straße nach Churchland hinauffährt, gelangt man zunächst in einen kunstvoll gestalteten Park mit kleinen Gewässern, Blumenbeeten und Bäumen. Das erste Gebäude ist eine Kirche, etwa sieben Stockwerke hoch, links und rechts flankiert von zwei Türmen, die ein gewaltiges, freischwebendes Kreuz tragen, das bei Tage wie bei Nacht mindestens dreißig Meilen weit sichtbar sein dürfte. Der Innenraum der Kirche wird wie der Zuschauerraum eines Theaters aus leicht ansteigenden Sitzreihen gebildet. Hier finden eintausendfünfhundert und auf der Empore weitere sechshundert Gläubige Platz. Die Bühne ist mit allen hydraulischen und elektronischen Anlagen ausgestattet, die notwendig sind, um den Boden auf Wunsch nach oben und unten, seitwärts, nach hinten und vorn zu bewegen. Der gesamte Kirchenraum ist mit Fernsehkameras bestückt, die jeden Winkel des Gebäudes vom Eingang bis zur Bühne erfassen und jeden einzelnen Gläubigen in Großaufnahme ins Bild setzen können. Die Bildregie sitzt in einem Kontrollraum, der, unsichtbar für die Gläubigen, über dem Proszenium eingebaut ist. Dieser Kirchenraum ist ungefähr fünf Stockwerke hoch. In den beiden Stockwerken, die über dem Auditorium liegen, werden sich Büros, Aufenthaltsräume und Unterkünfte für die Künstler befinden, die beim Gottesdienst mitwirken. Auf dem Parkplatz hinter dem Gebäude finden über siebenhundert Fahrzeuge Platz.«

Michaels tippte mit dem Zeigestock auf einen Gebäudekomplex, der den Parkplatz hinter der doppeltürmigen Kirche im Halbkreis umschloß. »Das große Gebäude im Zentrum ist die Pfarrei, wo der geistliche Oberhirte der Gemeinde mit seinen Mitarbeitern untergebracht ist. Im

Erdgeschoß befinden sich Büros und Konferenzräume, im ersten Stock verschiedene Drei- und Vier-Zimmer-Apartments, im obersten Stockwerk liegen die Räume des Pfarrers, eine Neun-Zimmer-Wohnung mit angemessenen Repräsentationsräumen.«

Der Zeigestock wischte zur Seite, wo sich links und rechts jeweils zwei kleinere Gebäude befanden. »Diese Kapellen sind für die Andacht verschiedener Konfessionen und Religionen gedacht. Es gibt eine evangelische und eine katholische Kirche, eine Synagoge und eine Moschee.«

Der Zeigestock wanderte zum oberen Ende des Stadtplans. »Zwei Sechshundert-Betten-Hotels mit Restaurants, Swimmingpools, Tennisplätzen, Minigolfanlagen, Kindertagesstätten und Spielplätzen dienen der Unterbringung der Pilger. Ein moderner Supermarkt und über hundert Ferienhäuser und Blockhütten für Familien mit Kindern, die selbst kochen möchten, ergänzen das Angebot. Hier oben im Westen hat die Bundesluftfahrtsbehörde den Bau einer Startbahn genehmigt. Der Flugplatz wird über zweihundert Morgen umfassen. Nicht nur Privatflugzeuge, sondern auch Jumbo-Jets können hier landen. Im Flughafengebäude befindet sich auch der Omnibusbahnhof mit einer eigenen Zubringerstraße zum Highway. In der Empfangshalle findet der Besucher die Zimmervermittlung, Banken und Souvenirläden. Der Transport zum Hotel erfolgt in eigenen Bussen. Ich würde Ihnen gern noch weitere Einzelheiten erläutern, aber vielleicht haben Sie ja auch Fragen und Vorschläge.«

»Vielen Dank, Mr. Michaels«, sagte Preacher beeindruckt. »Ich bin völlig verwirrt.«

Randle lächelte. »Ich glaube, wir haben an alles gedacht, oder?«

»Wenn wir nicht so groß anfingen, wäre mir wohler«, sagte Preacher. »Ich bin doch nicht Billy Graham. Warum sollten die Leute den weiten Weg machen, um einen Niemand zu sehen wie mich?«

»Bis wir soweit sind, kennt Sie jeder im Land. Wir verhandeln gegenwärtig mit allen wichtigen Sendern. Man wird Sie überall, wo religiöse Programme gemacht werden, als Prediger einladen. Und zwar nicht nur einmal, sondern mehrmals im Jahr. Wenn Churchland eröffnet wird, werden Sie bestimmt kein Niemand mehr sein, das garantiere ich Ihnen.«

»Warum sollten die Redaktionen sich darauf denn einlassen?« fragte Preacher verblüfft. »Ich kann ihnen doch auch nicht mehr bieten als andere Pfarrer?«

Randle grinste. »Ach, wissen Sie, irgendwo fehlt es immer; Geld können die Sender fast alle gebrauchen, und das gebe ich ihnen.«

# Elftes Kapitel

»Wir haben genau dreißig Tage, um die Show zusammenzustellen«, sagte Lincoln. »Der 700er Club von Pat Robertson ist das meistgesehene religiöse Fernsehprogramm der Nation. Wir haben ganz schön tricksen müssen, damit der Auftakt Ihrer Tournee in seiner Show stattfinden kann.«

Preacher schüttelte den Kopf. »Ich verstehe das nicht, Mr. Lincoln. Ich bin doch Pfarrer und kein Schauspieler oder dergleichen.«

»Ich fürchte, Sie werden beides sein müssen«, erwiderte Lincoln. »Der 700er Club ist eine Art Talkshow. Robertson predigt und läßt zwischendrin Gäste auftreten. Wenn Sie mehr als einer der Gäste sein wollen, die er benutzt, um seine Show zu bereichern, müssen wir uns etwas einfallen lassen.«

»Ich könnte doch einfach erzählen, warum ich an Gott glaube?«

»Das machen sie alle. Das bringt nichts. Wir müssen ein eigenes Thema durchsetzen und schon im Auftreten klarmachen: Hier kommt etwas Neues. Bloßes Reden genügt nicht. Wir dürfen nicht vergessen, daß das Fernsehen ein visuelles Medium ist.«

»Ich weiß nicht«, sagte Preacher. »Dazu fällt mir nichts ein.«

»Mir auch nicht«, erklärte Lincoln. »Deshalb habe ich die Jungs mitgebracht. Ich denke, uns allen zusammen wird schon was Passendes einfallen.«

Preacher warf einen zweifelnden Blick auf die anderen – Jim Woden, den Regisseur, und Mike Bailey, den Assistenten. Er schüttelte den Kopf. »Ich begreife nicht, warum Gott nicht genügt.«

»Bitte verstehen Sie mich nicht falsch, Reverend«, sagte Woden. »Aber von Gott reden alle. Gott ist seit Jahren ein Fernsehstar ersten Ranges. Unser Auftrag besteht aber darin, *Sie* im Bewußtsein des Publikums zu verankern.«

»Ich habe keine Ahnung, wie man so was anfängt«, sagte Preacher.

»Wie wäre es, wenn Sie uns erst einmal ein paar Dinge aus Ihrem Leben erzählten?« sagte Bailey. »Vielleicht finden wir da einen geeigneten Ansatzpunkt für Ihren Auftritt.«

Preacher lächelte. »Da gibt es nicht viel zu erzählen. Manchmal kommt es mir so vor, als ob ich mein ganzes Leben nur damit zugebracht hätte, den Gott zu suchen, den ich predigen kann.«

»Das ist doch immerhin schon ein Anfang«, sagte Bailey. »Als Titel könnten wir nehmen ›Auf der Suche nach Gott‹. Wir könnten erst ein paar Bilder aus Ihrer Kindheit und Jugend einblenden, dann die Jahre in Vietnam und dann die Berufung, als Sie sich entschlossen haben, die Gottesgemeinde zu gründen. Als Schluß dann die Zeit mit dem Zelt.«

Preacher lachte laut auf. »Eine glänzende Idee. Aber es gibt keine Fotos und Filme.«

»Kein Problem«, sagte Woden. »Ich kenne genug Fotografen. Die kriegen das mühelos hin.«

»Aber ich sah damals ganz anders aus«, sagte Preacher. »Die meiste Zeit hatte ich einen Vollbart und trug schulterlange Haare. Es würde Monate dauern, ehe sie wieder so lang sind.«

Woden schüttelte lächelnd den Kopf. »Unsere Maskenbildner schaffen das in zwei Stunden. Ein bißchen Make-up und eine Perücke, und Sie sind im Nu wieder zwanzig.« Er wandte sich an den Chef der Randle Communications. »Was meinen Sie, Mr. Lincoln, gefällt Ihnen das? Sollen wir mal ein Drehbuch entwerfen?«

Lincoln nickte. »Okay. Versuchen wir's. Das ist zumindest ein Anfang.«

Drei Monate später saß Preacher mit Joe und Lincoln im Künstlerzimmer des Shrine Auditoriums und sah auf dem Monitor zu, wie Katherine Kuhlmann in einem wallenden weißen Gewand aus den Kulissen heraustrat. »Meine Damen und Herren, hören Sie nun Katherine Kuhlmann, die begnadete Evangelistin!« erklärte die ölige Stimme des Fernsehansagers im Off.

Die Kamera schwenkte zum Publikum, das laut applaudierte, und kehrte dann zu Miß Kuhlmann zurück. Sie bedankte sich lächelnd, leicht vorgebeugt, die Arme in Höhe der Schultern, in einer Hand eine in rotes Saffianleder gebundene Bibel. Dann ging sie zur Mitte der Bühne und legte das Buch auf die Kanzel. Sie hob den Blick in die Menge, die unter ihren Augen verstummte. Schließlich begann sie zu sprechen. Ihre ruhige, freundliche Stimme wurde von den Mikrofonen bis in die entferntesten Winkel des Saales getragen. Obwohl sie nicht laut sprach, herrschte gespannte Aufmerksamkeit. Sie warf einen Blick in die Bibel, und während sie las, ging die Kamera näher heran, so daß ihr Gesicht den gesamten Bildschirm ausfüllte, als sie den Kopf hob.

»Ich lese aus dem 1. Brief des Johannes, aus dem vierten Kapitel:

*›Niemand hat Gott jemals gesehen. Wenn wir uns untereinander lieben, so bleibt Gott in uns, und seine Liebe ist völlig in uns.*

*Daran erkennen wir, daß wir in ihm bleiben und er in uns, daß er uns von seinem Geist gegeben hat.*

*Und wir haben gesehen und bezeugen, daß der Vater den Sohn gesandt hat zum Heiland der Welt.*

*Wer nun bekennt, daß Jesus Gottes Sohn ist, in dem bleibet Gott und er in Gott.‹«*

Die Evangelistin schwieg einen Moment lang. »Bekennen und Zeugnis ablegen«, sagte sie dann, »diese Worte sind der Schlüssel zum Glauben und zur Erlösung. Aber wieviele von uns sind tatsächlich auch dazu bereit? Bekennen und Zeugnis ablegen. Nicht nur einmal im Jahr oder einmal im Monat, sondern täglich! Jeden Tag in der Woche.

Als ihr heute morgen aufgewacht seid, wer von euch hat da gedacht: ›Jesus ist Gottes Sohn, er hat mich erlöst. Jesus ist um meinetwillen am Kreuz gestorben, er hat mich von meinen Sünden erlöst.‹ Und wer von euch hat sich zum Frühstück gesetzt und seiner Familie, der Frau und den Kindern von diesen Gedanken erzählt? Wer von euch hat sich zu Jesus bekannt?«

Erneut blickte sie schweigend in die Versammlung. »Ich fürchte, es waren nicht viele«, sagte sie tadelnd. Dann wurde ihre Stimme plötzlich freundlich und hell. »Um so mehr freue ich mich, Ihnen heute einen jungen Mann vorstellen zu können, der Gottes Botschaft schon an viele dunkle und schwierige Orte gebracht und auf seinem Weg den Treibsand der Sünde und Korruption nicht gescheut hat. Jeden Morgen hat dieser junge Mann sich vor Augen gehalten, daß ihn Jesus erlöst hat, und von diesem Glauben legt er Zeugnis ab, jeden Tag. Die Geschichte dieses jungen Mannes hat mich begeistert, und ich glaube, sie wird auch Ihnen den Weg weisen. Deshalb habe ich ihn gebeten, seine Geschichte selbst zu erzählen.«

Die Tür des Künstlerzimmers ging auf, und ein junger Mann trat herein. »Dr. Talbot, Miß Kuhlmann ist fast soweit. Kommen Sie bitte mit.«

Preacher erhob sich. Joe und Lincoln blieben zurück. Der Schwarze grinste und zeigte die Faust mit erhobenem Daumen. »Los Preacher, gib's ihnen!«

Lincoln wandte den Blick vom Monitor ab. »Betonen Sie bei ihr die fleischlichen Versuchungen ein bißchen stärker als sonst. Denken Sie daran, daß ihr Publikum vor allem aus Leuten besteht, die unter der Woche die Schnulzenserien ansehen. Ich habe für diese Show ein paar neue Fotos gemacht. Daran können Sie Ihre Geschichten am besten aufhängen.«

Preacher nickte. Der junge Mann zupfte ihn noch einmal am Ärmel, und Preacher folgte ihm in die Kulissen.

Der junge Mann zeigte auf einen Vorhang. »Wenn Sie Ihren Namen hören, gehen Sie da durch. Wenn Sie auf der Bühne sind, warten Sie einen Moment, damit Sie das Publikum sieht. Dann gehen Sie zu Miß Kuhlmann hinüber, die in der Mitte der Bühne auf einer Couch sitzt. Sie setzen sich bitte ans andere Ende der Couch, im rechten Winkel zur Gastgeberin. Das ergibt eine bessere Optik. Eine Wasserkaraffe mit Gläsern steht vor Ihnen auf dem Tisch. Ich halte Ihnen den Vorhang, damit Sie nicht stolpern.«

»Vielen Dank«, sagte Preacher.

Die Stimme der Evangelistin war deutlich zu hören. »Und jetzt, meine Freunde, bitte ich um Applaus für ... Reverend C. Andrew Talbot.«

Der Vorhang wurde zur Seite gerissen, und Preacher trat ins grelle Scheinwerferlicht.

Katherine Kuhlmann zeigte überschwengliche Freude. Aber hinter all dieser zur Schau getragenen Freundlichkeit war die eiserne Entschlossenheit zu spüren, alles fest in der Hand zu behalten. Jede seiner Antworten wiederholte sie mit eigenen Worten und bog sie zurecht, bis sie ihr paßten. Preacher war beeindruckt von dieser Bestimmtheit. Diese scheinbar so zarte, nicht mehr ganz junge Frau schien aus gehärtetem Stahl zu bestehen. Sie war der Star. Und sie sorgte dafür, daß es jedermann spürte.

Starqualität, hatte das Lincoln genannt. Starqualität, das war die gemeinsame Eigenschaft, die all diese Männer und Frauen verband, eine undefinierbare Aura, die sie aus der Masse der Pfarrer und Prediger heraushob. Das Wesen dieser Aura war bei jedem dieser Menschen verschieden, aber vorhanden war sie bei allen.

In den zwei Monaten seiner Fernseh-Tournee hatte Preacher sie alle kennengelernt: Pat Robertson, der sich mit seinem freundschaftlichen Interesse an allem und jedem als guter amerikanischer Nachbar empfahl; Jim Bakker, der pausbäckige Junge von nebenan; Jerry Falwell, der mit dem freundlichen Ernst eines Handelskammerpräsidenten auftrat; Robert Shuller, der fröhliche Hausarzt mit dem optimistischen Lächeln, der stets dazu aufforderte, das Beste aus allem zu machen; Paul Crouch mit seinem grellen Sportsakko, der immer auf dem Sprung zu sein schien, ins Auto zu steigen und irgendwelche Abenteuer in der Wildnis zu bestehen; Oral Roberts, der Visionär, der voller Pläne für eine bessere Welt war; Jimmy Swaggart, der es so glänzend verstand, für die Armen und Kranken zu bitten; Rex Humbard, der strenge Zuchtmeister; und schließlich Billy Graham, der größte von allen, die Vaterfigur, an die man sich wenden konnte in Zeiten der Not.

Alle waren sie verschieden, aber alle besaßen sie Starqualität. Jeder von ihnen hatte eine ganz persönliche Beziehung zu Gott und zu Jesus, dem Erlöser der Menschheit.

Auch Katherine Kuhlmann besaß diese Aura. Sie war die liebe fürsorgliche Tante, die mit Hausmittelchen herbeieilte, wenn es irgendwo irgendwelche Wehwehchen gab.

Als sie zurück ins Hotel kamen, blinkte das Licht am Telefon. »Soll ich mich erkundigen, wer angerufen hat?« fragte Joe.

»Ja bitte«, sagte Preacher. Er ging ins Schlafzimmer und warf sich aufs Bett. Er war müde und langweilte sich. Er hatte seine Geschichte schon so oft erzählt, daß er sie selbst nicht mehr hören konnte. Nur gut, daß die Tournee jetzt vorbei war. Katherines Show war der letzte Auftritt gewesen. Morgen war er wieder in Randle bei seinen Freunden.

Joe tauchte in der Tür auf. »Es war diese junge Dame von Randle, Miß Dawson. Sie hat darum gebeten, daß du zurückrufst. Sie sagt, es sei dringend.«

»Ich rufe sie an, wenn wir zum Essen gehen«, sagte Preacher. »So wichtig kann's ja nicht sein. Ich hab sie seit Monaten nicht mehr gesehen.«

»Es hieß aber doch, es sei dringend«, erwiderte Joe.

»Na, schön. Kannst du mich verbinden?«

Joe ging ins Nebenzimmer. Einen Augenblick später rief er: »Ich stelle durch, sie ist dran.«

Preacher nahm den Telefonhörer ab und lehnte sich in die Kissen zurück. »Hallo, Jane, wo brennt's denn?«

Ihre Stimme war gequält.

»Ich muß dich unbedingt sehen.«

»Du weißt doch, das geht nicht«, erwiderte Preacher. »Ich habe dir schon gesagt, daß Randle dies nicht paßt.«

»Du kannst einen Zwischenstop einlegen, wenn du in Dallas umsteigst. Das braucht er doch nicht zu erfahren.«

»Nein, Jane. Ich hab es versprochen.« Er begann, auf dem Nachttisch nach einer Zigarette zu suchen. »Warum sagst du mir nicht einfach am Telefon, was du willst?«

»Es könnte ja sein, daß jemand mithört.«

»Hier nicht.«

»Ich bin mir keineswegs sicher, ob nicht mein Telefon angezapft ist.«

Preacher fand keine Zigarette. Allmählich wurde er wütend. »Mir ist es völlig egal, ob jemand mithört oder nicht. Sag mir jetzt entweder, was du willst, oder laß es!«

Die junge Frau weinte.

»Hör schon auf«, knurrte er. »Du bist doch kein Baby.«

»Ich – es tut mir leid«, sagte sie. »Ich bin schwanger.«

»Scheiße!« rief Preacher und setzte sich auf. Er dachte einen Augenblick nach. »Jetzt reiß dich zusammen. Ich versuche, heute abend noch eine Maschine zu kriegen.«

Er knallte den Hörer auf die Gabel und stand ruckartig auf.

Joe hörte den Lärm und kam an die Tür. »Was ist los?« fragte er.

»Jetzt sitzen wir in der Patsche«, erwiderte Preacher. »Kannst du versuchen, für mich einen Flug nach Dallas zu buchen? Heute abend noch, wenn es geht.«

# Zwölftes Kapitel

Sie wartete am Fuß der Rolltreppe, als er aus der Abfertigungshalle kam. Ihr Gesicht war ängstlich und blaß. »Preacher«, sagte sie mit erstickter Stimme.

Er küßte sie auf die Wange.

»Hast du gar kein Gepäck?« fragte sie.

»Nein«, sagte er. »Das hab ich Joe mitgegeben.«

»Mein Wagen steht auf dem Parkplatz.«

Er nickte und folgte ihr auf das Laufband, das sie rasch zum Ausgang brachte. Der Flughafen war nahezu völlig verlassen. Es war fast zwei Uhr morgens.

»Bist du böse auf mich?« fragte sie.

»Nein, mehr auf mich«, erwiderte er. »Ich dachte, du wärst etwas schlauer. Jedes High-school-Mädchen weiß doch inzwischen, daß es ein Verhütungsmittel benutzen muß, wenn es zu jemand ins Bett steigt.«

Sie gab keine Antwort.

Schweigend fuhren sie in die Stadt. Vor dem Apartmenthaus, in dem sie wohnte, stiegen sie aus. Den Wagenschlüssel gab sie dem Türsteher. Preacher folgte ihr durch die Lobby zum Aufzug.

Erst als sie das Penthouse betraten und Preacher die atemberaubende Aussicht über die Lichter von Dallas erblickte, wurde ihm klar, daß Jane Dawson vermutlich die teuerste Wohnung der Stadt hatte. Edle Hölzer, riesige französische Fenster und eine herrliche geschwungene Treppe, kostbare Pflanzen und zwei große Terrassen bildeten ein vollendetes Ganzes. Neben erlesenen Möbeln entdeckte Preacher einige moderne Gemälde, die aus Europa zu stammen schienen.

»Magst du etwas trinken?« fragte sie, als sie ins Wohnzimmer kamen.

»Ja, ich könnte einen Drink vertragen«, sagte er.

»Und was, bitte?«

»Wenn du einen Scotch hättest . . .«

»Natürlich habe ich einen da«, sagte sie und wandte sich ab.

Preacher rief sie zurück. Er zeigte auf einen Picasso. »Ist der echt?«

»Ja«, sagte sie.

»Ich hab gar nicht gewußt, daß du so viel verdienst«, sagte er. »Bisher habe ich Picassos bloß im Museum gesehen.«

»Warte, ich hol dir rasch deinen Drink.«

Als sie mit den beiden Gläsern zurückkam, stand Preacher auf der Terrasse. Er nahm seinen Whisky und zeigte hinaus auf die Stadt.

»Eine Menge Lichter da unten.«

»Ja«, sagte sie. »Eine schöne Aussicht. Das war einer der Gründe, weshalb ich die Wohnung genommen habe.«

»Ich hab noch nie so ein Penthouse gesehen«, erwiderte Preacher. »Außer im Kino natürlich. Zahlst du das selbst?«

Sie schüttelte den Kopf.

»Randle?«

Sie nickte.

»Wenn du schlau genug bist, dich von dem alten Scheusal so großzügig unterbringen zu lassen, hättest du eigentlich besser aufpassen können. Willst du dir alles verderben?« fragte er spöttisch.

»Ich war fest überzeugt, daß so was nicht passieren könnte«, sagte sie leise. »Mein Arzt hatte mir geraten, die Pille mal abzusetzen und statt dessen diese Suppositorien zu verwenden.«

Preacher dachte nach. »Wie weit ist es denn schon?«

»Der Arzt hat gesagt, ich wäre am Ende des dritten Monats.«

»Und warum hat es so lange gedauert, bis du es gemerkt hast?«

»Ich sag doch: Ich dachte, ich wäre geschützt. Außerdem ist meine Periode schon öfter mal ausgeblieben. Einmal kam sie vier Monate nicht. Diesmal bin ich bloß stutzig geworden, weil mir jetzt morgens immer so schlecht war.«

»Ach, Scheiße«, sagte er und nahm einen Schluck. »Hast du mit dem Arzt über eine Abtreibung gesprochen?«

»Er will nicht.«

»Und warum?«

»Lehnt er ab, aus ethischen Gründen.«

»Katholik?«

»Nein, Baptist mit einer sehr strengen Moral. Er hat sich geschworen, das ungeborene Leben zu schützen.«

Preacher trank sein Glas endgültig leer. »Zum Glück ist er ja nicht der einzige Arzt in der Stadt, oder?«

»Du willst, daß ich es abtreiben lasse?« Die Stimme der jungen Frau zitterte.

Er starrte sie haßerfüllt an. »Da kannst du deinen Arsch drauf verwetten. Zum ersten und wahrscheinlich letzten Mal in meinem Leben hab ich die Chance, meine eigene Kirche zu gründen. Da kann ich es nicht darauf ankommen lassen, daß die Leute erfahren, daß ich ein uneheliches Kind habe. Und du? Denkst du, du könntest weiter in dieser sündteuren Bude wohnen, wenn Randle hört, was passiert ist? Der schmeißt dich schneller raus, als du *Good bye* sagen kannst.«

Sie dachte einen Augenblick nach. »Wir könnten ja heiraten.«

Er schüttelte den Kopf. »Ich gehöre nicht zu den Typen, die heiraten. Außerdem paßt eine Ehe nicht in meine Pläne.« Er hielt das Glas hoch. »Ich könnte noch einen Drink brauchen.«

Schweigend führte sie ihn ins Wohnzimmer und wies auf die Bar, die sich in einem kleinen Alkoven befand. Er goß sich einen weiteren Scotch ein. »Ich nehme an, du bist hier in der Stadt viel zu bekannt. Deshalb dürfte es besser sein, du gehst nach Kalifornien. Da kennt dich keiner, und die Ärzte sind dort sicher nicht ganz so engstirnig.«

Sie setzte sich auf die Couch und wischte sich mit der Hand übers Haar. »Ich hör wohl nicht recht«, sagte sie.

»Du behauptest, du wärst ein Prediger Gottes. Was predigst du eigentlich? Gottes Wort? Mit dem Herzen oder nur mit den Lippen?«

»Ich predige, was in der Heiligen Schrift steht. Sogar die Baptisten haben in ihrer Konvention von 1968 festgestellt, daß es dem einzelnen Gläubigen freigestellt ist, ob er die Abtreibung ablehnt«, sagte er wütend. »Und daß es in der Bibel heißt, man müßte jede Frau heiraten, die man angebumst hat, mußt du mir erstmal beweisen.«

Ihre Stimme wurde kühl. »Ist das ... schon öfter vorgekommen?«

»Woher soll ich das wissen?« gab er zurück. »Ich bin immer mit Mädchen zusammengewesen, aber du bist die erste, die mir mit so etwas kommt. Bist du überhaupt sicher, daß es von mir ist? Es ist ja schon drei Monate her, daß wir das letzte Mal miteinander geschlafen haben. Woher weiß ich denn, daß du nicht sofort mit irgendwem in die Heia gehüpft bist, als ich dir den Rücken gekehrt habe?«

Sie hatte zu weinen begonnen. »So etwas tue ich nicht.«

Er schwieg einen Augenblick. »Na gut. Also nicht. Auch egal.«

»Ist es dir auch egal, daß ich dich liebe?«

»Der Herr hat befohlen, daß wir uns lieben«, gab er zurück.

»Darum geht es mir nicht, das weißt du genau«, sagte sie hartnäckig.

Er nahm einen großen Schluck und setzte sich ihr gegenüber. »Mein Gott, du machst es mir wirklich schwer, Mädchen. Was glaubst du, was passiert, wenn der alte Randle kapiert, was hier läuft? Er hat mir das Versprechen abgenommen, daß ich die Finger von dir lasse. Wenn er das jetzt erfährt, dann schmeißt er uns beide raus. Dann kann ich meine Kirche vergessen und du das süße Leben im Penthouse.«

Sie lächelte. »Vielleicht kommt es aber auch anders. Vielleicht wäre er richtig glücklich darüber.«

Er starrte sie ungläubig an. »Was soll denn der Quatsch?«

»Warum, glaubst du, hat er verlangt, daß wir uns nicht mehr sehen?«

»Er hat gesagt, ich hätte dir den Kopf verdreht, du wärst ganz durcheinander und die Leute würden schon über dich reden. Außerdem hätte er ein ganz privates Interesse an dir.«

»Und alles, was dir daraufhin einfiel, war, daß ich seine Geliebte bin, oder?« Sie war wütend, aber ihre Stimme blieb kalt. »Du blöder Idiot! Glaubst du vielleicht, ein Mann wie er würde ruhig zusehen, wie seine Tochter einem schäbigen Wanderprediger nachläuft, der nichts als seine dämliche Bibel im Kopf hat?«

»Du meinst –?« Er fing gerade an zu begreifen, als das Telefon schrillte. Er drehte sich um, aber sie rührte sich nicht.

»Wahrscheinlich ist er das«, sagte sie.

Preacher blieb stumm.

»Geh nur ran«, sagte sie. »Wahrscheinlich will er sowieso mit dir sprechen. Ich habe doch gesagt, daß mein Telefon abgehört wird.«

Wie gelähmt ergriff Preacher den Hörer. »Hallo«, sagte er vorsichtig.

Dröhnend schallte die Stimme des alten Mannes ins Zimmer. »Andrew, bist du es?«

»Ja, Sir.«

»Herzlichen Glückwunsch, mein Sohn! Mach dir nur keine Sorgen! Ich habe schon alles für die Hochzeit arrangiert!«

# Dreizehntes Kapitel

Jake Randle hielt Wort. Churchland war im Mai 1976 fertig. Die offizielle Eröffnung sollte allerdings erst am 4. Juli stattfinden, dem amerikanischen Nationalfeiertag. Das Zusammentreffen mit der Zweihundertjahrfeier der Vereinigten Staaten würde dem Festakt einen besonders patriotischen Anstrich verleihen.

Um elf Uhr vormittags hatten die Computer in der Empfangshalle bereits zweitausendvierhunderteinundzwanzig Besucher registriert. Auf dem Parkplatz standen einunddreißig Busse; auf dem Rollfeld waren sieben Privat-Jets, drei DC-9 und eine Boeing 727 gelandet. Auf den Notparkplätzen drängten sich über siebenhundert Privatautos. Weitere fünfzehn Omnibusse sowie drei große Chartermaschinen wurden im Laufe des Nachmittags noch erwartet.

Preacher stand in seinem Büro im siebenten Stock des Kirchengebäudes und sah auf die festliche Menge herab. Hunderte von Männern, Frauen und Kinder in Sonntagskleidern schlenderten über die Straßen und Plätze, bestaunten die Gärten und neuen Gebäude. Eine festliche Stimmung lag in der Luft. Der Summer rief ihn zu seinem Schreibtisch zurück. Er drückte die Sprechtaste. »Ja, was gibt's?«

»Ihre Frau ist am Telefon, Dr. Talbot«, sagte seine Sekretärin.

Preacher nahm den Hörer des Privattelefons ab. »Guten Morgen, Jane.«

»Hallo, Liebling. Ich habe dich heute morgen vermißt.«

»Ich war schon lange vor sieben Uhr auf. Du hast da

noch so fest geschlafen. Ich hatte nicht das Herz, dich zu wecken.«

Sie lachte. »Es ist alles so schrecklich aufregend, nicht? Ich konnte es gar nicht glauben, als ich die vielen Leute gesehen habe, die draußen herumlaufen.«

»Es sind jetzt schon mehr als zweitausendfünfhundert«, erwiderte er.

»Und wie viele erwartet ihr noch?«

»Ich weiß nicht«, sagte er. »Hat mir keiner gesagt.«

Sie lachte. »Das braucht dir auch keiner zu sagen, du Banause. Was glaubst du, wozu der Minicomputer bei dir auf dem Tisch steht? Damit kannst du alle gewünschten Informationen von der zentralen Datenbank abrufen.«

»Aber ich hab keine Ahnung, wie das Ding funktioniert!«

»Ganz einfach, du drückst die entsprechende Codenummer, und die Information erscheint auf dem Bildschirm.«

Preacher schüttelte den Kopf. »Tut mir leid, ich fürchte, ich kenne den Code nicht.«

»Hast du kein Codebuch?«

»Das schon, aber ich habe keine Ahnung, was das alles bedeutet.«

»Du bist wahrscheinlich vor Aufregung einfach blokkiert. Du kannst dich an jedes Wort in der Bibel erinnern, aber ein simples Codebuch kannst du nicht lesen. Ich sag dir die richtige Nummer: 21-30-219-17.«

Preacher drückte die Nummern auf der Tastatur des Computers. Sofort erschien auf dem Bildschirm die Antwort: Dreitausendvierhundertsechzehn.

»So viele werden gar nicht in die Kirche hineinpassen«, sagte Jane. »Gut, daß ihr die Direktübertragung des Gottesdienstes in die Kapellen vorbereitet habt. Da können dich noch tausend Leute mehr hören und sehen.«

»Ich glaube, ich sage lieber beim Empfang Bescheid«, sagte er.

Sie lachte. »Nicht nötig, mein Schatz. Der Computer druckt automatisch die Platzreservierungen aus. Sobald die Hauptkirche voll ist, verteilt er die Besucher auf die Kapellen.«

»Ich wüßte gar nicht, was ich ohne dich tun sollte«, grinste Preacher.

»Hör mal, du Schlaumeier, das ist aber ein sehr zweischneidiges Kompliment. Ohne mich würdest du dich vermutlich als flotter Junggeselle herumtreiben, anstatt mit deinen zwei Kindern zu spielen.«

Preacher lächelte stolz. Der kleine Jake war schon fünfzehn und Linda Rae fast drei Monate alt. »Wie geht es meinen Süßen denn heute?«

»Gut«, sagte Jane. »Großvater ist oben im Kinderzimmer bei ihnen. Er amüsiert sich großartig. Aber deshalb rufe ich gar nicht an. Ich wollte eigentlich fragen, ob du nicht Zeit hast, zum Essen herüberzukommen.«

»Ich fürchte nein«, sagte er. »Ich habe noch eine Menge zu tun. Jetzt gleich muß ich hinunter und Ruth Carter Stapleton guten Tag sagen.«

»Wer ist denn das?«

»Die Schwester von Jimmy Carter.«

»Und wer soll das wieder sein?«

»Der ehemalige Gouverneur von Georgia. Er bemüht sich gerade um die demokratische Präsidentschaftskandidatur. Er ist ein tiefgläubiger Baptist und sie eine Evangelistin. Danach muß ich rüber zum Flughafen. Der Gouverneur von Texas trifft mit seinem Privatflugzeug ein.«

»Schade«, sagte sie. »Wann kriegen wir dich dann wieder mal zu Gesicht?«

»Warum versucht ihr's nicht in der Kirche?« lachte er fröhlich.

»Also, wenn ich dich nicht so liebte, wäre es auch nicht schwer, dich zu hassen.«

»Ich liebe dich auch«, sagte er, dann legte er auf.

Wieder ertönte der Summer, und über die Gegensprechanlage kam die Stimme der Sekretärin. »Mr. Lincoln ist da.«

»Sagen Sie ihm, er soll reinkommen.«

Der Fernseh-Manager trat ein. Er hielt ein dünnes Skript in der Hand. »Ich glaube, jetzt haben wir alles zusammen«, sagte er lächelnd.

Preacher gab das Lächeln zurück. »Das will ich doch hoffen!«

Lincoln legte das Skript auf den Tisch. »Hier finden Sie alles, was Sie brauchen. Wir haben Ihnen eine Viertelstunde für die Predigt gelassen.«

»Mehr nicht?« fragte Preacher. »Ich dachte, wir hätten anderthalb Stunden?«

Lincoln lachte. »Fünfundvierzig Minuten werden Sie brauchen, um die Gäste vorzustellen. Schließlich wollen die auch ein paar Worte sagen.«

»Bleibt immer noch eine halbe Stunde.«

»Ein paar Bilder von Churchland, Einblendungen aus den Fernsehsendungen, die Sie gemacht haben, ein paar Totalaufnahmen vom Publikum zur Einstimmung und dergleichen.« Lincoln sank in einen Sessel gegenüber dem Schreibtisch. »Darüber brauchen Sie sich aber keine Sorgen zu machen. Wichtig ist nur, daß wir genau um drei anfangen und um vier aufhören müssen. Dann bleiben uns vier Stunden, um den Film zu schneiden und für die Sendung fertig zu machen. Wenn wir auf Sendung gehen, ist es an der Ostküste zehn und an der Westküste sieben Uhr abends.«

»Gut«, sagte Preacher.

»Jim Woden wird die Zeit kontrollieren. Solange Sie sich an seine Anweisungen halten, kann nichts schiefgehen.« Lincoln erhob sich. »Ich gehe jetzt runter. Wenn Sie noch Fragen haben, ich bin in meinem Büro. Ich habe veranlaßt, daß alle Teilnehmer der Show eine Viertelstunde vor Beginn der Vorstellung hinter der Bühne sein müssen.«

»Das wird ja wohl reichen.«

Lincoln lächelte. »Viel Glück.«

»Danke«, sagte Preacher. »Wir werden es brauchen.«

Das ferne Heulen eines Düsenflugzeugs drang durch die doppelten Scheiben. Preacher stand auf und sah hinüber zum Flughafen, wo eben eine große Chartermaschine zum Landen ansetzte. Silbern glänzte die Sonne auf den Metallflügeln. Preacher holte tief Luft.

Es war jetzt beinahe zwei Jahre her, daß er Jane von Dallas nach Randle gebracht hatte. Sie waren in einem der Lear-Jets auf dem Privatflughafen des alten Randle gelandet, aber Preacher war nicht mit dem Mädchen zur Ranch hinübergefahren, sondern hatte sich direkt zu seinem Wohnwagen bringen lassen, der immer noch neben dem Zirkuszelt am Rande der Stadt stand.

Die Nachricht von seiner Rückkehr verbreitete sich rasch. Joe und Beverly warteten schon auf ihn, als er kam. »Na, wie war's?«

Preacher versuchte, ganz unverbindlich zu bleiben. »Nicht schlecht.«

Joe legte den Kopf schief. »Wann ist denn die Hochzeit?«

Preacher konnte seine Überraschung nur mühsam verbergen. »Woher wißt ihr . . .?«

»Geheimnisse gibt's nicht«, sagte Joe. »Sie hat zuerst hier angerufen, als sie dich suchte.«

»Das hat doch nicht viel zu bedeuten.«

»Sie hat am Telefon geheult«, sagte Beverly. »Ich habe sie gefragt, was sie hätte, und sie hat's mir gesagt.« Sie griff zu einer Zigarette. »Dann kam Charlie heute morgen zu mir. Sie war sehr aufgeregt. Sie ist ein paar Mal mit Larry tanzen gewesen – das ist Randles Leibwächter –, und der hat ihr erzählt, du würdest die Tochter des Chefs heiraten.«

Preacher schwieg.

»Hast du gewußt, daß sie Randles Tochter ist?« fragte Beverly.

Preacher schüttelte den Kopf. »Das habe ich auch erst heute nacht erfahren.«

»Na und? Wirst du sie tatsächlich heiraten?«

Preacher hob die Schultern. »Hab ich denn eine andere Wahl? Wenn ich es nicht tue, können wir unsere Kirche vergessen.«

»Dieses elende Miststück«, fauchte Charlies Stimme von hinten.

Preacher wandte sich um. Er hatte das Mädchen nicht eintreten hören.

»Dieses Miststück«, wiederholte Charlie. »Sie hatte es darauf angelegt, daß du sie schwängerst.«

»Nein«, protestierte er. »Das war nicht ihr Fehler.«

»Kein Mensch ist so blöd, drei Monate zu warten, ehe man einen Schwangerschaftstest macht«, höhnte Charlie. »Was hättest du wohl getan, wenn eine von uns das gemacht hätte? Du hättest uns hurtig zum nächsten Doktor geschickt.«

Preacher gab keine Antwort.

»Du liebst sie doch überhaupt nicht. Du hast dich bloß von dem Alten und seinen Millionen einschüchtern lassen.«

»Abtreibung ist eine Sünde«, sagte Preacher gequält. »Die Bibel –«

»Red keinen Scheiß!« sagte Charlie. »Ich hab es wirklich satt, daß du jedesmal, wenn es dir in den Kram paßt, die Bibel zitierst. Sei wenigstens ehrlich! Gib doch zu, daß du bloß auf das Geld aus bist, und lüg dir nicht in die Tasche!«

»Es geht mir nicht um das Geld«, sagte Preacher, »sondern nur um die Chance, mich für Gottes Wort einzusetzen.«

»Du kannst dir ja einreden, daß du das glaubst«, sagte Charlie verächtlich. »Aber wir nehmen dir das nicht ab. Früher haben wir an dich geglaubt, die Mädchen und ich. Aber das ist vorbei. Du bist kein bißchen anders als andere Leute. Jetzt bist du uns endgültig los. Das hast du wahrscheinlich schon lange gewollt. Jetzt hast du es geschafft. Wir hauen hier ab.«

»Wartet doch mal«, sagte Preacher. »Gebt mir 'ne Chance. Es braucht sich doch gar nichts zu ändern. Wir arbeiten weiter zusammen für Gott.«

»Du bist nicht nur korrupt«, sagte Charlie, »du bist auch noch dämlich. Du merkst nicht mal, daß du nicht mehr für Jesus arbeitest, sondern für Randle!« Sie drehte sich um und verließ mit ruhigen Schritten den Wagen. Preacher suchte Hilfe bei Beverly und Joe. »Lauft ihr nach«, sagte er. »Vielleicht könnt ihr sie überzeugen.«

»Joe und ich haben schon den ganzen Morgen mit ihnen geredet«, sagte Beverly. »Es hat nichts genutzt. Sie sind überzeugt, daß du sie verraten hast. Nur Tarz will noch bleiben.«

Preacher dachte einen Augenblick nach. »Und was ist mit euch?«

»Wir bleiben«, sagte Joe. »Wir haben nichts gegen Geld und Champagner.«

»Denkst du etwa auch, ich mache das alles nur wegen dem Geld?«

»Oooch, eigentlich ist mir das ziemlich egal«, sagte Joe. »Du bist ein Prediger, und da mußt du auch predigen. Wie du das letztlich machst, ist mir ziemlich egal.«

»Und was denkst du, Beverly?«

Die Chinesin lächelte zögernd. »Ich habe mich schon vor langer Zeit entschlossen, dich auf deinem Weg zu begleiten. Du bist mir wichtig und nicht, was du tust. Außerdem sollte eine Buddhistin nicht darüber richten, wie ein Christ seine Religion ausübt.«

»Uns interessiert nur, ob du überhaupt willst, daß wir bleiben«, sagte Joe.

Preacher lächelte. »Das weißt du doch, Joe.«

Joe sah Beverly an. »Dann bleiben wir, Preacher.«

Preacher warf Beverly einen fragenden Blick zu. Sie nickte. »Gut«, sagte er. »Da bin ich sehr froh.«

»Wir werden die Schandflecken deiner Gemeinde sein«, sagte Joe. »Man wird dich drängen, auf uns zu verzichten.«

»Das schaffen die nicht«, sagte Preacher.

»Übrigens, weil hier so viel vom Heiraten geredet wird«, sagte Joe. »Hast du etwas dagegen, wenn Beverly und ich heiraten?«

»Und was ist mit deiner Frau und deinen Kindern in Carolina?«

«Richtig verheiratet waren wir eigentlich nie«, sagte Joe. »Außerdem hat sie inzwischen einen anderen Mann.«

Preacher lächelte. »Wenn das so ist, habe ich keine Bedenken.«

»Dann brauchen wir uns ja nur noch wechselseitig zu gratulieren«, grinste Joe.

Preacher seufzte. »Nein, jetzt noch nicht. Erst gehe ich noch mal zu den Mädchen hinüber und rede mit ihnen. Ich kann sie doch nicht einfach so gehen lassen nach all den Jahren.«

# Vierzehntes Kapitel

Preacher war über den Platz zum Trailer der Mädchen gegangen und hatte leise geklopft. Eine gedämpfte Stimme kam durch die Tür. »Ja, wer ist da?«

»Ich bin es. Preacher.«

»Verschwinde, wir haben dir nichts mehr zu sagen.«

»Aber ich möchte euch etwas sagen.«

»Das interessiert uns nicht. Troll dich!«

Er rüttelte an der Klinke. Die Tür war verschlossen. »Macht auf«, verlangte er wütend.

»Nein.«

Er drückte die Klinke herunter und trat gleichzeitig mit seinem schweren Stiefel gegen das Schloß. Die Tür flog auf, und Preacher trat ein.

»Tut mir leid«, sagte er.

Die Mädchen standen bei ihren Schlafkojen. Überall lagen Kartons und offene Koffer herum. Ein leichter Marihuanageruch hing in der Luft. Preachers Blick wanderte langsam von einer zur anderen. »Okay«, sagte er. »Wer von euch hat den Joint?«

Trotzig schwiegen die Mädchen.

»Seid nicht so egoistisch«, sagte er. »Ich könnte auch ein paar Züge brauchen.«

Die Mädchen sahen sich an. Schließlich hielt ihm Melanie einen halbgerauchten Joint hin. Preacher nahm ihn und zündete ihn wieder an. Er setzte sich auf einen Stuhl, der neben der Tür stand, rauchte und nickte, ohne zu sprechen. Dann gab er dem Mädchen den Joint zurück.

Melanie nahm einen Zug und reichte Charlie den Joint. Charlie nahm einen Zug und ließ den Joint weiterwandern. Als er das letzte Mädchen erreicht hatte, war der Joint aufgeraucht. Niemand hatte etwas gesagt.

»Habt ihr noch einen?« fragte Preacher.

»Hast du deswegen die Tür eingetreten?« schnappte Charlie.

Preacher sah sie durchdringend an. »Nach allem, was du mir eben gesagt hast, wirst du wohl nichts anderes erwarten, oder doch?«

Charlie senkte den Blick und gab ihm keine Antwort.

Noch einmal ließ Preacher seinen Blick im Kreis herumgehen. Dann sagte er: »Zufällig bin ich aber nicht nur gekommen, um mit euch zu rauchen. Wir sind einfach zu lange zusammengewesen, wir haben zuviel zusammen erlebt, und ich liebe euch viel zu sehr, als daß ich es zulassen könnte, daß ihr einfach so weggeht.«

Wieder machte sich Charlie zur Sprecherin für alle. »Du brauchst uns doch gar nicht mehr. Du hast doch ganz andere Pläne.«

Preacher suchte ihren Blick. »Ich habe nichts vor, was ihr nicht mitmachen könntet. Ich verlasse euch nicht, ich brauche euch mehr als jemals zuvor.«

»Und warum hast du uns hier herumsitzen lassen, während du im ganzen Land herumgereist bist? Du hast überall deine Show abgezogen, und wir haben Däumchen gedreht. Und wenn du mal für ein oder zwei Tage hier warst, hast du uns überhaupt nicht beachtet. Ständig bist du zu irgendwelchen Konferenzen gefahren. Und jetzt tauchst du plötzlich hier auf und erzählst uns, daß du diese stinkreiche Möse heiraten willst.«

Preacher preßte die Lippen zusammen. »Ich wußte nicht, daß die Grundlage unserer Gemeinschaft das Nicht-Heiraten ist. Ich dachte, was zählt, ist die Tatsache, daß wir uns lieben und daß wir Jesus lieben, unseren Erlöser.«

»Du erzählst uns dauernd, daß du uns liebst«, sagte Charlie, »aber gevögelt hast du mit ihr!«

»Hör mal, Charlie, du weißt doch, daß das nicht stimmt«, sagte Preacher.

»Ich weiß überhaupt nicht mehr, was ich denken soll«,

sagte Charlie und wandte sich ab, damit er die Tränen in ihren Augen nicht sah.

Preacher stand auf und nahm ihre Hand. »Charlie.«

Sie barg ihr Gesicht an seiner Schulter und weinte. »Warum läßt du uns nicht einfach gehen? Was willst du von uns?«

Er streichelte ihr über das Haar. »Das, was ich immer gewollt habe, Charlie.« Über ihren Kopf hinweg sah er die anderen an. »Erinnert ihr euch, was ich gesagt habe, als wir die Gottesgemeinde verließen? Ich sagte, ich wollte für uns eine Kirche errichten. Einen Ort, wo wir die Menschen zu Gott führen können. Und ich habe euch gesagt, daß ich euch dazu brauche.«

Er wartete einen Moment. Sie unterbrachen ihn nicht.

»Daran hat sich nicht das geringste geändert. Ich möchte immer noch, daß ihr mir helft. Ich habe mich nicht geändert. Ich brauche euch. Ich brauche euren Glauben, euer Vertrauen und eure Liebe.«

Melanie protestierte. »Wir haben gehört, du wolltest uns wegschicken. Und zwar schon lange vor der Geschichte mit dieser Miß Dawson.«

»Wer hat das behauptet?«

»Die Leute in Randle und die Leute vom Fernsehen«, sagte das Mädchen. »Sie haben gesagt, daß der alte Randle von dir verlangt habe, daß ›der Harem verschwindet‹.«

»Und warum habt ihr nicht mit mir darüber geredet?« fragte Preacher.

»Das wollten wir ja«, sagte Melanie. »Aber du hattest nie Zeit. Du warst ständig mit Randles Leuten unterwegs.«

Preacher schwieg einen Moment lang. Dann sagte er: »Das darf nicht mehr vorkommen. Wenn ihr etwas von mir wollt, müßt ihr auch mit mir reden. Ich verspreche euch, daß ich mir dafür Zeit nehme.« Jetzt sahen ihn alle an. »Werdet ihr bleiben?«

Preacher studierte den Computerausdruck, der vor ihm auf dem Tisch lag. »Mehr als sechs Millionen Dollar?« fragte er ungläubig.

»So ist es«, sagte Beverly. »Sechs Millionen Dollar hat Churchland die Randle Foundation gekostet. Sowohl das Land als auch die Gebäude gehören der Stiftung. Wir haben die Stadt nur gepachtet, für sechshunderttausend Dollar im Jahr. Außerdem müssen wir für den Unterhalt und die Personalkosten aufkommen. Der Vertrag läuft über zehn Jahre.«

»Das sind ja noch einmal über fünfzigtausend im Jahr«, sagte Preacher.

»Außerdem schulden wir Randle weitere fünfhunderttausend für Public-Relations und Fernsehzeit, die wir für unsere Kirche gekauft haben.«

Preacher schüttelte den Kopf. »Das sind eine Menge Schulden, die wir da haben. Kein sehr einfacher Start.«

»So ist es vereinbart«, sagte Beverly kühl. »Du hast den Vertrag ja selbst unterschrieben. Wenn wir es schaffen, steht sich Randle jedenfalls dabei nicht schlecht.«

»Und wenn wir es nicht schaffen?«

»Dann kann er uns vor die Tür setzten.«

»Und was macht er dann mit dem ganzen Gerümpel?«

Beverly zuckte die Achseln. »Ich weiß nicht.«

Preacher lachte. »Er kann überhaupt nichts mit der Stadt anfangen. Ich wette, er läßt uns weitermachen, auch wenn wir nie einen Penny bezahlen. Sonst kann er sich nämlich die Kirche, den Flugplatz und den ganzen übrigen Kram in die Haare schmieren und abschreiben. Ich glaube, diesmal hat er sich selbst ausgetrickst.«

Beverly verzog keine Miene. »Kann sein.«

»Wann ist denn die Pacht fällig?«

»Wir schulden ihm jetzt schon eine Viertelmillion!«

»Gut«, sagte Preacher. »Warte, bis wir ihm eine Million schulden. Vorher zahlen wir überhaupt nichts.«

»Das geht doch nicht«, widersprach sie. »Schon mit den ersten drei Briefaktionen haben wir dreihunderttausend Dollar Kollekte gesammelt, dabei ist Churchland noch nicht mal eröffnet.«

Preacher rieb sich die Nase. »Du bist der Schatzmeister unserer Kirche, nicht wahr?«

»Ja«, sagte sie.

»Und wer hat als erster die Chance, die Kollekten zu zählen?«

»Ich.«

»Im Prinzip hat sich also gar nichts geändert. Es ist noch genauso wie früher, als wir mit dem Zelt unterwegs waren. Wer das Geld zählt, bestimmt auch, was damit geschieht«, sagte Preacher.

Beverly starrte ihn ungläubig an. »Damals hast du ganz anders geredet.«

»Das ist auch eine ganz andere Situation hier«, entgegnete Preacher. »Es kommt nicht darauf an, meinen Schwiegervater noch reicher zu machen. Dieses Geld ist dazu bestimmt, Gottes Werke zu tun.«

»Okay«, nickte sie und nahm ihre Unterlagen vom Tisch.

Die Stimme der Sekretärin kam aus der Gegensprechanlage. »Mr. Woden hat angerufen. Er fragt, ob er die Maskenbildnerin heraufschicken soll, in einer Stunde fängt die Vorstellung an.«

»In einer Viertelstunde, bitte«, gab Preacher zurück. Er hielt Beverly fest. »Warte noch!«

Sie blieb stehen.

»Laufen alle unsere Einkünfte über den Computer?«

Beverly nickte.

»Können wir die Sache so drehen, daß der Computer nicht alles erfaßt?«

»Ich weiß nicht«, sagte sie. »Die ganzen Computergeschichten macht deine Frau, und die versteht ihr Geschäft.«

»Das will ich gern glauben«, sagte er trocken. »Aber ich frag ja nicht sie, sondern dich. Ist es möglich?«

»Einfach ist es bestimmt nicht«, sagte sie ruhig. »Aber es ist schon zu machen.«

»Denk dir was aus«, sagte er. »Ich möchte, daß zehn Prozent aller Einkünfte in einen Fonds fließen, den nur du und ich kennen.«

»Okay.« Ein kurzes Lächeln überflog ihr Gesicht. »Das sind ja beinahe chinesische Methoden, die du da vorschlägst.«

»Nein«, sagte er. »Ich bin bloß vorsichtig. Viel zu viele Gemeinden sind skrupellosen Geschäftemachern in die Hände gefallen, weil die Finanzen von anderen kontrolliert wurden. Ich möchte nur dafür sorgen, daß uns nicht das gleiche passiert.«

Preacher wartete, bis sich die Tür hinter Beverly schloß, dann hob er den Telefonhörer ab und wählte eine der internen Nummern. Charlie meldete sich. »Wie geht's euch denn, Mädchen?« fragte Preacher.

Ihre Stimme war voll freudiger Aufregung. »Prima! Wir haben gerade unsere Kostüme angezogen. Jetzt gehen wir hinunter zum Schminken.«

»Gut«, sagte er. »Seid ihr auch alle nüchtern?«

»Natürlich! Wir gehen kein Risiko ein.«

»Na, fein. Bis gleich dann. Nach der Show setzen wir uns aber gemütlich zusammen und ziehen ein paar Joints rein.«

»Das wäre gut.«

»Gott behüte euch!« sagte Preacher und legte auf.

Er drückte die Sprechtaste. »Können Sie Bruder Washington für mich suchen lassen?« Eine Minute später summte das Telefon. Joe war am Apparat.

»Bist du fertig?«

»Ich habe meinen besten Anzug an«, sagte Joe.

»Dann komm rauf«, sagte Preacher. »Das Make-up-Mädchen kommt gleich.«

»Bin schon da«, sagte Joe. »Aber Make-up brauche ich keins. Ich hab schon genug Farbe.«

Eine Dreiviertelstunde später stand Preacher unter der Bühne auf einer hydraulischen Plattform, die ihn wie von Geisterhand hinter die Kanzel hinauftragen würde, wenn sein Auftritt begann. Auf einem kleinen Monitor verfolgte er das Geschehen, während der Gesang des Chors aus dem Kirchenraum drang.

Als erstes wurde eine Totalaufnahme von Churchland gezeigt, aus dem Hubschrauber fotografiert. Die Kamera schwenkte über die Gebäude, konzentrierte sich dann auf den Eingang zur Kirche, wo eine große Menschenmenge sich staute, glitt an den Türmen hinauf und ruhte einen Augenblick auf dem Kreuz. Dann folgte ein Schnitt ins Innere der Kirche. Während der volltönende Bariton des Ansagers aus den Lautsprechern dröhnte, wurden Bilder aus dem Publikum gezeigt.

»Heute, am zweihundertsten Geburtstag der Vereinigten Staaten, begrüßt Sie die Kirche der amerikanischen Christen aus Churchland in Texas zur großen Eröffnungsfeier des ersten Missionsfestivals.«

Ganz langsam schwenkte die Kamera über die Bühne, wo die Ehrengäste aufgereiht saßen. Bei jedem der prominenten Gesichter hielt die Kamera einen Augenblick inne, damit die Zuschauer rätseln konnten, wer das wohl sei. »Verehrte Gäste, meine Damen und Herren, die Kirche der amerikanischen Christen freut sich, Ihnen jetzt ihren Oberhirten . . .«

Der winzige Kopfhörer in Preachers Ohr knackte, der Aufzug setzte sich in Bewegung. Preacher hörte die Stimme Jim Wodens: »Festhalten, Reverend! Sie sind auf dem Weg in den Himmel.«

Preacher lächelte noch über diese doppeldeutige Bemerkung, als der Aufzug auch schon das Niveau der Bühne erreichte und die Stimme des Ansagers alles andere verdrängte. ». . . Reverend Dr. C. Andrew Talbot, präsentieren zu können!«

Das Publikum applaudierte. Jetzt, wo Preacher die Menge zum ersten Mal sah, spürte er seine Kraft. Er würde diese Menschen erreichen, ihr Leben verändern. Er würde sie näher zu Gott bringen. Sein Blick glitt über das riesige Auditorium hin. Jeder Platz war besetzt, weit über zweitausend Menschen allein hier im Saal, und jeder einzelne erwartete etwas von ihm. Er nahm sich vor, ihnen Glauben und Hoffnung zu geben.

Als er die Arme hob, erstarb der Applaus. Gespanntes Schweigen erfüllte den Saal. Preacher nickte den Ehrengästen zu, dann wandte er sich wieder an die Versammlung. Seine Stimme war ehrerbietig und sanft, aber auch fest und bestimmt.

»Brüder und Schwestern im Herrn, laßt uns beten.« Er

faltete seine Hände, sah in die Menge hinab und wartete, bis die Zuschauer seinem Beispiel gefolgt waren.

»Herr, wir danken dir, daß du dies alles möglich gemacht hast. Dieses Haus, unsere Arbeit und uns selbst weihen wir feierlich deinem Dienst, wie es uns die heilige Bibel befiehlt. Wir versprechen, die frohe Botschaft, die dein eingeborener Sohn uns gelehrt hat, aller Welt zu verkünden!«

# III

# Jesus ist Macht

# Erstes Kapitel

Die Vorstandssitzung fand in einem holzgetäfelten Büro mit einem großen Palisandertisch statt. Preacher schloß die Tür hinter sich und nahm seinen Platz ein. »Tut mir leid, daß Sie warten mußten«, sagte er höflich. »Aber als ich von dem Attentat hörte, habe ich die laufende Sendung sofort unterbrochen und einen Bittgottesdienst für das Leben des Präsidenten daraus gemacht. Der Film wird gerade geschnitten, er geht heute noch über die Sender. Die anderen senden alle Konserven, die werden ganz schön alt aussehen heute abend. Wir haben sie alle um Längen geschlagen.«

»Was ist denn eigentlich los?« fragte Randle vom unteren Ende des Tisches. »Aus den Nachrichten war nicht viel zu entnehmen. Es hieß, daß Reagan ins Hospital gebracht worden ist, aber was ihm eigentlich fehlt, hat keiner gesagt.

»Vielleicht ist es gar nicht so schlimm«, sagte Preacher. »Die meisten Schüsse sind wohl daneben gegangen, und in einem Bericht hieß es sogar, er sei ohne fremde Hilfe ins Auto gestiegen, um sich ins Krankenhaus fahren zu lassen. Allerdings sollen ein Leibwächter und sein Assistent, James Brady, ebenfalls verletzt worden sein.«

»Unsere Public-Relations-Leute sollen jedenfalls dafür sorgen, daß morgen das ganze Land weiß, daß wir die ersten waren, die Gottes Hilfe für unseren Präsidenten erfleht haben«, sagte Randle entschlossen.

Preacher gab keine Antwort.

Der alte Mann ließ sich nicht irritieren. »Andererseits bin ich jetzt natürlich sehr froh, daß ihr euch so gut mit dem Stab von Vizepräsident Bush steht, obwohl ich damals überzeugt war, daß ihr spinnt. Wenn der Präsident stirbt, wird sich Falwell ein Monogramm in den Bauch beißen. Es war ja auch ziemlich unvorsichtig von ihm, daß er damals versucht hat, den Präsidenten von Bush abzubringen.«

»Ich dachte, da hätten Sie auch mitgemischt«, sagte Preacher.

»Ich habe nur ein paar Dollar gespendet, mehr nicht«, sagte Randle verlegen. »Ich persönlich dachte, Haig sei der richtige Mann für dieses Amt gewesen. Jedenfalls beweist das ganze wieder einmal, daß wir bei den Wahlen im Herbst 1982 den Kongreß in den Griff kriegen müssen. Wenn der Präsident die Sache nicht überlebt, ist Bush an der Reihe, und dann bleibt nur noch Tip O'Neill, und die Demokraten sind wieder im Weißen Haus.«

»Es sind doch noch anderthalb Jahre Zeit«, sagte Preacher.

»Man kann sich gar nicht früh genug darum kümmern«, entgegnete Randle. »Wir müssen uns vorsehen, sonst verlieren wir alles, was wir erreicht haben.«

Preacher nickte, nahm aber nicht dazu Stellung. »Ich glaube, wir sollten jetzt mit der Tagesordnung beginnen«, sagte er trocken. Er nahm den Hammer und klopfte damit auf den Tisch. »Die Vorstandssitzung des Stiftungsrates der Kirche der amerikanischen Christen ist hiermit eröffnet.« Er wandte sich an Beverly, die neben ihm saß. »Ich möchte die Schriftführerin bitten, die Anwesenheitsliste zu prüfen und das Protokoll der letzten Sitzung vorzulesen.«

Beverly erhob sich und las automatisch die Namen herunter: »Mr. Randle, Mr. Craig, Mr. Everett, Mr. Michaels, Mr. Lincoln, Mrs. Lacey, Mrs. Talbot und Dr. C. Andrew Talbot.« Sie unterbrach sich einen Moment und nahm eine schwarze Mappe vom Tisch. »Ich beginne jetzt mit der Verlesung des Protokolls. Eine Kopie befindet sich in den vor Ihnen liegenden Mappen.«

Randle meldete sich. »Ich schlage vor, wir verzichten auf die Verlesung des Protokolls und genehmigen es in der schriftlichen Form.«

»Ich unterstütze den Antrag«, sagte Craig.

Preacher erhob sich. »Ich stelle den Antrag auf Abstimmung. Erhebt sich Widerrede? – Nein. Gut, dann können wir jetzt den Geschäftsbericht für das letzte Vierteljahr diskutieren. Ich möchte die Schriftführerin bitten, die Ergebnisse kurz zusammenzufassen.«

Beverly nahm ein weiteres Blatt aus der Mappe. »Der ausführliche Geschäftsbericht liegt Ihnen vor. Ich möchte folgende Eckdaten vortragen:

Die Einkünfte aus Kollekten und Spenden im Berichtszeitraum betrugen 12,1 Millionen. Hinzu kommen Einkünfte aus Zinsen und Dividenden in Höhe von 4,7 Millionen. Das macht zusammen 16,8 Millionen. Diesen Einkünften stehen laufende Kosten in Höhe von 10,5 Millionen gegenüber. Das ergibt einen Bruttogewinn von 5,3 Millionen. Die bisherigen Rücklagen betragen 41,4 Millionen. Sie sind in Schatzbriefen, Schuldverschreibungen der amerikanischen Regierung und Aktien angelegt.«

Beverly warf einen Blick in die Runde. »Ich möchte hinzufügen, daß sich die laufenden Ausgaben in den letzten zwei Monaten deutlich erhöht haben. Unsere Aufwendungen sind um monatlich eine Million gestiegen, weil die Rundfunk- und Fernsehanstalten seit 1. Januar die Tarife erheblich erhöht haben.« Sie zögerte einen Moment.

»Wie sieht es denn mit den Einkünften aus«, fragte Randle. »Steigen die auch?«

»Die Einkünfte aus Kollekten und Spenden bewegen sich etwa auf derselben Höhe wie im vergangenen Jahr, es sind ungefähr vier Millionen im Monat«, sagte sie. »Die Einkünfte aus Zinsen und Dividenden haben sich hingegen aufgrund der erhöhten Rücklagen ständig gesteigert. Es ist aber keineswegs sicher, daß wir die bisherigen Tariferhöhungen der Rundfunk- und Fernsehanstalten voll damit auffangen können, ganz zu schweigen von den noch zu erwartenden Tariferhöhungen im Laufe des Jahres.«

»Wenn ich Sie richtig verstehe, erwarten Sie, daß sich unsere Ausgaben im Laufe dieses Jahres um insgesamt zwölf bis vierzehn Millionen erhöhen, ohne daß sich die Einkünfte steigern. Ist das richtig?«

Beverly nickte.

»Jawohl, Sir.«

»Danke«, sagte Randle. Er wartete, bis sich Beverly wieder gesetzt hatte. Dann warf er einen bedächtigen Blick in die Runde. »Das klingt aber gar nicht gut, Freunde.«

Niemand sagte etwas. Sie wußten alle, daß Randle noch etwas wollte. Der Alte hob den Kopf und warf Preacher einen kritischen Blick zu. »Ich glaube, du solltest dir etwas einfallen lassen, mein Sohn. Die Kollekten sind Sache des Pastors, nicht wahr?«

»Kann sein«, sagte Preacher. »Haben Sie irgendwelche Vorschläge?«

»Ich finde, wir sollten genauso aggressiv wie die anderen sein. Ihr könnt doch ganz gezielt zu Spendenaktionen und Sonderkollekten auffordern. Jerry Falwell und Oral Roberts machen das fast jede Woche. Sie sind sich auch nicht zu schade, gelegentlich selbst um Spenden zu bitten.«

»Zu schade bin ich mir auch nicht«, erklärte Preacher ärgerlich. »Aber ich bin auch nicht so eitel, daß ich mir Denkmäler in Gestalt von Universitäten und Krankenhäusern bauen müßte wie meine geschätzten Kollegen. Ich will nur Gott dienen.«

»Dazu sage ich amen«, erwiderte Randle. »Aber wie willst du für eine ausgeglichene Bilanz sorgen? Wenn die Kosten steigen, müßt ihr einfach mehr verdienen. Ihr braucht mehr Zuschauer und höhere Einkünfte durch die Kollekten.«

»Das ist leichter gesagt als getan«, seufzte Preacher.

»Falwell scheint es zu schaffen. Er behauptet, daß er fünfundzwanzig Millionen Zuschauer hat. Aber das hat er nicht dadurch erreicht, daß er gewartet hat, bis die Leute seine Sendung entdeckt haben. Er hat etwas unternommen. Er ist losgezogen und hat dafür gesorgt, daß die Leute aufmerksam wurden.«

Preacher wandte sich an den Geschäftsführer von Randle Communications. »Mr. Lincoln, haben Sie den Bericht der Arbitron Media-Forschung dabei, um den ich Sie bat?«

Lincoln nickte, zog einen Schnellhefter aus seiner Tasche und reichte ihn über den Tisch. »Die Zahlen über die religiösen Programme stehen im dritten Teil des Berichts«, sagte er.

Preacher schlug die entsprechende Seite auf. »Arbitron hat alle religiösen Programme seit 1970 erfaßt«, sagte er. »Im Jahr 1975, also ein Jahr vor der Eröffnung von Churchland, sahen insgesamt 20,8 Millionen Amerikaner regelmäßig religiöse Programme im Fernsehen. 1976, als wir hier anfingen, waren es 22,8 Millionen. So blieb es zwei Jahre, dann fielen die Zuschauerzahlen auf 21,4 Millionen im Jahre 1979 und 20,5 Millionen im Jahr 1980. Das ist, wohlgemerkt, die Gesamtzahl. Alle fünfundsechzig Fernsehkirchen zusammen, von denen Falwells nur eine ist, haben gegenwärtig nicht mehr als zwanzig Millionen Zuschauer. Vielleicht sollte ich auch noch erwähnen, daß der Anteil der über Fünfzigjährigen und der Frauen unter den Zuschauern überproportional hoch ist.«

Preacher klappte die Mappe zusammen und legte sie auf den Tisch. »Im Lichte dieser Untersuchungen finde ich es ganz respektabel, daß wir die Ergebnisse unserer Kollekten bisher immer noch auf dem gleichen Niveau halten konnten. Außerdem haben wir einen unschätzbaren Vorteil gegenüber den anderen. Wir haben keinerlei Schulden. Wir zahlen unsere Rechnungen pünktlich und erwirtschaften immer noch Überschüsse. Wir müssen dem Herrn dafür danken.«

»Amen«, sagte Jake Randle. »Du meinst also, wir brauchten bloß weiterzumachen wie bisher?«

»Das habe ich nicht gesagt«, erwiderte Preacher.

»Nein? Was denn sonst?«

»Ich bin der Ansicht, daß Schuldverschreibungen, Aktien und Sparbriefe unserem Herrn und Erlöser nichts nutzen. Ich finde, daß das Geld benutzt werden muß, um unsere Kirche, Gottes Kirche, den Menschen noch näherzubringen.« Preacher unterbrach sich, um Atem zu holen. Keiner sagte etwas, selbst der alte Randle schwieg fasziniert.

»Als ich noch mit dem Zelt unterwegs war, haben wir

immer nur solche Städte besucht, wo die örtlichen Kirchen uns unterstützten. Nur gemeinsam gingen wir in den Kampf um die Seelen. Das Kollektengeld wurde geteilt. Die örtlichen Kirchen behielten die Hälfte und konnten diesen Teil zugunsten ihrer Gemeindemitglieder verwenden.« Er hob einen Finger.

»Bei der Fernsehgemeinde wird anders gerechnet. Wir messen unseren Erfolg nicht mehr an der Zahl der geretteten Seelen, sondern zählen nur noch die Dollars. Das ist natürlich viel einfacher. Das macht der Computer. Aber wer von uns weiß, was mit den Seelen geschieht? Wer verfolgt ihre Wege? Wer kontrolliert, ob die einmal gewonnenen Seelen auf Dauer beim Herrn bleiben? Die Fernsehkirche wohl kaum. Sie hat gar nicht die Möglichkeit dazu. Aber es gibt eine Institution, die das kann. Das sind die örtlichen Kirchen in all den Städten, die von unseren Programmen erreicht werden. Deshalb schlage ich vor, daß wir einen Teil der eingenommenen Gelder an die Gemeinden zurückgeben, die zum Teil so arm sind, daß sie kaum ihre Pfarrer ernähren können. Wir machen diese Gemeinden zu Partnern, die gemeinsam mit uns dafür sorgen, daß die frohe Botschaft des Herrn in die Herzen der Menschen gepflanzt wird.«

»Also ich habe den Eindruck, wir schmeißen da bloß unser Geld weg«, sagte Randle.

»Unser Geld ist das nicht«, entgegnete Preacher. »Das Geld gehört Gott. Es wäre zumindest zum Teil an die örtlichen Kirchen gegangen, wenn wir es nicht genommen hätten.«

»Wenn wir es nicht gekriegt hätten, wäre es in den Kassen von Robertson, Jimmy Swaggart, Ernest Angley oder Paul Crouch gelandet, da bin ich ganz sicher«, sagte Randle.

»Ja, es hätte auch von Bob Shuller, Billy Graham, Jerry Falwell oder einer der anderen fünfundsechzig Fernsehkirchen kassiert werden können«, erwiderte Preacher. »Aber das Geld ist nicht dort gelandet, sondern auf unseren Konten. Und jetzt müssen wir entscheiden, was wir damit anfangen wollen. Sollen wir das Geld verstecken? Soll es ungenutzt im Tresor schmoren? Oder sollen wir tun, was uns der heilige Lukas empfiehlt?«

Er öffnete die Bibel, die vor ihm auf dem Tisch lag, und las:

»Kapitel 16, Vers 13. *Kein Knecht kann zwei Herren dienen: entweder er wird den einen hassen und den anderen lieben oder er wird dem einen anhangen und den andern verachten. Ihr könnt nicht Gott dienen und dem Mammon.*«

## Zweites Kapitel

»Daddy war gar nicht glücklich über die Sitzung heute morgen«, sagte Jane. Ihr Bademantel war äußerst freizügig geschnitten, doch Preacher wandte den Blick nicht vom Fernseher ab. Er lag im Bett und studierte fasziniert eine Video-Aufzeichnung der letzten Sendung von Ernest Angley. Der Wunderheiler hatte eben seine Fürbitte für einen Kranken beendet und wandte sich dem Publikum zu.

»Und Sie da draußen am Bildschirm! Haben Sie ein Problem? Oder einer der Ihren? Sind Sie krank? Haben Sie Depressionen? Suchen Dämonen Sie heim? Sind Sie süchtig nach Alkohol und Tabletten? Nach Rauschgift oder Tabak? Hat sexuelle Gier Sie gepackt? Denken Sie immer daran: Jesus kann Ihnen helfen. Glauben Sie mir, Sie können genauso geheilt werden wie diese Menschen, die hier gerade geheilt worden sind, weil sie auf Jesus Christus vertraut haben. Denken Sie daran: Er ist am Kreuz gestorben für uns und hat uns von unseren Sünden erlöst. Wer an ihn glaubt, wird von allem Übel geheilt.«

Angley streckte den Arm aus. »Ich reiche Ihnen die Hand. Legen Sie Ihre Hand auf den Bildschirm und sprechen Sie dieses Gebet nach: ›Ich glaube an unseren Herrn Jesus Christus. Ich glaube, daß er am Kreuz gestorben ist, um mich zu erlösen. Und in seinem Namen befehle ich allen Dämonen, die mich quälen, meinen Leib zu verlassen und meine unsterbliche Seele freizugeben für Gott.‹«

Hinter dem Schatten der Hand erschien Angleys Gesicht auf dem Bildschirm. Der entschlossene Ernst seiner Miene wurde vom Donnergrollen der Stimme verstärkt:

»Im Namen unseres Herrn Jesus Christus! Weicht, ihr Dämonen!«

Die Bildregie schaltete auf eine andere Kamera um, die nun das Gesicht des Predigers in Großaufnahme brachte. Ein beseligtes Lächeln verklärte sein Antlitz. »Ich danke dir, Herr Jesus, du hast uns geheilt.«

Der Bildschirm wurde einen Augenblick dunkel. Dann erschien Angley erneut. »Schalten Sie auch am nächsten Mittwoch wieder Ihr Fernsehgerät ein, wenn die Ernest Angley-Mission aus dem Bürgerforum in Charlotte, North Carolina, zu Ihnen kommt. Und lassen Sie bis dahin den Strom von Liebesgaben und Spenden nicht abreißen. Schicken Sie, was Sie entbehren können, denn ohne Ihre Hilfe können wir Gottes Wort nicht verbreiten. Bis zum nächsten Mittwoch also! Möge unser Herr Jesus Christus Sie und Ihre Lieben bis dahin beschützen!«

Preacher stellte den Fernseher ab. »Was hast du gesagt, Jane?«

»Du hast wieder nicht zugehört«, sagte sie vorwurfsvoll. »Mußt du eigentlich auch noch abends im Bett diese Evangelisten genießen? Hast du tagsüber nicht schon genug mit Religion zu tun?«

»Das ist die einzige Möglichkeit, um mich über die Aktivitäten der anderen auf dem laufenden zu halten«, sagte Preacher. »Man kann über Angley sagen, was man will, aber eins macht er jedenfalls richtig. Er verkriecht sich nicht einfach im Studio und verläßt sich aufs Fernsehen, sondern er geht auf Tournee und sucht den Kontakt mit den Leuten.«

»Das klingt, als ob du auch gern wieder herumziehen würdest«, sagte sie.

»Ja, ein bißchen fehlt mir das schon«, sagte er. »Es hat etwas ganz Besonderes an sich, wenn man die Gesichter der Menschen sehen kann, wenn sie Gottes Wort hören. Man spürt ihre Reaktionen viel besser.«

»Aber dafür brauchst du doch nicht gleich auf Achse zu gehen«, erwiderte sie. »Du verdienst mehr als sie alle und hast es noch nie nötig gehabt, um Geld bitten zu müssen. Also liegst du sicher nicht vollkommen verkehrt.«

Preacher warf seiner Frau einen ironischen Blick zu. »Wie wir es schaffen, soviel Geld nach Churchland zu holen, weißt du ja wohl besser als ich. Das hat weniger mit meinen Programmen zu tun als vielmehr mit deinen Computern. Deine Adressenkartei und die regelmäßigen Bettelbriefe sind das ganze Geheimnis. So einen perfekten Apparat haben die anderen einfach nicht.«

»Wäre es dir lieber, wenn ich Tammy Fay Bakker oder Jan Crouch wäre?« fragte sie spöttisch.

Er schnalzte mit der Zunge. »Nein, du bist mir schon lieber so, wie du bist.« Er lächelte. »Außerdem kannst du nicht singen.«

»Du bist albern.«

»Stimmt«, sagte er und zog sie aufs Bett. »Also, was war das, was du da vorhin gesagt hast?«

»Daddy war unzufrieden wegen der Sitzung.«

»Ich weiß«, sagte er fröhlich und schob ihr die Hand in den Ausschnitt. »Dein Daddy möchte, daß alle nach seiner Pfeife tanzen, nicht wahr?«

Jane legte ihre Hand auf seine, um ihn daran zu hindern, mit ihren Nippeln zu spielen. »Hör auf, Andrew. Ich möchte, daß du das ernst nimmst.«

»Ich nehme das vollkommen ernst, Jane.« Er lächelte, als ihre Brustwarzen sich aufstellten. »Wie lange haben wir keinen Joint mehr zusammen geraucht?«

Ihr Gesicht entspannte sich, und als sie ihren Kopf sinken ließ, streifte sie seinen Hals mit den Lippen. »Das ist schon eine Ewigkeit her«, sagte sie.

Er küßte sie. »Das finde ich auch.«

Sie lehnte sich in die Kissen zurück, während Preacher ein kleines Zigarettenetui aus der Nachttischschublade herausholte, in dem sich ein Dutzend sauber gerollte Marihuana-Zigaretten befanden. Jane warf ihm einen überraschten Blick zu. »Wo hast du denn die her?«

»Die hat Charlie geschickt«, sagte er. »Sie ist übrigens ganz zufrieden in der Gottesgemeinde. Da hat dein Vater damals direkt eine gute Idee gehabt.«

Jane wußte, worauf er anspielte. Drei Jahre lang hatte der alte Mann intrigiert, um Preacher von seinem »Harem« zu trennen. Schließlich waren nur noch Melanie und Charlie in Churchland geblieben. Auf Drängen seines Schwiegervaters hatte Preacher ihnen angeboten, in seinem Auftrag nach Los Altos zurückzukehren und die Gottesgemeinde neu zu beleben. Wie sich zeigte, waren die beiden gar nicht so unglücklich, Randles Stadt zu verlassen. Sie hätten sich in Churchland nie so recht wohlgefühlt, sagten sie. »Und wie laufen die Dinge in Los Altos?« fragte Jane.

»Offenbar gut«, erwiderte Preacher. »Tarz hat sie gerade besucht. Die Behörden haben alle Genehmigungen erteilt, und die Bauarbeiten können in nächster Zukunft beginnen. Bis zum Sommer haben die Mädchen ein Camp für hundert Kinder aus den Slums fertig. Auf diese Weise kommen die Kinder wenigstens in den Ferien mal aus der Großstadt heraus und lernen das Landleben kennen. Die Mädchen haben das mit den Gemeinden in San Francisco und Los Angeles schon fest verabredet.«

»Das freut mich«, sagte Jane. »Ich verstehe nur nicht ganz, warum du das alles aus eigener Tasche bezahlst. Das hätte die Kirche doch übernehmen können.«

»Die Gottesgemeinde ist meine Sache«, sagte er. »Die Geschichte habe ich mit den Mädchen begonnen, und so soll es auch bleiben.«

Preacher nahm einen Joint und zündete ihn an. Er inhalierte den Rauch und sah dann zu, wie Jane rauchte. »Na, ist er nicht Spitze?« fragte er.

»Phantastisch«, sagte sie und kicherte plötzlich. »Ich habe, glaube ich, noch nie so guten Stoff geraucht. Zwei Züge und ich bin schon vollkommen *high*.«

Preacher lachte und ließ sich den Joint geben. »Das wundert mich nicht. Charlie und Melanie sind echte Experten. Die schicken uns nur das Beste.«

Jane beobachtete ihn. »Vermißt du die beiden?« Sie griff nach dem Joint. »Vermißt du deinen Privatharem? Jede Nacht ein anderes Mädchen?«

Preacher rieb sich bedächtig das Kinn. »Willst du die Wahrheit wissen?« fragte er düster.

Sie nickte begeistert.

»Ich vermisse sie schrecklich. So ganz ohne Harem, das ist einfach furchtbar.«

Sie breitete die Arme aus und packte ihn lachend. »Komm nur her, Kleiner! Ich werd dir beweisen, daß du mit Mühe und Not eine einzige Haremsdame befriedigen kannst.«

Schlaftrunken rappelte Preacher sich hoch, als das Telefon neben dem Bett schrillte. »Hallo«, sagte er in den Hörer und unterdrückte ein Gähnen.

»Guten Morgen, Dr. Talbot«, zwitscherte ihm seine Sekretärin ins Ohr. »Mr. Randle, Mr. Craig und Mrs. Lacey erwarten Sie in Ihrem Büro, Dr. Talbot.«

Das Leuchtzifferblatt seines Weckers zeigte fünf Minuten nach acht. Normalerweise war er um diese Zeit immer schon auf den Beinen. Typisch, daß der alte Randle gerade heute in aller Herrgottsfrühe aufgetaucht war, wo er endlich mal ausschlafen wollte. »Geben Sie ihnen eine Tasse Kaffee«, sagte er. »Ich bin in einer Viertelstunde drüben.«

Er schob die Bettdecke weg und stand auf. Er war schon fast im Bad, als Janes Stimme ihn stoppte. »Ist alles in Ordnung?«

»Ja«, sagte er. »Ich hab bloß verschlafen.«

»Daß du einfach aufstehen kannst!« sagte sie. »Mir tut alles weh. Ich könnte nicht mal den kleinen Finger krumm machen. Vielleicht sollten wir doch deinen Harem zurückholen.«

»Ich glaube, das ist nicht nötig«, lächelte er. »Wir waren auch so große Klasse.«

»Ich hatte schon beinahe vergessen, wie gut das ist, wenn man mal wieder so richtig vögelt«, sagte sie lächelnd. »Es war einfach phantastisch.«

»Ganz phantastisch«, sagte er. »Schlaf nur weiter. Mich ruft die Arbeit.«

# Drittes Kapitel

Fünfzehn Minuten später war er in seinem Büro. Seine Besucher hatten es sich gemütlich gemacht. Sie saßen auf der Couch und tranken Kaffee. Preacher zog sich einen Sessel heran und nahm ebenfalls Platz. Seine Sekretärin stellte ihm eine Tasse Kaffee hin.

»Guten Morgen«, sagte er. »Möchte vielleicht sonst noch jemand Kaffee?«

»Nein, danke«, sagte Randle, und die anderen schüttelten stumm die Köpfe.

»Vielen Dank, Miß Grant«, sagte Preacher zu seiner Sekretärin. »Das wäre dann alles.« Er nippte an seinem Kaffee, bis die Tür sich hinter Miß Grant geschlossen hatte, dann stellte er die Tasse ruckartig ab. »Welchem Umstand verdanke ich denn diesen unerwarteten Besuch?«

Randle räusperte sich. »Mr. Craig, Mrs. Lacey und ich waren ziemlich bestürzt über deine defätistische Haltung bei der Konferenz gestern.«

»Defätistisch?« fragte Preacher trocken.

»Ja«, sagte Randle. »Wir hatten den Eindruck, daß du nichts unternehmen willst, um unsere finanzielle Situation zu verbessern.«

»Das habe ich nicht gesagt«, sagte Preacher. »Ich habe lediglich darauf hingewiesen, daß es für Fernsehkirchen nur einen begrenzten Markt gibt und daß dieser Markt den Zeitpunkt der Expansion bereits überschritten hat.«

»Wir stimmen mit dieser Einschätzung nicht überein.«

»Und warum haben Sie das nicht bei der Sitzung gesagt?« fragte Preacher.

»Das war nicht nötig«, sagte Randle. »Ich bin der Ansicht, wir können das besser unter uns besprechen. Schließlich sind die anderen bloß Angestellte, nicht wahr?«

Preacher nickte. »Ich verstehe.« Er nahm noch einen Schluck aus der Tasse. »Mein Vorschlag, einen Teil unseres Geldes bei den örtlichen Kirchen zu investieren, ist bisher noch nicht diskutiert worden.«

»Mr. Craig und Mrs. Lacey sind in diesem Punkt meiner Meinung. Sie finden auch, daß wir dabei bloß unsere Einkünfte zum Fenster hinauswerfen.«

»Haben Sie denn bessere Vorschläge?«

Randle warf Craig einen Blick zu. »Richard, Sie kennen die Situation noch genauer als ich. Wollen Sie Dr. Talbot bitte erklären, worauf es uns ankommt?«

Craig starrte wie hypnotisiert auf die Tischplatte. »Sicher ist Ihnen bewußt, Dr. Talbot, daß Mrs. Lacey und ich schon seit langem mit zahlreichen Baptistengemeinden zusammenarbeiten.«

Preacher nickte. »Jeder weiß, was Ihnen die christlichen Kirchen dieses Landes verdanken, Mr. Craig. Ich bin sehr glücklich darüber, daß sie sich für unsere Gemeinde interessieren, und werde Ihre Vorschläge selbstverständlich aufmerksam prüfen.«

Craig lächelte. »Vielen Dank, Dr. Talbot. Sehr freundlich.«

»Ich bitte Sie, Mr. Craig. Das ist mein völliger Ernst.«

Craig entspannte sich sichtlich. »Also, wir finden, daß sich Churchland noch nicht genügend mit den gegenwärtigen Hauptströmungen des amerikanischen Christentums identifiziert.«

»Sie meinen die Neo-Konservativen, die christliche Rechte?«

Craig nickte. »Genau. Wir sind zum Beispiel noch nicht im Komitee der Moralischen Mehrheit vertreten, obwohl sich diese Organisation doch in ganz hervorragender Weise um die Wiederherstellung traditioneller amerikanischer Werte bemüht.«

»Entschuldigen Sie bitte, wenn ich begriffsstutzig bin«, sagte Preacher. »Aber ich verstehe nicht ganz, wie unsere

Kirche von einer Verbindung mit einem rein politischen Aktionskomitee profitieren soll.«

»Die Mitarbeit bei der Moralischen Mehrheit würde den Bekanntheitsgrad unserer Kirche enorm verbessern. Denken Sie zum Beispiel an Falwell. Ehe er dem Komitee beitrat, war er nur ein Evangelist unter vielen. Heute kennt ihn jeder Amerikaner.«

»Trotzdem ist mir nicht klar, was dieses Engagement seiner Kirche genutzt hat. Ich habe den Eindruck, daß er die allergrößten Schwierigkeiten hat, die Aktivitäten seiner Kirche zu finanzieren. Wenn man dem glaubt, was er jede Woche im Fernsehen sagt, steht er am Rand des Bankrotts.«

»Nein, nein«, sagte Craig. »So schlimm steht es nun wieder auch nicht. Dr. Falwell hat zwar gewisse Liquiditätsschwierigkeiten, aber das geht auch Oral Roberts, Pat Robertson und Jim Bakker nicht anders. Sogar Jimmy Swaggart hat Probleme, seine Hilfsaktionen und seine Missionstätigkeit in der Dritten Welt zu finanzieren. Das Geld ist überall knapp. Wir werden alle noch härter arbeiten müssen, um unseren Anteil zu sichern.«

Preacher sah ihn nachdenklich an. »Ich möchte die verdienstvolle Arbeit meiner Amtsbrüder nicht kritisieren, Mr. Craig. Aber glauben Sie nicht, daß der allgemeine Zuschauerrückgang bei den religiösen Programmen auch damit zu tun haben könnte, daß sich manche Prediger für eine bestimmte Partei allzu sehr engagiert haben und dem öffentlichen Leben allzu direkt ihre eigenen Maßstäbe aufzwingen wollen?«

»Ich glaube nicht, daß da irgendein Zusammenhang besteht«, sagte Craig gereizt. »Wollen Sie denn, daß wir den Kopf in den Sand stecken? Wollen Sie, daß wir zusehen, wie Kommunismus und Wollust Amerika unterjochen? Seit vierzig Jahren werden wir zersetzt und unterwandert. Da muß man doch Stellung beziehen.«

»Ich bin sehr dafür, daß wir Stellung beziehen, Mr. Craig«, sagte Preacher gelassen. »Aber ich glaube, daß uns Gott eine größere Plattform gegeben hat als die Parteipolitik, um gegen den Teufel zu kämpfen.«

»Falls Sie das Fernsehen meinen«, erwiderte Craig, »dann sage ich Ihnen: Das Fernsehen allein reicht nicht.«

»Da haben Sie recht, Mr. Craig. Aber ich rede gar nicht vom Fernsehen. Ich rede von den Kirchen und Kanzeln unseres Landes. Wenn wir mit dem Teufel streiten, dann muß das in den Gotteshäusern geschehen.«

»Dr. Falwell würde Ihnen da sicherlich zustimmen. Wußten Sie, daß er mehr als dreihundert Absolventen des Liberty Baptist College bei der Gründung ihrer Gemeinden finanziell unterstützt hat? Und daß er in den nächsten zehn Jahren noch mehreren tausend weiteren jungen Pfarrern beistehen wird?«

»Ich zweifle nicht daran, Mr. Craig«, sagte Preacher. »Und ich halte es durchaus für möglich, daß es Falwell auf diese Weise gelingt, alle Baptistengemeinden, die nichts mit dem Liberty College zu tun haben, im Lauf der Zeit aus diesem Land zu verdrängen. Aber ich kann nicht sagen, daß ich eine solche Entwicklung gutheiße. Es gehört zu den Grundprinzipien unseres Glaubens, daß sich jede Gemeinde und jeder Prediger direkt auf das Evangelium berufen können, daß sie von äußeren Einflüssen unabhängig und innerlich frei sind.«

»Das mag schon so sein, Dr. Talbot. Aber in Amerika gehört die Zukunft nun einmal den großen Organisationen. Da können die kleinen, unabhängigen Kirchen, die nicht genug Geld haben, einfach nicht mithalten.«

Preacher dachte einen Augenblick nach. Dann wandte er sich an die Vorsitzende des Christlichen Frauenrates. »Sind Sie auch dieser Ansicht, Mrs. Lacey?«

»Ja.« Die alte Dame nickte energisch. »Wir müssen uns alle für das große Ziel zusammenschließen. Gemeinsam müssen wir der Unzucht Einhalt gebieten, die unsere Familien gefährdet.«

»Und Sie, Mr. Randle?«

»Ich sehe keinen anderen Ausweg«, sagte der alte Mann. »Das ist unsere einzige Chance, in Washington eine Regierung zu haben, die unsere Wirtschaftsordnung beschützt. Politiker hören nur auf diejenigen Stimmen, hinter denen eine Wählermacht steckt. Wenn wir die Gesetzgebung noch weiter in unserem Sinne verändern wollen, brauchen wir noch mehr Einfluß. Es war gut, daß wir Präsident Reagan durchgesetzt haben. Es war gut, daß wir eine republikanische Mehrheit im Senat durchgesetzt haben. Aber wir sind noch längst nicht am Ziel.«

»Gehe ich fehl in der Annahme, daß die Änderungen der Steuergesetze und die von Reagan geplante Aufhebung der Ölpreiskontrolle der Randle Corporation zusätzliche Gewinne in Höhe von hundert Millionen im Jahr bringen?«

»Das geht dich nichts an«, sagte Randle gereizt. »Genauer gesagt, das geht niemanden außer mir etwas an.«

»Wäre es sehr unverschämt, wenn ich frage, wie alt Sie sind, Sir?« fragte Preacher verbindlich.

»So was Dämliches!« fauchte Randle. »Das weiß doch jeder! Ich bin achtundsechzig.«

Preacher mußte innerlich lächeln. Er wußte, daß der alte Herr weit über siebzig war. »Nach allem, was Mr. Craig gesagt hat, würde Dr. Falwell mindestens zehn Jahre brauchen, um seinen Plan zu verwirklichen. Wollen Sie so lange warten?«

»Worauf willst du hinaus, mein Sohn?« fragte Randle nervös.

»Ich möchte Ihnen beweisen, daß wir mit zehn Millionen Dollar oder vielleicht noch weniger dasselbe Ziel in zwei Jahren erreichen können.« Preachers Stimme war trügerisch leise geworden.

»Bist du jetzt völlig übergeschnappt?« knurrte Randle.

»Keineswegs«, entgegnete Preacher. »Kentucky Fried Chicken.«

»Hör mit der Blödelei auf«, schrie Randle. »Die Sache ist ernst!«

»McDonald's.« Preacher sah befriedigt, daß in den Augen des alten Mannes ein Fünkchen aufglomm. »Soll ich weitermachen?«

Randle nickte.

»*Franchising*«, sagte Preacher behutsam. »Nach dem Fernsehen ist das der nächste Schritt. Was bei den Imbißketten so gut funktioniert, ist vielleicht auch die richtige

Lösung für uns. Es gibt bestimmt Zehntausende von Baptistengemeinden, die in irgenwelchen kleinen Städten dahinvegetieren und nicht wissen, woher sie das Geld für das neue Kirchendach nehmen sollen. Wenn wir denen unsere Methoden der Öffentlichkeitsarbeit und eine gewisse finanzielle Unterstützung anbieten, werden wir uns vor Tochtergemeinden gar nicht mehr retten können, die sich der Kirche der amerikanischen Christen anschließen wollen.«

»Du bist doch ein Hurensohn, Andrew!« sagte Randle bewundernd. »Entschuldigen Sie, das ist mir so rausgerutscht, Mrs. Lacey.« Er wandte sich wieder zu Preacher und strahlte. »Ich wußte doch gleich, daß du goldrichtig bist, Junge. Du bist ein richtiges Schlitzohr.«

# Viertes Kapitel

»Ich glaub du spinnst, Preacher. Es hat noch nie einen Niggerprediger im überregionalen Fernsehen gegeben«, sagte Joe. »Außer Reverend Ike vielleicht, und der ist doch eine Figur aus dem Witzblatt.«

»Dann ist es um so dringender, daß es endlich einen gibt, den sie ernst nehmen müssen.«

»Und wer soll das sein?« fragte Joe. »Der einzige, den ich kenne, lebt in Los Angeles drüben. Fred Price vom Crenshaw Christian Center. Der ist schon auf über dreißig Kanälen mit seinem *Der größere Glaube*-Programm, aber der braucht uns nicht mehr. Der hat die Gebäude der alten Pepperdine-Universität in Los Angeles gekauft und für vierzehn Millionen Dollar zu einer Kirche mit zehntausend Plätzen umgebaut.«

»Du hast recht«, sagte Preacher. »Das ist nicht der richtige Mann für uns. Erstens appelliert er nur an die schwarze Oberschicht, die sich bloß aus Sentimentalität einen schwarzen Gospelprediger anhört, und zweitens arbeitet er wahrscheinlich schon mit Oral Roberts zusammen. Ich habe gehört, daß er dem City of Faith-Krankenhaus in Tulsa eine Menge Geld gestiftet haben soll.« Preacher nahm einen Computerausdruck vom Tisch. »Hier ist eine Liste von über achttausend schwarzen Baptistengemeinden mit fünfzehnhundert oder weniger Mitgliedern. Das sind Leute, die uns brauchen, denen können wir helfen. Alle diese Gemeinden nehmen weit weniger ein, als sie ausgeben.«

»Die werden uns wohl kaum anhören«, sagte Joe skeptisch. »Die denken doch, das ist bloß ein weiterer mieser Trick von den Weißen und ihrer geldgierigen Kirche.«

»Das kann schon sein«, sagte Preacher. »Wenn *ich* sie besuche. Aber ich gehe nicht hin, sondern du!«

»Ich glaube, jetzt spinnst du aber wirklich komplett«, sagte Joe. »Ich hab doch noch nie eine Predigt gehalten.«

»Dann wird es Zeit, daß du damit anfängst. In zwei Wochen wird deine erste Show aufgezeichnet«, sagte Preacher. Er beobachtete das verblüffte Gesicht seines Freundes und lachte. »Es ist wirklich nicht schwer, Joe. Du mußt bloß die Bibel über dem Kopf schwenken und mit der anderen Hand auf die Kanzel schlagen. Außerdem mußt du direkt in die Kamera sehen, damit das Publikum denkt, du hättest die Heilige Schrift persönlich verfaßt.«

»Wir kriegen doch nie im Leben genug Schwarze zusammen, um die Kirche zu füllen«, sagte Joe. »Hier in der Gegend gibt es doch gar nicht so viele.«

»Das weiß ich auch«, sagte Preacher. »Aber wir nehmen ja auch gar nicht die Kirche für deine Show. Das Innere ist viel zu bekannt, das erkennen die Fernsehzuschauer sofort. Ich möchte, daß deine Show ein ganz anderes Image erhält. Es muß so gemütlich und eng zugehen wie in den Kirchen, die sie selber besuchen. Wir werden deine Show in der ersten Kapelle aufnehmen. Wenn wir da dreihundert Menschen geschickt drin verteilen, dann sieht das so vollgepackt aus wie eine Büchse Sardinen.« Er schlug Joe auf die Schulter. »Na, Herr Pastor, wie ist es? Versuchen wir es mal? Ja?«

»Was hast du gesagt?« fragte Joe.

»Pastor, hab ich gesagt«, grinste Preacher. »Eine so verantwortungsvolle Aufgabe kann doch nicht irgendein normaler Mensch übernehmen.«

»Dem Herrn sei Dank«, strahlte Joe. »Man hat mich schon wieder befördert. Natürlich mache ich mit! Darauf kannst du deinen frommen Hintern verwetten!«

Aus der Entfernung sah die kleine Kirche fast schmuck aus, aber je näher man kam, desto deutlicher zeigte sich der Verfall. Die weiße Tünche war staubig geworden, in der Holzverkleidung der Wände zeigten sich Lücken. Auch das Schild, das im Vorgarten stand, war vom Regen verschmiert, und die Schrift war kaum noch zu lesen.

»THE LITTLE RIVER BAPTIST CHURCH
Betstunde täglich um 19 Uhr außer Samstag
Sonntagsschule 8 Uhr
Gottesdienst Sonntag 11 Uhr
Gospelstunde im alten Stil Samstag 19 Uhr
Der Mann, der heilen kann.
Der Mann mit prophetischen Gaben.
Der Mann des Glaubens.
Pastor Parker J. Willard«

»Dieser Pastor Willard scheint ein gewaltiger Seelenhirte zu sein«, sagte Preacher, als sie aus dem Leihwagen ausstiegen.

»Warte nur, bis du ihn kennenlernst«, sagte Joe und nahm seine Aktentasche aus dem Fond. »Parker Willard hat diese Kirche vor dreißig Jahren gebaut. Damals hatte seine Gemeinde sechshundert Mitglieder, heute sind es noch zweihundertfünfzig, und selbst die kommen nicht regelmäßig zur Kirche.«

»Und woran liegt das?«

Joe warf ihm einen schrägen Blick zu. »Am Fernsehen, sagt Willard. Die Fernsehprediger verlangen nichts außer Geld von den Leuten. Es ist eben viel einfacher, zu Hause im Sessel vor dem Bildschirm zu sitzen und sich unterhalten zu lassen, als in der Kirche aktiv am Gottesdienst teilzunehmen. Fernsehgottesdienste sind wie ein Fertiggericht, sagt er. Es schmeckt nicht besonders, aber man hat auch keine Arbeit damit. Man stellt es bloß auf den Tisch und verspeist es.«

»Vielleicht hat er gar nicht so unrecht«, erwiderte Preacher. »Was hält er von unserem Vorschlag?«

»Er interessiert sich dafür«, sagte Joe. »Deshalb hat er uns überhaupt gebeten, ihn zu besuchen. Er hat gar keinen Hehl daraus gemacht, daß es ihm schlecht geht. Wenn seine Gemeinde nicht wieder wächst, wenn kein entscheidender Wandel eintritt, dann braucht er ein Wunder, um seine Kirche bis Neujahr noch halten zu können.«

Preacher nickte bedächtig. »Irgendwie ist das schon traurig. All diese Jahre, all diese Arbeit, und jetzt bleibt nichts übrig.« Er drückte die Klinke herunter und machte die Kirchentür auf. »Die Wege des Herrn sind unerforschlich«, sagte er. »Vielleicht sind wir das Wunder, das Willard erwartet.«

Die Kirche war im Inneren genauso kahl und verfallen wie außen. Man sah, daß die Bankreihen und die Fußbodenbretter seit Jahren schon nicht mehr gestrichen worden waren. In der großen Fensterscheibe mit dem aufgemalten Kreuz befand sich ein Sprung. Teile des Geländers neben der Kanzel waren zerbrochen und fehlten.

»Die Wohnung von Pastor Willard liegt hinter der Kirche«, erklärte Joe und klopfte an eine Tür in der Nähe der Kanzel.

Ein grauhaariger Neger öffnete ihnen. Er trug einen schwarzen Anzug, ein weißes Hemd und eine dünne schwarze Schnur als Krawatte. Er lächelte strahlend, als er die beiden Besucher erkannte. »Bruder Washington, tritt ein«, sagte er. »Ich dachte schon, Sie hätten sich bloß einen Spaß mit mir erlaubt und würden gar nicht mehr kommen.«

»Aber, Bruder Willard, wie können Sie so etwas denken«, erwiderte Joe. »Unser Flugzeug hatte fast eine Stunde Verspätung.« Er schüttelte die Hand des alten Mannes. »Darf ich Ihnen Dr. Talbot vorstellen?«

»Eigentlich habe ich das Gefühl, Sie schon lange zu kennen«, lächelte Bruder Willard. »Ich habe Sie im Fernsehen schon oft gesehen. Sie sind ein großartiger Redner. Sie könnten sogar die Rebläuse davon überzeugen, daß sie den Weinberg des Herrn nicht mehr heimsuchen sollen.«

»Vielen Dank, Bruder Willard. Nach allem, was ich höre, sind Sie selbst ein sehr fleißiger Arbeiter im Weinberg des Herrn.«

»Nun, ich gebe mir jedenfalls Mühe, Bruder Talbot. Der Herr weiß, daß es nicht immer leicht ist.« Der alte Pfarrer führte sie durch sein Zimmer zur Küche. »Er hat mir eine besonders steile Stelle zum Hacken gegeben«, sagte er lächelnd. »Vielleicht ist das der Unterschied zwischen den Baumwollfeldern und dem Weinberg des Herrn.«

»Der eine pflanzt, der andere gießt, aber das Gedeihen gibt allein Gott«, sagte Preacher. »Wir alle sind seine Gehilfen.«

Pastor Willard lächelte. »Das klingt nach dem Paulusbrief an die Korinther, Bruder Talbot.«

»Sie haben gute Ohren«, erwiderte Preacher.

Der kraushaarige Alte zeigte auf die Stühle rings um den Küchentisch. »Nehmen Sie Platz, meine Brüder. Meine Frau hat uns einen Nußkuchen gebacken, ehe sie heute morgen zur Arbeit ging. Ich mache uns rasch einen Kaffee.«

»Das ist der beste Kuchen, den ich je gegessen habe«, sagte Joe, als er eine halbe Stunde später und nach drei Stück Nußkuchen seinen Teller zurückschob. »Ab morgen werde ich Diät leben müssen.«

Pastor Willard strahlte. »Da wird sich meine Frau aber freuen, wenn sie das hört. Sie ist auf ihren Kuchen sehr stolz.«

»Da hat sie auch allen Grund«, sagte Preacher.

»Sagen Sie ihr das nur selbst«, sagte Willard. »Sie müßte eigentlich jeden Augenblick von der Arbeit zurückkommen.« Er seufzte. »Ich wüßte nicht, was ich ohne meine Frau anfangen sollte. Wenn sie nicht arbeiten ginge, hätte ich die Kirche schon vor zwei Jahren aufgeben müssen.«

Preacher nickte. »Sie sind ein glücklicher Mann. So eine Frau hat nicht jeder. Wie lange sind Sie verheiratet?«

»Im September sind es drei Jahre. Vorher war ich zwei Jahre Witwer, und als ich sie gefragt habe, ob sie mich heiraten würde, habe ich nicht gedacht, daß sie ja sagt.«

»Und warum nicht?«

»Na ja, ich bin nicht mehr der Jüngste«, sagte Willard. »Ich bin dreiundsechzig, und sie ist erst dreiundzwanzig. Das Leben ist schon merkwürdig. Ich erinnere mich noch, wie ich sie in den Armen gehalten habe, als ich sie taufte. Da war sie erst eine Woche alt.«

Preacher und Joe sahen sich an, sagten aber nichts.

Der alte Mann nickte nachdenklich. »Ich hatte schon immer das zweite Gesicht«, sagte er. »Wenn ich als Kind in der Kirche auf dem Schoß meiner Mutter saß, hatte ich immer das Gefühl, Jesus nahe zu sein. Und ich glaube, daß er mir die Gabe geschenkt hat, Dinge zu wissen, die erst viel später eintreten. Ich habe zum Beispiel immer gewußt, daß ich eines Tages Gottes Wort predigen würde. Und als ich damals diesen winzigen Säugling auf dem Arm hielt und ins Wasser des Little River, da hinter der Kirche, tauchte, um ihn zu taufen, da hörte ich die Stimme des Herrn. ›Behalte dieses Kind lieb‹, sagte er. ›Denn so wie du heute dieses kleine Mädchen zu mir bringst, werde ich sie eines Tages zu dir bringen.‹«

Der alte Mann hob den Blick. »Damals verstand ich noch nicht, was er meinte, und im Laufe der Zeit vergaß ich die Sache vollkommen. Aber als ich dann zwanzig Jahre später um Sarahs Hand anhalten wollte und Jesus auf Knien anflehte, mir zu sagen, ob ich das Recht hätte, dieses junge Mädchen zu heiraten, oder ob ich ihr eine zu schwere Last auferlegte, da befahl mir eine innere Stimme, in den Kirchenbüchern zu lesen. Und als ich die Seite mit Sarahs Namen fand, fiel mir wieder ein, wie ich sie getauft und was mir Jesus gesagt hatte, und da war ich beruhigt. Ich wußte, daß es schon immer sein Plan war, uns eines Tages zusammenzuführen.«

Die schlichten Worte des alten Mannes beeindruckten Preacher. Gerührt ergriff er Willards Hand und drückte sie fest. Einen Moment lang sprachen beide kein Wort, dann traten dem alten Pfarrer plötzlich Tränen in die Augen, er senkte den Kopf und küßte Preacher die Hand.

»Warum weinen Sie denn, Bruder?« fragte Preacher behutsam.

Die Augen des alten Mannes waren immer noch feucht. »Ich weiß es selbst nicht«, sagte er leise. »Vielleicht bin ich bloß müde und habe Angst, daß ich zu alt bin, um weiterzumachen, und daß ich sowohl meine Frau verliere als auch die Kirche.«

»Wie kommen Sie darauf?«

Die Stimme des alten Mannes war heiser vor lange verheimlichtem Schmerz. »Sie möchte ein Baby, das weiß ich. Aber ich konnte ihr nie ein richtiger Ehemann sein.«

»Hat sie sich darüber beklagt?«

Willard schüttelte den Kopf. »Nein. Sie weiß ja, daß ich sie liebe.«

»Und warum glauben Sie, daß Jesus weniger Verständnis aufbringt als Ihre Frau? Er weiß doch auch, daß Sie ihn lieben.«

Preacher schwieg einen Moment, warf Joe einen Blick zu und wandte sich wieder an Willard. »Ich glaube, das ist der Grund, warum er uns heute zusammengeführt hat.«

# Fünftes Kapitel

Pastor Willard war äußerst nervös. »Es ist schon nach sechs«, sagte er. »Und es ist noch kein Mensch da.«

»Die Leute sitzen noch beim Abendbrot«, sagte Joe. »Wir haben im Radio bekanntgeben lassen, daß es um sieben Uhr losgeht, also kommen die Leute um sieben. Machen Sie sich keine Sorgen. Wir wissen schon, was wir tun.«

»Ich bete zu Gott, daß ihr recht habt«, sagte Willard inbrünstig. Er wandte sich um und starrte den riesigen Bildschirm an, der über seiner Kanzel aufgehängt worden war. »Eine Football-Gebetsstunde! Wenn mir noch vor einem halben Jahr einer gesagt hätte, daß ich je eine Football-Gebetsstunde abhalten würde!« Der alte Mann schüttelte den Kopf.

Joe lachte. »Wenn man die anderen nicht unterkriegt, muß man halt mitspielen. Was die Bars und Cafés machen, weil ihnen sonst am Montag die Kunden weglaufen, kann die Kirche schon lange.«

»Die Leute sollten in die Kirche kommen, weil sie hier Gottes Wort hören«, erklärte Willard. »Diese anderen Sachen . . .«

»Der Trick besteht darin, sie überhaupt in die Kirche zu kriegen«, sagte Joe. »Was dann geschieht, ist Ihre Sache! Sie müssen dafür sorgen, daß sie Gottes Wort hören.«

»Sind Sie sicher, daß der Apparat funktioniert?« fragte der alte Mann.

Joe lächelte. »Sicher. Wir haben alles oft genug überprüft. Im Grunde genommen ist alles ganz einfach.« Er ging zwischen den Bankreihen zur Kanzel. Das Videogerät stand hinter dem Pult. »Sie müssen sich diese vier Knöpfe merken, auf denen VIDEO, SENDUNG, MUSIK und SPRACHE steht. Sie brauchen die Knöpfe bloß in der Reihenfolge zu drücken, die hier auf dem Programm angegeben ist. Aber wenn Sie mal einen vergessen, ist es auch nicht schlimm. Das Gerät ist so programmiert, daß es nach einer Sekunde automatisch umschaltet.«

Willard warf einen Blick auf das Schaltpult. »Deswegen habe ich keine Bedenken. Ich habe lange genug geübt, um es richtig zu machen. Aber was passiert, wenn die Maschine nicht funktioniert?«

»Es wird nichts passieren«, beruhigte Joe. »Und wenn tatsächlich etwas nicht klappen sollte, dann sind Sie ja noch da. Sie sind schließlich ein Prediger. Also predigen Sie!«

Willard lächelte. »Das kann ich. Da kann bestimmt nichts passieren.«

»Das Gerät ist so programmiert, daß die Musik um halb sieben beginnt. Um halb acht treten Sie hinter die Kanzel und stellen das Videoband an. Das Band läuft fünf Minuten, dann drücken Sie die Sprechtaste. Für die Predigt haben Sie genau fünfundzwanzig Minuten. Pünktlich um acht beginnt die Fernsehübertragung. In der Halbzeitpause haben Sie fünfzehn Minuten, dann blenden Sie sich wieder in die Übertragung ein bis zum Ende des Spiels. Danach schalten Sie noch einmal für fünf Minuten das Band ein, dann können Sie wieder sprechen, und wenn Sie fertig sind und die Leute gehen, kommt wieder Musik.«

»Mit Gottesdienst, wie ich ihn kenne, hat das nichts mehr zu tun«, meinte Willard.

»Das ist eben ein moderner Gottesdienst für die Kirche von heute«, erwiderte Joe lächelnd. »Eines Tages werden alle Gottesdienste so sein. Gott hat uns die elektronischen Mittel doch nicht bloß für Pornos und Werbung geschenkt, sondern auch, um sein Wort zu verbreiten.«

»Die Botschaft hör ich wohl, Bruder Washington«, sagte Willard. »Und da Sie es sind, der sie mir bringt, sag ich amen dazu.«

Die ersten Gläubigen betraten die Kirche. Joe drückte Willard die Hand. »Warum stellen Sie nicht die Musik an und gehen zur Tür, um Ihre Schäfchen zu begrüßen?«

Die kleine Kirche war zum Bersten gefüllt. Dichtgedrängt saßen die Menschen in den Bänken, und einige der jungen Burschen und Kinder drängten sich noch an den Wänden und rings um den Eingang. Joe saß auf einem Klappstuhl, gleich neben der Tür, die zur Wohnung des Pfarrers führte. Pünklich um halb acht ging Pastor Willard zur Kanzel.

Unmittelbar darauf wurde der Bildschirm über ihm hell. Ein kleines goldenes Kreuz erschien in der Mitte des Bildes, das immer größer und leuchtender wurde, bis es den ganzen Raum mit seinen Strahlen erhellte. Violette, schwarz umrandete Buchstaben nannten den Regisseur und den Kameramann. Gleichzeitig hörte man die sonore Baritionstimme des Ansagers. »Die Baptistengemeinde von Little River in Verbindung mit der Kirche der amerikanischen Christen freut sich, Sie zur Montagabend-Football-Gebetsstunde begrüßen zu können. Liebe Brüder und Schwestern in Christo, hören Sie jetzt Ihren Pastor, Parker J. Willard!«

Donnernder Applaus kam aus den Lautsprechern, und der Gemeinde blieb gar nichts anderes übrig, als ebenfalls zu klatschen. Pastor Willard ließ es lächelnd über sich ergehen, dann hob er begütigend die Hand, um die Versammlung zur Ruhe zu bringen, und drückte die Sprechtaste. Der Bildschirm wurde dunkel.

Willard packte die Kanzel mit beiden Händen und musterte seine Gemeinde einen Augenblick lang in völliger Ruhe. Ein versöhnliches Lächeln milderte den Vorwurf, mit dem er begann. »Liebe Brüder und Schwestern, es sind heute viele hier, die ich schon allzulange nicht mehr in dieser Kirche gesehen habe. Euch möchte ich sagen: Ich freue mich, daß ihr da seid. Ihr seid hier willkommen!

Und – was noch wichtiger ist – ich glaube, der Herr freut sich auch, daß ihr da seid. Es interessiert ihn nicht, ob ihr hergekommen seid, weil ihr neugierig seid oder weil ihr ein Football-Spiel sehen wollt, ihm kommt es nur darauf an, daß ihr in sein Haus gekommen seid, um zu beten.

Wir werden jetzt gemeinsam ein Wunder Gottes erleben. Ein elektronisches Wunder, ein Wunder der Technik, die er uns geschenkt hat, um unser irdisches Leben noch schöner und reicher zu machen. Ein Wunder, das uns aber auch helfen soll, jenes viel, viel größere Geschenk zu begreifen, das er uns gemacht hat: seinen eingeborenen Sohn, unseren Herrn Jesus Christus, der am Kreuz gestorben ist, um uns zu erlösen, heute und immerdar. Der alle, die an ihn glauben, reinwäscht mit seinem Blut.

Es ist noch keinen Monat her, da lag ich hier vor dem Kreuz auf den Knien und betete zum Herrn. Ich bat ihn, er möge mir helfen. Ich bat um ein Wunder. ›Herr‹, sagte ich, ›rette diese Kirche, bring die Gemeinde zurück in dein Haus!‹

Als ich aufstand, hörte ich das Telefon klingeln. Ich ging in mein Zimmer, und als ich abnahm, meldete sich eine Stimme, die ich noch niemals gehört hatte. ›Ist dort Pastor Parker J. Willard?‹ fragte sie. ›Ja‹, sagte ich. ›Hier spricht Ihr Bruder in Christo, Joe Washington, aus Churchland in Texas.‹ ›Was kann ich für Sie tun?‹ fragte ich, und die Stimme sagte: ›Es geht nicht darum, was Sie für uns tun können, Pastor Willard, sondern darum, was wir für Sie tun. Wir wollen Ihnen helfen, das Wort des Herrn zu verbreiten.‹ ›Vielen Dank‹, sagte ich. ›Hilfe kann ich allerdings brauchen. Aber wie sind Sie ausgerechnet auf meine Kirche gekommen?‹ ›Ich weiß nicht‹, sagte die Stimme. ›Ich hatte diese Liste mit Hunderten von Gemeinden, und irgendeine rätselhafte Kraft führte meine Blicke. Noch ehe ich wußte, was ich tat, hatte ich Ihre Nummer gewählt.‹«

Der alte Mann unterbrach sich. Sein Blick ruhte einen Moment lang auf der Versammlung. »Das war das erste Wunder«, sagte er schließlich. »Jesus hatte meine Gebete erhört.« Willard wandte sich um und wies auf den Bildschirm, der über ihm hing. »Und das, was ihr heute hier sehen werdet, ist ein weiteres Wunder. Eines von den vielen Wundern, die Jesus für uns bereithält. Wunder, die jedem von uns widerfahren können, wenn wir nur hinknien und beten.«

Willard warf einen Blick auf das Schaltpult, dann hob er den Kopf und lächelte fröhlich. »So, liebe Brüder und Schwestern, jetzt entspannt euch ein wenig und seht euch auf unserem Super-Vista-Schirm das Football-Spiel an. In der Halbzeit werde ich euch noch mehr von den Wundern unseres Herrn Jesus Christus erzählen.« Er drückte den Knopf, auf dem SENDUNG stand, und stieg unter dem Beifall seiner Gemeinde von der Kanzel. Zugleich war die Stimme von Howard Cosell zu hören. »Guten Abend, meine Damen und Herren, ich melde mich aus dem Sugar Bowl Stadion, wo heute die New Orleans Saints die Dallas Cowboys zu Gast haben. Achtzigtausend Zuschauer hier im Stadion und Millionen weitere an den Bildschirmen erwarten ein spannendes Spiel . . .«

Willard setzte sich auf den Stuhl neben Joe und flüsterte: »Es ist beinahe wie früher. Meine Kirche ist schon seit Jahren nicht mehr so voll gewesen. Hoffentlich kommen die Leute auch wieder.«

»Die kommen bestimmt wieder«, lächelte Joe. »Aber nur, wenn wir uns anstrengen. Ich werde veranlassen, daß Sie sämtliche Programme für die Wochentage und eine viertelstündige Video-Predigt für sonntags erhalten, die sie abspielen können, bevor Sie selbst sprechen. Für Ihre Sonntagsschule haben wir eine Videokassette mit der biblischen Geschichte, aufgeteilt in Episoden von zwanzig Minuten. Außerdem erhalten sie all unsere Broschüren und unsere Sonderausgabe der Bibel, die Sie an Ihre Gemeindemitglieder kostenlos abgeben können. Vielleicht können wir auch ein paar Leute herschicken, die Ihre Kirche neu streichen, damit wieder alles schön sauber aussieht und Sie stolz auf das Haus Gottes sein können.«

Der alte Mann schüttelte bedächtig den Kopf. »Sie geben eine Menge Geld aus, um einer armen Gemeinde wie meiner zu helfen.«

»Wir hoffen, daß Ihre Gemeinde nicht mehr lange arm bleibt«, sagte Joe. »Deshalb wollen wir auch den *Franchise*-Vertrag mit Ihnen abschließen. Ihre Gemeinde wird Mitglied in der Kirche der amerikanischen Christen, und Sie geben uns von allen Kollekten, die zweihundert Dollar pro Woche übersteigen, fünfzig Prozent. Auf diese Weise leisten Sie einen Beitrag zu unseren Kosten.«

»Wir haben schon seit Monaten keine zweihundert Dollar mehr in der Woche gekriegt«, sagte Willard. »Was wird, wenn wir soviel gar nicht zusammenbekommen?«

»Das Risiko nehmen wir auf uns«, lächelte Joe. »Es geht uns ja nicht bloß ums Geld. Das Wichtigste ist doch, die Menschen zu Jesus zu bringen.«

»Amen«, sagte der alte Pfarrer.

»Also werden Sie unterschreiben?«

»Gleich nach dem Gottesdienst«, sagte Willard. Er drehte den Kopf, um den Bildschirm wenigstens von der Seite sehen zu können. Auf dem Rasen des Sugar Bowl Stadions herrschte wildes Getümmel. »Ein schönes Bild«, sagte Willard. »Sind die Wege des Herrn nicht wunderbar?«

»Allerdings«, erwiderte Joe. »Kann ich Dr. Talbot anrufen und sagen, daß alles okay ist?«

»Tun Sie das«, sagte Willard, ohne die Augen vom Bildschirm zu wenden. »Das Telefon ist in der Küche. Sie können meine Frau ja bitten, Ihnen eine Tasse Kaffee zu machen.«

Mrs. Willard stand auf, als Joe durch die Tür kam. »Bruder Washington«, sagte sie mit ihrer weichen Südstaaten-Stimme.

»Ich möchte Sie nicht stören, Mrs. Willard«, sagte Joe rasch. »Ich möchte nur geschwind telefonieren.«

Sie zeigte zur Wand. »Das Telefon ist da drüben. Möchten Sie einen Kaffee? Ich mache rasch einen.«

»Das wäre sehr nett, Schwester Willard«, sagte Joe, als er den Hörer abnahm und wählte. Während er durchgestellt wurde, beobachtete er seine Gastgeberin. Mrs. Willard war ein schlankes, hochgewachsenes Mädchen, fast einen ganzen Kopf größer als ihr Mann. Ihre Hautfarbe war heller als seine, aber ihre krausen Haare hatten sich nicht glätten lassen. Joe entging nicht, wie sich ihre Brüste und Schenkel unter dem dünnen Baumwollkleid wölbten.

Ihr Körper war ganz anders als der von Beverly. Die Chinesin war zierlich und schlank, aber Mrs. Willards weibliche Fülle war nicht ohne Reiz. Eine typische Pfarrersfrau war sie bestimmt nicht. Allmählich wurde Joe unruhig, Preacher war nicht an seinem Schreibtisch, und niemand schien zu wissen, wo er sich aufhielt. »Sagen Sie ihm, daß alles okay ist«, bat Joe die Sekretärin. Dann hängte er auf. Als er sich umdrehte, stellte Mrs. Willard gerade den Kaffee auf den Tisch.

»Dr. Talbot war nicht da«, sagte Joe und setzte sich hin.

»Das tut mir leid«, sagte Mrs. Willard, blieb aber stehen.

»Das macht weiter nichts. Ich habe ihm alles ausrichten lassen«, sagte Joe und lächelte. »Warum setzen Sie sich nicht einen Augenblick zu mir, Schwester Willard?«

Schweigend setzte sie sich an den Tisch. Joe nippte vorsichtig an seiner Tasse. »Sie kochen einen sehr guten Kaffee, Schwester Willard.«

»Vielen Dank«, sagte sie.

»Der Gottesdienst läuft sehr gut«, sagte Joe. »Wenn das so bleibt, brauchen Sie bald nicht mehr arbeiten zu gehen.«

»Ich arbeite gern«, sagte sie.

»Auch wenn Sie nicht müssen?«

Sie nickte. »Beim Arbeiten kommt man nicht auf Gedanken.«

Er nahm einen weiteren Schluck. »Was für Gedanken?«

Das Mädchen zögerte und senkte den Blick. »Schmutzige Dinge«, sagte sie leise. »Gedanken des Teufels.«

»Wir alle denken manchmal Gedanken der Sünde«, sagte Joe.

Ihre Augen blieben starr auf die Mitte des Tisches gerichtet. »Manchmal, das wäre nicht schlimm«, sagte sie. »Aber ich denke sie ununterbrochen. Pastor Willard ist so ein guter Mensch. Ich war nicht gerade, was man ein braves Mädchen nennt, aber ich dachte, die schlimmen Gedanken würden verschwinden, wenn ich ihn heirate. Aber sie sind nicht verschwunden.«

»Hast du Jesus um Hilfe gebeten?«

»Jeden Tag. Ich bitte ihn jeden Tag, daß er mir hilft«,

sagte sie und sah Joe aufrichtig an. »Aber der Teufel in mir ist zu stark. Sogar als Sie vorhin telefoniert haben, habe ich auf Ihre Hose geschaut. Ich habe mir eingebildet . . .«

»Das war keine Einbildung«, sagte Joe und stellte seine Tasse zurück auf den Tisch. »Auch in mir war der Teufel.«

Sie starrte ihn großäugig an. »Was sollen wir tun, Bruder Washington?«

»Wir knien uns hier auf den Boden und beten zusammen. Wir bitten Jesus gemeinsam, daß er uns hilft.«

Joe kniete sich hin. Sarah Willard stand auf, kam um den Tisch herum und kniete sich neben ihn auf den Boden. Als sich ihre Schultern berührten, stöhnte sie verhalten. Joe faltete die Hände. »Jesus, erbarme dich unserer Sünden! Befiehl dem Teufel der Lust, uns in Ruhe zu lassen.«

Sarah hob den Kopf von ihren gefalteten Händen. »Und was ist, wenn er unser Gebet nicht erhört?«

Joe packte sie im Genick und streichelte zugleich ihre Brüste. »Es gibt mehr als einen Weg, den Teufel der Lust auszutreiben«, sagte er leise.

# Sechstes Kapitel

»Nigger!« schnaubte Randle verächtlich. »Erst hab ich gedacht, diese Idee mit dem Franchising wäre wirklich phantastisch. Aber eintausendvierhundert Niggerkirchen gegen fünfhundertdreißig normale Gemeinden ist wirklich zuviel. Es wird nicht mehr lange dauern, da kriechen in Churchland bloß noch Schwarze herum. Für die Weißen wird bald kein Platz mehr hier sein.«

Preacher runzelte verärgert die Stirn. »Wir haben genug Platz, das wissen Sie genau!«

»Mag schon sein«, sagte Randle. »Aber welcher anständige Weiße will denn mit einem Nigger im selben Hotel schlafen? Wer will sich denn in ein Bett legen, von dem man nicht weiß, wieviele Nigger schon drin gepennt haben?«

»Aber im selben Restaurant dürfen sie essen?« fragte Preacher ironisch.

Randle ließ sich nicht irritieren. »Das werden die Leute nicht mögen.«

Preacher warf seinem Schwiegervater einen wütenden Blick zu. »Kann schon sein, daß es die Leute nicht mögen, aber Sie werden es hinnehmen müssen. Abgesehen davon, daß Ihre Haltung unchristlich ist, verstößt sie auch noch gegen die Gesetze der Vereinigten Staaten.«

»Das sind genau die Gesetze, die wir abschaffen wollen«, sagte Randle. »Es soll bloß niemand glauben, wir würden dieses idiotische *Equal Rights Amendement* gestatten.«

Preacher gab darauf keine Antwort.

»Du wirst die Kirche noch ruinieren, wenn du so weitermachst«, sagte Randle. »Das mußt du doch einsehen, mein Sohn.«

»Das glaube ich nicht«, sagte Preacher gelassen. »Wissen Sie denn nicht, Sir, daß ungefähr die Hälfte der achtzigtausend Baptistengemeinden und mehr als vierzig Prozent der dreißig Millionen Baptisten in diesem Land schwarz sind? Wir haben neulich mal die Ergebnisse der letzten Volkszählung durch den Computer geschickt und sind dabei auf eine sehr interessante Zahl gestoßen. Aufgrund der heutigen Trends beim Bevölkerungswachstum werden in knapp zehn Jahren schon mehr als zweiundfünfzig Prozent aller Baptisten in diesem Land schwarz sein.«

»Das glaube ich nicht«, sagte Randle.

»Ich kann Ihnen den Computerausdruck holen lassen, Sir«, sagte Preacher. »Jane hat dieses Ergebnis selbst errechnet.«

»Das ist mir völlig egal«, sagte Randle. »Ich werde in meiner Stadt keine Nigger herumlaufen lassen.«

»Meinen Sie Churchland?«

»Was denn sonst?« fauchte Randle. »Schließlich gehört mir das Land und alles, was daraufsteht.«

Preacher warf ihm einen verächtlichen Blick zu. »Sollen wir woanders hingehen?«

»Das habe ich nicht gesagt. Ich habe dich nur gebeten, dich von den Niggergemeinden zu trennen.«

»Schade«, sagte Preacher. »Wir kriegen jetzt jährlich schon anderthalb Millionen Dollar von Ihnen, und die Summe wächst ständig. Übrigens interessieren sich jetzt auch die anderen Fernsehkirchen für diese Gemeinden. Pat Robertson läßt seinen Partner, Ben Kinchlow, bereits an einer Show für die Schwarzen arbeiten, und Oral Roberts hat Fred Price aus Los Angeles zu seinem Verbündeten gemacht. Er will dafür sorgen, daß Price bis Ende nächsten Jahres in hundert Fernsehstationen auftreten kann, statt wie bisher in dreißig.«

»Jerry Falwell kriecht den Niggern nicht in den Arsch«, sagte Randle.

»Das ist richtig«, erwiderte Preacher. »Aber mir liegen

Berichte vor, wonach sich das Lehrpersonal und die Absolventen des Liberty Baptist College immer häufiger in den schwarzen Gemeinden zeigen und den Geistlichen Werbematerial, Broschüren und Literatur anbieten. Sie versprechen gelegentlich sogar Stipendien.«

»Woher willst du das wissen?« fragte Randle.

»Eigentlich sind wir eher durch Zufall darauf gekommen. Einige unserer Tochtergemeinden haben sich bei uns beschwert, als das *Magazin der Moralischen Mehrheit* in den Gottesdiensten verteilt wurde. Sie waren darüber empört, daß ihnen Falwell ein Blatt in die Hand drücken ließ, das sie offen beschimpfte.«

»Unsinn! Sie waren bestimmt bloß beleidigt, weil die Moralische Mehrheit gegen Drückebergerei ist«, erwiderte Randle. »Diese Kerle sind doch stinkfaul. Die leben alle von der Fürsorge, weil sie nicht arbeiten wollen.«

»Das stimmt nicht«, sagte Preacher. »Aber ich habe nicht die Absicht, mit Ihnen zu streiten, Sir. Einige der schwarzen Gemeinden wollen jetzt eine eigene Zeitung herausgeben. Sie haben uns um Unterstützung gebeten.«

»Das ist ja unglaublich!« schrie Randle. »Hab ich dir nicht gesagt, die wollen hier alles übernehmen, die Kerle! Ich hoffe, du hast ihnen kräftig die Meinung gesagt.«

Preacher schüttelte den Kopf. »Keineswegs. Es ist die Aufgabe unserer Kirche, auf die Bedürfnisse der Gemeinden einzugehen. Das ist ein Grundprinzip des baptistischen Glaubens. Jede Gemeinde hat das Recht, die Heilige Schrift selbst auszulegen und das Ausmaß ihrer sozialen Tätigkeit selbst zu bestimmen. Nicht umsonst gibt es mehr als zwanzig verschiedene baptistische Organisationen im Land.«

»Du hast meine Frage nicht beantwortet«, sagte Randle pikiert. »Was genau hast du vor? Willst du ihnen tatsächlich helfen?«

»Wir haben ihnen schon geholfen«, sagte Preacher und zog eine achtseitige, kleinformatige Zeitung aus seinem Schreibtisch.

Randle starrte die Zeitung an, die Preacher ihm hingelegt hatte. Auf den ersten Blick sah sie beinahe aus wie das

*Magazin der Moralischen Mehrheit.* Aber die dicken schwarzen Buchstaben auf der Titelseite ergaben dann doch einen anderen Namen: »MAGAZIN DER GRÖSSEREN MINORITÄT«. Darunter stand in kleinerer Schrift: »DIE KEHRSEITE DER MEDAILLE«. Unter der großen Überschrift »CREDO« war auf der Titelseite das Foto eines schwarzen Pfarrers zu sehen.

»Reverend Josephus Washington«, stand darunter.

Dann folgte der Text:

*»Weil wir glauben, daß es für gute Christen nicht nur eine Ansicht der Welt geben kann und alle Christen das gleiche Recht haben, ihre Meinung zu sagen, haben wir diese Zeitung gegründet. Wir wollen ein Forum für alle christlichen Standpunkte sein, unabhängig davon, ob wir sie teilen oder nicht, und auf diese Weise den wahren baptistischen Geist der religiösen Unabhängigkeit und Freiheit bewahren, der das Kennzeichen unseres Glaubens ist und weiterhin sein wird.«*

»Himmelarsch!« sagte Randle und schlug mit der Faust auf den Tisch. »Das ist ja übelste politische Agitation! Ihr habt sogar ein Bild von diesem Nigger auf die erste Seite getan. Herausgeber! Ein Nigger als Herausgeber! Warum übergibst du ihm nicht gleich den ganzen Laden hier mit allem Drum und Dran?«

»Das habe ich bereits getan«, sagte Preacher. »Ich habe mir gleich gedacht, daß Sie Schwierigkeiten machen wegen der Schwarzen. Deshalb habe ich dafür gesorgt, daß sie gar nicht nach Churchland zu kommen brauchen. Wir haben hier sowieso genug andere Dinge zu tun. Deshalb wird das gesamte Franchising-Unternehmen jetzt in die Gottesgemeinde verlegt. Nach Los Altos.«

Randle war sprachlos.

»Auf diese Weise bleibt es Ihnen erspart, Hunderte von Schwarzen in Churchland zu sehen«, ergänzte Preacher gelassen.

»Und was passiert hier?« fragte Randle.

»Die üblichen Geschäfte. Fernsehaufnahmen und so weiter.«

»Und das Geld?«

»Läuft über unsere Computer.«

Randle dachte einen Augenblick nach. »Diese Nigger haben verdammt viele Stimmen. Wie stellen wir sicher, daß sie die richtige Partei wählen?«

Preacher lächelte. »Wir sorgen dafür, daß sie Gelegenheit haben, sich zu artikulieren, und wir sagen ihnen die Wahrheit. Dann müssen sie selber entscheiden. Vergessen Sie bitte nie, was unsere Aufgabe ist, Sir!«

Randle sah ihn fragend an. »Welche Aufgabe?«

»Gottes Wort zu verbreiten, das ist unsere Aufgabe. Unsere Kanzeln sind keine Tribünen für irgendwelche reaktionären politischen Ziele.«

»Und was glaubst du, wie diese Zeitung sich auswirkt?«

»Nicht anders als das *Magazin der Moralischen Mehrheit.* Es handelt sich um ein vollkommen selbständiges Unternehmen, das mit der Kirche der amerikanischen Christen oder der Gottesgemeinde nicht mehr zu tun hat als das *Magazin der Moralischen Mehrheit* mit der Liberty Baptist Church. Nur daß eben unser Chefredakteur zufällig Joe Washington heißt, so wie der vom *Mehrheits*-Magazin Jerry Falwell.«

»Das gibt bestimmt Ärger«, sagte Randle. »Unsere weißen Freunde werden sich von dir abwenden.«

»Das glaube ich nicht«, sagte Preacher. »Die Computeranalysen der neuesten Meinungsumfragen haben ergeben, daß die weißen Christen zum größten Teil gegen die unsoziale Rüstungspolitik von Präsident Reagan sind.«

»Ich finde, du verläßt dich viel zu sehr auf diesen verdammten Computer«, sagte Randle.

»Das habe ich von Ihnen übernommen. Wer hat mir denn gesagt, man könne heutzutage kein größeres Unternehmen mehr leiten, ohne jeden Tag den Computer zu befragen? Bisher hat uns das auch noch niemals geschadet.«

Der alte Mann stand schwerfällig auf. »Unseren wichtigen Freunden in der Industrie wird das alles aber gar nicht gefallen.«

Preacher erhob sich ebenfalls. »Wenn Sie sich beschweren, kann ich gern gehen. Ich habe keinen Vertrag mit Ihren wichtigen Freunden. Ich bin nur unserem Herrn Jesus Christus verpflichtet.«

Als er die Stimme seiner Mutter erkannte, war er sehr überrascht. Sie rief ihn sonst nie im Büro an. »Du klingst erschöpft, Constantine«, sagte sie fürsorglich.

»Aber mir geht es gut«, erwiderte Preacher.

»Ich meine nicht bloß deine Stimme«, sagte sie. »Ich fand schon bei deiner Show letzten Sonntag, daß irgendwas fehlte. Ich hatte den Eindruck, du glaubst nicht mehr recht, was du sagst.«

»Vielleicht brauche ich Urlaub«, lachte er mühsam.

»Ich habe gerade mit Jane gesprochen«, sagte sie. »Ich dachte ja nicht, daß du abends um neun noch in deinem Büro sitzt. Sie sagt, die Kinder wissen schon gar nicht mehr, wie du aussiehst. Sie kennen dich bloß noch vom Fernsehen. Das ist nicht gut, Constantine. Die Kinder brauchen doch ihren Vater.«

»Ich habe soviel zu tun, Mutter. Ich muß ja nicht nur die Show machen. Ich leite hier einen Betrieb, der Tag und Nacht überwacht werden muß. Wenn ich nicht aufpasse und alles im Griff habe, verliere ich sofort Zuschauer. Es gibt genug andere Fernsehkirchen.«

»Woher weißt du denn überhaupt, ob das alles noch einen Sinn hat? Zählst du die Seelen, die du Gott bringst? Oder zählst du das Geld, das deine Sendungen einbringen?«

Preacher gab keine Antwort.

»Wann hast du das letzte Mal eine Predigt gehalten, ohne daß eine Kamera dabei war? Wann hast du das letzte Mal am Ausgang der Kirche gestanden und mit den Menschen über ihre Probleme geredet?«

»Für so etwas habe ich keine Zeit, Mutter.«

»Wahrscheinlich ist genau das dein Problem. Bei all diesen Fernsehdiskussionen höre ich immer dasselbe: Gespräch mit dem Bürger, Gespräch mit der Jugend, Gespräch mit den Menschen im Lande. Hast du dir eigentlich nie überlegt, daß du solche Gespräche brauchst? Daß sie dir etwas geben? Bei den Fernsehgottesdiensten kriegst du kein Echo, das muß dir doch klar sein.«

»Wir kriegen jede Woche Tausende von Briefen, Mutter.«

»Die liest du doch gar nicht«, sagte sie. »Die beantwortet euer Computer, hat Jane mir erzählt. Alles, was ihr über den Briefschreiber wißt, habt ihr eurem Computer einprogrammiert, damit die Antwort genau seinen Wünschen entspricht.«

»Aber anders geht es doch nicht«, sagte Preacher. »Wir leben im elektronischen Zeitalter, Mutter. Da kann sich die Kirche nicht ausschließen.«

»Gott braucht keinen Computer. Er kennt alle Seelen. Seinem Ruf bist du damals gefolgt, Constantine, keinem Computer. Nicht Gott hat die elektronische Kirche erfunden, sondern die Menschen.«

Preacher schwieg.

»Vielleicht fühlst du dich deshalb so müde und leer, Constantine. Vielleicht spürst du, daß du selbst immer mehr programmiert wirst und bald nicht mehr weißt, ob du Seelen zu Gott oder Schecks auf die Bank bringst.«

Preacher sagte immer noch nichts.

»Ich kenne dich doch«, sagte sie. »Ich wußte immer, ob du zufrieden warst oder unglücklich. Und jetzt weiß ich ganz sicher, daß du todunglücklich bist.«

»Es wird schon wieder«, sagte er zögernd. »Mach dir keine Sorgen, Mutter.«

»Du mußt einfach mal weg von alledem«, sagte sie. »Du mußt dich erholen von Churchland. Du mußt dich darauf besinnen, was du eigentlich willst.«

»Aber es hat sich doch gar nichts geändert«, sagte er unsicher. »Ich will so vielen Menschen wie möglich die frohe Botschaft des Herrn bringen.«

»Vielleicht liegt da schon der Fehler«, entgegnete sie. »Vielleicht solltest du nicht auf Quantität, sondern auf Qualität achten. Ich glaube, daß es für dich viel befriedigender wäre, wenn du einen einzelnen Menschen bei der Hand nehmen und zu Gott führen könntest. Das bringt doch viel mehr, als zu Tausenden von anonymen Fernsehzuschauern zu sprechen, die für dich kein Gesicht haben und die du nicht kennst.«

»Vielleicht gibt es noch einen viel tieferen Grund, Mutter.«

»Und der wäre?«

»Ich zweifle an meinem Glauben. Ich frage mich, was für ein Gott das wohl ist, der all diese macht- und geldgierigen Männer in seinem Namen auftreten läßt. Männer, die sein Volk für ihre Zwecke mißbrauchen. Männer, die sich Christen nennen, und dabei das Ende der Welt vorbereiten.«

»Diese Frage mußt du selber beantworten, mein Sohn«, sagte sie. »Ich bin deine Mutter, nicht dein Gewissen.«

# Siebtes Kapitel

»Wir verlieren Zuschauer«, sagte Marcus Lincoln. »Arbitron hat festgestellt, daß wir allein im Dezember mehr als hunderttausend Zuschauer eingebüßt haben.«

Preacher wandte sich Beverly zu. »Wie steht es denn mit den Kollekten?«

»Die Eingänge sind geringfügig gesunken«, gab sie zurück. »Aber das hat nichts zu bedeuten. Der Verlust an Zuschauern schlägt sich bei den Kollekten erst im Januar oder Februar nieder.«

»Und wie sieht es bei der Konkurrenz aus?«

»Verloren haben die auch, aber längst nicht so viel«, sagte Lincoln.

»Wahrscheinlich ist es die Rezession«, sagte Preacher. »Die Leute haben andere Sorgen.«

»Ich fürchte, nein«, sagte Lincoln. »Wir haben die A.R.I.-Media-Forschung in Hollywood eine Analyse der letzten Programme durchführen lassen. Sie sagen, daß sich die Zuschauer gelangweilt haben. Wir müssen unsere Show etwas aufmöbeln.«

Preacher schwieg.

»Das ist doch nicht schlimm«, sagte Lincoln. »Das machen doch alle. Haben Sie die Weihnachtsprogramme gesehen? Oral Roberts hatte die Lennon Sisters und die Krofft Puppets. Und als er wie Fred Astaire die Himmelsleiter herunterkam mit zwei Dutzend halbnackter Engel in wallenden Kleidern, das war doch echt Spitze. Jim und Tammy Bakker hatten einen Haufen prominenter Gäste in ihrer Heiligabend-Show *In der Familie.* Robert Shuller soll für sein Krippenspiel in der Crystal Cathedral eine Million verpulvert haben. Der Regisseur macht sonst die Mammutshows in der Radio City Music Hall in New York.«

Preacher lächelte. »Ich fürchte, dann sind wir erledigt. Singen und tanzen werde ich nicht mehr lernen.«

»Ich meine das ernst, Reverend. Wir müssen was unternehmen.«

»Ich bin ja ganz Ihrer Meinung«, erwiderte Preacher. »Aber was sollen wir tun? Ich bin doch kein Conférencier, und als Interviewer bin ich nicht gut genug, um mit Pat Robertsons Talkshow mithalten zu können. Zu Wunderheilungen vor der Kamera, wie sie Ernest Angley den Zuschauern vorführt, habe ich auch kein Talent. Ich kann den Leuten nicht mal imaginäre Grundstücke im Himmel von Liberty Mountain verkaufen wie Jerry Falwell. Alles, was ich kann, ist, den Leuten von meinem Glauben an Gott zu berichten.«

»Wir haben keinen Grund, die Köpfe hängen zu lassen«, erklärte Lincoln. »Bis jetzt hat das ja sehr gute Erfolge gezeitigt. Aber auch die besten Fernseh-Shows verlieren nach vier Jahren an Anziehungskraft. Wer sich ein bißchen auskennt, der weiß, daß vier Jahre sehr gut sind. Aber jetzt wird es Zeit, das Konzept zu ändern, sonst haben wir bald überhaupt keine Zuschauer mehr.«

»Haben Sie irgendwelche konkreten Vorschläge?« fragte Preacher.

»Ich denke noch darüber nach. Aber diese Ideen sind noch nicht spruchreif.«

»Ich wüßte schon was«, sagte Preacher. »Erinnern Sie sich noch an diese alte Show *Route Sixty-Six,* wo diese beiden Typen in einem Sportwagen durchs ganze Land fuhren und in jeder Stadt irgendein Abenteuer erlebten?«

Lincoln nickte.

»Wir könnten doch diese Show für uns umfunktionieren. Wir lassen wieder zwei Männer herumfahren, bloß sind ihre Namen diesmal Jesus und Petrus. Statt eines Sportwagens kriegen sie einen zerbeulten alten Lieferwagen, und ihr Auftrag besteht darin, in jeder Stadt den übelsten Schurken und Sünder zu finden und zum Herrn zu bekehren.«

Lincoln starrte ihn ungläubig an. »Sie nehmen die Sache nicht ernst genug, Reverend. Ich schätze Sie sehr, weil Sie alle Heuchelei ablehnen. Aber ich möchte Sie warnen. Die drei Pharisäer im Vorstand warten bloß darauf, daß es irgendwo Schwierigkeiten gibt. Wenn sie einen Ansatzpunkt für Kritik finden, fallen sie über Sie her wie hungrige Wölfe und zerreißen Sie in der Luft.«

Preacher dachte einen Augenblick nach. Plötzlich begriff er, warum Lincoln gekommen war. »Vielen Dank, Marcus, daß Sie mich gewarnt haben. Ich werde die Sache im Auge behalten. Denken Sie weiter darüber nach, was wir tun könnten. Ich werde sehen, ob mir vielleicht etwas einfällt.«

Lincoln stand auf. »Einstweilen kann ich Ihnen nur raten, Ihre Predigten etwas dramatischer zu gestalten. Mit dem Teufel, mit Hölle und Schwefel lassen sich die Leute noch immer zur Buße bekehren.«

»Ich werde es versuchen, Marcus. Auf jeden Fall vielen Dank noch einmal.«

Als der Fernsehmanager gegangen war, wandte sich Preacher an Beverly. »Was meinst du?«

»Einiges von dem, was er sagt, ist sicher nicht falsch«, sagte sie. »Aber mir ist auch bewußt, daß er immer für Randle gearbeitet hat. Vielleicht sollte er dir einen Warnungsschuß vor den Bug setzen, damit du wieder besser parierst.«

Preacher nickte. »Könnte sein. Aber wenn Randle und seine Leute Streit suchen, kann ich nichts machen. Ich muß einfach abwarten und sehen, was kommt.«

Beverly wollte aufstehen, aber Preacher hielt sie zurück. »Geh noch nicht, Beverly. Ich möchte dich noch etwas fragen.«

Sie setzte sich wieder. »Ja, Preacher.«

Er sah sie lange an, ehe er fragte: »Ist das eigentlich alles so geworden, wie du es dir vorgestellt hast?«

Beverly zögerte einen Moment, dann schüttelte sie den Kopf. »Nein«, sagte sie.

»Ich bin auch enttäuscht«, sagte er.
»Das tut mir leid, Preacher.«
Er lächelte bitter. »Das braucht dir nicht leid zu tun. Ich habe es selbst so gewollt. Es hat mich ja keiner gezwungen.«
Beverly schwieg.
»Manchmal wünsche ich mir, wir hätten mit der Zeltmission weitergemacht. Trotz aller Probleme. Ich meine, wir hatten kein Geld, aber irgendwie waren wir glücklicher.«
»Einfach weitermachen? Das hätte nicht zu dir gepaßt, Preacher. Es war Zeit für dich, etwas Neues zu versuchen, und das hast du getan.«
»Wahrscheinlich hast du recht«, sagte Preacher. Er sah Beverly nachdenklich an. »Sag mal, was hast du eigentlich mit dem ganzen Geld aus San Francisco gemacht?«
»Investiert«, sagte sie.
»Wie ich dich kenne, ist das doch längst ein Vermögen.«
»Kann schon sein«, erwiderte die Chinesin.
»Warum bleibst du dann, wenn es dir hier nicht gefällt?« fragte Preacher.
»Wegen dir. Und wegen Joe«, sagte sie nachdenklich. »Mir geht es wahrscheinlich genauso wie dir. Keiner von uns kann dahin zurück, wo er hergekommen ist.«
»Ich verstehe«, sagte er und schob ihr das Bernsteinkästchen mit den Zigaretten über den Tisch. Sie schüttelte den Kopf. »Ich werde dieses Jahr zweiundvierzig«, sagte er, nachdem er sich selbst eine angesteckt hatte.
Beverly schwieg.
»Es heißt, daß Männer in meinem Alter die Midlife-Krise erleben.«
Beverly lachte. »Mit fünfzig vielleicht.«
Preacher lächelte. »Gut, das zu wissen. Ich war schon richtig beunruhigt.«
Beverly zögerte. »Ich wollte dich etwas fragen«, sagte sie schließlich.
»Ja, was denn?«
»Ich würde gern nach Los Altos gehen, zu Joe«, sagte sie. »Hier in Churchland bin ich ziemlich allein, seit die

Mädchen weg sind. Außerdem ist es nicht gut für meine Ehe, wenn ich Joe bloß alle zwei Wochen mal sehe.«

»Ich kann dir da nicht gut widersprechen«, sagte Preacher.

»Natürlich werde ich bleiben, bis du Ersatz für mich gefunden hast.«

»Gut«, sagte Preacher. »Wir können ein Inserat aufgeben.«

»Danke«, sagte Beverly. »Das ist lieb von dir, Preacher.«

»Wir werden uns überlegen müssen, was wir mit unserem Privatkonto machen.«

»Dafür ist gesorgt, Preacher. Ich habe das Geld bei einer Bank auf den Bahamas untergebracht. Ich weiß nur nicht, wie ich noch weiter Geld einzahlen soll.«

»Ich glaube, wir sollten dieses Unternehmen jetzt ohnehin einstellen«, sagte Preacher. »Wir müßten inzwischen genug auf der hohen Kante haben, um gegen alle Eventualitäten gefeit zu sein.«

Beverly lächelte. »Du bist ein merkwürdiger Mensch, Preacher. Im Grunde interessiert dich das Geld überhaupt nicht.«

»Wie kommst du darauf?«

»Du hast mich noch nie gefragt, wieviel auf dem Konto eigentlich ist. Willst du das gar nicht wissen?«

»Doch, doch«, sagte er. »Aber bisher gab es keinen Grund, sich darüber Gedanken zu machen. Ich wußte ja, daß du dich darum kümmerst.«

Sie lächelte. »Ich hätte dich seit Jahren betrügen können, und du hättest es nicht mal gemerkt.«

»Du hättest mich ruhig ausplündern können«, sagte er. »Ich liebe dich trotzdem.«

Beverly hielt nur mit Mühe die Tränen zurück. »Du hast immer noch nicht gefragt, wieviel es ist.«

»Okay«, sagte er. »Dann frage ich jetzt.«

»Über fünf Millionen Dollar«, sagte sie.

Er starrte sie ungläubig an. »Das ist ja phantastisch.«

»Ich hole die Kontoauszüge. Dann siehst du es schwarz auf weiß.«

»Ich hätte im Traum nie gedacht, daß es so viel ist«,

sagte Preacher. »Das wird für dich ja von nun an ein schönes Stück Arbeit bedeuten.«

»Wie meinst du das?«

»Wir werden uns überlegen müssen, was wir mit dem Geld anfangen. Es gibt so viele Kranke und Hungernde auf der Welt, und es wird gar nicht so einfach sein, die Bedürftigsten unter den Armen zu finden.«

»Preacher, vergiß nicht: Du wolltest das Konto doch haben, damit dich Randle nicht irgendwie reinlegen kann.«

Preacher stand auf. Nachdenklich ging er zum Fenster. Direkt unter ihm war soeben einer der Churchland-Busse vor einer Kapelle zum Halten gekommen, und die Passagiere strömten zum Eingang. Preacher wandte sich um. »Hältst du es für möglich, daß es mir völlig egal ist, was Randle tut oder läßt?«

Beverly schwieg.

Preacher kehrte zum Schreibtisch zurück. »Ich habe diese Kirche gegründet, um Menschen zu Jesus zu bringen. Das ist mir gelungen. Und ganz egal, ob ich hier der Chef bin oder ob ich nicht mehr hier bin: Randle kann nichts tun, um das zu verhindern.«

# Achtes Kapitel

Jane öffnete leise die Tür des Arbeitszimmers und steckte den Kopf durch die Tür. Er bemerkte es nicht, sondern brütete weiter über seinen Papieren. »Es ist schon beinah halb drei. Willst du überhaupt nicht mehr ins Bett kommen?«

Preachers Kopf ruckte hoch. »Ich komme gleich«, sagte er. »Ich muß nur noch diese Media-Analyse durchlesen. Du weißt doch, die Vorstandssitzung.«

Jane kam ins Zimmer, setzte sich in den Sessel und schlug die Beine übereinander. »Der Papst hat schon recht, daß er den katholischen Priestern die Ehe verbietet.«

Preacher legte seine Statistik beiseite. »Wie kommst du denn darauf?«

»Ach, ich habe nur darüber nachgedacht, wie wir leben«, sagte sie. »Es ist offensichtlich nicht möglich, daß du gleichzeitig Familienvater und Seelsorger bist. Dafür langt die Zeit einfach nicht. Du mußt Prioritäten setzen, und inzwischen weiß ich, wo die Prioritäten bei dir liegen.«

»Du weißt doch, wieviel ich arbeiten muß«, sagte er.

»Ja, ich weiß«, sagte sie.

»Und weniger wird es auch nicht«, sagte er. »Es wird alles immer komplizierter und schwieriger.«

»Und wir haben immer weniger Zeit füreinander«, sagte sie. »Früher haben wir wenigstens gelegentlich einen Abend miteinander verbracht. Jetzt gibt es das kaum noch. In den letzten drei oder vier Monaten haben wir bloß ein einziges Mal zusammen gegessen.«

Preacher gab keine Antwort.

»Wann wir das letzte Mal miteinander geschlafen haben, kann ich schon gar nicht mehr sagen«, ergänzte sie bitter. »Ich war zwar nicht so naiv zu glauben, daß sich das Feuer unserer ersten Tage und Wochen bis in alle Ewigkeit fortsetzen würde, aber ich hatte doch gedacht, die Funken würden nie ganz erlöschen. Ich frage mich manchmal, ob du mich nicht langweilig und andere attraktiver findest.«

»Unsinn«, wehrte er ab. »Du bist noch genauso reizvoll wie immer. Aber ich bin kein Romeo mehr. Ich werde bald zweiundvierzig, und in diesem Alter ist man eben nicht mehr so leidenschaftlich wie früher.«

»Es liegt nicht am Alter«, sagte sie. »Es liegt an der Arbeit. Da verausgabst du dich.«

»Vielleicht«, sagte er.

»Ich halte das nicht mehr aus«, sagte sie, und plötzlich liefen ihr Tränen über das Gesicht. »Ich habe mich völlig verändert. Hast du eigentlich schon mal überlegt, wie ich lebe? Ich kann nachts nicht mehr einschlafen. Mal nehme ich Pillen, mal rauche ich einen Joint oder zwei und warte, bis ich zu phantasieren beginne. Dann masturbiere ich, bis ich völlig erschöpft bin.«

»Das tut mir leid«, sagte er. »Ich wußte ja nicht –«

Ärgerlich stand sie auf. »Natürlich wußtest du nichts. Wie solltest du auch, wenn du nur noch an deine Arbeit denkst? Alles andere ist dir doch völlig egal.«

Sie riß sich den Bademantel herunter und warf ihn über den Tisch. Ihr schlanker Körper glänzte im Licht. »Schau her!« sagte sie. »Schau mich doch an! Es hat sich nichts geändert. Ich bin nicht von einem Tag auf den anderen alt und häßlich geworden.«

»Nein«, sagte er. »Du bist schön.«

»Du bist schön«, wiederholte sie höhnisch. »Wenn hier eine andere Frau stünde, Mr. Talbot, wenn sich eine andere Frau vor Ihren Augen ausgezogen hätte, Mr. Talbot, würden Sie dann auch noch hinter Ihrem verdammten Schreibtisch hocken und sagen: ›Du bist schön‹?«

Schweigend stand er auf, nahm den Bademantel vom Tisch und legte ihn seiner Frau um die Schultern.

Sie drehte sich ruckartig um, und der Frotteemantel fiel

auf den Boden. »Faß mich nicht an!« fauchte sie. »Ein Beruhigungsfick wäre das letzte, was ich jetzt will!«

Sie ging zur Tür und drehte sich erst wieder um, als sie die Klinke bereits in der Hand hielt. »Du hattest schon recht«, sagte sie kalt. »Ich war dumm. Ich hätte die Abtreibung machen lassen sollen, als du es wolltest.«

Die Tür schlug hinter ihr zu. Preacher war wieder allein. Mechanisch bückte er sich, um den Mantel aufzuheben. Der Frotteestoff verströmte den Duft von Parfum. Er warf ihn auf einen der Sessel, setzte sich wieder hinter den Schreibtisch und starrte ins Leere. Schließlich faltete er seine Hände und senkte den Kopf. »Ich verstehe das alles nicht«, flüsterte er mit geschlossenen Augen. »Bitte hilf mir doch, Herr! Was geht mit mir vor?«

Diesmal schickte Randle den Präsidenten der Gesellschaft für ein Besseres Amerika, Richard Craig, ins Gefecht, und als Preacher in der blauen Kunstledermappe, die man ihm vor der Sitzung hingelegt hatte, einen ganzen Stapel säuberlich getippter Tabellen und Diagramme entdeckte, wurde ihm klar, daß der Angriff nicht etwa aus heiterem Himmel erfolgte. Craigs Auftritt war von langer Hand vorbereitet worden.

Craigs Darlegungen erfolgten überaus respektvoll und höflich. »Eines möchte ich von vornherein klarstellen, damit hier kein falscher Eindruck entsteht: Die Vorschläge, die ich Ihnen heute machen möchte, stellen keinerlei Kritik an der Arbeit des Vorstands oder einzelner Mitglieder dar. Wir alle sind außerordentlich glücklich über die hervorragenden Führungseigenschaften von Reverend Talbot, dem wir so glänzende Erfolge verdanken.«

Preacher lächelte ausdruckslos. Er hatte nicht die Absicht, die anderen wissen zu lassen, daß er die versteckte Kriegserklärung bemerkt hatte. Sollten die Damen und Herren ruhig denken, sie hätten ihn überrumpelt. Aufmerksam hörte er zu, was Craig dem Gremium vortrug.

»Gerade wegen der enormen Leistungen, die hier in Churchland vollbracht worden sind, haben wir uns darüber Gedanken gemacht, ob es nicht außerordentlich unfair ist, die gesamte Last der Verantwortung für diese Fernsehgemeinde auch weiterhin Dr. Talbot allein aufzubürden. Aus diesem und nur aus diesem Grunde möchten wir vorschlagen, den Vorstand um vier Mitglieder zu erweitern, die sich alle unter Leitung von Dr. Talbot direkt an der Geschäftsführung der Gemeinde und der Gestaltung der Programme beteiligen sollen.

Jeder der Männer, die wir ins Auge gefaßt haben, ist gründlich unter die Lupe genommen worden. Sie haben alle die besten Referenzen, und ihre Erfahrungen in anderen Positionen und kirchlichen Ämtern lassen erwarten, daß sie die vorgesehenen Aufgaben hervorragend lösen werden. Zwei der Herren sollen als Stellvertreter von Reverend Talbot fungieren. Dafür sind Dr. Thomas Sorensen, gegenwärtig noch stellvertretender Pastor der Liberty Baptist Church in Lynchburg, vorgesehen und Dr. Mark L. Ryker, außerordentlicher Professor an der theologischen Fakultät der Oral Roberts Universität. Der dritte wäre Sanford Carrol, den Sie gewiß vom Christian Broadcasting Network her kennen und der Programm- und Marketingchef werden soll. Schließlich empfehlen wir noch Mr. Sutter Duncan, einen der Teilhaber der Firma Price, Waterhouse & Co., als Nachfolger für Mrs. Beverly Washington. Als ehemaliger Wirtschaftsprüfer besitzt er zweifellos hervorragende Qualifikationen, um das Amt des Schatzmeisters in Churchland zu übernehmen.

Vollständige Unterlagen mit detaillierten Angaben über die Herren befinden sich in den Mappen, die wir für Sie vorbereitet haben. Darüber hinaus haben Mr. Randle, Mrs. Lacey und ich persönlich mit allen vier Herren gesprochen und dabei feststellen können, daß sie mit unseren Interessen und Ansichten voll übereinstimmen und gut in unsere Organisation passen. Jeder der Herren hat sich bereiterklärt, einen Zweijahresvertrag bei uns zu unterschreiben. Die Gehälter betragen jeweils 40.000 Dollar per annum, dazu kommen Aufwandsentschädigung und die üblichen Spesen.«

Craig räusperte sich. »Ich möchte diesen Vorschlag jetzt zur Diskussion stellen.«

Er setzte sich, und es entstand eine Pause. Niemand sprach, aber aller Augen waren auf Preacher gerichtet.

Er ließ sich nichts anmerken, sondern blätterte gleichgültig in den Papieren. Erst als die anderen unruhig wurden, hob er den Kopf. »Das gefällt mir sehr gut«, sagte er.

Befriedigt sah er die Überraschung auf ihren Gesichtern. Waren sie wirklich so töricht zu hoffen, daß er den offenen Kampf suchen würde, wo er von vornherein auf verlorenem Posten stand und mühelos überstimmt werden konnte. »Ich möchte aber doch darauf hinweisen, daß ein wichtiger Punkt noch nicht berücksichtigt wurde. Und zwar das Franchising-Unternehmen. Mit einem potentiellen Einkommen von drei Millionen Dollar pro Jahr ist dieses Unternehmen so wichtig, daß wir Mr. Washington ebenfalls zum stellvertretenden Pastor und Mitglied des Vorstands machen sollten. Wenn mich die Runde in diesem Punkt unterstützen könnte, sähe ich keinerlei Hinderungsgrund, der einem einstimmigen Votum über den Vorschlag als Ganzes entgegenstünde.«

Es herrschte einen Augenblick Schweigen, dann dröhnte Randles Stimme über den Tisch. »Ich habe keinen Einwand gegen den Vorschlag von Dr. Talbot. Sollen wir abstimmen?«

Die Erweiterung des Vorstands wurde einstimmig beschlossen.

Craig erhob sich erneut. »Ich schlage vor, wir vertagen uns und berufen für Anfang nächster Woche eine Sondersitzung ein, an der auch die neuen Mitglieder teilnehmen können.«

Auch diesem Antrag stimmten alle Mitglieder zu.

Marcus Lincoln folgte Preacher zurück ins Büro. Sorgfältig schloß er die Tür hinter sich. »Wußten Sie von dieser Sache, Reverend?«

»Nein«, sagte Preacher und setzte sich hinter den Schreibtisch. »Haben Sie es gewußt?«

Lincoln schüttelte den Kopf. »Ein Blitz aus heiterem Himmel für mich. Die Geheimhaltung hat offenbar gut funktioniert.«

»Es sieht so aus«, nickte Preacher.

»Sind Sie verbittert?«

»Nein«, sagte Preacher. »Hätte ich denn Grund dazu?«

»Mißtrauische Menschen würden vermuten, daß man Sie abhalftern will«, sagte Lincoln.

Preacher lächelte. »Versuchen können sie es, aber es wird nicht klappen. Die Gottesgemeinde und die Kirche der amerikanischen Christen haben ihren Sitz in Los Altos, und alle Gesellschafteranteile sind in meinem Besitz.«

»Wollen Sie damit sagen –«

Preacher nickte. »Hier in Churchland sind wir nur Pächter, aber wenn es hart auf hart geht, kann ich eine sehr intime Gesellschaftersitzung einberufen und den ganzen Vorstand aus der Gottesgemeinde und aus der Kirche hinauswerfen.«

»Weiß Randle das?« fragte Lincoln.

»Er könnte das ohne weiteres feststellen. Aber er ist so auf seine eigenen Pläne fixiert, daß er über die rechtlichen Grundlagen gar nicht mehr nachdenkt.«

»Sie müssen aber einen guten Rechtsanwalt haben.«

»Keineswegs«, sagte Preacher. »Ich habe nur einfach beherzigt, was ich einmal gehört habe, als Beverly mit Paul Gitlin, einem Rechtsanwalt in New York, telefonierte.«

»Und was war das?«

»Gib nie etwas her, was die anderen nicht ausdrücklich verlangen«, grinste Preacher. »Randle hat nie verlangt, daß ich ihm die Kirche überschreibe. Ich hätte sie ihm wahrscheinlich sogar gegeben, wenn er es gewollt hätte.«

»Solche Schnitzer hätte ich ihm gar nicht zugetraut«, meinte Lincoln. »Ich habe übrigens noch einmal über das Programm nachgedacht und hätte da ein paar Vorschläge. Haben Sie Lust, sie sich anzuhören?«

»Ja, natürlich.«

»Kennen Sie Jimmy und Kim Hickox?«

»Sicher«, erwiderte Preacher. Vor zwanzig Jahren war das Ehepaar Hickox ein führendes Schlager-Duo gewesen. Sie waren auf allen Fernsehkanälen zu sehen, und ihre Platten verkauften sich glänzend. Dann gerieten sie plötzlich ins Abseits, und man hörte nichts mehr von ihnen. Erst vor sieben Jahren begann ihre zweite Karriere, sie traten als Wiedergeborene Christen in religiösen Sendungen auf und waren wegen ihrer Show-Qualitäten äußerst gefragt. Sie waren immer noch relativ jung, sie waren durch und durch amerikanisch, und ihr frischer, herzlicher Charme kam beim Publikum an.

»Ich habe mit den beiden geredet. Sie würden gern eine eigene Show machen. Ein bißchen Singen, ein bißchen Reden. Fünf Tage die Woche. Sie würden gern für Sie arbeiten, Reverend.«

»Und was würde das kosten?«

»Sie wollen fünftausend die Woche und einen Jahresvertrag. Normalerweise kassieren sie für jede Show zehntausend Dollar. Aber für uns würden sie – falls sie einen Jahresvertrag kriegen – für fünftausend die Woche arbeiten. Ich nehme an, daß es ungefähr zehntausend Dollar pro Woche kostet, die Bänder zu produzieren, und die Sendezeit weitere zwanzigtausend pro Woche. Wir könnten die Show der beiden für weniger als zwei Millionen im Jahr machen.«

Preacher kratzte sich am Kinn. »Glauben Sie, daß Sie es schaffen, bis zu dieser Vorstandssitzung am Montag einen Vertrag mit den beiden zu machen?«

»Ich denke schon«, sagte Lincoln. »Aber ich müßte nach Los Angeles fliegen und alles mit ihnen besprechen.«

»Na denn los«, sagte Preacher, »worauf warten Sie noch? Es bleiben uns nur ganze drei Tage. Ich rufe am Flughafen an, Sie können den Jet nehmen. Wenn Sie mit dem Vertrag zurückkommen, haben wir auch eine kleine Überraschung für unsere Freunde im Vorstand. Auf jeden Fall können sie dann nicht mehr behaupten, wir unternähmen nichts, um die Zuschauerzahlen wieder in die Höhe zu treiben.«

Als Lincoln gegangen war, blätterte Preacher noch einmal in der blauen Mappe. Vielleicht war das Ganze gar keine so schlechte Idee. Die neuen Männer waren alle hochqualifiziert, und wenn sie ihm einen Teil der Kleinarbeit abnahmen, würde er wieder mehr Zeit für sich und seine Familie haben. Das würde auch sein Verhältnis zu Jane wieder ins Lot bringen.

Er griff zum Telefon, um Jane anzurufen. Das Hausmädchen meldete sich. »Ist meine Frau da?« fragte Preacher.

»Nein, Sir«, sagte das Mädchen. »Sie ist nicht da. Die Kinder hat sie mitgenommen.«

»Hat sie gesagt, wo sie hinwollte?«

»Nein, Sir.«

Preacher legte den Hörer zurück. Er konnte ihr das auch später erzählen. Er drückte die Sprechtaste. »Bitte verbinden Sie mich mit Joe Washington in Los Altos«, bat er die Sekretärin.

Einen Augenblick später war Joe in der Leitung. »Herzlichen Glückwunsch, Reverend Washington«, sagte Preacher. »Sie sind jetzt Mitglied des Vorstands und stellvertretender Pastor der Kirche der amerikanischen Christen.«

»Ach, herrje«, lachte Joe. »Heißt das, ich kriege mehr Geld?«

»Auch das«, sagte Preacher. »Aber das Wichtigste ist: Du bist jetzt der erste schwarze Pastor in einer weißen Gemeinde.«

»Donnerwetter«, murmelte Joe. »Ich habe auch eine Neuigkeit für dich. Erinnerst du dich noch an den alten Pfarrer der Kirche in Little River, unseren ersten Franchising-Partner?«

»Klar«, sagte Preacher. »Pastor Willard.«

»Ja, den meine ich«, sagte Joe. »Erinnerst du dich noch, daß er deprimiert war, weil er das Gefühl hatte, er wäre zu alt und könne seiner Frau nichts mehr bieten?«

»Ich erinnere mich sehr genau.«

»Er hat mir erzählt, es wäre ein Wunder geschehen, gleich nach dem Football-Gottesdienst, den wir für ihn organisiert hatten. Er wäre über den Erfolg so begeistert gewesen, daß er sich plötzlich wieder potent gefühlt habe. Er ist direkt nach der Kirche mit seiner Frau ins Bett gegangen und hat sie geschwängert.«

»Großartig«, lächelte Preacher. »Und woher weißt du das alles?«

»Er hat gerade angerufen«, lachte Joe fröhlich. »Seine

Frau ist gestern von einem sieben Pfund schweren Jungen entbunden worden. Er will ihn Joe nennen.«

»Und warum?«

Joe lachte verlegen. »Er sagt, was wir für ihn getan hätten, habe ihm seine Manneskraft wiedergegeben.«

# Neuntes Kapitel

Preacher las den Text mit lauter Stimme zu Ende, legte das Manuskript weg und sah zu, wie der Toningenieur das Band noch einmal abspielte. Der Regisseur kontrollierte die Aufnahme über den Kopfhörer. Er nickte zufrieden. »Ich glaube, jetzt haben wir's, Dr. Talbot. Wenn Sie bitte Ihren Hörer abnehmen, spielen wir Ihnen das Band direkt durchs Telefon vor.«

Preacher nickte. Es dauerte einen Moment, bis der Toningenieur das Band zurückgespult hatte, dann hörte Preacher die eigene Stimme.

»Vielen Dank für Ihren Anruf bei der Kirche der amerikanischen Christen. Sie hören eine Tonbandaufnahme von Dr. C. Andrew Talbot. Leider sind unsere Anschlüsse zur Zeit noch belegt, wir werden Sie aber sofort zu einem unserer Berater durchstellen. Inzwischen möchten wir Sie bitten, Schwester Aretha Franklin zu lauschen, die ihr weltberühmtes Lied *Amazing Grace* für Sie singt. Zunächst aber hören Sie einen Summton. Sie haben dann dreißig Sekunden Zeit, um uns Ihren Namen und Ihre vollständige Anschrift zu nennen, damit wir Sie zu einem Berater durchstellen können, der Ihr Gebiet und seine besonderen Probleme genau kennt.«

Dann folgte der Summton und eine halbminütige Pause, ehe Preachers Stimme sagte: »Vielen Dank. Gott segne Sie! Und denken Sie immer daran: Jesus liebt Sie!« Als die ersten Töne des alten Kirchenliedes und die unendlich süße Stimme Aretha Franklins erklangen, legte Preacher den Hörer zurück.

»Gefällt es Ihnen, Dr. Talbot?« fragte der Regisseur.

»Absolut«, erwiderte Preacher.

»Gut«, sagte der Regisseur. »Machen Sie es fertig«, wies er den Toningenieur an. Er nahm das Mikrofon vom Tisch und nickte Preacher anerkennend zu. »Sie werden jedesmal besser, Dr. Talbot. Jetzt haben wir die nächsten drei Monate fertig, und Sie haben sich kein einziges Mal versprochen.«

»Das verdanke ich Ihnen«, lächelte Preacher. »Sie haben so eine beruhigende Art.«

»Vielen Dank, Sir.« Der Regisseur rollte das Kabel auf, der Toningenieur zog den Stecker heraus, dann gingen die beiden Männer zur Tür. »Schönen Abend noch, Sir.«

»Danke gleichfalls!« Preacher sah zu, wie die Türe sich schloß. Jeden Monat wurde ein anderes Band für die Anrufer vorbereitet. Der Text wurde leicht verändert und das Lied ausgetauscht, aber sonst blieb das Schema gleich. Natürlich kostete es die Kirche eine Menge Geld, die Anrufer warten zu lassen, denn sie trug ja die Kosten für die Gespräche. Aber nur auf diese Weise gelangten sie mit einiger Sicherheit in den Besitz der Adressen, die dem Computer eingespeist werden konnten.

Die Kontaktzentrale der Kirche befand sich in einem eigenen Bürohaus in Fort Worth. Churchland hätte keinen Platz gehabt für die hundert festangestellten Techniker und Berater und die weit über achthundert Freiwilligen, die den Telefondienst rund um die Uhr aufrechterhielten. Die meisten Berater waren während der Nachtschicht im Dienst, in der Zeit zwischen Mitternacht und fünf Uhr morgens. Das waren die einsamen Stunden, in denen die meisten Fernsehstationen abgeschaltet waren und die Leute mit ihren Ängsten und Zweifeln allein blieben.

Wenn die Berater den Telefonhörer abhoben, hörten sie als erstes die Adresse des Anrufers. Den Knopf, der die Verbindung herstellte, drückten sie erst, wenn sie den Namen und die Adresse in den Computer eingetippt hatten und die Angaben auf dem Bildschirm erschienen. Siebzig Prozent der Berater waren Frauen, aber das Wichtigste waren die Stimmen. Sowohl die Frauen als auch die Männer waren danach ausgesucht worden, ob ihre Stimmen freundlich und warm klangen. Die Berater sprachen die Anrufer mit ihren Vornamen an und stellten sich selbst mit den Namen vor, die sie für die Arbeit in der Kirche benutzten: Sie nannten sich Bruder und Schwester wie Angehörige eines geistlichen Ordens. Sie bedankten sich und fragten, was sie für den Anrufer tun könnten. Es schien, als ob sie stundenlang Zeit hätten, aber ihre wichtigste Aufgabe bestand darin, möglichst viele Informationen über den Anrufer und seine Probleme zu sammeln und in den Computer zu tippen. Dann gaben sie ein paar vernünftige Ratschläge, meist mit den Bibelzitaten vermischt, die der Computer passend zur Problemlage des Anrufers ausgesucht hatte. Wenn nötig beteten die Berater auch mit dem Anrufer, aber in der Regel beendeten sie das Gespräch mit einem Hinweis auf die nächstgelegene Tochtergemeinde der Kirche. Sie kündigten dem Anrufer an, er werde schon bald vom Pfarrer dieser Gemeinde eine Einladung zu einem persönlichen Gespräch erhalten, selbstverständlich ohne jede Verpflichtung, der Kirche beizutreten oder eine Spende zu leisten. (In Wirklichkeit wurden die Briefe direkt von der Zentrale in Fort Worth verschickt – auf dem Briefpapier der örtlichen Kirchen mit den faksimilierten Unterschriften der Pfarrer. Aber die angeblichen Absender erhielten natürlich Kopien.) Wenn der Anrufer wollte, konnte er auch der Kirche der amerikanischen Christen in Churchland direkt einen Scheck schicken, um einen Beitrag zu den immensen Kosten der Telefonseelsorge zu leisten. Aber eine Verpflichtung dazu gab es nicht. Viel wichtiger war, daß der Anrufer auch in der schrecklichsten Katastrophe nie die Hoffnung verlor. Morgen wird alles viel besser – weil Jesus dich liebt.

In den vergangenen Jahren hatte die Zentrale durchschnittlich tausend Anrufe täglich verzeichnet, aber seit die Arbeitslosigkeit ständig neue Rekorde erreichte, hatte sich die Zahl auf zwölf-, dreizehnhundert erhöht und stieg immer noch weiter. Über neunzig Prozent der Anrufer spendeten fünf oder zehn Dollar. Wieviel sie dann später im einzelnen noch den örtlichen Kirchen oder bei Sammelaktionen stifteten, war schwer zu ermitteln, aber eine Repräsentativuntersuchung hatte ergeben, daß jeder Anruf insgesamt etwa dreißig Dollar erbrachte. Bei jährlich sechshunderttausend Anrufen summierten sich die Einnahmen also auf achtzehn Millionen Dollar.

Als er sein Büro verließ, war es bereits neun. Er betrat den privaten Fahrstuhl und fuhr in die Eingangshalle hinunter. Der uniformierte Wächter grüßte respektvoll. »Guten Abend, Dr. Talbot.«

»Guten Abend, Jeff«, erwiderte Preacher. »Was macht denn das Rheuma?«

»Ach, das ist wirklich viel besser geworden«, sagte der Wächter. »Ich glaube, Ihre Gebete haben geholfen, Dr. Talbot. Ich bin Ihnen sehr dankbar. Ich brauche jetzt gar keine Tabletten mehr, um zu schlafen. Vielen Dank, Dr. Talbot.«

»Sie sollten nicht mir danken, Jeff«, sagte Preacher. »Danken Sie Jesus, daß er uns erhört hat. Seiner Gnade verdanken wir alles.«

»Das werde ich tun, Dr. Talbot«, sagte der Wächter.

»Das ist gut«, lobte Preacher. »Gott schütze Sie. Gute Nacht.«

»Gute Nacht, Dr. Talbot.«

Preacher wandte sich dem Hauptausgang zu. Er hatte keine Lust, durch die überdachte Passage zum Pfarrhaus zu gehen. Ein bißchen frische Luft war jetzt besser als die klimatisierte Atmosphäre von Churchland. In der Halle hörte er die Klänge eines Chorals. Im Auditorium wurde gesungen. Er ging zu einem der Eingänge und spähte hinein.

Der Wächter an der Tür erkannte ihn und tippte zum Gruß an die Uniformmütze. »Guten Abend, Dr. Talbot«, flüsterte er.

»Guten Abend, Morris«, gab Preacher ebenso leise zurück. »Eine Menge Leute hier.« Das Auditorium war beinahe voll.

»Wenn die *Auferstehung* auf dem Programm steht, kommen immer sehr viele«, sagte der Wächter. »Mehr als dreißig Busse sind auf dem Parkplatz.«

»Ja, natürlich«, murmelte Preacher. »Ich hatte ganz vergessen, daß wir heute Donnerstag haben.«

Jeden Donnerstag führte die Laienspielgruppe ein Theaterstück auf. Das Repertoire bestand aus insgesamt zehn Stücken, in denen wichtige Episoden aus der Heilsgeschichte dramatisiert wurden. Das gleiche Material wurde auch auf den Videobändern verwendet, die an die Tochtergemeinden verschickt wurden. Zur Zeit war gerade Pause, und während der Chor sang, gingen die Kollektenteller herum.

»Ich freue mich immer, wenn ich an den Tagen Dienst habe, an denen Theater gespielt wird«, flüsterte Morris. »Ich finde es wirklich phantastisch, wie all diese Wunder auf offener Bühne passieren. Ich meine, ich weiß natürlich, daß es eine Menge Maschinen und Tricks gibt, aber trotzdem.«

Preacher lächelte. »Vergessen Sie nicht, daß Jesus all diese Wunder tatsächlich vollbracht hat. Und er hatte keine Tricks und keine Maschinen.«

»Das stimmt«, nickte der Wächter. »Das waren wirkliche Wunder.«

»Gute Nacht«, sagte Preacher. »Gott segne Sie, Morris.«

Er trat ins Freie hinaus, sog die kühle Nachtluft tief in die Lungen und spürte, wie seine Tatkraft zurückkehrte. Auf dem Weg zum Pfarrhaus machte er einen langen Umweg an den endlosen Reihen geparkter Busse vorbei und den Hügel hinter den Häusern hinauf.

Im Pfarrhaus ging Preacher sofort ins Arbeitszimmer hinauf. Er stellte seinen Aktenkoffer auf den Schreibtisch und warf dann einen Blick ins Kinderzimmer. Es war leer. Vielleicht saßen Jane und die Kinder bereits beim Abendessen. Aber auch im Speisezimmer war niemand, noch nicht einmal der Tisch war gedeckt. Preacher nahm den Telefonhörer ab und drückte den Knopf für das Hausmädchen. »Wo ist Mrs. Talbot?« fragte er.

»Ich weiß es nicht, Sir«, sagte das Mädchen. »Sie sind

noch nicht wieder da. Dabei müßten die Kinder längst schlafen. Ich hab mir schon Sorgen gemacht.«

»Hat Ihnen meine Frau nicht gesagt, wo sie hingeht?«

»Ich war nicht da«, sagte sie. »Ich hatte frei heute morgen.«

»Vielleicht sind sie zu meinem Schwiegervater gefahren«, sagte Preacher leichthin. »Sie kennen ihn ja. Er will sie nie weggehen lassen. Wahrscheinlich hat er sie genötigt, zum Essen zu bleiben. Machen Sie sich keine Sorgen, ich rufe gleich mal dort an.«

»Jawohl, Sir. Soll ich Ihnen etwas zu essen machen?«

»Ja, bitte. Ich werde gleich im Arbeitszimmer essen. Bringen Sie es bitte dorthin.«

Preacher rief die Ranch an. Der Butler meldete sich. »Kann ich Mr. Randle sprechen?«

»Tut mir leid, Dr. Talbot. Der alte Herr schläft schon.«

»Wann ist meine Frau denn gegangen?« fragte Preacher.

»Mrs. Talbot?« Die Überraschung in der Stimme des Butlers war unüberhörbar. »Mrs. Talbot war den ganzen Tag noch nicht hier.«

Preacher legte den Hörer auf und starrte das Telefon an. Wo konnte Jane sein? Er rief die Garage an. »Ist Mrs. Talbots Mercedes da?« fragte er.

»Nein, Sir«, sagte der Wächter.

»Ist jemand da, der gesehen hat, wie sie wegfuhr?«

»Tut mir leid, Sir. Ich bin der Nachtwächter. Ich komme erst abends um acht. Die Mechaniker sind alle schon weg.«

Preacher legte den Hörer auf und ging langsam ins Schlafzimmer. Nirgends war eine Nachricht zu sehen. Auch auf dem kleinen Tisch im Flur lag kein Brief und kein Zettel.

Während er noch suchte, klingelte plötzlich das Telefon. Preacher rannte rasch in sein Zimmer zurück und riß den Hörer ans Ohr. »Hallo? Jane?«

»Ja«, sagte sie.

»Wo bist du? Ich mache mir Sorgen. Dein Wagen ist nicht in der Garage, und ich dachte schon, du hättest einen Unfall gehabt.«

»Nein«, sagte Jane. »Uns geht es gut.«

»Und wo seid ihr?«

»In Dallas«, erwiderte sie. »Bei Tante Jenny.«

Plötzlich wurde er wütend. »Was zum Teufel macht ihr in Dallas?«

»Ich habe es nicht länger ausgehalten in Churchland«, sagte Jane. »Ich mußte mal raus. Ich mußte mal Luft holen.«

»Luft holen!« schnaubte Preacher empört. »Und warum hast du die Kinder mitgenommn?«

Jane schwieg für einen Moment. »Wir kommen nicht wieder.«

»Das gibt's doch nicht«, sagte Preacher ungläubig. »Das kannst du nicht machen!«

»Ich hab's schon getan.«

»Das kannst du nicht machen«, wiederholte Preacher. »Wir müssen wenigstens darüber reden.«

»Ich bin doch nicht verrückt. Ich kenne deine Seelenmassage. Ich habe es zu oft bei anderen Leuten gesehen, wie du arbeitest. Ich wäre nie weggekommen. Aber mich köderst du nicht mehr.«

»Hast du dir nicht überlegt, daß du vielleicht deshalb nicht weggefahren wärst, weil es falsch ist? Weil du weißt, daß es ein Unrecht ist, Jane?«

»Gib dir keine Mühe«, sagte sie. »Ich höre gar nicht mehr zu. Ich habe mich nun einmal entschlossen. Ich rufe gleich morgen das Hausmädchen an und bitte sie, uns sämtliche Kleider zu schicken.«

»Das kommt überhaupt nicht in Frage«, sagte er. »Ich komme nach Dallas und hole dich ab.«

»Das tust du ja doch nicht«, sagte sie müde. »Morgen früh gibt es bestimmt etwas viel Wichtigeres, was du tun mußt.«

»Ich komme, verlaß dich drauf«, sagte er, aber die Leitung war tot. Jane hatte eingehängt.

Preacher starrte immer noch auf den Hörer, als das Hausmädchen mit einem Tablett kam. »Haben Sie Mrs. Talbot erreicht?« fragte sie.

»Ja«, sagte er knapp.

»Ist alles in Ordnung?« fragte das Mädchen beunruhigt.

»Völlig«, erwiderte er. »Sie hat sich überraschend entschlossen, nach Dallas zu ihrer Tante zu fahren.«

Das Mädchen sah ihn verblüfft an. Dann nickte sie. »Ich freue mich, daß ihr nichts zugestoßen ist«, sagte sie und ging zurück in die Küche.

Preacher starrte sein Essen mißmutig an, dann schob er den Teller beiseite. Er hatte keinen Hunger mehr. Er würde morgen gleich in aller Frühe losfliegen, dann war seine Familie bestimmt bereits gegen Mittag wieder zu Hause.

Nachdem er diesen Entschluß gefaßt hatte, wurde er wieder ganz ruhig. Er klappte sein Aktenköfferchen auf, nahm eine Mappe mit der Aufschrift »Dringend« heraus und blätterte in den Papieren, die darin lagen. Wenn er das alles noch durcharbeitete, konnte es die Sekretärin morgen früh allein fertigmachen.

# Zehntes Kapitel

Als Lincoln zwei Stunden später anrief, saß Preacher immer noch am Schreibtisch und las die Berichte. »Es klappt!« rief Lincoln begeistert. »Sie werden mitmachen. Wir haben bis eben verhandelt, jetzt sitzen die Rechtsanwälte über einem Vertragsentwurf, den sie uns morgen vorlegen wollen.«

»Gratuliere«, sagte Preacher. »Die beiden bedeuten bestimmt einen Gewinn für die Kirche. Sie sind sowohl bei den Baptisten als auch bei den Methodisten, Presbyterianern und den Episkopalen beliebt. Sie haben überall Fans.«

»Die Sache hat allerdings noch einen winzigen Haken«, sagte Lincoln. »Sie wollen den Vertrag nicht unterschreiben, ehe sie nicht mit Ihnen persönlich gesprochen und Sie alles bestätigt haben, was ich Ihnen zugesagt habe.«

»Ich freue mich darauf, sie zu sehen«, sagte Preacher. »Bringen Sie sie doch einfach im Flugzeug mit, wenn Sie morgen zurückkommen.«

»Das geht leider nicht«, sagte Lincoln. »Sie müssen morgen abend in der Crystal Cathedral bei Bob Shuller auftreten. Wenn Sie den Vertrag zur Vorstandssitzung mitbringen wollen, müssen Sie schon selbst nach Los Angeles kommen.«

»Das geht unmöglich«, erwiderte Preacher. »Ich muß morgen früh in Dallas sein und komme erst abends wieder zurück.«

»Können Sie das nicht verschieben?« fragte Lincoln. »So wichtig kann es doch wirklich nicht sein.«

Preacher schwieg. Lincoln hatte natürlich recht. Aber

Jane hatte auch recht. Andererseits mußte die Kirche Vorrang haben vor dem Privatleben. Er war schließlich Pastor, und eine Pastorenfrau mußte das einsehen. Vielleicht war es gar nicht so gut, wenn er jetzt sofort hinter Jane herjagte, solange sie noch so wütend und aufgeregt war. Vielleicht würde es gar nicht schaden, wenn sie erstmal allein blieb und sich beruhigen konnte. Dann mochte ihr womöglich auch das Leben in Churchland nicht mehr so unerträglich erscheinen. »Okay«, sagte Preacher und seufzte. »Wie lange dauert der Flug?«

»Ungefähr drei Stunden.«

Preacher rechnete nach. Wenn er um zehn Uhr texanischer Zeit abflog, war er um elf Uhr Ortszeit in Los Angeles. »Ich nehme *Churchland 2*«, sagte er. »Holen Sie mich um elf Uhr am Flughafen ab.«

»Wird gemacht«, sagte Lincoln.

Preacher legte den Telefonhörer auf, steckte sich eine Zigarette an und rauchte nervös. Er fühlte sich nicht wohl in seiner Haut. Er mochte sich selbst nicht eingestehen, daß Jane tatsächlich recht gehabt hatte. Wieder einmal hatte es Wichtigeres gegeben als ihre Ehe. Aber es war ja auch völlig überflüssig gewesen, daß sie einen Machtkampf zwischen sich und der Kirche entfacht hatte. Er liebte sie doch nicht weniger, weil er Jesus liebte.

Plötzlich durchzuckte ihn ein Gedanke, der ihn erschreckte. Ärgerlich drückte er seine Zigarette aus. Vielleicht hatte Jane ja viel mehr recht, als sie selbst ahnte. Sie hatten ja nicht geheiratet, weil er sie leidenschaftlich geliebt hatte. Er liebte sie, aber nicht mehr als andere Mädchen, die er gekannt hatte. Vielleicht war er zu der Liebe, die Jane wollte, ganz einfach nicht fähig.

Die weiße Pullman-Limousine mit den verdunkelten Fenstern stand schon bereit, als *Churchland 2* auf der Landebahn ausrollte. Der Steward stieß die Tür auf und drückte den Knopf, der die Gangway ausfahren ließ.

Lincoln begrüßte Preacher am Ende der Stufen. »Hatten Sie einen guten Flug, Reverend?«

»Ausgezeichnet, danke.« Preacher deutete lächelnd zu

dem protzigen Straßenkreuzer hinüber. »Was ist denn das für ein Schlitten?«

»Spezialanfertigung für Rock-Stars«, grinste Lincoln. »Ich dachte mir, für Sie ist das Beste gerade gut genug. Es ist alles drin: Bar und Fernsehen, zwei Telefone und eine Schreibplatte, falls Sie arbeiten wollen.«

»Sehr gut«, sagte Preacher. Der Chauffeur hielt den Schlag auf, und die beiden Männer setzten sich in den Fond.

»Ich habe ein Protokoll der bisherigen Vereinbarungen bei mir«, erläuterte Lincoln. »Vielleicht sollten wir das ganz kurz erörtern, während wir ins Hotel fahren, um dann etwaige Änderungswünsche mit den Rechtsanwälten zu besprechen, bevor wir die Hickox' aufsuchen.«

»Wozu fahren wir denn überhaupt erst ins Hotel?« fragte Preacher verblüfft.

»Ich dachte, Sie würden nach der Reise gern duschen und frische Sachen anziehen. Ich habe einen Bungalow im Beverly Hills Hotel gemietet für Sie. Auf diese Weise brauchen Sie nicht erst durch irgendeine Hotelhalle, wenn Sie Ihr Zimmer aufsuchen wollen. Wir treffen Kim und Jimmy erst nach dem Essen, so gegen halb drei, in ihrem Haus draußen.«

Ein Blick aus dem Fenster zeigte Preacher, daß sie bereits auf dem Highway nach Norden dahinfuhren. Die Aussichten, daß er heute noch nach Dallas kam, waren gering. »Ich dachte, wir brauchten nur noch den Vertrag zu unterschreiben«, sagte er mürrisch.

»Sicher«, erwiderte Lincoln. »Mehr ist es auch nicht. Aber diese Showbusiness-Leute sind schwierig. Für eine Minute ernsthafter Verhandlungen wird zwei Stunden lang Süßholz geraspelt.«

»Na schön«, sagte Preacher. »Zeigen Sie mir das Protokoll.«

Lincoln zog den Klapptisch herunter und nahm zwei Schriftsätze aus seinem Diplomatenköfferchen. »Im wesentlichen ist alles so geblieben, wie ich es Ihnen schon erzählt habe«, sagte er. »Aber sie verlangen noch ein paar Extras.«

»Zum Beispiel?«
»Sie wollen nur neununddreißig Wochen im Jahr arbeiten, und die Gäste für die restlichen dreizehn Wochen wollen sie selbst aussuchen. Nach Rücksprache mit uns, versteht sich. Ich halte das für unproblematisch, denn sie können nichts ohne unsere Zustimmung machen, und ein bißchen Abwechslung kann ja nicht schaden.«
Preacher nickte. »Was noch?«
»Sie verlangen, daß die Sendung *Die Jimmy und Kim Hickox-Show* heißt.«
»Okay.«
»Sie wollen selbst als Produzenten genannt werden.«
»Geht auch klar.«
»Die Show soll eine Gemeinschaftsproduktion ihrer Gesellschaft und unserer werden. Im Vorspann soll es heißen ›Eine Hickox-Churchland-Produktion‹. Darüber hinaus wollen sie das Copyright gemeinsam mit uns haben. Das habe ich abgelehnt.«
»Warum?« fragte Preacher.
»Bei einem gemeinsamen Copyright müßten wir sie jedesmal um Erlaubnis fragen, wenn wir die Show später noch weiterverwenden wollen. Ich habe ihnen gesagt, daß das mit der Gemeinschaftsproduktion und dem Vorspann in Ordnung ginge, aber wir das Copyright behielten.«
»Haben sie das akzeptiert?«
»Bisher noch nicht«, sagte Lincoln. »Sie wollen vermutlich probieren, ob sie diese Forderung nicht bei Ihnen durchsetzen können. Wenn Sie jedoch stur bleiben, werden die nachgeben, glaube ich.«
»Gut. Ich werde mich daran halten.«
»Dann bleibt nur noch ein Punkt. An dem könnte der Vertrag allerdings scheitern. Sie wollen die Show hier in Hollywood machen. Sie sagen, nach Churchland würden die Gäste nicht kommen, die sie vorhaben einzuladen. Wenn wir aber Studios in Hollywood mieten müssen, wird die Sache mindestens doppelt so teuer wie geplant. Das können wir uns nicht leisten.«
»Was sollen wir machen?« fragte Preacher.
»Ich weiß nicht«, sagte Lincoln. »Ich habe alles mögliche

versucht, aber wir sind bei diesem Punkt keinen Schritt weitergekommen.«

Preacher dachte einen Augenblick nach. »Können wir ihnen irgend etwas anderes offerieren?«

Lincoln schüttelte den Kopf. »Eigentlich nicht.«

Preacher warf ihm einen beunruhigten Blick zu. »Was sind die beiden denn für Menschen?«

»Er scheint sehr nett zu sein. Sie wissen schon: freundlich, entspannt, so wie er auch im Fernsehen auftritt. Sie ist ganz anders. Eine sehr energische Lady. Die Geschäfte macht sie.« Lincoln dachte einen Augenblick nach. »Ich bin mir nicht sicher, aber ich glaube, daß sie seinerzeit die Idee mit den religiösen Programmen gehabt hat. Sie war wohl davon überzeugt, daß ihr Mann beim kommerziellen Fernsehen keine Chance mehr hatte. Und daß man mit Religion was verdienen kann, wußte sie auch.«

»Wollen Sie damit sagen, daß es Kim Hickox gar nicht um Gott und den Glauben geht, sondern nur ums Geschäft?«

Lincoln zuckte die Achseln. »Ausgeschlossen ist das nicht.«

Preacher sah aus dem Fenster, wo die letzten Häuser von Culver City vorbeiglitten. Er lächelte, als er sich wieder zu Lincoln umdrehte. »Bald werden wir's wissen.«

»Wieso?« fragte Lincoln.

»Ich werde sie einfach ins Nebenzimmer mitnehmen und mit ihr beten«, sagte Preacher. Er sah Lincolns entsetztes Gesicht und lachte zufrieden. »Nur keine Angst, Marcus. Das war nur ein kleiner Scherz. Ich weiß schon, daß dies nicht die Zeit des Betens ist. Wenn sie wirklich so energisch ist, wie Sie sagen, werden wir sie auf die Probe stellen und sehen müssen, was an ihr dran ist. Rufen Sie ihren Rechtsanwalt an, und sagen Sie ihm, daß ich irgendeinem anderen Drehort als Churchland auf gar keinen Fall zustimmen werde. Wenn sie damit nicht einverstanden sind, ist die Sache geplatzt. Sagen Sie ihm außerdem, daß ich mich nur bis zwei Uhr im Hotel aufhalten werde. Wenn mir bis dahin nicht mitgeteilt worden ist, daß die

Aufnahmen in Churchland stattfinden können, werde ich abreisen, denn dann hat das Treffen gar keinen Sinn.«

Lincoln starrte ihn ungläubig an. »Da bleibt mir ja gar kein Verhandlungsspielraum.«

»Es gibt keinen«, sagte Preacher kategorisch. »Wir wollen die beiden ja unter anderem deshalb, weil sie Besucher nach Churchland bringen sollen. Wenn sie nicht dorthin kommen wollen, sind sie für uns nur noch die Hälfte wert.«

»Wenn sie ablehnen, stehen wir mit leeren Händen da«, meinte Lincoln.

»Die zwei können doch nicht die einzigen sein, die in Frage kommen«, sagte Preacher. »Es gibt doch auch noch andere Stars.« Er dachte einen Augenblick nach. »Wie steht es denn mit Pat Boone? Der ist doch unheimlich gut und viel populärer, als es Jim Hickox je war.«

»Pat Boone habe ich gar nicht erst gefragt, weil er ständig auf zwölf Monate und mehr hinaus ausgebucht ist.«

Preacher grinste. »Nun werfen Sie doch nicht gleich die Flinte ins Korn. Die Hickox' haben doch bisher noch gar nicht abgelehnt. Jetzt rufen Sie erst einmal an.«

Um halb zwölf erreichten sie das Hotel, und Lincoln führte Preacher direkt zu seinem Bungalow, der in einem gepflegten Park am Crescent Drive lag. »Haben Sie Hunger?« fragte er. »Soll ich etwas zu essen bestellen?«

Preacher schüttelte den Kopf. »Nein, danke. Ich bin bloß müde. Ich habe letzte Nacht kaum geschlafen. Glauben Sie, ich könnte mich ein paar Minuten lang ausstrekken?«

»Natürlich«, sagte Lincoln. »Ich muß sowieso noch ein paar Dinge erledigen. Warum legen Sie sich nicht einfach ein bißchen hin und ruhen sich aus? Ich komme um Viertel nach eins und wecke Sie rechtzeitig.«

»Das ist nett. Vielen Dank.«

Nachdem Lincoln gegangen war, zog Preacher die Vorhänge im Schlafzimmer zu, bis der Raum fast vollkommen dunkel war. Er zog sich aus und legte sich aufs Bett, fuhr aber gleich wieder hoch und griff nach dem Telefonhörer.

Die Vermittlung meldete sich. »Ja bitte, Dr. Talbot?«

Er bat um eine Verbindung mit Dallas. Nach dem zweiten Klingeln hob jemand ab. »Hier bei Mrs. Dawson.«

»Mein Name ist Talbot«, sagte Preacher. »Ist meine Frau da?«

»Nein, Dr. Talbot, das tut mir leid«, sagte das Hausmädchen. »Sie ist mit Mrs. Dawson und den Kindern einkaufen gegangen. Kann ich was ausrichten?«

»Ach ja, bitte«, sagte Preacher erleichtert. »Können Sie ihr bitte sagen, daß ich überraschenderweise nach Los Angeles mußte? Ich rufe später noch einmal an.«

»Ja, gern«, sagte das Mädchen.

»Vielen Dank«, sagte Preacher, legte den Hörer auf und ließ sich aufs Bett sinken. Er starrte ins Dunkel. Nichts schien zu klappen. Der Vorstand, der gegen ihn intrigierte, dann Jane, und jetzt der Ärger mit den Sängern. Merkwürdig, seit er vierzig war, lief er der Zeit hinterher, und er hatte das Gefühl, er würde sie nie wieder einholen. Er war müde. Sehr müde. Er schloß die Augen und sank in den Schlaf . . .

Der süße Geruch von Marihuana drang in seine Träume. Er wehrte sich dagegen, das war nicht der richtige Zeitpunkt. Aber der Geruch wurde stärker. Er glaubte zu halluzinieren, schlug die Augen auf und fuhr hoch. Der Raum war vollkommen dunkel, nur am Fußende des Bettes erkannte Preacher die Umrisse zweier Gestalten und den Glutpunkt einer Zigarette.

Er griff nach dem Lichtschalter, aber eine schmale Hand stoppte ihn. »Schlaf nur weiter, Preacher. Wir wollen nicht stören«, sagte das Mädchen.

»Ihr stört mich nicht, Charlie.« Er nahm ihr den Joint aus den Händen. »Aber wenn ich schon *high* werde, will ich wenigstens wach sein, dann macht es mehr Spaß.«

»Wir lieben dich, Preacher«, sagte das andere Mädchen.

»Und ich liebe euch, Melanie«, sagte Preacher und gab ihr den Joint. »Darf ich jetzt Licht machen?«

»Laß nur«, sagte Charlie. Sie knipste die Lampe an.

»Woher wußtet ihr, daß ich hier bin?« fragte er.

Melanie lächelte. »Joe hat es von Lincoln gehört. Wir wollten dich unbedingt sehen. Also haben wir uns heute früh um sieben ganz einfach ins Auto gesetzt, und da wären wir nun.«

»Wir haben dich schließlich seit einem Jahr nicht gesehen«, sagte Charlie.

Preacher schwieg einen Moment. »Macht den Joint aus«, sagte er müde. »Ich habe gleich eine wichtige Besprechung, da brauche ich einen klaren Kopf.«

»Freust du dich nicht, uns zu sehen?« fragte Charlie gekränkt.

»Ihr wißt doch, ich freue mich immer, wenn ihr bei mir seid«, erwiderte Preacher. »Ich glaube, ich werde jetzt duschen, damit ich fit bin, wenn Lincoln zurückkommt.«

»Wie wäre es, wenn wir erstmal ordentlich schmusten?« fragte Melanie. »Vielleicht entspannst du dich dann und schlägst dir den ganzen Krampf aus dem Kopf.«

»Würde ich gerne«, sagte Preacher wehmütig lächelnd. »Ihr seid beide so hübsch. Aber ich habe leider keine Zeit.«

»Nimm sie dir einfach«, sagte Charlie und streifte ihr Kleid ab.

»Sag ihr, daß sie aufhören soll, Melanie«, lachte Preacher. Aber Melanie war bereits nackt und krabbelte vergnügt auf ihn zu. »He! Das könnt ihr nicht machen!«

Sie drückten ihn zurück in die Kissen, massierten und streichelten ihn. Preacher lag vollkommen still, sah ihnen streng ins Gesicht und holte tief Atem. »Kinder, es geht nicht. Es hat keinen Sinn.«

»Natürlich geht's nicht, wenn du nicht willst«, sagte Charlie. »Wenn du uns wegstößt, hat nichts einen Sinn.« Ihre Augen zeigten einen verdächtigen wäßrigen Glanz.

Preacher wandte sich Melanie zu. Auch in ihren Augen schimmerten Tränen. »Preacher«, flüsterte sie. »Preacher, du darfst uns nicht alt werden.« Sie wischte sich mit dem Handrücken die Nase. »Wenn du alt wirst, dann werden wir auch alt.«

Er spürte, daß sich auch seine eigenen Augen mit Tränen zu füllen begannen, zog ihre Köpfe zu sich herunter und drückte sie an seine Brust. Lange Zeit lagen sie still, und ihre Tränen mischten sich auf seiner Haut. Dann ließ er sie los, und die Mädchen standen vom Bett auf. Schweigend sah er zu, wie sie sich anzogen.

»Entschuldige«, sagte Charlie. »Wir hätten nicht kommen sollen.«

»Wir dachten, wenn wir uns Mühe gäben, würde alles wieder wie früher«, sagte Melanie. »Aber das war wohl ein Irrtum. Es ist alles anders geworden. Und auch du bist nicht mehr derselbe. Jetzt wissen wir es.«

»Wir kehren nicht mehr in die Gottesgemeinde zurück«, sagte Charlie. »Da ist auch nichts mehr so, wie es mal war.«

»Wo wollt ihr den hin?« fragte Preacher und setzte sich auf.

Melanie zuckte die Achseln. »Eigentlich hatten wir gedacht, wir könnten nach Churchland kommen, wenn du uns willst. Aber das geht ja nicht, wie man sieht. Wir werden schon etwas anderes finden.«

»Könntest du Joe bitte ausrichten, daß wir ihm demnächst mitteilen werden, wo er unsere Sachen hinschicken soll?« sagte Charlie.

Preacher lächelte. »Ihr könnt ihn gleich selber anrufen.«

»Wie meinst du das?« fragte Melanie.

»Ihr werdet beide mit mir nach Churchland zurückfliegen. Gleich heute abend.« Er sah ihre überraschten Gesichter und lächelte erneut. »Ich nehme euch im Churchland-Jet mit. In Ordnung?« Sie nickten. »Darf ich dann jetzt bitte kalt duschen?«

»Wie lange fliegen wir denn?« fragte Charlie.

»Drei Stunden«, gab Preacher zurück.

Sie küßte ihn auf den Hals. »Dann solltest du lieber nicht allzu kalt duschen. Das wäre doch schade, meinst du nicht?«

# Elftes Kapitel

Jimmy Hickox machte selbst die Tür auf. Sein jugendliches Äußeres ließ ihn kaum älter als fünfunddreißg erscheinen, Preacher wußte aber, daß er die fünfzig bereits überschritten hatte. »Guten Tag, Dr. Talbot«, sagte der Sänger und streckte Preacher die Hand hin. »Ich freue mich, daß Sie gekommen sind.«

Jimmys Händedruck war energisch und freundlich. Preacher lächelte. »Die Freude ist ganz meinerseits, Mr. Hickox. Ich gehöre schon lange zu Ihren Fans.«

»Das finde ich schön«, sagte Jimmy. »Ich gehöre nämlich auch zu Ihren Bewunderern, Sir. Ihren Dienst am Herrn finde ich sehr beeindruckend. Unser Land braucht solche Männer wie Sie, die rücksichtslos gegen den moralischen Zerfall ankämpfen, der die amerikanische Familie und unsere ganze Lebensweise bedroht.«

Preacher warf Lincoln einen amüsierten Blick zu. Es war nur allzu offensichtlich, daß Jimmy nie eine Sendung aus Churchland gesehen hatte. »Vielen Dank, Mr. Hickox«, sagte er feierlich. »Wir alle tun, was wir können, nicht wahr?«

»Sagen Sie Jimmy zu mir«, sagte Jimmy. »Meine Frau und die anderen warten im Wohnzimmer.«

Kim Hickox war von drei Männern umgeben: ihrem Agenten, dem Geschäftsführer ihrer Produktionsgesellschaft und ihrem Rechtsanwalt. Jimmy stellte die Männer zuerst vor, und Preacher schüttelte ihnen die Hände. Dann wandte er sich der attraktiven Sängerin zu und ergriff ihre Hand, ehe Jimmy ihn vorstellen konnte. Kim mußte von ihrem Stuhl aufstehen, um nicht das Gleichgewicht zu verlieren, und Preacher hielt ihre Hand sehr viel länger als nötig. »Ich dachte schon, zu Ihnen kämen wir nie, Mrs. Hickox«, sagte er lächelnd. »Aber ich verstehe Jim gut. Er hat das Beste für den Schluß aufgespart. Ich bin so froh, Sie endlich kennenzulernen.«

Unter seinem Blick errötete Kim. »Ganz meinerseits, Dr. Talbot. Ich kann Ihnen gar nicht sagen, wie sehr wir uns geehrt fühlen, daß Sie unsere Hilfe in Anspruch nehmen wollen.«

»Ich bin jedenfalls hoch zufrieden, daß jetzt alle Probleme geklärt sind. Ich bin überzeugt, es ist Gottes Wille, daß wir unsere Kräfte in seinem Dienst zusammenschließen.«

Erneut stieg ihr eine leichte Röte ins Gesicht, und Preacher war sicher, daß sie den Doppelsinn erfaßt hatte.

Mühsam riß sie sich los. »Möchte jemand Kaffee oder Tee?«

»Für mich bitte nicht, Mrs. Hickox«, sagte Preacher sofort. »Ich fürchte, ich habe gar nicht soviel Zeit. Ich muß heute abend nach Dallas.«

»Wie schade«, sagte Jim Hickox. »Ich hatte gehofft, wir hätten vielleicht genug Zeit, um das Programm durchzusprechen.«

»Dazu wird noch Gelegenheit sein, Mrs. Hickox«, sagte Preacher. »Können Sie es nicht einrichten, ein paar Tage nach Churchland zu kommen? Auf diese Weise können Sie sich selbst davon überzeugen, daß unsere Studios auf dem neuesten technischen Stand sind, und wir haben dann genügend Zeit zur Ausarbeitung der Sendung.«

Sie nickte. »Eine gute Idee, das sollten wir unbedingt tun, Dr. Talbot. Vielleicht nächste Woche?«

»Das wäre mir sehr recht, Mrs. Hickox.«

»Halt, halt, Kim«, rief Jimmy. »Hast du vergessen, daß ich versprochen habe, nächste Woche Billy Grahams Kreuzzug in Kanada zu begleiten?«

Kim lächelte, aber ihre Stimme machte deutlich, daß sie keinen Widerspruch wünschte. »Das ist richtig, Liebling. Aber ich glaube, wenn ich nächste Woche nach Churchland fahre und mit Dr. Talbot an unserer Sendung arbeite, dann ist das viel produktiver, als wenn ich hier in Hollywood rumsitze und Däumchen drehe, nicht wahr?«

»Ja, natürlich«, sagte Jimmy sofort. »Da hast du recht.«

»Darf ich vorschlagen, daß wir jetzt die Vereinbarungen noch einmal durchgehen?« sagte Lincoln. »Dr. Talbot muß dringend nach Dallas, und je früher wir fertig sind, desto rascher ist er wieder am Flugplatz.«

Der Rechtsanwalt verteilte die Schriftsätze. Preacher gab ihm seine Kopie gleich zurück. »Danke, Verträge lese ich nie. Das überlasse ich Mr. Lincoln. Es ist doch das Einfachste, diese Dinge den Rechtsanwälten zu überlassen, finden Sie nicht, Mrs. Hickox?«

Die Sängerin, die angefangen hatte zu lesen, legte ihren Vertrag eilig weg. »Da haben Sie recht«, sagte sie.

Preacher lächelte. »Sie haben ein schönes Haus, Mrs. Hickox. Stimmt es eigentlich, daß Sie eine ganze Wand mit Goldenen Schallplatten tapeziert haben?«

Sie lachte geschmeichelt. »Ja, das ist in der Bibliothek. Interessiert es Sie? Ich kann es Ihnen gern zeigen.«

»Das wäre ganz reizend von Ihnen«, erwiderte Preacher. »Glauben Sie mir, ich habe noch nie eine Goldene Schallplatte gesehen, Mrs. Hickox.«

»Warum nennen Sie mich nicht einfach Kim?« fragte sie. Sie wandte sich an ihren Mann. »Sagt uns Bescheid, wenn ihr fertig seid, ja?«

Preacher folgte ihr hinaus in die Halle. Am Fuß der Treppe ins obere Stockwerk zögerte Kim. »Die Bibliothek ist oben«, sagte sie.

Preacher lächelte. »Ich weiß. Das stand in demselben Artikel, in dem auch die Wand mit den Goldenen Schallplatten beschrieben war.«

Erneut errötete sie, dann ging sie entschlossen die Treppe hinauf, überquerte die Galerie und stieß eine Tür auf. »Die Schallplatten sind da hinten, über dem Schreibtisch.«

Preacher ging an der Sängerin vorbei in den Raum, warf einen flüchtigen Blick auf die Platten und drehte sich um. »Kommen Sie herein«, sagte er, »und machen Sie die Tür hinter sich zu.«

Sie gehorchte, blieb aber fluchtbereit neben der Tür.

»Sie sind so weit weg«, sagte Preacher und kam um den Schreibtisch herum. »Warum kommen Sie nicht zu mir?«

Langsam, fast schlafwandlerisch durchquerte Kim Hickox die Bibliothek. Ihre Augen ruhten auf Preacher, ihre Stimme klang beinahe ängstlich. »Was haben Sie mit mir vor?«

Er legte ihr die Hände auf die Schultern und spürte dabei, wie sie bebte. »Ehe ich Ihnen das sage, möchte ich fragen, ob Sie mir nicht etwas mitteilen möchten?«

Sie schlug die Augen nieder und blickte zu Boden. »Ich habe bisher noch nie mit jemandem darüber gesprochen.«

»Dann erzählen Sie es jetzt eben mir!« sagte er.

»Ich war früher anders. Ich bin ausgegangen und habe gelacht, genauso wie andere Menschen. Eines Tages wachte ich auf und stellte fest, daß ich mit einem Wrack verheiratet war. Mit einem Alkoholiker, der alles verspielt hatte, wofür wir gearbeitet hatten: Geld, Sicherheit und Karriere. Da begriff ich, daß ich nicht weiter in den Tag hineinleben konnte. Ich mußte die Verantwortung übernehmen. Ich versuchte alles mögliche, aber wirkliche Heilung erlangte Jim erst, als er wiedergeboren wurde in Christo. So fand ich auch einen neuen Weg für unsere Karriere. Ein Ziel, für das zu arbeiten lohnte: Jesus Christus.« Sie hob den Blick. »War es das, was Sie wissen wollten?«

»Dem Herrn sei Dank für eure Errettung«, sagte er spöttisch. »Die Geschichte machte bei Robertson oder Bakker sicher unheimlich Eindruck.«

»Sie glauben mir nicht?« fragte sie.

»Doch, doch«, sagte Preacher. »Aber Sie haben mir bloß das erzählt, was ich Ihrer Meinung nach hören wollte. Nicht, was mich interessiert.«

»Und was ist das?«

Er warf ihr einen prüfenden Blick zu. »Wußten Sie, daß er schwul war, als Sie geheiratet haben?«

Sie schüttelte den Kopf. »Nein«, sagte sie leise.

»Wollten Sie deshalb die Show in Hollywood machen? Hatten Sie Angst, in Churchland würde es auffallen?«

Sie senkte den Blick. »Ja«, sagte sie.

Preacher hob ihr Kinn mit der Hand, so daß sie ihn ansehen mußte. »Vielleicht ist es für uns alle gefährlich«, sagte er nachdenklich. »Ich habe genügend Feinde, die sich mit Wonne auf alles stürzen, was mir vielleicht schadet. Die würden Hackfleisch aus Jimmy machen, wenn seine Veranlagung herauskäme.«

»Sie kommt nicht heraus«, sagte sie wütend. »Ich habe das völlig im Griff. Was glauben Sie, wie wir sonst dahin gekommen wären, wo wir jetzt stehen? Es ist nie etwas durchgesickert. Kein Wort!«

»Sie sind wirklich tüchtig«, sagte Preacher bewundernd.

»Das war leider auch notwendig«, sagte sie bitter. »Aber ich bin eine Frau, Dr. Talbot. Eine Frau mit Träumen und Wünschen. Und ich war nicht immer brav.«

»Ich bin sicher, der Herr hat Ihnen vergeben. Seine Gnade gilt nicht nur den Sündern.«

»Aber ich bin eine Sünderin«, sagte sie.

»Wir alle sind Sünder«, sagte er leise. »Deshalb wollte ich mit Ihnen reden.«

Sie löste sich von ihm und trat ans Fenster. »Also nicht, weil Sie mich . . .« Sie ließ den Satz in der Luft hängen.

Preacher gab keine Antwort.

Sie drehte sich ruckartig um. »Sie sind ein merkwürdiger Mann, Dr. Talbot. Ich habe noch nie einen Pfarrer wie Sie getroffen.« Sie seufzte bedauernd. »Das hätte ich mir gleich denken können, daß mit Ihnen nicht gut Kirschen essen ist.« Sie ging zur Tür. »Ich gehe jetzt in mein Zimmer. Sagen Sie denen da unten, daß aus der Sache nichts wird, bitte? Ich will niemanden sehen.«

»Solange ich die Wahrheit nicht wußte, Kim, konnte ich nicht unterschreiben. Das müssen Sie verstehen«, sagte Preacher begütigend. »Aber jetzt vertraue ich Ihnen. Ich weiß, Sie werden mich nicht enttäuschen.«

Kim drehte sich überrascht zu ihm um. In ihrem Blick lag wieder Hoffnung. »Sie meinen, Sie würden trotz allem . . .?«

»Ja«, sagte er lächelnd und ging auf sie zu. »Lassen Sie uns hinuntergehen und die Sache besiegeln.«

Als er daran dachte, Jane anzurufen, saß Preacher schon wieder im Flugzeug nach Churchland. Das Gespräch mußte warten.

Die Maschine erreichte die Reiseflughöhe, und als die Warnlampen erloschen waren, löste Preacher den Sicherheitsgurt. »Das war eine gute Idee, daß Sie Joe den zweiten Jet geschickt haben«, sagte er. »Auf diese Weise kommt er wenigstens pünktlich zur Sitzung.«

»Schon gut«, lachte Lincoln. »Sie haben schließlich genügend andere Sorgen.«

»Kann ich Ihnen etwas zu trinken anbieten?« fragte der Steward.

Lincoln grinste. »Wenn das keine so fromme Fluglinie wäre, würde ich einen doppelten Scotch nehmen, aber unter den gegebenen Umständen genügt auch ein schwarzer Kaffee.«

Preacher lächelte und warf dem Steward einen wissenden Blick zu. »Ich nehme auch Whisky. On the rocks, bitte.« Er wandte sich wieder an Lincoln. »Bitte erzählen Sie es nicht weiter, aber ich habe in allen Churchland-Fluozeugen ein privates Giftschränkchen einbauen lassen.«

Lincoln nickte. »Für medizinische Zwecke, wie ich vermute?«

»Genau«, sagte Preacher. »Anders kann ich nicht fliegen.«

Die beiden Männer lachten vergnügt. Lincoln warf einen Blick über die Schulter, wo Charlie und Melanie saßen. »Das wird Randle nicht passen, daß die beiden zurückkommen.«

Preacher nickte. »Mag sein.«

»Haben Sie sich schon überlegt, wo die Mädchen arbeiten könnten?«

Preacher wartete, bis der Steward die Drinks abgestellt und sich wieder entfernt hatte. »Vielleicht als Hostessen in der V.I.P.-Rezeption. Die beiden verstehen es, aufgeblasenen Prominenten das Gefühl zu vermitteln, sie wären tatsächlich wichtig.«

»Ich dachte, die ganze Abteilung wäre aufgelöst worden, weil das jetzt die PR-Leute machen.«

»Dann gründen wir eben eine neue V.I.P.-Rezeption. Wir können's uns leisten.«

Lincoln nippte an seinem Whisky. »Ich war verblüfft, daß er Ihrem Vorschlag so ohne weiteres zugestimmt hat, Joe in den Vorstand aufzunehmen.«

Preacher schüttelte den Kopf. »Ich nicht. Randle ist ein Geschäftsmann. Er hat einem Kandidaten von mir zugestimmt, um vier von seinen durchzusetzen.«

»Was meinen Sie, wird er der Hickox-Show zustimmen?«

»Das ist völlig egal«, sagte Preacher. »Da der Vertrag bereits unterschrieben ist, bleibt ihm gar nichts anderes übrig, als sich damit abzufinden, daß die Hickox-Show stattfindet.«

»Muß denn der Vorstand nicht zustimmen?«

»Für gewöhnlich ja. Aber da ich der Pastor und Vorstandsvorsitzende bin, ist jeder Vertrag, den ich unterschreibe, für die Kirche bindend und rechtskräftig.«

Lincoln nahm einen weiteren Schluck. »Selbst wenn ihm die Show gefällt - eines wird ihn mit Sicherheit ärgern: daß ich diese Sache eingefädelt habe, ohne daß er davon wußte. Schließlich bin ich nominell immer noch Chef der Randle Communications.«

»Wieviel Sendezeit haben Sie bei Randle Communications gekauft für die Show?«

»Eine ganze Menge.«

»Dann hat er bestimmt nichts dagegen«, sagte Preacher. »Und wenn er trotzdem Einwände hat, dann behaupten Sie einfach, ich hätte Ihnen die Show aufgedrängt und Sie hätten seine Interessen gewahrt, indem Sie Sendezeit bei ihm kauften. Machen Sie ihm klar, was die Kirche und er an der Sache verdienen, dann ist er zufrieden.«

»Aber wir wissen doch beide, wenn wir die Show wie geplant ohne direkte Spendenappelle durchführen, werden wir gar nichts verdienen.«

»Das werde ich ihm nicht auf die Nase binden«, sagte Preacher. »Das wird er noch früh genug merken, wenn er die Show im Fernsehen sieht. Falls er sie sieht.«

»Stanford Carrol wird sich schwarz ärgern«, lachte Lincoln zufrieden. »Seit einem Jahr bemüht er sich, die beiden für CBN zu gewinnen, aber die wollten nicht genug zahlen.«

»Caroll? Ist das ein guter Mann?« fragte Preacher.

»Und ob«, sagte Lincoln. »Ein ganz alter Hase. Ehe er zu CBN ging, war er zehn Jahre bei NBC.«

»Dann würde ich vorschlagen, daß Sie noch vor der Vorstandssitzung mit ihm sprechen. Es kann sicher nicht schaden, wenn er weiß, wie sehr wir seine Idee schätzen. Und Randle wird das wohl auch interessieren.«

Lincoln starrte ihn ungläubig an. »Sagen Sie, Reverend, sind Sie eigentlich Pfarrer oder Geschäftsmann?«

»Ich bin ein Pfarrer«, lächelte Preacher, »der gezwungen ist, die Rolle eines Geschäftsmannes zu spielen.«

Mit einem Joint in der Hand trat Melanie an den Tisch. »Macht es euch etwas aus, wenn wir rauchen?« fragte sie.

Preacher verzog das Gesicht. »Wirklich zu lieb von dir, daß du fragst! Aber wenn ich richtig sehe, raucht ihr längst. Also was soll's?«

»Reine Höflichkeit«, sagte Melanie und hielt ihm den Joint hin. »Willst du mal ziehen?«

»Die Frage gefällt mir schon besser«, sagte Preacher. Er nahm einen mächtigen Zug und behielt den Rauch sekundenlang in der Lunge, ehe er ihn wieder ausströmen ließ. »Ja«, sagte er, »das tut gut.«

Melanie wartete, bis er noch einen Zug genommen hatte, dann bot sie Lincoln den Joint an. »Na, wie steht es mit Ihnen?«

Lincoln starrte verblüfft auf den Joint. »Warum nicht?« sagte er. »Dieses Flugzeug ist ja ohnehin eine fliegende Lasterhöhle, wie ich feststellen mußte.«

Erstaunt sah Melanie zu, wie Lincoln fachmännisch rauchte. »Ich dachte immer, Sie wären ein Snob«, sagte sie. »Aber Sie haben ganz offensichtlich das Zeug zu einem richtigen Hippie.«

Lincoln lachte. »Was haben Sie in den Joint reingedreht? Zwei Züge, und ich hebe schon ab.« Er griff in die Tasche. »Aber ich will nicht schmarotzen. Preacher hat den Scotch gestiftet, ihr habt den Joint beigesteuert, da will ich nicht knausern. Ich habe auch einen Beitrag zur Verbesserung unserer Stimmung zu machen.« Er zog eine winzige braune Flasche mit einem weißen Pulver heraus. »Wer mag eine Prise?«

Melanie starrte ihn einen Augenblick sprachlos an, dann rief sie: »Hey, Charlie! Komm her, hier steigt eine Party!«

Als das Flugzeug auf der Rollbahn in Churchland aufsetzte, waren alle vier wunschlos glücklich.

# Zwölftes Kapitel

Um sieben Uhr ging der Wecker. Stöhnend setzte sich Preacher im Bett auf. Seine Augen schmerzten, in seinem Hinterkopf raste ein Tiger, und seine Zunge war so haarig wie ein Flokatiteppich.

Er stolperte ins Badezimmer und wühlte das Medizinschränkchen durch. Als er das Alka Seltzer gefunden hatte, warf er gleich vier Tabletten auf einmal ins Wasserglas. Um das Sprudeln der Bläschen zu stoppen, das in seinen Ohren wie Schrapnellfeuer klang, trank er das Glas ruckartig und in einem Zug aus. Er stützte sich auf dem Waschbecken ab und starrte betäubt in den Spiegel. Seine blutunterlaufenen Augen starrten zurück. Er schüttelte verzweifelt den Kopf. »Du bist heute nicht in der besten Verfassung, die Vorstandssitzung zu leiten«, sagte er zu sich selbst.

Er ging zurück ins Schlafzimmer, setzte sich auf die Bettkante und telefonierte. »Schicken Sie mir eine große Tasse schwarzen Kaffee«, bat er das Mädchen. Dann wartete er darauf, daß das Hämmern in seinem Hinterkopf aufhörte. Er fragte sich, wie er ins Bett gekommen sein mochte. Das letzte, woran er sich erinnerte, war die Gangway am Rollfeld.

Es klopfte, das Mädchen trat ein. Sie trug ein Frühstückstablett mit Orangensaft und Kaffee. »Geht es Ihnen besser, Dr. Talbot?« fragte sie, als sie ihm das Glas reichte.

Preacher versuchte, aus ihrem Gesicht abzulesen, ob sie bloß höflich war oder ob sie ihr Mißfallen ausdrücken wollte, aber ihr Mund und ihre schwarzen Augen waren völlig neutral. »Ich weiß noch nicht«, sagte Preacher.

Das Mädchen schenkte ihm Kaffee ein, nahm ihm das Glas aus der Hand und gab ihm die Tasse. »Ich habe die beiden Damen im Gästezimmer untergebracht«, sagte sie sachlich.

Preacher starrte sie ausdruckslos an.

»Die beiden jungen Damen, die früher im Empfang gearbeitet haben«, erklärte sie nachsichtig. »Sie haben gesagt, Sie hätten ein bißchen gefeiert.«

Preacher nippte vorsichtig an dem heißen Kaffee. Es ging doch nichts über die Diskretion des Personals.

Es sollte freilich noch schlimmer kommen. Das Mädchen kicherte plötzlich. »Wir hatten ganz schön Mühe, Sie ins Bett zu kriegen, Dr. Talbot. Aber die beiden haben geholfen.«

»Vielen Dank!« sagte Preacher. Der heiße Kaffee tat seine Wirkung. »Sind die jungen Damen schon wach?«

Das Mädchen schüttelte heftig den Kopf. »Ich habe heute morgen noch nichts von ihnen gehört.«

Preacher nickte. »Hat jemand angerufen?«

»Mr. Randle hat gestern ein paarmal angerufen, aber er hat nicht gesagt, was er wollte. Ach ja, Mrs. Talbot hat auch angerufen.«

»Was hat sie gesagt?«

»Ich weiß nicht«, sagte das Mädchen. »Ich war nicht am Apparat. Wir brachten Sie gerade ins Bett. Eine der beiden jungen Damen hat den Anruf entgegengenommen, und als sie sagte, wer sie ist, hat Mrs. Talbot aufgelegt.«

Preacher ließ sich nichts anmerken, aber innerlich krümmte er sich. Ein Tiefschlag folgte dem anderen. Er streckte dem Mädchen die Tasse hin, und sie schenkte Kaffee nach.

»Möchten Sie etwas Warmes zum Frühstück?« fragte das Mädchen. »Mit etwas im Magen geht es Ihnen gleich besser.«

Preacher schüttelte den Kopf. Bei der bloßen Vorstellung, etwas zu essen, wurde ihm bereits übel. »Nein danke. Der Kaffee genügt.« Er stand vorsichtig auf. »Vielleicht später. Jetzt werde ich erst einmal duschen und mich rasieren.«

Er wartete, bis das Mädchen ihm den Rücken zugekehrt hatte, ehe er die Tasse abstellte. Er mußte sie mit beiden Händen festhalten, so zitterte er. Als er allein war, ging er ins Badezimmer und drehte den Hahn auf. Eine Sekunde lang sah er zu, wie das Wasser aus der Dusche herausschoß, dann hielt er die Luft an und stellte sich unter den eiskalten Strahl.

Die Kälte überfiel ihn wie ein Hagelschauer von Eisnadeln. Er biß die Zähne zusammen und wartete, bis sein Kopf wieder klar wurde. Dann drehte er den Warmwasserhahn auf und seifte sich ab. Zum Abschluß ließ er noch einmal kaltes Wasser auf sich herunterprasseln.

Er rubbelte sich mit einem großen Badetuch ab und fühlte sich schon fast wieder menschlich. Mit einem Male war er sehr hungrig. Er rief in der Küche an und bestellte sich Cornflakes, Spiegeleier, Würstchen, Speck, Milch und Kaffee. »In zehn Minuten bin ich unten.«

Erst nachdem er ausgiebig gefrühstückt hatte und zur letzten Tasse Kaffee eine Zigarette rauchte, zog er das Telefon zu sich heran und rief Jane an. Auch diesmal meldete sich das Hausmädchen von Mrs. Dawson. »Tut mir leid, Sir, Mrs. Talbot schläft noch.«

»Dann wecken Sie sie«, knurrte Preacher gereizt.

»Jawohl, Sir«, sagte das Mädchen.

Kaum hatte sie den Hörer hingelegt, hob ihn Jane auch schon auf. Das Hausmädchen hatte offensichtlich gelogen. Die Stimme seiner Frau klang nicht im mindesten schläfrig. »Ich dachte, du hättest versprochen, nach Dallas zu kommen«, sagte sie eisig.

»Hat man dir nichts ausgerichtet?«

»Doch, das hat man«, sagte sie. »Was war denn so wichtig in Los Angeles? Mußtest du unbedingt selbst dorthin fliegen, um deine Betthäschen wieder nach Churchland zu holen?« Es war die zweite kalte Dusche dieses wenig freundlichen Morgens.

»Es war eine wichtige Sache«, sagte Preacher gequält. »Wir haben Jimmy und Kim Hickox unter Vertrag genommen. Sie werden eine tägliche Show für uns produzieren.«

»Das glaubst du doch selbst nicht«, sagte Jane höhnisch.

»Heute morgen um eins war Melanie bei uns im Schlafzimmer. Ich habe selbst mit ihr telefoniert. Ich hoffe nur, du hattest Zeit, die Laken zu wechseln, nachdem ich abgereist war.«

Preacher hielt den Ärger zurück, der in ihm aufstieg. »Jane«, sagte er langsam und deutlich, »bitte hör zu. Ich sage das nur einmal, damit du es weißt. Es war nichts zwischen mir und den Mädchen. Sie haben nur Susie geholfen. Sie haben mich ins Bett gebracht, weil ich praktisch ohnmächtig war. Jetzt schlafen sie im Gästezimmer. In unserem Bett waren sie nie. In Los Angeles war ich aus genau dem Grund, den ich dir eben genannt habe. Kim Hickox wollte den Vertrag nicht unterschreiben, ohne mich vorher gesprochen zu haben, und ich brauchte diesen Vertrag für die heutige Sitzung des Vorstands. Ich hatte keine Ahnung, daß Charlie und Melanie auftauchen würden. Sie haben mich gebeten, wieder in Churchland arbeiten zu dürfen, und ich habe ja gesagt. Das ist alles.«

»Und warum wollen die beiden wieder nach Churchland zurück?« fragte Jane schneidend. »Haben sie plötzlich gemerkt, daß sie nicht ohne dich auskommen?«

»Ich habe zu diesem Thema nichts mehr zu sagen«, erklärte er ruhig. »Ich habe einen anstrengenden Tag vor mir, Jane, deshalb kann ich dich leider nicht abholen. Aber ich schicke dir einen der Jets.«

»Die Mühe kannst du dir sparen«, sagte sie trocken. »Ich komme nicht wieder zu dir zurück. Ich bin keine läufige Hündin wie deine anderen Weiber. Ich komme auch ohne dich aus.«

»Das tut mir leid«, sagte er. »Wirklich.« Aber noch während er sprach, hörte er, wie sie einhängte.

Als Preacher um acht Uhr in sein Büro kam, wartete Randle bereits auf ihn. Er saß auf einem Stuhl vor dem Schreibtisch, die Hände über dem goldenen Knauf seines kleinen Spazierstocks gefaltet, und starrte düster vor sich hin.

Preacher setzte sich. »Guten Morgen, Jake«, sagte er. »Wollen Sie eine Tasse Kaffee?«

Randle gab keine Antwort.

Preacher ließ sich dadurch nicht stören. Er drückte die Sprechtaste und bat die Sekretärin, ihm eine Tasse zu bringen. Sekunden später stand der dampfende Kaffee vor ihm auf dem Tisch. »Was führt Sie hierher?« fragte Preacher den Alten.

»Du weißt ganz genau, worum's geht«, knurrte Randle.

»Gedankenlesen kann ich leider noch nicht«, sagte Preacher. »Deshalb schlage ich vor, Sie sagen mir einfach, was los ist.«

»Das möchte ich selbst gern wissen«, gab Randle zurück. »Was zum Teufel macht Jane mit den Kindern in Dallas?«

»Haben Sie nicht mit ihr gesprochen?« fragte Preacher verblüfft.

»Ich habe mit ihr gesprochen«, sagte der alte Mann grob.

»Dann wissen Sie es ja«, sagte Preacher und trank einen Schluck. »Sie hat mich verlassen.«

»Ja, und?« schrie der Alte. »Was zum Teufel gedenkst du dagegen zu tun? Wie konnte es überhaupt so weit kommen?«

»Ich war genauso überrascht wie Sie, Sir«, erwiderte Preacher. »Sie hat mir nicht gesagt, was sie vorhat.«

»Sieh zu, daß du sie wieder zurückholst!« sagte Randle. »Sofort!«

Preacher sah ihn neugierig an. »Und warum?«

»Warum? Warum?« äffte Randle ihn nach. »Ich werde dir sagen, warum! Weil du kein gewöhnlicher Ehemann bist, sondern der Pfarrer der Gottesgemeinde! Was glaubst du denn, was passiert, wenn die Leute merken, daß Jane nicht mehr da ist? Du kannst nicht erwarten, daß dich irgend jemand als Seelsorger ernst nimmt, wenn du nicht einmal deine eigene Familie zusammenhalten kannst. Wenn Jane die Scheidung einreicht, dann sind wir erledigt. Erinnerst du dich noch daran, was Oral Roberts für Probleme gehabt hat, als sich sein Sohn scheiden ließ?

Seine ganze Gemeinde wurde rebellisch, und es hat Jahre gedauert, bis er sich wieder von dem Schlag erholte. Wir können uns so etwas nicht leisten, wir sitzen längst nicht so fest im Sattel wie er.«

Preacher schüttelte den Kopf. »Machen Sie sich eigentlich Sorgen um die Gemeinde, oder geht es Ihnen um Ihre Tochter?«

Randle stand auf. »Um beide! Ich habe sehr hart gearbeitet, um diese Kirche aufzubauen. Und ich will nicht, daß sich Jane genauso töricht wie ihre Mutter verhält.«

»Bis jetzt war noch gar nicht die Rede von Scheidung«, sagte Preacher.

»Bis jetzt!« sagte Randle. »Das ist doch erst der Anfang. Als nächstes tritt ein Anwalt auf den Plan. Glaub mir, ich habe das schließlich selbst alles durchmachen müssen.« Er atmete schwer. »Also was ist, mein Sohn? Fliegst du jetzt rüber nach Dallas, oder muß ich sie selbst holen lassen?«

Preachers Kopf ruckte hoch. »Ich verstehe nicht ganz, Randle. Wie stellen Sie sich das vor?«

Randle verzog das Gesicht. »Es gibt immer Mittel und Wege. Sie hat die Kinder mitgenommen. Wenn die Kinder wieder hier sind, kommt sie von selbst.«

»Nein«, sagte Preacher. Er stand auf und beugte sich über den Tisch. »Sie halten sich da raus, Jake! Sie haben die Leute so lange herumkommandiert, daß Sie schon gar nicht mehr wissen, daß Sie auch nur ein Mensch sind. Die anderen haben ein Recht, ihr Leben zu führen, wie sie es wollen, verstehen Sie? Jane ist vielleicht Ihre Tochter, aber sie ist jetzt meine Frau. Und die Kinder sind meine Kinder, nicht Ihre Geiseln. Das alles sind meine Probleme, nicht Ihre. Und wenn Sie sich auch nur im geringsten in unser Privatleben einmischen, dann zeige ich Ihnen, wie schnell die Gemeinde hier auffliegen kann. Dann können Sie Ihre Kirche vergessen!«

Der alte Mann keuchte. »Du bist ein Idiot!«

»Mag sein«, sagte Preacher und ließ sich in seinen Sessel zurückfallen. »Mag sein.« Er lächelte. »Entspannen Sie sich, Jake, vertrauen Sie doch auf Gott! Der Herr wird dafür sorgen, daß alles seinen gerechten Gang geht. Wir sollten uns darum nicht streiten, wir haben doch andere Dinge zu tun. Lassen Sie uns das tun, was der Herr mit uns vorhat.«

»Du darfst nicht zulassen, daß sie die Scheidung einreicht«, sagte der Alte.

»Ich werde alles versuchen«, sagte Preacher. »Ich will genausowenig eine Scheidung wie Sie. Aber es hängt nicht alleine von mir ab, sondern auch von Jane.«

»Du könntest sie schwängern«, sagte Randle. »Dann bleibt sie bestimmt.«

Preacher lachte, kam um den Tisch herum und legte Randle die Hand auf die Schulter. »Wenn das eine so gute Methode ist, warum haben Sie sie damals nicht selbst angewendet, als die Mutter von Jane die Scheidung einreichte?«

Die Augen des alten Mannes trübten sich. »Ich hab es versucht«, sagte er.

»Und was ist passiert?«

»Sie hat die Beine nicht auseinandergemacht.«

Preacher lachte erneut. »Und wie kommen Sie auf die Idee, daß ich mehr Glück haben könnte?«

# Dreizehntes Kapitel

Preacher nahm den Hammer und klopfte damit auf den Tisch. »Die außerordentliche Vorstandssitzung des Stiftungsrates der Kirche der amerikanischen Christen ist hiermit eröffnet. Ich beantrage, auf die Verlesung des Protokolls zu verzichten, damit wir sofort zur Tagesordnung übergehen können.«

Der Vorschlag wurde einstimmig angenommen. Preacher stand auf und blickte in die Runde.

»Sowohl in meiner Eigenschaft als Vorsitzender als auch persönlich möchte ich die neuen Vorstandsmitglieder herzlich in dieser Runde begrüßen. Ich weiß, daß Sie mit all Ihrem Eifer und Ihrer großen Erfahrung dazu beitragen werden, noch mehr Seelen zu unserem Herrn Jesus Christus zu bringen. Und ich glaube, Sie kommen gerade zur rechten Zeit! Die Bürde ist zu schwer geworden, als daß sie ein Mann allein tragen könnte. In den sechs Jahren seit der Gründung dieser Gemeinde habe ich die zahlreichen Probleme, die sich uns stellten, nach besten Kräften zu lösen versucht, aber ich muß zugeben, daß diese Aufgabe immer schwieriger und komplizierter geworden ist. Und so wie Jesus einst Jünger suchte, die ihm helfen sollten, Gottes Wort zu verbreiten, so wende ich mich an Sie, meine Herren. Natürlich sind Sie nicht meine Jünger, aber Sie sind, genauso wie ich, Arbeiter im Weinberg des Herrn. Eines Tages werden wir eine mächtige Armee sein. Meine Freunde, lasset uns beten!«

Preacher faltete die Hände und senkte den Kopf. Ein leichtes Rascheln lief um den Tisch, als die anderen Vorstandsmitglieder sich ihm anschlossen. Klar und energisch erfüllte seine kraftvolle Stimme den Raum. »O Herr! Sieh herab auf die Schar deiner Diener, geringer als der allergeringste unter allen Heiligen, und schenke uns wie dem Apostel Paulus die Gnade, den unerforschlichen Reichtum Christi zu verkündigen und zu erleuchten jedermann das Geheimnis, das von Anbeginn der Welt in Gott verborgen gewesen ist, der alle Dinge geschaffen hat durch Jesus Christus, unseren Herrn. Damit sie erkennen, daß es nicht darauf ankommt, alles zu wissen, sondern Jesus zu lieben, auf daß sie von Gottes Fülle erfüllt werden. Mach, daß wir ehrenvoll wirken in deiner Kirche, die zu aller Zeit, von Ewigkeit zu Ewigkeit, Jesus Christus gehört. Amen.«

Wie ein Echo wiederholten die anderen das Amen, als er den Kopf hob. Ihre Gesichter waren ernst und gesammelt. Preacher sah sie freundlich an, schließlich lächelte er. »Ich hoffe, der Apostel Paulus wird mir die Freiheit vergeben, mit der ich aus dem Brief an die Epheser zitiert habe.«

Das Eis war gebrochen. Jetzt lächelten alle. »Lassen Sie uns zum ersten Tagesordnungspunkt kommen«, sagte Preacher. »Wie Sie alle wissen, haben wir seit langem den Wunsch, unsere Präsenz im Fernsehen noch zu verstärken, indem wir eine tägliche Sendung produzieren, so wie andere Fernsehgemeinden. Bisher hatten wir allerdings keine geeigneten Künstler zur Gestaltung eines solchen Programms zur Verfügung. Ich freue mich deshalb, dem Vorstand mitteilen zu können, daß wir gestern eine Vereinbarung getroffen haben, die uns die Ausstrahlung einer täglichen Sendung ermöglicht. Lassen Sie sich bitte von Marcus Lincoln über die Details informieren. Bruder Marcus.« Preacher nickte dem Fernsehmanager zu.

Lincoln erhob sich. »Vielen Dank, Dr. Talbot.« Er lächelte erfreut in die Runde. »Ehe ich Ihnen die Einzelheiten berichte, möchte ich unserem neuen Vorstandsmitglied, Bruder Sanford Carrol, noch meinen herzlichen Dank dafür sagen, daß er mich bei der Ausarbeitung dieses Konzepts von Anfang an mit Rat und Tat unterstützt hat. Ich wüßte nicht, ob wir ohne seine große Erfahrung einen so wichtigen Schritt in so kurzer Zeit hätten tun können.«

Lincoln lächelte dem Angesprochenen zu, der zustimmend nickte. Preacher mußte innerlich grinsen. Lincoln verstand sein Geschäft. Er hatte sich rückversichert. Nach einer viertelstündigen, entspannten Diskussion wurde der Vertrag mit Jimmy Hickox und seiner Frau einstimmig begrüßt.

Randle hob die Hand. »Herr Vorsitzender!«

Preacher nickte ihm zu. »Sie haben sich zu Wort gemeldet, Bruder Randle?«

Der alte Mann beugte sich vor, stand aber nicht auf. »Ich habe besonders den einleitenden Worten von Dr. Talbot aufmerksam zugehört, und ich stimme ihm vollkommen zu. Diese Gemeinde ist wirklich sehr rasch gewachsen, und ich habe volles Verständnis dafür, wenn Dr. Talbot heute sagt, für einen einzelnen sei es unmöglich, das alles zu überblicken. Deshalb möchte ich vorschlagen, daß wir einen Exekutivausschuß bilden, der alle seelsorgerischen, administrativen und finanziellen Aktivitäten unserer Kirche bis ins Detail überprüft und Vorschläge zur Steigerung unserer Leistungsfähigkeit macht. Dieser Untersuchungsausschuß soll Dr. Talbot und dem Vorstand Bericht erstatten, damit wir die entsprechenden Maßnahmen einleiten können.«

»Ich glaube, wir alle begrüßen den Vorschlag, den Bruder Randle gemacht hat«, erwiderte Preacher, »und ich möchte ihn nur in einem Punkt noch ergänzen. Ich bin der Ansicht, daß dem Exekutivausschuß die fünf neuen Mitglieder des Vorstands angehören sollten, weil sie neue Erkenntnisse und Erfahrungen mitbringen und von aller Betriebsblindheit frei sind. Mit Erlaubnis von Bruder Randle möchte ich diesen Vorschlag zur Abstimmung stellen.«

Der alte Mann nickte, Mr. Craig und Mrs. Lacey stimmten ebenfalls zu, und der Antrag wurde einstimmig angenommen, nur die fünf neuen Mitglieder des Vorstands enthielten sich verständlicherweise der Stimme.

Preacher erhob sich. »Ich glaube, damit können wir den

offiziellen Teil der Sitzung abschließen. Ich möchte Sie aber noch darüber informieren, daß ich die drei stellvertretenden Pastoren im Verlauf der nächsten Wochen in unseren Sendungen vorstellen werde, damit unser Publikum sie kennenlernt und sich davon überzeugen kann, daß unsere Gemeinde eine lebendige Gemeinschaft mit vielen fähigen Seelsorgern ist. Auf diese Weise können wir unseren Zuschauern die Gewißheit vermitteln, daß diese Kirche nicht auf einen Menschen fixiert ist, sondern ihre guten Werke fortsetzen kann, auch wenn einer von uns einmal ausscheidet. Niemand ist unersetzlich in der Kirche der amerikanischen Christen außer Gott selbst und sein eingeborener Sohn, Jesus Christus.«

»Amen«, sagten die Vorstandsmitglieder, und Preacher schloß die Sitzung.

Beverly saß ruhig auf der Couch am Fenster, aber Joe lief vor Preachers Schreibtisch auf und ab wie ein gefangener Löwe. »Bist du verrückt geworden?« fragte er wütend. »Weißt du, was du getan hast? Du hast dich in die Hände der Philister begeben, ohne eine Chance zu haben, dich zu wehren. Begreifst du denn nicht, daß Randle nur darauf wartet, dich fertigzumachen? Er will dich unter seine Fuchtel bekommen, und du hast dir selbst noch die Hände gebunden.«

Preacher gab keine Antwort. Seine Augen schienen ins Leere zu starren.

»Wenn du aussteigen willst, Preacher, dann sag's doch! Übergib ihnen alles und zieh dich zurück! Jetzt drängen sie dich ohnehin aus allem heraus und übernehmen den Laden.«

Preacher sah Beverly an. »Bist du auch dieser Ansicht?«

Die Chinesin zögerte einen Moment, dann nickte sie nachdenklich. »Ich fürchte, das kann man nicht ausschließen.«

Preacher wandte sich wieder an Joe. »Was schlägst du vor?« fragte er.

»Ich hätte ihnen gesagt, sie sollten hingehen, wo der Pfeffer wächst«, sagte Joe impulsiv. »Ich hätte ihnen gesagt, daß das *deine* Kirche ist, die du selbst aufgebaut hast und mit niemandem teilst.«

»Es ist aber nicht meine Kirche«, sagte Preacher. »Die Kirche gehört keinem Menschen. Sie gehört Gott ganz allein.«

»Ehe du sie gebaut hast«, erwiderte Joe, »hat Gott diese Kirche ja auch nicht gehabt.«

»Gott hat diese Kirche gehabt, lange bevor wir geboren wurden, und sie wird ihm immer noch gehören, wenn wir alle längst nicht mehr sind«, sagte Preacher. »Ich habe immer nur seinen Willen erfüllt.«

»Du kannst mir doch nicht erzählen, daß es Gottes Wille ist, wenn du unsere Kirche diesen geldgierigen politischen Fanatikern übergibst«, sagte Joe.

»Das sage ich gar nicht«, erwiderte Preacher. »Aber ehe du den Stab über Randle und seine Manager brichst, sollten wir erst einmal prüfen, ob wir nicht längst das getan haben, was du ihnen jetzt unterstellst. Mir kommt es manchmal so vor, als hätten wir viel mehr darüber nachgedacht, wie wir noch mehr irdische Güter einbringen könnten, als darüber, wie wir Seelen zu Gott führen könnten.«

»Ohne Geld kannst du gar nichts ausrichten in dieser Welt«, sagte Joe. »Du weißt doch selber am besten, wie teuer es ist, Gottes Wort zu verbreiten.« Er nickte zu Beverly hin. »Vielleicht hast du heute vergessen, wie es ist, ohne Geld. Aber wir wissen es noch. Weißt du noch, wie sie uns aus Los Altos verjagt haben? Erinnerst du dich, wie oft wir unsere Rechnungen nicht bezahlen konnten, als wir noch mit dem Zelt unterwegs waren? Wie wir selbst hungern mußten, um unseren Leuten wenigstens einen Teil des Lohns bezahlen zu können? Oder hast du vergessen, wie oft wir hätten aufgeben müssen, wenn Beverly nicht ihren Sparstrumpf für uns aufgeknöpft hätte?«

Preacher nickte. »Ich weiß es noch gut«, sagte er. »Ich stehe für immer in eurer Schuld. So etwas vergißt man nie. Aber die Zeiten haben sich nun mal geändert. Randle hat Churchland gebaut, er hat das Geld aufgebracht, um all das hier möglich zu machen. Und was immer seine Motive gewesen sein mögen, Gott hat ihn zu uns geführt.«

»Seine Motive kannten wir immer«, erwiderte Joe. »Er wollte Macht über Menschen, und jetzt greift er danach. Dazu sind diese neuen Leute in den Vorstand geholt worden. Die fressen ihm aus der Hand, und wenn er mit der Peitsche knallt, springen sie durch den Reifen wie abgerichtete Löwen.«

»Ich verurteile niemanden«, sagte Preacher bestimmt. »Gottes Wege sind unerforschlich. Vielleicht stellt sich heraus, daß diese Männer Gottes Werk viel besser fortsetzen können als ich. Wenn das so ist, dann werde ich ihnen alles gern übergeben.«

»Und wenn sich herausstellt, daß sie gar nicht Gottes, sondern sehr irdische Zwecke verfolgen? Was dann?« fragte Joe.

»Damit beschäftigen wir uns, wenn sich herausstellt, daß es so ist«, sagte Preacher.

»Dann ist es zu spät«, sagte Joe mürrisch.

»Du bist doch im Komitee«, sagte Preacher. »Du kannst sie im Auge behalten.«

Joe schüttelte den Kopf. »Die sagen mir nur das, was ich wissen darf. Ich bin bei denen der Nigger Daniel in der weißen Löwengrube.«

»Das wird sich bald ändern, wenn du erst über sämtliche Fernsehstationen dieses Landes gegangen bist, Joe«, sagte Preacher. »Ich weiß, wie du predigen kannst. Du predigst sie glatt an die Wand. Nach der ersten Sendung liegen sie dir zu Füßen, da könnte ich wetten.«

»Mach dir nichts vor«, sagte Joe. »Ich weiß doch, Randle kann Schwarze nicht leiden. Mich akzeptiert er nur, weil ich Geld bringe. Aber er wird mich kaum ins Fernsehen lassen, wo ich womöglich noch prominent werde.«

Preacher lächelte. »Das kann er gar nicht verhindern.«

Joe blinzelte verdutzt. »Wieso nicht?«

»Erinnere dich, was ich bei der Sitzung gesagt habe«, erläuterte Preacher. »Ich habe gesagt, ich würde euch alle im Fernsehen vorstellen. Ich habe ihnen nicht gesagt, daß du gleich als erster drankommst, und zwar nächsten Sonntag. Außer dir und Beverly weiß das noch niemand, nicht mal der Sendeleiter. Sie erfahren es erst, wenn wir schon auf Sendung sind. Dann können sie gar nichts mehr machen.«

Joe grinste und klatschte vergnügt in die Hände. »Ich hätte mir denken können, daß ich mich auf dich verlassen kann, Preacher.«

»Besser, du verläßt dich auf Gott«, erwiderte Preacher, »nicht auf schwache, törichte Menschen.« Er stand auf, ging zum Fenster und sah auf den Parkplatz hinunter. Dann drehte er sich zu Joe und Beverly um. »Ich habe Randles kalten Krieg satt. Entweder er akzeptiert es jetzt, daß ich diese Gemeinde so führe, wie ich es für richtig halte, oder er stellt sich mit seiner Kritik, und wir kämpfen es aus.«

»Randle ist raffiniert«, sagte Joe. »Du könntest den kürzeren ziehen.«

Preacher nickte. »Ich könnte verlieren, das stimmt. Aber Gott verliert nie!«

# Vierzehntes Kapitel

»Es ist aus«, sagte Jane. »Ich habe darüber nachgedacht. Ich habe verzweifelt nach einer Lösung gesucht. Aber es hat keinen Sinn. Wir schaffen es nicht mehr zusammen.«

»Aber du weißt doch, es hat sich hier vieles geändert«, erwiderte Preacher. »Wir hätten mehr Zeit füreinander. Ich mache nur noch eine Sendung im Monat.«

Jane trank einen Schluck Wein. »Du begreifst immer noch nicht, worum es mir geht, Preacher. Ich glaube, ich bin nicht geeignet, die Frau eines Pfarrers zu sein. Auf die vielen Verpflichtungen und Beschränkungen, denen wir unterworfen sind, war ich nicht vorbereitet. Seit ich in Churchland bin, habe ich immer das Gefühl gehabt, wie ein Goldfisch zu leben, der sinnlos in seiner Glaskugel herumschwimmt.«

»So schlimm ist es nun auch wieder nicht«, sagte Preacher.

»Vielleicht nicht für dich«, sagte sie. »Du hast deine Arbeit. Du bist viel unterwegs. Die Leute nehmen dich ernst. Ich bin überflüssig in Churchland. Ich habe dort gar nichts zu tun. Ich sitze den ganzen Tag in der Wohnung und warte darauf, daß du endlich nach Hause kommst und ins Bett gehst.«

Preacher saß schweigend im Sessel und drehte sein Glas in der Hand.

»Ich werde in Dallas ein Haus kaufen«, fuhr Jane fort. »Sobald es eingerichtet ist und sich die Kinder an die neue Schule gewöhnt haben, werde ich wieder arbeiten gehen. Ich möchte gebraucht werden. Ich habe keine Lust, zu

Hause zu sitzen und zu spüren, wie sich mein Gehirn in Schokoladenpudding verwandelt.«

»Willst du wieder für deinen Vater arbeiten?« fragte Preacher.

»Nein«, sagte sie. »Ich habe es satt, wie er sich in mein Leben einmischt. Ich finde auch ohne ihn was. Schließlich vesteh ich eine Menge von Computern.«

Preacher nickte. »Ich weiß.«

Jane trank erneut. »Ich habe es ihm gesagt, und er hat es ohne Widerspruch akzeptiert. Er hat mich nur um eins gebeten.«

»Und das wäre?«

»Daß ich momentan nicht die Scheidung einreiche. Er hat gesagt, die Kirche befinde sich in einer gefährlichen Krise, und wenn ich mich jetzt scheiden ließe, könne ihr das sehr schaden.« Jane warf ihrem Mann einen prüfenden Blick zu. »Bist du auch dieser Ansicht?«

»Eine Scheidung möchte ich auch nicht«, erwiderte Preacher. »Aber aus anderen Gründen. Die Kirche ist stark genug, um die Probleme einzelner Mitglieder zu überstehen, ob das nun Laien sind oder Pfarrer. Ich glaube, ich habe etwas gegen die Scheidung, weil ich nicht zugeben will, daß wir versagt haben.«

»Aber wir haben nun einmal versagt«, sagte Jane ohne Bösartigkeit. »Wir haben nie eine richtige Ehe geführt. Wir hatten zusammen Kinder, und wir haben im selben Haus miteinander gewohnt. Aber auf derselben Wellenlänge waren wir bloß, wenn wir zusammen gekifft und gebumst haben. Abgesehen davon haben wir in verschiedenen Welten gelebt. Deine Welt war irgendwo anders, und ich habe in dieser Welt nie existiert.«

Preacher schwieg einen Augenblick, dann nahm er sich von dem niedrigen Tisch, der zwischen ihnen stand, eine Zigarette und steckte sie an. »Das tut mir leid«, sagte er.

»Das braucht dir nicht leid zu tun«, sagte Jane. »Du hast mir nichts vorgemacht. Du hast gleich gesagt, ich soll das Kind abtreiben lasssen. Ich wollte ja unbedingt heiraten. Du hast nie behauptet, daß du mich liebst, jedenfalls nicht so, wie andere Leute sich lieben.«

Preacher gab keine Antwort.

»Es war dumm von mir«, sagte Jane. »Ich war wohl ziemlich naiv. Ich dachte, daß ich schwanger war, sei ein Zeichen dafür, daß wir uns liebten und füreinander bestimmt seien. Jetzt weiß ich es besser.«

»Wie geht es den Kindern? fragte er.

»Gut«, erwiderte sie. »Es gefällt ihnen hier. Sie können hier viel unternehmen.«

»Fragen sie denn manchmal auch nach mir?« erkundigte er sich zögernd.

»Eigentlich nicht«, sagte sie. »Wenn du im Fernsehen auftrittst, zeigen sie mit dem Finger auf dich und sagen: ›Da ist Daddy‹. Aber das ist auch schon alles. Nach ihrem Großvater fragen sie öfter, aber der hat ja auch öfter mit ihnen gespielt.«

Preacher schwieg.

»Kinder sind nicht viel anders als kleine Tiere. Sie erkennen instinktiv ihren Platz in einer Beziehung. Sie reagieren sofort, wenn man ihnen Aufmerksamkeit und Zuneigung schenkt.«

Preacher drückte seine Zigarette aus. »Wahrscheinlich hast du recht, Jane. Du hast unsere Ehe sehr gut beschrieben.«

»Ach, ja?« fragte sie. »Ich weiß nicht. Ich habe dich so oft predigen hören. Ich erinnere mich, daß der Gott, den du verehrst, ein eifersüchtiger Gott ist, der es nicht zulassen will, daß jemand zwischen euch tritt. Hast du dir je überlegt, daß Jesus gestorben ist, ohne je einer Frau seine Liebe erklärt zu haben.«

»Jesus hat alle Menschen geliebt«, sagte Preacher. »Er ist gestorben, um uns zu erlösen.«

»Das bestreite ich nicht«, sagte sie. »Aber könnte es nicht sein, daß Jesus der Menschheit soviel Liebe geschenkt hat, daß er keine mehr übrig hatte für eine einzelne Frau?«

»Du weißt genau, daß ich Jesus nicht gleiche«, sagte Preacher.

»Das habe ich auch nicht behauptet«, erwiderte sie. »Ich sage nur, daß du all deine Liebe in Jesu Namen an deine

Gemeinde verschenkst und keine mehr übrig hast für dich selbst.«

»Verstehst du das nicht? Es gibt so viel Arbeit, und ich habe so wenig Zeit.«

»Ich verstehe durchaus«, sagte sie. »Ich verstehe nur zu genau. Deshalb bin ich ja gegangen. Ich bin zu der Erkenntnis gelangt, daß du deine Aufgabe nur dann so erfüllen kannst, wie du willst, wenn du ganz unabhängig und frei bist. Jegliches Privatleben ist doch für dich nur ein Mühlstein am Hals.«

»Das klingt, als wäre ich sehr egoistisch«, sagte er leise.

»Nein, du bist nicht egoistisch«, gab sie zurück. »Du versuchst, allen Menschen etwas zu geben, du versuchst, ihnen alles zu sein. Du strengst dich unglaublich an, weil du denkst, daß Gott es verlangt. Aber ich kann einfach nicht glauben, daß Jesus in seiner Güte mehr von dir verlangt, als daß du in erster Linie du selbst bist.«

Preacher stand auf und seufzte. »Jane, ich bete nur, daß aus dir nicht der Teufel spricht, der mich dazu bringen will, die Wege des Herrn zu verlassen.«

Gelassen erwiderte Jane seinen Blick. »Ich werde auch beten, Preacher. Ich werde darum bitten, daß dir Jesus die Fähigkeit schenkt, dich selbst zu erkennen. Damit du begreifst, daß du auch nur ein Mensch bist und keineswegs die Aufgabe hast, Gottes Rolle auf Erden zu spielen.«

Preacher stand auf seiner Plattform unter der Bühne und hörte dem Chor zu, der oben im Auditorium sang. Der Fernsehmonitor zeigte ein Luftbild von Churchland; die Kameras schwenkten dann zu der Menge, die ins Auditorium strömte, folgten den Gläubigen bis in den Saal und fingen schließlich das goldene Kreuz ein, das den Bühnenhintergrund schmückte.

Der Chorgesang wurde leiser, und die Stimme des Ansagers meldete sich. »Meine Damen und Herren, aus Churchland in Texas begrüßt Sie die Kirche der amerikanischen Christen mit ihren viertausendneunhunderteinundsiebzig Tochtergemeinden zu unserem allwöchentlichen Programm *Sonntag in Churchland.*«

Der Ansager unterbrach sich für einen Moment, das Publikum klatschte, und als sich der Beifall gelegt hatte, folgte der wichtigste Teil seiner Ankündigung: »Meine Damen und Herren, hören Sie jetzt Ihren Pastor, Dr. C. Andrew Talbot!«

Wieder erhob sich kräftiger Beifall, und in Preachers Kopfhörer sagte die Stimme des Sendeleiters: «Es geht los, Dr. Talbot.« Unbewußt nickte Preacher, und die Plattform stieg langsam zur Bühne empor. Als er die Kanzel erreichte, steigerte sich der Applaus zum Orkan.

Er wartete einen Moment, dann hob er die Arme. Allmählich verebbte der Beifall. »Brüder und Schwestern«, sagte er. »Ich begrüße Sie im Namen unseres Herrn, Jesus Christus!« Wieder wollten die Menschen im Saal applaudieren, aber Preacher sprach sofort weiter. »Heute ist für mich ein besonderer Tag, meine Freunde! Ein Tag, der für uns von bleibender Bedeutung sein wird. Denn seit heute bin ich in unserer Kirche nicht mehr allein! Ich habe drei Brüder gefunden, drei kluge, erfahrene Männer, die unsere Kräfte mit ihrer Glaubensstärke vervielfachen werden.«

In Preachers Kopfhörer war die entsetzte Stimme des Sendeleiters zu hören. »Das ist nicht das richtige Skript, Dr. Talbot! Sie vermasseln ja sämtliche Stichworte! Soll ich Ihnen das richtige Skript auf dem Monitor einspielen lassen?«

Preacher drückte den roten Unterbrecherknopf, der die Lautsprecher abstellte und ihn mit dem Regieraum verband. »Nein«, sagte er leise. »Sie müssen improvisieren.«

Er ließ den Unterbrecherknopf wieder los, das Publikum hatte von dem kleinen Zwischenfall nichts bemerkt. »Ich habe heute die Ehre und das Vergnügen, Ihnen den ersten dieser drei Männer selbst vorzustellen. Ich kenne diesen Bruder in Christo schon lange. Er hat mich in den langen Jahren des Kampfes um diese Kirche und in den Jahren des Aufbaus begleitet. Durch ganz Amerika sind wir zusammen gezogen und haben gepredigt, erst vom Wohnwagen aus, später mit einem Zelt. Im Winter hat es geschneit und geregnet, im Sommer haben uns Hitze und

Dürre gequält, aber dieser Mann ist immer bei mir geblieben. Denn sein Glaube und seine Liebe zu Jesus beruhen nicht nur auf Worten, sie gründen im Kampf. Dieser Mann hat Zeit seines Lebens mit den Kräften des Bösen gerungen, und er hatte immer den Mut, dem Teufel die Stirne zu bieten. In den letzten Jahren hat er sich besonders um den Aufbau unserer Tochtergemeinden bemüht, die inzwischen wesentlich dazu beitragen, daß wir jede Woche neue Seelen zum Herrn führen können. Hunderte und Tausende hat er gewonnen. Unter seiner Leitung ist unsere Zeitung, das *Magazin der größeren Minorität,* zum Sprachrohr der wahren Bedürfnisse unserer Tochtergemeinden geworden. Seit er diese Zeitung gegründet hat, erfahren Tausende, wie schwer es vielen Brüdern und Schwestern im Land draußen fällt, ihre Kinder zu kleiden, für das tägliche Essen zu sorgen und all die Ungerechtigkeiten abzuwehren, die ihnen andere unter dem Einfluß des Satans zumuten. Er lehrt unsere Brüder und Schwestern, sich den Forderungen des wirklichen Lebens in Christo zu stellen und nicht denen zu trauen, die ihnen das himmlische Schlaraffenland vorgaukeln.«

Preachers Stimme war immer leiser und intensiver geworden. Jetzt unterbrach er sich und setzte neu an. »Liebe Freunde, ich freue mich, Ihnen meinen geliebten Bruder in Christo vorstellen zu können, der heute predigen wird: Reverend Joseph Washington.« Preacher trat von der Kanzel zurück, zeigte mit der Hand in die Kulissen und winkte mit der anderen Beifall herbei.

Gehorsam folgte die Menge und applaudierte. Joe trat aus den Kulissen, und einen Augenblick schien es, als ob der Beifall abflauen wollte, aber Preacher ließ es nicht zu. Mit einer energischen Geste verlangte er, daß der Beifall fortgesetzt wurde, und es gelang. Das Publikum klatschte, und Joe schritt würdevoll über die riesige Bühne. Mit seinem dunkelblauen, wallenden Talar und der großen, schneeweißen Halskrause unter dem dunklen Gesicht sah er wie das Ideal eines Seelsorgers aus. Ein Gottesmann, wie er im Buche steht.

Preacher gab ihm die Hand, sie umarmten sich, und

Preacher führte den Schwarzen zur Kanzel. Dann setzte er sich auf einen Stuhl in der Nähe, der von den Kameras ständig eingefangen werden konnte. Er hatte die Absicht, den Zuschauern an den Bildschirmen draußen zu zeigen, daß er seinen Freund voll und ganz unterstützte.

Als Joe den Blick über die Gläubigen hingleiten ließ, wurden sie still. Er stand sehr gerade, seine große Gestalt überragte die Kanzelbrüstung erheblich. Es sah aus, als wäre sie zu klein für den riesigen Mann. Ohne zu sprechen, nahm er ein kleines drahtloses Stiftmikrofon von der Kanzel, steckte es sich an den Talar und stieg auf die Bühne herunter. Er ging bis zur Rampe und blickte die Zuschauer an. Schließlich begann er zu sprechen. Seine Stimme klang so voll und war so musikalisch wie die der größten Prediger aller Zeiten.

»Brüder und Schwestern, wir hören die Worte der Heiligen Schrift. Im Ersten Psalm heißt es:

*›Wohl dem, der nicht wandelt im Rat der Gottlosen*
*noch tritt auf den Weg der Sünder*
*noch sitzt, wo die Spötter sitzen,*
*sondern hat Lust zum Gesetz des* HERRN
*Und sinnt über seinem Gesetz Tag und Nacht!*
*Der ist wie ein Baum, gepflanzt an den Wasserbächen,*
*der seine Frucht bringt zu seiner Zeit,*
*und seine Blätter verwelken nicht.*
*Und was er macht, das gerät wohl.*
*Aber so sind die Gottlosen nicht,*
*sondern wie Spreu, die der Wind verstreuet.*
*Darum bestehen die Gottlosen nicht im Gericht*
*noch die Sünder in der Gemeinde der Gerechten.*
*Denn der* HERR *kennt den Weg der Gerechten,*
*aber der Gottlosen Weg vergeht.‹«*

Joe ließ seine Stimme verhallen, dann ging er wieder zur Kanzel. Er stützte sich auf den Pultrand, schob das Kinn vor und hob seine Brauen. Seine Stimme schien noch einmal stärker zu werden.

»Wir leben in einer Welt, die vom Treiben gottloser

Mächte erfüllt ist. Machtsüchtige, eigennützige Männer bedrohen unsere Lebensgrundlagen. Sie wollen unsere Rechte und Freiheiten einschränken. Den Bruder kehren sie gegen den Bruder, sie stiften Unfrieden zwischen den Nachbarn, sie schüren den Rassenhaß und die Angst vor dem anderen. Sie wollen uns Lohn und Brot rauben, unseren Kindern die Schulen und den Alten die Renten. Die ganze Welt wollen diese Männer besitzen und ausbeuten; denn sie sind des Teufels und wollen Gottes Schöpfung zerstören, um des Profits willen! Davor bewahre uns, Jesus Christus!«

Zaghafter Beifall kam aus der Menge. »Amen«, riefen einige Stimmen, dann klatschten alle. Preacher lächelte. Joe hatte gewonnen.

# Fünfzehntes Kapitel

Als Joe seine Predigt unter lebhaftem Beifall zu Ende gebracht hatte, stand Preacher auf und umarmte ihn kurz. Dann nahm er, während Joe sich setzte, seinen Platz auf der Kanzel ein und bat mit erhobenen Händen um Ruhe. Der Beifall verstummte.

Preacher lächelte. »Im Namen der Gottesgemeinde und, ich glaube, in Ihrer aller Namen möchte ich Reverend Washington für diese bewegenden und erhebenden Worte meinen herzlichen Dank sagen. Ich weiß, daß uns seine Predigt veranlassen wird, unserem Herrn Jesus Christus noch leidenschaftlicher zu dienen, und ich bin sicher, daß sein leuchtendes Beispiel und seine Hingabe an die gute Sache uns auch in Zukunft helfen werden, im Geiste Christi zu leben.

Wie ich zu Anfang dieses Gottesdienstes erwähnt habe, ist Reverend Joseph Washington nur einer der drei Pastoren, die mir in Zukunft beistehen werden. In einigen Wochen werde ich Ihnen außerdem noch Dr. Thomas Sorensen, ehemals Pfarrer der Liberty Baptist Church, und Dr. Mark L. Ryker, Professor der Theologie an der Oral Roberts Universität, vorstellen. Jeder dieser Männer wird uns neue Glaubenskräfte und Zuversicht mitbringen, und so werden wir Christus die größte Armee schaffen, die es je gab.«

Die Stimme des Sendeleiters ertönte im Kopfhörer. »Sie haben noch genau drei Minuten.«

Preacher hob die Hand, um den Beifall zu bremsen, und sprach weiter, noch ehe es vollkommen still war.

»Dank dieser Männer und der Unterstützung, die sie

mir zuteil werden lassen, kann sich die Kirche der amerikanischen Christen jetzt größere Aufgaben stellen als jemals zuvor. Als erstes werden wir in drei Monaten, am Labor Day, einen landesweiten Kreuzzug für Christus abhalten. Hunderttausende, vielleicht Millionen Menschen im ganzen Lande, in Kirchen, Gemeindesälen und Stadien werden, verbunden durch das göttliche Wunder des Satellitenfernsehens, gemeinsam zu Gott beten. Der erste Montag im September wird auf diese Weise zu einem Fest der Nächstenliebe, bei dem sich all unsere Brüder und Schwestern dem wieder schenken, der am Kreuz gestorben ist, um sie zu erlösen.«

Wieder ließ sich der Sendeleiter vernehmen. »Noch dreißig Sekunden.«

Preacher hob beide Arme zum Segen. »Wieder einmal ist es Zeit, unseren Gottesdienst zu beenden. Bis nächste Woche, um dieselbe Zeit, wenn es wieder heißt *Sonntag in Churchland,* sage ich Ihnen auf Wiedersehen. Ich bete zu unserem Herrn Jesus Christus, daß er Sie alle im Glauben erhält. Gott beschütze Sie! Amen!«

Preacher blieb auf der Kanzel, während der Schlußchoral einsetzte. Er lächelte und hielt die Arme erhoben. Er wußte, daß die Kamera jetzt eine Großaufnahme seines Gesichts zeigte, während der Abspann über die Bildschirme lief.

Wieder war der Sendeleiter zu hören. »Ihre Sekretärin hat angerufen, Dr. Talbot. Sie läßt Sie bitten, nach der Sendung gleich ins Büro zu kommen. Es sind verschiedene Nachrichten da.«

Preacher nickte, immer noch lächelnd. Er hatte es nicht anders erwartet. Bei den Gottlosen mußte inzwischen die Hölle los sein. Er wartete, bis der Monitor dunkel wurde und das Publikum aus dem Saal strömte, ehe er die Bühne verließ.

Die Notizzettel lagen auf seinem Tisch. Die Sekretärin hatte mehr als ein Dutzend Anrufe entgegengenommen. Als erster hatte sich Jake Randle gemeldet. Dann Marcus Lincoln. John Connors, der Chef der Kontaktzentrale in

Fort Worth. Helen Lacey. Richard Craig. Seine Mutter. Noch zweimal Jake Randle und ein paar weniger wichtige Leute. Preacher rief zuerst seine Mutter zurück.

»Mein Junge, was du heute in deiner Sendung getan hast, war großartig«, sagte die alte Dame.

»Danke, Mutter«, gab er zurück. »Ich fürchte nur, daß einige Leute hier ganz anderer Meinung sind.«

Sie lachte. »Macht dir das etwas aus? Soweit ich mich erinnern kann, war dir die Meinung anderer doch immer egal, solange du der Stimme deines Gottes gefolgt bist.«

»Er ist nicht *mein* Gott, Mama, er gehört allen Menschen.«

»Das ist wahr, Constantine, aber irgendwie scheint er dir andere Dinge zu sagen als anderen Menschen.«

»Vielleicht hören die anderen nur, was sie hören wollen.«

»Vielleicht«, sagte sie. »Ich wollte nur, daß du weißt, daß ich stolz auf dich bin, Constantine. Und ich bin sicher, Jane freut sich auch.«

Preacher schwieg einen Augenblick lang. »Ich weiß nicht, ob Jane sich freut, Mama. Sie hat mich verlassen.«

»Verlassen?« fragte seine Mutter erschrocken. »Wann ist das passiert?«

»Vor anderthalb Wochen. Sie ist mit den Kindern nach Dallas gefahren. Sie will dort ein Haus kaufen und wieder arbeiten gehen.«

»Hast du mit ihr geredet darüber?«

»Ja.«

»Vielleicht kommt sie wieder zurück, wenn sie Zeit gehabt hat, darüber nachzudenken.«

»Das glaube ich nicht, Mutter. Ich fürchte, sie hat sich zur Trennung entschlossen. Sie hat mir gesagt, sie sei nicht geeignet, die Frau eines Pfarrers zu sein, und in Churchland fühle sie sich wie ein Goldfisch im Glas.«

»Da steckt doch noch mehr dahinter, mein Junge, nicht wahr?«

»Sie hat gesagt, ich verbrauche im Namen von Jesus Christus all meine Liebe und Kraft für die Kirche und hätte keine mehr übrig, um sie einem Menschen zu geben. Ich liebte nicht mal mich selbst.«

Seine Mutter schwieg einen Augenblick lang. »Sie hat nicht ganz unrecht, mein Junge.«

»Das habe ich auch nicht behauptet«, sagte Preacher resigniert.

»Dann tu doch was, Constantine. Gib dir Mühe. Andere Pfarrer haben doch auch für ihre Familien Zeit.«

»Ich wünschte, ich könnte es, Mutter.« Seine Stimme war leise und brüchig geworden. »Ich habe mein ganzes Leben lang einen Traum verfolgt. Ich wollte Gott zu einer Realität machen. Ich wollte den Menschen zeigen, daß es Gott gibt, daß er lebt. Etwas anderes kann und will ich nicht tun. Wenn ich an diesem Traum Abstriche mache, um meine privaten Bedürfnisse besser befriedigen zu können, dann wird mein ganzes Leben zunichte, und es wäre besser, ich hätte niemals gelebt. Wem soll ich gehören, wenn ich Gott nicht gehöre und alle Liebe, die ich besitze, ihm gebe?«

»Du gehörst auch denen, die dich lieben, mein Sohn«, sagte sie leise.

»Ich weiß, Mama. Aber Gottes Liebe ist größer.«

»Ach, Constantine«, sagte sie traurig, »ich habe mich schon oft gefragt, ob du eigentlich wirklich mein Sohn bist.«

»Ich war immer dein Sohn«, sagte er. »Genauso, wie ich immer ein Kind des Herrn war. Denn das sind wir alle.«

Sie zögerte einen Moment. »Hättest du etwas dagegen, wenn ich mit Jane spreche?«

»Nein, keineswegs. Ich glaube, sie würde sich sehr darüber freuen. Sie braucht dringend Freunde.«

Er gab seiner Mutter Janes Telefonnummer in Dallas, legte auf und starrte einen Moment vor sich hin. Dann ließ er sich mit Connors verbinden.

»Tut mir leid, wenn ich Sie gestört habe, Dr. Talbot«, sagte der Chef der Kontaktzentrale. »Aber ich dachte, Sie müßten unbedingt wissen, was hier passiert.«

»Ich freue mich, daß Sie anrufen, John«, sagte Preacher. »Bitte, schießen Sie los.«

»Sie wissen ja, daß wir während der Sendung immer alle Apparate besetzen, aber diesmal haben wir die Anrufe nicht bewältigen können. Kurz nachdem Reverend Washington seine Predigt begonnen hatte, spielten die Telefone verrückt. Gegen Ende der Sendung hatten wir fast tausend nicht abgefertigte Anrufer in unserem Computer gespeichert. Jetzt sind es immer noch fünfhundert.«

»Und wie bewerten Sie diese Anrufe?«

»Der Computer wird gerade darauf programmiert, Sir. Leider konnten wir wegen des Rückstaus nicht alle Anrufe rechtzeitig erfassen. Manche gingen völlig verloren. Zum ersten Mal hatten wir auch zahlreiche anonyme Anrufe, bei denen der Anrufer bewußt seinen Namen nicht angab.« Connors unterbrach sich für einen Moment. »Jetzt kommt gerade die erste Aufgliederung, Sir. Sie können auf Ihrem eigenen Bildschirm mitlesen, wenn Sie wollen. Die Codenummer ist FW-800-316-248.«

Preacher schaltete seinen Tischcomputer an und tippte die Codenummer ein. Im selben Augenblick, als Connors die Zahlen vorzulesen begann, erschienen sie auch auf dem Bildschirm.

| | | | |
|---|---|---|---|
| Registrierte Anrufe | | | |
| Anrufe gesamt | 6.142 | | |
| Nicht näher erfaßt | 2.961 | | |
| Entgegengenommen | 3.181 | = | 100% |
| davon: anonym mit negativem Tenor | | | |
| | 1.060 | = | 33% |
| nicht anonym | 2.121 | = | 67% |
| davon: negativ | 320 | = | 15% |
| positiv | 1.801 | = | 85% |

Preacher stellte den Computer ab, und der Bildschirm wurde dunkel. »Wie lange würde es dauern, die genaue Herkunft der Anrufe zu ermitteln und die geographische Verteilung darzustellen?« fragte Preacher.

»Bei den normalen Anrufen dauert das nur ein paar Minuten«, sagte Connors. »Aber wenn wir auch die Herkunft der anonymen Anrufe feststellen wollen, müssen wir warten, bis uns die Telefongesellschaft die Abrechnung ausdruckt. Das dauert mindestens zwei Tage.«

»Bitte veranlassen Sie das«, sagte Preacher. »Ich möchte wissen, aus welchen Städten die Anrufe kamen.«

»Ich auch«, sagte Connors. »Unsere Berater sind völlig geschockt. Sie können sich einfach nicht vorstellen, was für widerliche Dinge diese Kerle gesagt haben.«

»Gehen Sie diesen Anrufen nach, John. Es ist auf jeden Fall besser, wenn wir wissen, wo unsere Feinde sitzen.«

»Ich rufe gleich an, Dr. Talbot.«

»Vielen Dank, John. Sie haben hervorragende Arbeit geleistet, und ich möchte, daß Sie wissen, wie zufrieden ich bin.«

»Vielen Dank«, sagte Connors. Es war deutlich, daß er sich freute.

Nachdem er aufgelegt hatte, drückte Preacher noch einmal auf die Tastatur des Computers und studierte die Zahlen. Sie waren einigermaßen erschreckend. Wieviele der anonymen Anrufer wohl Kirchenmitglieder waren? Ob man das je herausfinden würde? Aber insgesamt 43% negative Anrufe waren in jedem Fall eine Katastrophe.

Er rief Marcus Lincoln als nächsten an.

»Da haben Sie uns ja ganz schön hereingelegt, Preacher«, meinte Lincoln. »Sie waren kaum zehn Minuten auf Sendung, da hatte mich Randle schon an der Strippe und brüllte, ich sollte sie abschalten.«

»Das klingt, als wären wir quitt«, sagte Preacher.

»Das war nur der Anfang«, sagte Lincoln. »Sie hätten ihn hören sollen, als ich ihm sagte, daß wir nicht abstellen können, weil mindestens hundert Sender im ganzen Land uns verklagen würden, falls wir ihnen plötzlich die Sendung abschalteten, und daß sie nur darauf warteten, unsere Sendeverträge zu kündigen und die Sendezeit zum dreifachen Preis an die Konkurrenz zu verkaufen. Die Preise seien schließlich seit '79 ein bißchen gestiegen!«

Preacher lachte. »Da ist er doch sicher vor Wut geplatzt, oder?«

»Von wegen«, sagte Lincoln. »Er hat sie an mir ausgelassen. Er wollte wissen, warum ich Sie nicht besser im Griff habe, warum er nicht informiert worden sei und so weiter. Ich habe ihm erklärt, daß Ihre Sendung nichts mit dem Skript zu tun hatte, das wir geprüft hatten. Und der Sendeleiter hat mir bestätigt, daß Sie ihn überrumpelt haben, als Sie bereits vor der Kamera standen.«

»Das ist wahr«, sagte Preacher. »Es tut mir schrecklich leid, daß ich Ihnen Scherereien bereitet habe. Aber wenn ich die Sache vorher mit Ihnen durchgesprochen hätte, wäre die Sendung nie im Leben zustande gekommen. Ihr hättet sie alle zusammen zerredet.« Er unterbrach sich. »Wie auch immer. Die Sendung ist gelaufen, und damit hat die Sache ein Ende.«

»Wenn es nach Randle geht, nicht. Er will diesem Nigger die Eier zerquetschen, und dann will er Sie fertigmachen. Wörtliches Zitat, bitte sehr. Sie seien offenbar größenwahnsinnig geworden, Sie hätten wohl vergessen, daß er Sie aufgebaut habe und Sie ebenso schnell wieder kleinkriegen könne. Er werde nicht zulassen, daß die christlichen Prinzipien, die er vertrete, von rauschgiftsüchtigen Ehebrechern, die Frau und Kinder im Stich ließen, in den Schmutz gezerrt würden.«

»War das alles?« fragte Preacher leise.

»Oh, nein. Er sagte, wenn es noch einen Zwischenfall dieser Art gäbe, könnte ich mir einen anderen Job suchen. Darauf habe ich ihm gesagt, wenn er mir derart mißtraue, könne er meine Kündigung gleich haben. Da hat er gekniffen.«

»Danke, Marcus, das war sehr tapfer von Ihnen«, sagte Preacher.

»Ja und nein«, sagte Lincoln. »Ich bin jetzt ohnehin auf dem Punkt angelangt, wo ich mir nichts mehr gefallen lasse. Es gibt schließlich außer Randle Communications auch noch andere Firmen, für die ich arbeiten kann.«

»Trotzdem gehört eine Menge Mut dazu, Randle so was zu sagen.«

»Vielleicht«, sagte Lincoln. »Aber ich glaube, er sägt ohnehin schon an meinem Stuhl. Ich bin ja nicht blöd, und wenn ich die Schrift an der Wand sehe, dann lese ich auch, was da steht. Wozu hat er Sanford Carrol geholt? Der macht hier auch nichts anderes als ich, und diese Art Jobsharing gefällt mir überhaupt nicht. Wahrscheinlich ist Randle davon überzeugt, daß ich auf Ihrer Seite bin, Reverend.«

»Vielleicht ist es Ihnen nicht klar«, sagte Preacher, »aber Sie stehen nicht auf meiner Seite, sondern auf der Gottes.«

»Einverstanden«, lächelte Lincoln.

»Fein«, sagte Preacher. »Jetzt brauche ich ganz schnell die Nielsen-Berichte von heute. Vor allem möchte ich wissen, ob wir während der ersten oder während der zweiten Hälfte der Sendung mehr Zuschauer hatten. Es interessiert mich, ob die Leute abgeschaltet haben, als Joe auf die Kanzel kam.«

»Glauben Sie, daß es Stunk gibt?« fragte Lincoln.

»Ich fürchte, ja«, sagte Preacher. »Aber vielleicht irre ich mich.«

»Bis morgen mittag habe ich die Angaben wahrscheinlich da.«

»Gut. Ich ruf Sie dann an«, sagte Preacher.

»Noch etwas«, sagte Lincoln. »Bitte vergessen Sie nicht, daß Kim Hickox morgen nachmittag kommt. Sie haben versprochen, persönlich auf dem Flugplatz zu sein.«

»Danke, Marcus, ich werde dran denken.«

Sobald er eingehängt hatte, summte die Gegensprechanlage. »Ihre Frau ist am Apparat, Dr. Talbot.«

»Sagen Sie ihr, daß ich auf der privaten Leitung zurückrufe«, sagte Preacher. Er wartete einen Augenblick, dann wählte er Janes Nummer.

Sie war sofort am Apparat. »Andrew? Bist du das?«

»Ja«, sagte er.

»Ich habe gerade mit meinem Vater gesprochen«, sagte sie. »Er hat so getobt, daß ich erst gar nicht kapiert habe, was er eigentlich wollte.«

»Und was wollte er?«

»Er hat seine Meinung offenbar völlig geändert. Er hat mir gesagt, ich solle sofort die Scheidung einreichen. Er könne mir genug Beweismaterial beschaffen, um dich vor jedem Gericht der Vereinigten Staaten wegen Ehebruchs zu verklagen. Er wolle dich hinter Gitter bringen, ehe du seine Kirche endgültig den Schwarzen vermachtest.«

»Schwarze?« fragte Preacher. »Hat dein Vater tatsächlich ›Schwarze‹ gesagt?«

»Nein, natürlich nicht. Du weißt genau, was er gesagt hat. Aber wenn er solche Worte benutzt, brauche ich das noch lange nicht zu tun«, sagte sie. »Was ist denn eigentlich los? Womit hast du ihn denn so in Rage gebracht?«

»Hast du heute morgen die Sendung gesehen?« fragte Preacher.

»Nein«, sagte sie.

»Ich habe Joe die Predigt halten lassen.«

»Und was ist daran so schlimm?«

»Das weiß ich auch nicht«, erwiderte Preacher. »Aber vielleicht fragst du mal deinen Vater. Der sieht die Dinge offenbar anders als wir.«

Jane schwieg einen Moment lang. Dann sagte sie: »Eigentlich wollte ich dich nur anrufen, um dir zu sagen, daß ich jetzt auf keinen Fall die Scheidung einreichen werde. Ganz egal, was andere Leute dir sagen. Insbesondere mein Vater.«

»Das ist lieb von dir, Jane«, sagte er demütig. »Vielen Dank!«

»Du brauchst mir nicht zu danken«, erwiderte sie. »Ob wir zusammenleben können, ist eine Frage, aber ob ich dich im Stich lasse, ist eine ganz andere. Ich tue nur, was mir richtig erscheint. Du bist der Vater meiner Kinder, und ich werde nicht zulassen, daß man sie in den Schmutz zieht.«

Sie hängte ein, ehe Preacher sich wieder gefaßt hatte. Behutsam legte er den Hörer zurück auf die Gabel. Er wandte sich um und sah zum Fenster hinaus. Plötzlich war er sehr müde.

Schließlich stand er auf und verließ sein Büro. »Ich gehe rüber in die Pfarrei und ruhe mich etwas aus«, erklärte er seiner Sekretärin. »Bitte notieren Sie alle Anrufe. Ich komme heute nachmittag wieder.«

»Aber, Dr. Talbot«, rief das Mädchen entsetzt. »Sie haben Mr. Randle noch nicht zurückgerufen. Und es sind noch einige Anrufe da. Was soll ich denn machen, wenn Mr. Randle noch einmal anruft?«

»Sagen Sie ihm einfach die Wahrheit«, erwiderte Preacher. »Sagen Sie, daß ich müde bin und daß ich mich ausruhen muß. Die anderen Anrufe werde ich alle erledigen, wenn ich wieder da bin.«

# Sechzehntes Kapitel

Obwohl er total erschöpft war, wälzte er sich ruhelos auf dem Bett und fand keinen Schlaf. Er döste einen Moment, und plötzlich erschien ein Lichtpunkt im Dunkel. Er öffnete die Augen, konnte die Lichtquelle aber nirgends entdecken. Die Jalousien und Vorhänge verdunkelten das Zimmer vollkommen, und doch wuchs der rätselhafte Lichtpunkt zu einem feurigen Ball, der den Raum mit goldenem Glanz füllte. Der Ursprung des Lichtes war nicht zu erkennen, es schien, als ob die Luft selbst leuchtete. Eine unerklärliche Kraft durchflutete Preacher, und alle Müdigkeit war wie weggeblasen.

Er setzte sich im Bett auf, mit großen Augen, geblendet von dem goldenen Licht ringsumher, »Vater?« fragte er zitternd.

Die Stimme, die er vernahm, schien völlig körperlos. Es war, als ob sich die Worte von selbst in seinem Kopf bildeten. »Mein Sohn.«

»Ich habe mich verirrt, Vater«, sagte er. »Ich habe gesündigt, und ich weiß nicht, wohin ich mich wenden soll.«

»Ja, mein Sohn. Der Weg, den du gewählt hast, ist einsam und lang. Aber . . .« Das goldene Licht schien näher zu kommen. ». . . der Weg zur Wahrheit war immer mit Dornen und Steinen besät.«

»Vater, ich habe mir Mühe gegeben, aber es ist nichts so geworden, wie ich es gewollt habe. Ich weiß, daß ich Unrecht getan habe, Vater, aber ich weiß nicht, worin es besteht.«

»Hast du in deinem Inneren geforscht, mein Sohn?«

»Ja, Vater. Ich habe immer wieder darum gebetet, daß

du mir den Weg zeigst. Ich habe in der Heiligen Schrift nach der Antwort gesucht. Aber jedesmal, wenn ich dachte, ich hätte gefunden, wonach ich gesucht hatte, war es nicht das, worauf ich gehofft hatte.« Immer noch spürte Preacher sein eigenes Zittern. »Vater, hat die Sünde Besitz ergriffen von mir? Habe ich die Millionen etwa nicht beiseite geschafft, um die Kirche vor ihren Feinden zu schützen, sondern um meine eigene Macht zu erhalten? Habe ich meine Kinder in blinder Begierde und nicht in Liebe gezeugt? Habe ich aus Geldgier und Opportunismus geheiratet?«

Das goldene Licht wirbelte durchs Zimmer, flutete vor und zurück im Rhythmus seiner Worte.

»Die Antworten, die du suchst, sind nicht immer nur in meinen Worten zu finden. Manchmal sind sie so gut wie überall zu entdecken. Sogar in den Worten deiner Feinde, mein Sohn. Auch wenn sie nur die Worte des Satans laut werden lassen, nennen sie dir zugleich seine innersten Ängste.«

»Ich bin töricht und unwürdig, Vater. Ich verstehe nicht. Wenn ich meine Feinde höre, kann ich in ihren Worten immer nur die Fallstricke sehen, mit denen der Höllenfürst diese Welt fesseln will.«

»Lausche den Worten deiner Feinde genauer, mein Sohn, dann werden sich Satans geheimste Befürchtungen vor dir enthüllen. Und wenn du begreifst, dann handle so, wie es deine innere Stimme dir eingibt, und gedenke der Liebe, die uns verbindet.«

Das Licht begann zu verblassen, und die Dunkelheit wuchs. Preacher wurde von plötzlicher Panik ergriffen. »Vater! Verlaß mich nicht, Vater!«

Die Worte in seinem Inneren schienen aus einiger Ferne zu kommen. »Ich werde dich niemals verlassen, mein Sohn. Wir treffen bald wieder zusammen.«

Das goldene Licht war verschwunden, und Preacher sank in die Kissen zurück. Eine große innere Ruhe und Stärke erfüllte ihn plötzlich. Er schloß seine Augen und schlief.

Als Preacher das Vorzimmer betrat, sprang seine Sekretärin von ihrem Stuhl hoch. »Mr. Randle, Dr. Sorensen und Dr. Ryker warten in Ihrem Zimmer auf Sie«, sagte sie aufgeregt.

Preacher blieb ärgerlich stehen. »Ich würde es sehr begrüßen, Miß Grant, wenn Sie in Zukunft daran denken würden, daß mein Zimmer ein Privatbüro ist und daß niemand, absolut niemand dort Zutritt hat, wenn ich nicht zuvor meine Einwilligung gebe. Wir haben ein Wartezimmer für Gäste!«

Das Mädchen war verwirrt. »Ich verstehe nicht. Mr. Randle ist doch immer schon vorher –«

Preacher schnitt ihr das Wort ab. »Sie haben gehört, was ich gesagt habe, Miß Grant. Und das gilt auch für Mr. Randle und seine Freunde.«

Die beiden Pastoren standen auf, als Preacher das Zimmer betrat, nur Jake Randle blieb sitzen. Schweigend ging Preacher um seinen Schreibtisch herum und setzte sich auf seinen Platz. Da die beiden Pastoren immer noch verlegen herumstanden, bedeutete er ihnen mit einer Handbewegung, sich wieder zu setzen. »Was kann ich für Sie tun, meine Herren?« fragte er kühl.

»Du hast nicht zurückgerufen«, knurrte Randle.

Preacher sah ihm direkt ins Gesicht. »Ich hatte andere Dinge zu tun.«

»Ach ja«, sagte Randle ironisch. »Du mußtest ein Nikkerchen machen, nicht wahr?«

»Ich erledige die Dinge immer in der Reihenfolge ihrer Bedeutung«, sagte Preacher gelassen.

Randle lief purpurrot an. »Wieso hast du den Vorstand nicht darüber informiert, daß du diesen Nigger in deiner Sendung auftreten läßt?«

»Sprechen Sie von Reverend Washington?« fragte Preacher.

»Du weißt genau, wen ich meine«, fauchte Randle. »Dieser Nigger ist genausowenig ein Pfarrer wie ich.«

»Sie irren sich, Mr. Randle. Reverend Washington ist von der Kirche der amerikanischen Christen ordiniert worden. Er ist ein offizieller Prediger dieser Gemeinde.«

»Und nach welchen Maßstäben hat er sich für dieses Amt qualifiziert?«

»Nach den Maßstäben der Heiligen Schrift. Unser Herr Jesus Christus verlangte von seinen Jüngern nur, daß sie an ihn glauben und seine Lehre verbreiten. Reverend Washington steht im Glauben hinter niemandem zurück, und er predigt wie kaum ein anderer Evangelist. Er hat unzählige Seelen zu Christus geführt und der Kirche in den letzten beiden Jahren mehr als sechs Millionen Dollar Kollektengelder gebracht.«

»All das erklärt aber nicht, warum du den Vorstand nicht informiert hast«, sagte Randle.

»Mr. Randle«, sagte Preacher, und seine Stimme war kalt und energisch. »Als geistlicher Oberhirte dieser Gemeinde bin ich dem Vorstand keine Rechenschaft über mein Tun schuldig. Ich bin an keinerlei Weisung gebunden und auch nicht verpflichtet, irgendwelche Empfehlungen zur Kenntnis zu nehmen, geschweige denn zu beachten. Wenn Sie sich gelegentlich die Mühe machen, den Gesellschaftervertrag der Kirche der amerikanischen Christen und die Satzung des Stiftungsrates zu lesen, werden Sie feststellen, daß ich ganz allein berechtigt bin, im Namen der Kirche zu handeln, und daß sowohl die einzelnen Vorstandsmitglieder als auch der Vorstand im ganzen lediglich in meinem Auftrag tätig sein können.«

Der alte Mann beherrschte sich müshsam. »Du scheinst vergessen zu haben, werter Dr. Talbot, daß ich es dir überhaupt erst ermöglicht habe, diese Kirche zu gründen.«

»Das habe ich keineswegs vergessen, Mr. Randle. Ich werde mich dessen stets in Dankbarkeit erinnern, was wir Ihnen schulden. Ich habe dem oft genug öffentlichen Ausdruck verliehen.«

»Du scheinst aber auch zu vergessen«, fuhr Randle mit einem kurzen Seitenblick auf die stellvertretenden Pastoren fort, die mäuschenstill dasaßen, »daß ich den Pachtvertrag, den ich dir gegeben habe, jederzeit kündigen kann. Und zwar fristlos und ohne Angabe von Gründen!« Triumphierend sog Randle die Luft ein.

Preacher zögerte keinen Moment. »Wenn Sie andeuten

wollen, daß die Kirche der amerikanischen Christen Churchland verlassen soll, dann teilen Sie uns das bitte schriftlich mit, Mr. Randle. Wir werden nicht zögern, diesem Wunsch sofort zu entsprechen.«

Randle schwieg. Er wußte, jetzt mußte er Farbe bekennen, und er wußte auch, daß Preacher die besseren Karten in der Hand hatte. Es gab keine Kirche, die genug Geld hatte, um Churchland zu übernehmen, und ohne eine Gemeinde wären die Gebäude bald nichts mehr wert. »Versteh mich nicht falsch. Ich wollte nur unsere wechselseitigen Rechte noch einmal festhalten. Das bedeutet nicht, daß ich deinen Pachtvertrag kündigen will.«

»Ich freue mich, das zu hören.«

»Ich habe aber auch nicht die Absicht, stillschweigend zuzusehen, wie du die Kirche den Niggern vermachst«, knurrte Randle sofort.

Diesmal ließ Preacher sich Zeit mit der Antwort. »Mr. Randle«, sagte er schließlich geduldig. »Ich bin der Ansicht, Sie sollten sich an den Gedanken gewöhnen, daß wir nicht mehr im 19. Jahrhundert leben. Ich finde es außerordentlich störend, daß Sie jetzt schon zu wiederholten Malen ein Schimpfwort gebraucht haben, das nicht nur ich, sondern auch große Teile meiner Gemeinde und vermutlich auch meine beiden Kollegen als inhuman und widerwärtig empfinden. Ich würde es außerordentlich begrüßen, wenn Sie sich endlich entschließen könnten, die schwarzen Mitglieder unserer Kirche mit mehr Respekt zu behandeln und dies auch in Ihrer Wortwahl zum Ausdruck brächten.«

Randle warf Ryker und Sorensen einen Blick zu, aber die beiden Geistlichen schwiegen. Der alte Mann wandte sich wieder an Preacher. »Ich bin sicher, daß deine beiden Kollegen gar nicht damit einverstanden sind, daß du diesen Nig-, ich meine diesen Schwarzen zuerst der Öffentlichkeit vorgestellt hast. Damit hast du Dr. Sorensen und Dr. Ryker in eine sehr mißliche Lage gebracht.«

Preacher sah die beiden Geistlichen an. »Ist das wahr?«

Dr. Ryker und Dr. Sorensen verständigten sich mit einem Blick, wer zuerst sprechen sollte. »Wenn wir alle Gelegenheit gehabt hätten, die Sendung vorher zu diskutieren«, sagte Sorensen vorsichtig, »wäre das Ergebnis vielleicht weniger unausgewogen gewesen.«

»Was meinen Sie mit ›unausgewogen‹, Dr. Sorensen?«

»Ich denke an den Schock, den die weißen Zuschauer empfunden haben müssen, als ihnen plötzlich in dieser bekannten, seit Jahren vertrauten Sendung ein schwarzer Geistlicher präsentiert wurde.«

Preacher nickte. »Ich verstehe. Und was meinen Sie, Dr. Ryker?«

Dr. Rykers Tonfall war akademisch gepflegt. Man spürte sofort, daß er jahrelang in einem theologischen Seminar gearbeitet hatte. »Der sogenannte Kulturschock ist seit Jahren ein Zentralproblem der wissenschaftlichen Forschung in unserem Land«, sagte er. »Auch die theologischen Fakultäten beschäftigen sich schon seit langem damit. Diese Sendung heute morgen war ein klassischer Fall: der falsche Mann zur falschen Zeit am falschen Platz. Von einem vorwiegend weißen Zuschauerkreis zu verlangen, daß er sich das Wort Gottes, der den Menschen nach seinem Bilde schuf, aus dem Munde eines schwarzen Predigers anhört, ist eine nicht unbeträchtliche Zumutung, widerspricht sie doch dem Bild, das der weiße Zuschauer von sich selbst hat und jeden Morgen im Spiegel sieht.«

»Umgekehrt ist es kein Problem?« fragte Preacher beiläufig.

»Nein«, sagte Ryker. »Diese Rollenverteilung sind die Leute gewohnt. Das hat eine jahrhundertealte Tradition.«

»Deshalb muß sie aber noch lange nicht richtig sein«, sagte Preacher. »In der Heiligen Schrift steht, Gott habe den Menschen nach seinem Bilde geschaffen, aber nirgendwo heißt es, daß dieser Mensch weiß, schwarz, braun oder gelb war.«

»Aber Dr. Talbot«, warf Sorensen ein, »hier geht es doch nicht um theologische, sondern um praktische Fragen. Es ist nun mal eine Tatsache, daß wir eine Menge Kollektengelder verlieren, wenn wir die weißen Zuschauer verprellen.«

Preacher lächelte trocken. »Darf ich Sie darauf aufmerksam machen, Dr. Sorensen, daß Sie sich hier in einer religiösen Gemeinschaft und nicht an der Managementschule in Harvard befinden? Wir interessieren uns nicht für Profitmaximierung, sondern bemühen uns, Menschen zu Christus zu führen.«

»Du weißt doch selbst, wie schwierig es ohne Geldmittel ist, jene Seelen zu erreichen, die besonders dringend der Rettung bedürfen«, sagte Randle. »Also tu nicht so, als bräuchtest du keine Kollekten.«

Preacher schüttelte den Kopf. »Meine Herren, ich bitte Sie. Mehr als siebzig Prozent unserer Tochtergemeinden sind schwarze Gemeinden, und ich glaube einfach nicht, daß sich der Wert einer Seele nach der Hautfarbe richtet. Solange die Schwarzen zur Gottesgemeinde gehören, müssen sie auch bei den Predigern repräsentiert werden.«

»Wenn du diesen Leuten den kleinen Finger reichst«, sagte Randle, »dann reißen die dir den Arm aus. Die übernehmen die ganze Gemeinde. Du weißt doch, wie die sind. Wenn man ihnen auch nur ein Haus in einer Straße verkauft, wimmelt bald das ganze Viertel von ihnen. Richard Craig und Helen Lacey haben jetzt schon erklärt, sie könnten uns nicht mehr unterstützen, wenn so etwas noch einmal vorkommt. Und wenn wir die Gesellschaft für ein Besseres Amerika und den Christlichen Frauenrat nicht mehr haben, verlieren wir zwei Millionen weiße Amerikaner. Diese Leute sind das Rückgrat der konservativen christlichen Mehrheit. Sie werden es auf keinen Fall akzeptieren, daß man ihnen Nig-, Schwarze auf die Kirchenbank setzt.«

»Dann sollten wir mit diesem nutzlosen Streit keine Zeit mehr vertrödeln«, sagte Preacher entschlossen. »Wir haben genügend andere Dinge zu tun. Eine der wichtigsten Aufgaben für unseren Kreuzzug am Labor Day wird darin bestehen, jedem Christen zu zeigen, daß alle Menschen von Gott geliebt werden, ganz gleich, welche Farbe sie haben.«

»Du erwartest doch wohl kaum«, zischte Randle empört, »daß ich dabei mitmache, oder?«

»Lehnen Sie nicht gleich ab, Mr. Randle«, bat Preacher.

»Bei diesem Kreuzzug können wir an einem einzigen Tag Millionen Seelen für Christus gewinnen. Und gleichzeitig haben wir Gelegenheit, bis zu fünfzig Millionen Dollar für unsere Kirche zu sammeln.«

Randle starrte ihn ungläubig an. »Davon war bisher noch gar nicht die Rede. Das mußt du uns näher erklären.«

»Das ist doch ganz einfach«, lächelte Preacher. »Wenn bei einem einzigen Kampf der Schwergewichts-Weltmeisterschaft fünfundzwanzig Millionen umgesetzt werden, dann sollte ein Schwergewichtskampf zwischen dem Teufel und Gott doch zumindest das Doppelte bringen!«

Randle gab keine Antwort, aber er hatte ganz offensichtlich zu rechnen begonnen. Preacher glaubte, den Computer in seinem Kopf förmlich ticken zu hören. »Wenn wir die Sache richtig organisieren und den Satelliten benutzen, müßten wir mindestens fünfzig Millionen Zuschauer haben und sämtliche Sport-Stadien in Amerika voll kriegen.«

»Das ist ein sehr ehrgeiziger Plan, Dr. Talbot«, sagte Sorensen skeptisch. »Ich begrüße im Prinzip dieses Vorhaben sehr. Aber ist das Projekt nicht ein paar Nummern zu groß für unsere Kirche? Ich glaube, unsere Chancen wären viel besser, wenn wir einige andere Fernsehkirchen veranlassen könnten, uns dabei zu unterstützen.«

»Das ist eine glänzende Idee«, sagte Preacher. »Ich möchte Sie bitten, gleich eine Arbeitsgruppe zu bilden, die sich darum bemüht, die anderen Kirchen für das Projekt zu gewinnen. Ich bin sicher, über die Verteilung der Kollekten wird man sich einigen können.«

»Unter diesen Umständen«, sagte Ryker, »müssen wir auch die Prediger dieser Gemeinden in unserer Sendung auftreten lassen.«

»Ein ausgezeichneter Vorschlag, Dr. Ryker. Es wäre mir eine große Ehre, wenn sich einige dieser Männer, deren Glaubenseifer und deren Arbeit ich seit langem schätze, meinem Kreuzzug für Christus anschließen würden.«

Ryker warf Sorensen einen Blick zu. »Ich glaube, Dr. Sorensen ist mit mir einer Meinung, daß viele bedeutende Evangelisten, auch Jerry Falwell, Oral Roberts, Rex Humbard, Bob Shuller und vielleicht sogar Billy Graham, eine Mitwirkung an diesem Projekt durchaus in Betracht ziehen dürften.«

»Denken Sie bitte auch an Paul Crouch und Fred Price in Kalifornien drüben«, sagte Preacher. »Die haben ganz schön große Gemeinden.« Er wartete, wie Sorensen und Ryker auf den Namen Price reagieren würden. Price hatte eine eigene Kirche in Crenshaw, vor der sich jeden Sonntag die Gläubigen drängten, und seine Gottesdienste wurden von fünfunddreißig Sendern übertragen.

»Selbstverständlich«, sagte Sorensen rasch. »Je mehr gute Leute wir für dieses Projekt kriegen, um so besser!«

Preacher lächelte. Daß Reverend Price ein Schwarzer war und sein Publikum aus den wohlhabenden Schwarzen von Los Angeles bestand, die es zu etwas gebracht hatten, wurde gar nicht erwähnt. Bei Geld existierten Rassenschranken offenbar nicht. In seinem Hinterkopf rastete ein Gedankengang ein. Was hatte die Stimme in seinem Licht-Traum gesagt? »Lausche den Worten deiner Feinde genauer, mein Sohn.« Das Lächeln verließ seine Lippen. »Ich höre sie, Vater«, flüsterte er. »Ich hoffe nur, ich mache es richtig.«

»Haben Sie etwas gesagt, Dr. Talbot?« fragte Ryker sofort.

Preacher schüttelte den Kopf. »Nicht wirklich. Ich habe nur laut gedacht.«

Randle stand auf. Er hatte das Gefühl, daß die Entwicklung ihn überrollte, und sprang auf den fahrenden Zug auf. »Meine Leute können bestimmt eine ganze Reihe von Fernseh- und Filmstars dazu überreden, in der Show aufzutreten. Ich sehe das alles schon vor mir. Die größten Evangelisten der Welt und Dutzende von Stars in einer gigantischen Show. Das macht bestimmt Fernsehgeschichte.« Plötzlich unterbrach er sich. »Wir müssen ein Zweistundenprogramm machen«, sagte er heftig. »In einer Stunde bringen wir sonst nicht alles unter, was wir vorhaben. Vielleicht brauchen wir sogar noch länger.«

»Das würde ich sehr begrüßen«, erklärte Preacher. »Aber wo nehmen wir die Sendezeit her?«

»Das ist nur eine Frage des Geldes«, sagte Randle geringschätzig. »Was sind schon eine Million oder zwei, wenn man nach den Sternen greift?«

Preacher lächelte. »Na, meine Herren, ist es nicht besser, harmonisch und friedlich zusammenzuarbeiten, als sich gegenseitig Vorwürfe zu machen und die Arbeit der anderen zu stören?«

# Siebzehntes Kapitel

»Damit, daß du ihn dazu gebracht hast, uns nicht mehr Nigger zu nennen, hast du ihn noch längst nicht gestoppt«, sagte Joe. »Der Kerl ist ein geborener Menschenverächter. Er wird nicht locker lassen, ehe ich nicht mit einem Strick um den Hals an einem Ast baumle und du auf dem Scheiterhaufen ans Kreuz genagelt verbrennst.«

Preacher sah zu, wie der Schwarze einen gewaltigen Happen von einem halbpfündigen Cheeseburger herunterbiß und lebhaft zu kauen begann, während Beverly nur zögernd in ihrem Salat herumstocherte. »Ich bin nur froh, daß diese Schreckensvisionen vom christlichen Märtyrertod deinen Appetit nicht beeinträchtigt haben«, sagte er lächelnd.

Joe spülte den Bissen mit einem ordentlichen Schluck Bier hinunter. »Preacher, du weißt genau, daß ich recht habe. Randle ist ein ganz übler Bursche. Der einzige Grund, warum er jetzt noch nicht über uns herfällt, ist der, daß er Geld riecht.«

»Ich bin ganz deiner Meinung, Joe«, sagte Preacher. »Aber wenn ich mich über alle Menschenverächter auf dieser Welt aufregen wollte, hätte ich überhaupt keine Zeit mehr zu arbeiten.«

»Denk an meine Worte«, sagte Joe düster. »Sobald dieser Kreuzzug vorbei ist, schlägt er zu.«

»Da irrst du dich«, sagte Preacher. »Er wird es schon vorher versuchen.«

Joe starrte ihn an. »Du weißt etwas, stimmt's?«

»Nein«, sagte Preacher. »Aber denk doch mal logisch. Er wartet nur solange, bis er sicher ist, daß nichts den Kreuzzug mehr aufhalten kann. Dann wird er uns abschieben. Denn er weiß ganz genau, wenn wir diesen Kreuzzug durchgeführt haben, dann kann er nichts mehr gegen uns unternehmen.«

»Verdammt!« sagte Joe. »Und ich dachte, ich hätte noch drei Monate Ruhe.«

Preacher grinste.

»Es steht nirgends geschrieben, daß wir uns nicht vorbereiten dürften auf Randles Attacken.«

»Wie soll das gehen«, fragte Joe, »wenn wir nicht wissen, was er eigentlich vorhat? Dieser Mann ist wie eine Klapperschlange. Man weiß nie, aus welcher Richtung er zustößt.«

»Das stimmt«, pflichtete Preacher ihm bei. »Wir müssen uns deshalb einigeln und auf alles gefaßt sein.«

»Wie damals in Vietnam«, sagte Joe. »Drähte rings um die Stellung. Über einen muß er ja stolpern.«

»Hoffentlich«, sagte Preacher.

»Ich hätte eine ganz einfache Lösung anzubieten«, meinte Joe. »Ich lege ihm ein Plastikbömbchen in den Mercedes, und wenn er sich das nächste Mal reinsetzt, geht das Ding hoch. Auf diese Weise kommen seine Eingeweide mal ordentlich in Bewegung – und wir sind den Kerl los!«

Preacher schüttelte lachend den Kopf. »Du änderst dich nie, Joe. Hast du schon wieder vergessen, daß du jetzt ein Gottesmann bist? Pfarrer pflegen doch keine Bomben zu legen!«

»Okay«, sagte Joe. »Wenn du etwas Besseres weißt . . .«

»Ich würde sagen, wir kümmern uns um die eigenen Probleme und überlassen Randle dem Himmel.«

»Oder der Hölle«, ergänzte Joe. »Dazu sage ich amen. Aber jetzt verrate mir: Was sollen wir tun?«

»Als erstes schließ bitte die Tür ab«, bat Preacher. »Ich möchte nicht, daß hier irgendwer reinkommt.«

Sie hatten sich einen leichten Imbiß in die Bibliothek der Pfarrei kommen lassen. Preacher wartete, bis Joe den Schlüssel im Schloß umgedreht hatte und wieder zurückkam. »Jetzt paß mal auf!« sagte er und schob eines der Bücherregale zur Seite. Ein versteckter Safe wurde sichtbar. Preacher drehte an der Zahlenkombination, zog die Tür auf, nahm ein paar Papiere heraus, legte sie auf den Tisch und machte den Safe wieder zu. »Erkennst du sie wieder?« fragte er.

Beverly hob den Kopf und nickte nachdenklich.

»Was soll das?« fragte Joe. »Was geht hier eigentlich vor?«

»Vor langer Zeit haben wir beschlossen, uns auf gewisse Eventualitäten vorzubereiten«, erklärte Preacher. »Jetzt ist der Zeitpunkt gekommen, wo wir etwas unternehmen müssen, damit wir nicht unter die Räder kommen.«

»Und was hast du vor?« fragte Joe.

Preacher strich sich mit der Hand übers Kinn. »Ich will die Kirche der amerikanischen Christen den Tochtergemeinden vermachen.«

Joe starrte ihn ungläubig an. »Du willst deine Kirche verschenken? Ich glaube, jetzt spinnst du vollkommen. Das sind mindestens fünfzig Millionen, die du verschenkst!«

»Ich brauche das Geld nicht«, sagte Preacher. »Außerdem sollen die Gemeinden das Geld in einen Fond für die Armen stecken.«

»Was hast du denn davon?« fragte Joe.

»Wenn alles so abläuft, wie ich gedacht habe«, sagte Preacher, »dann habe ich hinterher genausoviel, wie ich vorher gehabt habe: nichts.«

Joe schüttelte verzweifelt den Kopf. »Du änderst dich auch nicht mehr, Preacher. Du bist immer noch genauso dämlich wie drüben in Vietnam.«

Preacher wandte sich Beverly zu. »Hast du eine Idee, wie das organisiert werden könnte?«

»Kein Problem«, sagte Beverly. »Wir verteilen das Geld von unserem Geheimkonto in Form von anonymen Spenden an die Gemeinden. Das wird am besten Joe übernehmen. Er bringt ihnen das Geld und verkauft ihnen gleichzeitig Anteile an einer Stiftung, der in Zukunft die Kirche gehört. Dann zahlt dir die Stiftung das Geld als Gegenwert für deine Gesellschafteranteile und wird auf diese Weise Eigentümer der Gottesgemeinde.«

»Gut«, sagte Preacher.

»Und was machst du dann mit dem Geld«, fragte Beverly, »wenn es nach dieser kleinen Rundreise wieder bei dir ist?«

»Es kommt auf ein Treuhänderkonto zugunsten meiner Kinder. Jane, Joe und du sollen das Konto verwalten und zugleich auch Anteile haben.« Er wandte sich an Joe. »Du wirst mit den Tochtergemeinden richtige Verträge schließen müssen. Aber ich glaube nicht, daß es dabei Probleme gibt.«

»Probleme?« lachte Joe spöttisch. »Die Leute werden mich für den Weihnachtsmann halten, wenn ich mit den Anteilen ankomme.«

»Ein Problem gibt es allerdings doch«, sagte Preacher. »Die Sache muß unter Dach und Fach sein, ehe der Kreuzzug beginnt.«

»Das ist allerdings knapp«, sagte Beverly. »Das bedeutet, daß Joe und ich in den nächsten Wochen nichts anderes tun können.«

»Schafft ihr es denn?« fragte Preacher.

Beverly und Joe sahen sich an, dann nickte Joe. »Wir schaffen es«, sagte Beverly.

Preacher lächelte. »Gut.«

Plötzlich begannen Beverlys Augen zu schwimmen, und sie warf sich in seine Arme. »Wir lieben dich, Preacher.« Sie küßte ihn auf die Wange, und er spürte ihre Tränen auf seinem Gesicht.

Joe trat hinzu und umarmte sie beide. »Das stimmt, du Verrückter. Wir lieben dich alle. Doch warum willst du bloß alles verschenken? Niemand wird es dir danken, und am Ende wird man dich noch beschimpfen.«

Preacher war überwältigt von dieser Liebesbezeigung. Seine Augen trübten sich für einen Moment. Wie konnte er ihnen nur begreiflich machen, worum es ihm ging?

»Erinnert ihr euch noch an die Zeit im Missionszelt und wie wir uns gestritten haben über das Geld für die örtlichen Kirchen? Jetzt geht es wieder um diese Frage. Wir geben den Gemeinden nur das zurück, was ihnen rechtmäßig zusteht.«

Als Preacher nach dem Mittagessen mit Joe und Beverly zurück ins Büro kam, saß Lincoln im Wartezimmer. »Ich habe die Zahlen für Sie dabei«, sagte er.

»Kommen Sie herein«, sagte Preacher und führte ihn in sein Büro. Er schloß die Tür hinter ihm, dann setzten sie sich. »Nun, wie groß ist der Schaden?« fragte er.

»Es hat uns ziemlich getroffen«, sagte Lincoln. »Normalerweise schalten insgesamt zehn Prozent der Zuschauer während unserer Sendung auf ein anderes Programm um. Diesmal aber waren es dreiundzwanzig Prozent. Wollen Sie die Werte für die regionalen Bereiche?«

Preacher nickte.

Lincoln las von einem hastig geschriebenen Blatt ab. »Ich fange mit dem Schlimmsten an«, sagte er. »Im Süden, wo normalerweise 5 % umschalten, waren es diesmal 46 %; im Südwesten waren es 37 % statt 15 %; im Mittleren Westen 31 % statt 2 %; an der Küste 20 % statt 2 %; am Atlantik 19 % statt 7 % und im Nordosten 17 % statt normalerweise 15 %. Die einzigen Ausnahmen waren die Großstädte. In Philadelphia, New York, Boston und Los Angeles war alles wie immer, in Detroit und Chicago sind die Zuschauerzahlen sogar ein bißchen gestiegen, während die Sendung lief.«

Preacher sah Lincoln an und lächelte müde. »Vielleicht habe ich den Leuten zuviel zugemutet«, sagte er. »Vielleicht hätte ich mir mehr Zeit nehmen und die Zuschauer vorbereiten sollen. Auch wenn man das Richtige tut, muß das Ergebnis nicht immer richtig sein.«

»Ich glaube, die Ergebnisse wären zu einem anderen Zeitpunkt auch nicht anders gewesen«, sagte Lincoln. »Es wird immer Rassisten und Spießbürger geben, die nur darauf warten, Sie fertigzumachen. Machen Sie sich nichts draus. Sie haben getan, was Sie tun wollten, und jetzt gibt es kein Zurück mehr. Warten wir ab, was nächste Woche geschieht. Wen werden Sie bringen?«

»Sorensen«, sagte Preacher.

»Eine ausgezeichnete Idee«, sagte Lincoln. »Sorensen ist der spezielle Liebling der Rechten, der Moralischen Mehrheit und der in der Wolle gefärbten Konservativen. Ich schlage vor, daß wir die Sendung die ganze Woche hindurch mit sehr viel Radiowerbung ankündigen, dann bringt Sorensen uns mit Sicherheit riesige Zuschauerzahlen.«

Preacher nickte. »Bitte kümmern Sie sich darum.«

»Ich habe die Sache schon in Angriff genommen«, erwiderte Lincoln.

»Gut«, sagte Preacher. »Was meinen Sie, wann werden die anderen Vorstandsmitglieder von der heutigen Sendung erfahren?«

»So wie ich Sanford Carrol kenne«, knurrte Lincoln, »ist er jetzt schon auf dem Weg zur Randle Ranch, um dem Alten Bericht zu erstatten.«

Preacher schüttelte den Kopf. »Das wird uns nicht gerade nützen.«

»Machen Sie sich nichts draus«, sagte Lincoln. »Beim Fernsehen sagen wir: Was geht uns der Schnee von gestern an, morgen machen wir eine bessere Show.«

Das Telefon klingelte, Preacher nahm den Hörer ab und reichte in Lincoln. »Für Sie«, sagte er.

Lincoln meldete sich, hörte einen Augenblick zu, bedankte sich und legte den Hörer zurück. »Das war der Tower vom Flugplatz. Sie sagen, daß Kim Hickox gleich landen wird. Wir haben noch sechs Minuten, vielleicht sollten wir uns auf den Weg machen.«

»Warum nicht«, sagte Preacher ergeben.

»Lassen Sie sich nicht unterkriegen«, sagte Lincoln, als sie den Aufzug betraten. »Vielleicht wird die Sache ganz lustig. Ich habe den Eindruck, die Lady ist scharf wie eine Rasierklinge. Ist ja auch kein Vergnügen, mit einem Schwulen zu leben.«

Preacher warf ihm einen prüfenden Blick zu. Offensichtlich waren Jimmys homosexuelle Neigungen doch kein so absolutes Geheimnis, wie Kim glaubte. Aber vielleicht hatte sie auch bloß gemeint, daß die breite Öffentlichkeit nichts davon wußte. »Wenn das wahr ist«, sagte er lässig, »können Sie es ja mit ihr probieren.«

»Aber sie interessiert sich doch gar nicht für mich«, lachte Lincoln. »Kim schwärmt für Sie.«

Der Chauffeur mit der großen Limousine wartete am Seitenausgang. »Wenn das so ist«, sagte Preacher beim Einsteigen, »tut es mir leid. Ich habe genügend andere Sorgen.«

Ein Irrtum, wie sich herausstellen sollte. Preacher wußte selbst nicht, wie ihm geschah, aber noch am selben Abend bat er Kim Hickox zum Essen zu sich. Sie tranken Kaffee in der Bibliothek, und lange vor Mitternacht lagen sie miteinander im Bett.

# Achtzehntes Kapitel

Als er am nächsten Morgen in sein Büro kam, verließen gerade zwei Männer sein Zimmer.

»Wer waren die beiden?« fragte Preacher die Sekretärin.

»Das waren Leute von der Telefongesellschaft«, sagte das Mädchen. »Unser Büro kriegt die neuen Telefone als erstes. Jetzt gehen sie rüber in die Pfarrei, Sir, und installieren dort auch welche.«

»Aber ich war mit den alten vollkommen zufrieden«, erwiderte Preacher.

»Diese hier werden Ihnen noch mehr zusagen, Dr. Talbot«, sagte das Mädchen. »Es sind sogenannte denkende Telefone. Und das schönste daran ist, daß man den Hörer gar nicht mehr aufzunehmen braucht, wenn jemand anruft. Man antwortet einfach, und der Apparat stellt die Verbindung her, sobald er die Stimme hört. Wenn man ungestört sprechen will, weil jemand im Raum ist, nimmt man einfach den Hörer. Beim Wählen erscheint die Nummer auf einer Sichtanzeige, und wenn der Anschluß besetzt ist, probiert es der Apparat selbständig alle fünfzehn Sekunden erneut, solange, bis die Verbindung hergestellt ist. Die Sekretärinnen sind alle begeistert, denn die Arbeit wird uns dadurch wesentlich erleichtert.«

»Das freut mich«, sagte Preacher. »Wer hat denn die Wunderdinger bestellt, Miß Grant?«

»Der neue Schatzmeister, Mr. Duncan«, sagte das Mädchen. »Vor zwei Wochen waren so ein paar Rationalisierungsfachleute da, und am Freitag kam eine Aktennotiz, daß ab heute neue Telefone eingebaut werden würden. In zwei Wochen werden alle Büros mit den neuen Apparaten ausgerüstet sein.«

»Wunderbar«, sagte Preacher ohne Begeisterung. »Könnten Sie mich bitte mit Mr. Duncan verbinden? Oder brauche ich dazu bloß mit den Fingern zu schnippen?«

»Nein«, kicherte das Mädchen. »Ganz so ist es nun wieder auch nicht, Dr. Talbot.«

Preacher ging in sein Zimmer und setzte sich hinter den Schreibtisch. Der neue Apparat sah wie ein kleiner Tischcomputer aus und war ihm sofort unsympathisch. Noch während er das Ding anstarrte, klingelte es. Wie ihm Miß Grant gesagt hatte, nahm er den Hörer nicht ab, sondern sagte: »Ja, bitte?«

»Ich habe Mr. Duncan für Sie in der Leitung.«

»Vielen Dank«, sagte er. »Bitte stellen Sie durch.« Er wartete einen Moment. »Mr. Duncan?«

»Nun, wie gefällt Ihnen die neue Anlage, Dr. Talbot«, fragte der Schatzmeister.

»Öfter mal was Neues«, sagte Preacher. »Die Anlage hat doch bestimmt eine schöne Stange Geld gekostet, nicht wahr?«

»Fast eine Million«, sagte Duncan. »Aber sie wird sich aufgrund des Rationalisierungseffektes innerhalb von achtzehn Monaten amortisieren, und danach werden wir einiges sparen. Die vorherige Gesellschaft hat für die Telefonanlage jährlich rund zweihundertfünfzigtausend Dollar an Miete kassiert, wohingegen der Wartungsvertrag für das neue System nur hunderttausend im Jahr kostet.«

»Das klingt nicht schlecht«, sagte Preacher. »Aber wer garantiert uns, daß die Firma noch existiert, wenn wir sie einmal brauchen?«

Duncan lachte. »Ich glaube nicht, daß Mr. Randle auf eine Schwindelfirma hereinfallen würde. Er hat die Generalvertretung und den Alleinvertrieb für ganz Texas übernommen und verhandelt gegenwärtig mit der japanischen Herstellerfirma über die Vertriebsrechte für den ganzen Südwesten.«

»Das beruhigt mich«, sagte Preacher. »Vielen Dank, daß

Sie mich als ersten auf Ihre Liste gesetzt haben, Mr. Duncan.«

»Etwas anderes wäre gar nicht in Frage gekommen, Dr. Talbot. Genau genommen hat sogar Mr. Randle darauf bestanden, daß Sie als erster den neuen Apparat erhalten.«

»Vielen Dank, Mr. Duncan. Auf Wiederhören.«

»Auf Wiederhören.«

Preacher lehnte sich in seinem Sessel zurück. Die Sache hatte der alte Randle schlau eingefädelt. Er hatte dafür gesorgt, daß Preacher keinen Widerspruch einlegen konnte. War die Anlage erst einmal in seinem Büro installiert, konnte er sie schlecht wieder herausreißen lassen. Ein Vertrag dieser Größenordnung hätte natürlich dem Vorstand vorgelegt werden müssen, aber der alte Mann hatte sich vermutlich überlegt, daß er die Anlage notfalls immer noch zu denselben Bedingungen wie die Telefongesellschaft vermieten konnte, wenn jemand Einspruch erhob.

Das Telefon klingelte erneut. »Mrs. Hickox, Mr. Lincoln und Mr. Carrol sind eingetroffen«, sagte die Sekretärin.

»Bitten Sie sie herein«, sagte Preacher und erhob sich, um seinen Besuchern entgegenzugehen.

Kim kam als erste, gefolgt von den anderen. Preacher umarmte sie und küßte sie auf die Wange. Mit ausgestreckten Armen bat er seine Besucher, in der Sitzecke Platz zu nehmen. »Nun, wie ist es gelaufen?« fragte er.

»Unglaublich gut, Dr. Talbot«, sagte Kim Hickox. »Marcus und Sanford waren so reizend zu mir, und das Produktionsteam ist das beste, das ich je gesehen habe. So etwas gibt es selbst in Hollywood nicht mehr. Ich bin so begeistert, daß ich am liebsten schon früher anfangen würde, als wir vereinbart haben.«

»Das ist ja fein«, sagte Preacher. »Was halten Sie davon, Marcus? Wollen wir wirklich schon früher anfangen?«

»Sanford und ich sind der Meinung, daß es nicht schlecht wäre, wenn wir jetzt gleich weitermachen könnten«, sagte Lincoln. »Die letzte Woche war wirklich phantastisch. Wir haben das Programmschema fertig, und am Bühnenbild wird gerade gebastelt. Zwei von Kims Drehbuchautoren arbeiten mit drei von unseren Leuten an den ersten Sendungen, und außerdem hatte Kim noch eine prima Idee, die unsere Show zu einem durchschlagenden Erfolg machen wird. Erzählen Sie es ihm am besten selbst, Kim.«

Preacher lächelte. »Das muß ja wirklich eine tolle Sache sein, wenn Marcus so begeistert darauf reagiert.«

Kim tat bescheiden. »Eigentlich ist es gar nichts Besonderes. Es liegt so auf der Hand, daß früher oder später jeder von uns darauf gekommen wäre, wie ich annehme.«

»Kann schon sein«, sagte Carrol, »aber Sie waren nun einmal die erste.«

»Okay«, sagte Preacher. »Spannt mich nicht auf die Folter.«

»Also, wir hatten doch gesagt, daß wir die ersten fünf Shows in zwei Tagen abdrehen wollten. Am ersten Tag zwei, und am nächsten Tag drei«, sagte Kim. »Das ist praktischer, und vor allem senkt es die Kosten. Außerdem haben wir dann mehr Zeit, um die Sendungen für die kommenden Wochen zu planen. Und da habe ich mich gefragt, wenn die Dreharbeiten nur zwei Tage dauern, können wir doch ohne weiteres einen Gaststar der Woche einladen, oder? Erstens stehlen wir den Leuten gar nicht viel Zeit, und zweitens können wir für die zwei Tage überdurchschnittliche Gagen zahlen. Das schmeichelt allen, auch den bekanntesten Stars, und wir brauchen weniger Geld auszugeben, als wenn sie die ganze Woche in Randle herumlungern würden.«

»Das klingt sehr gut«, sagte Preacher. »An welche Stars habt ihr gedacht?«

»Ich dachte, wir lassen die üblichen Stars der religiösen Programme beiseite«, sagte Kim. »Ich habe schon mal meine Agenten in Hollywood angerufen und ein paar Freunde, und es sieht so aus, als könnten wir Leute wie Charles Heston, Carol Burnett oder Danny Thomas kriegen. Charles Heston könnte einen Teil seiner Rolle als Moses in den *Zehn Geboten* nachspielen; Carol Burnett könnte über ihren Kampf gegen den Drogenmißbrauch bei Kindern und Jugendlichen erzählen, besonders über die Erlebnisse mit ihrer Tochter; Danny Thomas soll ein paar gute Geschichten aus dem Kinderkrankenhaus St. Jude beisteuern; außerdem könnten natürlich Sängerinnen und Sänger wie Aretha Franklin, Jonny Cash und Tammy Wynette mit ein paar Gospelsongs aus ihrer Jugend auftreten.«

»Ihr habt mich überzeugt«, grinste Preacher. »Wann fangen wir an?«

»Mit Gottes Hilfe und etwas Glück«, sagte Kim, »könnten wir in vierzehn Tagen die Pilotsendung drehen. Das Hauptproblem scheint mir darin zu liegen, ob wir überhaupt genug Sendezeit kriegen, wenn wir vorzeitig anfangen.«

»Dafür bin ich nicht zuständig«, sagte Preacher. »Was meinen Sie, meine Herren?«

Lincoln überließ die Antwort Carrol. »Ich glaube, Sanford überblickt den Markt sehr viel besser als ich.«

Carrol räusperte sich. »Vielleicht sind unsere Aussichten gar nicht so schlecht. Im Sommer ist die Nachfrage in der Regel etwas geringer, und die gegenwärtige Rezession hat die Fernsehanstalten genauso getroffen wie alle übrigen Branchen. Wenn Sie mir ein paar Tage Zeit lassen, kann ich mich ja mal umhören. Wahrscheinlich kann ich Ihnen dann ganz genau sagen, wie die Situation ist. Ich muß die Sache nur vorsichtig angehen, damit nicht der Eindruck entsteht, wir brauchten dringend Sendezeit, sonst klettern die Preise ganz plötzlich bis zum Mond.«

»Lassen Sie sich nur Zeit«, sagte Preacher. »Wir treiben die Sendung einstweilen voran, so, als ob wir im Sommer noch anfangen würden.«

Das Telefon klingelte. »Dr. Talbot«, sagte die Sekretärin. »Es ist Besuch für Sie da.«

»Schicken Sie ihn ins Wartezimmer, Miß Grant«, sagte Preacher. »Ich komme in zwei Minuten.« Dann wandte er sich wieder an seine Besucher. »Ich kann gar nicht sagen, wie froh und glücklich ich bin, daß Sie alle so gut zusammenarbeiten und unser Projekt solche Fortschritte macht. Ich bin sicher, die Show wird ein Riesenerfolg.«

Er stand auf, und die anderen erhoben sich mit ihm.

»Bitte, haltet mich auf dem laufenden, ja? Ich möchte euch bei all euren Schritten begleiten.«

Preacher brachte seine Besucher zur Tür. »Bis bald«, sagte er.

Lincoln und Carrol waren schon im Zimmer der Sekretärin, als Kim noch einmal zurückkam. »Morgen früh fliege ich zurück nach Los Angeles«, sagte sie leise. »Meinst du, wir können heute abend zusammen essen?«

»Warum nicht«, lächelte Preacher. »Um acht Uhr in der Pfarrei?«

»Ich bin bestimmt pünktlich«, flüsterte sie. »Ich spüre deinen Schwanz jetzt schon zwischen den Lippen.«

Ehe er eine passende Antwort fand, war sie verschwunden, und die Tür des Wartezimmers ging auf. Charlie und Melanie kamen heraus. Preacher küßte sie auf die Wangen.

»Na, habt ihr viel zu tun gehabt, Kinder?« fragte er, nachdem sich die Mädchen gesetzt hatten.

»Nicht so viel, wie wir wollten«, gab Charlie zurück. »Ich weiß nur nicht, ob man uns bewußt von allem fernhält oder ob es wirklich nichts zu tun gibt in Churchland.«

Preacher gab keine Antwort.

»Hast du viel mit dieser Lady zu tun?« fragte Melanie.

»Gelegentlich«, sagte Preacher.

»Laß sie lieber nicht zu nah an dich ran«, sagte Melanie. »Sie hat schon viel Ärger gemacht.«

»Das habe ich auch gehört«, sagte Charlie. »Sie ist ein richtiges Prediger-Groupie. Es heißt, sie hätte mit allen Evangelisten geschlafen, bei denen sie auftreten durfte, und es hätte die Herren jedesmal eine Stange Geld gekostet, sie wieder loszuwerden.«

Preacher dachte einen Augenblick nach. Dann erhob er sich plötzlich. »Hättet ihr nicht Lust, einen kleinen Spaziergang zu machen? Ich würde gern frische Luft schnappen.«

Das Telefon meldete sich. »Dr. Sorensen ist am Apparat«, sagte die Sekretärin. »Er sagt, er würde Sie gern einen Augenblick sprechen.«

»Ich rufe ihn in einer Viertelstunde zurück«, sagte

Preacher. Er wandte sich wieder an Charlie. »Wenigstens einmal möchte ich in Ruhe reden, ohne daß mich das Telefon stört.«

Die Mädchen nickten. »Wir würden auch gern ein bißchen spazierengehen.«

Sie traten aus dem Seitenausgang hinaus in die Sonne und gingen über den Rasen zum Springbrunnen. »Hübsch, nicht wahr?« fragte Preacher und zeigte auf die glitzernde, kühle Fontäne.

»Wunderschön«, sagte Melanie.

»Von dem Hügel da drüben sieht es noch besser aus«, sagte er.

Schweigend folgten sie ihm den Hügel hinauf. Er wandte sich um und sah die dreihundert Meter zum Kirchenbau zurück. Hinter der dunkel getönten Glasfront war nichts zu erkennen. »Bei den Bäumen da drüben steht eine Bank«, sagte Preacher.

Sie gingen um die Baumgruppe herum auf die andere Seite des Hügels, von wo aus Churchland nicht mehr zu sehen war. »Setzt euch«, sagte Preacher. »Ich habe einen wichtigen Auftrag für euch.«

Die Mädchen nickten und sahen ihn aufmerksam an.

»Ich muß mich leider sehr kurz fassen«, sagte Preacher, »denn ich muß sofort zurück ins Büro. Ich habe den ganzen Tag noch Termine. Also hört bitte gut zu. Ich möchte, daß ihr Churchland verlaßt, und zwar getrennt. Die eine morgen, die andere fährt ein paar Tage später. Sagt zu niemand ein Wort, packt einfach bloß eure Sachen und geht. Ihr fahrt beide nach San Antonio und meldet euch unter falschem Namen in zwei verschiedenen Hotels an. Wenn ihr wieder zusammen seid, könnt ihr Beverly in Los Altos anrufen. Sie schickt euch telegrafisch fünfzigtausend Dollar. Davon kauft ihr einen möglichst gut ausgestatteten Wohnwagen, der groß genug sein muß, daß wir alle drei darin leben können. Besorgt eine Zulassung und stellt ihn auf einem Campingplatz ab. Dann teilt ihr Beverly mit, wo ihr seid und wartet auf meine Ankunft.«

»Was soll das denn alles?« fragte Charlie beunruhigt.

»Ich habe leider nicht genug Zeit, euch das zu erklären«,

sagte Preacher. »Aber macht euch nur keine Sorgen, wir sind nicht in Gefahr.« Er musterte sie. »Habt ihr alles verstanden?«

»Ja«, sagte Melanie. »Soll ich es wiederholen?«

»Ja, bitte.«

Das Mädchen wiederholte Preachers Anweisungen praktisch wörtlich. Sie hatte nicht das geringste vergessen. »Okay?« fragte sie.

»Ausgezeichnet«, erwiderte Preacher und nahm einen Briefumschlag aus der Tasche. »Hier sind tausend Dollar in bar, falls ihr Auslagen habt. Noch etwas. Fahrt nicht direkt nach San Antonio, sondern macht ein paar Umwege, und vergeßt nicht, eure Decknamen zu verabreden, ehe ihr loszieht.«

Die Mädchen lachten. »Wir werden daran denken.«

Preacher stand auf. »Vielen Dank«, sagte er. »Ich muß jetzt zurück ins Büro, Kinder. Macht's gut.«

»Preacher«, fragte Melanie plötzlich, »wird dein Büro überwacht?«

Er nickte. »Ich fürchte ja. Heute sind neue Telefone eingebaut worden, die ich nicht bestellt habe.«

Das Mädchen dachte einen Augenblick nach. »Wann können wir dich erwarten, Preacher?«

Er zuckte die Achseln. »Ich weiß nicht. Aber ich habe so eine Ahnung, daß es nicht mehr lange dauert.«

Die beiden Mädchen beobachteten, wie er den Fußweg zur anderen Seite des Hügels einschlug, und blieben auch dann noch sitzen, als er längst hinter den Bäumen verschwunden war, die Churchland vor ihren Blicken verbargen.

# Neunzehntes Kapitel

»Die Vorstandssitzung beginnt in zehn Minuten, Dr. Talbot«, sagte die Stimme der Sekretärin durch das Telefon.

»Ich muß noch einige Papiere durchsehen, Miß Grant. Ich bin gleich fertig«, gab Preacher zurück.

»Denken Sie daran, daß vor der Sitzung die Pilotsendung der Hickox-Show vorgeführt werden soll.«

»Ich habe es nicht vergessen, Miß Grant«, sagte Preacher. »Vielen Dank.« Er hatte gerade die letzten Papiere in seine Mappe gepackt, als das Telefon noch einmal schrillte, »Ja, was gibt's, Miß Grant?«

»Mrs. Washington ist am Apparat«, sagte die Sekretärin. »Sie sagt, sie müßte Sie unbedingt vor der Sitzung noch sprechen.«

»Stellen Sie durch, Miß Grant.« Er drückte den Knopf und nahm den Telefonhörer ab. »Was ist los, Beverly?«

Sie hörte sich aufgeregt an. »Joe ist abgeholt worden.«

»Wieso denn? Von wem?« fragte er.

»Ich weiß es nicht«, schluchzte sie. »Sie haben behauptet, sie wären Kriminalpolizisten. Wir haben die Tür aufgemacht, und da standen drei Männer. Einer hat ein Stück Papier rausgezogen und behauptet, das wäre ein Haftbefehl wegen terroristischer Aktivitäten in den sechziger Jahren und wegen Bigamie. Joe hat gesagt, das könne unmöglich wahr sein. Er sei mit der Mutter seiner Kinder nie verheiratet gewesen, und Terrorismus und Bigamie könnten nie auf demselben Haftbefehl stehen. Dafür seien ganz verschiedene Gerichte zuständig. Der Mann zog Handschellen heraus und verlangte, Joe sollte die Arme ausstrecken. Er werde sich von einem Nigger keine Belehrungen anhören. ›Ihr seid überhaupt keine Bullen. Ihr habt mir ja nicht mal meine verfassungsmäßigen Rechte vorgelesen‹, schrie Joe, holte aus und schlug den Mann nieder. Daraufhin schlug ihm einer der anderen Männer den Pistolengriff über den Kopf. Joe ging bewußtlos zu Boden. Sie legten ihm Handschellen an und schleiften ihn zur Tür. Ich fing an zu schreien. Einer der Kerle kam zurück und schlug mir ins Gesicht. ›Halt's Maul, du chinesische Nutte‹, schrie er, ›ruf lieber deinen Freund an, Dr. Talbot. Der ist der einzige, der deinen Nigger lebendig da wieder herausbringen kann.‹ Sie schleppten Joe aus dem Haus und zerrten ihn hinten ins Auto. Dann sind sie weggefahren.«

»Kannst du dich an die Nummernschilder oder den Typ des Wagens erinnern?«

»Der Wagen war schwarz«, sagte sie. »Welche Marke, konnte ich nicht erkennen. Die Nummernschilder waren völlig verschmiert.« Beverly hatte zu weinen begonnen. »Was soll ich nur machen, Preacher? Was ist denn nur los?«

»Das weiß ich selbst noch nicht«, sagte Preacher. »Bleib auf jeden Fall in Los Altos und versuche dich zu beruhigen. Ich verspreche dir, ich hole Joe da heraus.«

»Er hat geblutet. Das Blut lief ihm nur so über das Gesicht. Ich habe solche Angst, Preacher.«

»Joe kommt schon durch«, tröstete Preacher. »Ich kenne ihn, er hat einen Schädel aus Eisen. Warte, bis ich dich zurückrufe.«

Er legte den Hörer zurück und nahm seine Mappe. Dieser Überfall auf seinen Freund war bestimmt nur der erste Schlag gewesen. Preacher hatte das dumpfe Gefühl, er würde auf den nächsten nicht lange warten müssen.

Das Bild auf der großen Leinwand erlosch, der Raum wurde hell. Randles Augen waren geschlossen, und Preacher hatte den Eindruck, daß er fast während der ganzen Vorführung geschlafen hatte.

»Ich glaube, meine Herren, es ist eine sehr gute Show«,

sagte Preacher. »Jimmy und Kim wirkten sympathisch und glaubwürdig. Vor allem aber war die Show unterhaltend. Sie bietet alles, was zum Fernsehen gehört: ein bißchen Spiel, ein paar sehr gute Songs, etwas Herz, insbesondere im Bericht dieser jungen Frau, die erzählte, wie Jesus ihr geholfen hat, als ihr kleiner Junge an Krebs starb, und schließlich ein bißchen Komödie bei dem Sketch mit dem Klempner, der die Geschirrspülmaschine beim Ehepaar Hickox repariert. Ich glaube, diese Show wird sehr gute Resultate bringen.« Preacher warf einen Blick in die Runde. »Ich schlage vor, die Show für den Sommer zu produzieren.«

»Ich bin eher ein bißchen enttäuscht«, wandte Sorensen ein. »Ich hatte mehr religiöse Themen und weniger Spielereien erwartet. Schließlich bezahlt doch die Kirche das ganze Programm, Dr. Talbot.«

»Das ist ja genau das Problem«, sagte Preacher. »Es gibt zur Zeit eine Menge Personality-Shows bei den religiösen Programmen. Alle sind sie mit schweren moralischen Fragen und kirchlicher Propaganda befrachtet, und ich glaube, die Leute haben das satt. Das Publikum will Unterhaltung, die Leute haben Probleme genug, sie wollen nicht dauernd belehrt werden. Vergessen Sie außerdem nicht, daß wir volle vier Minuten mit Werbung für Churchland einblenden. Das sollte eigentlich genügen, oder?«

»Ich weiß nicht recht«, sagte Sorensen.

»Warum versuchen wir es nicht einfach?« fragte Preacher. »Wenn wir mit den Ergebnissen nicht zufrieden sind, können wir die Show nach den ersten Sendungen immer noch ändern.«

»Könnten wir nicht ein paar Hinweise auf den Kreuzzug einbauen?« fragte Sorensen. »Wenn das möglich wäre, ließe ich mir das Ganze schon eher gefallen.«

»Das wäre Sache unserer Fachleute«, sagte Preacher. »Mr. Lincoln, Mr. Carrol, was meinen Sie?«

»Ich glaube, Dr. Sorensens Vorschlag stellt kein Problem für uns dar«, sagte Carrol. »Die Hinweise auf den Kreuzzug brauchten die Dramaturgie der Show nicht zu stören.«

»Ich bin auch dieser Meinung«, fügte Lincoln hinzu. »Ein bißchen Arbeit wird es zwar machen, aber es geht.«

»Gut«, sagte Preacher. »Wenn Dr. Sorensen zustimmt, stelle ich den Antrag zur Abstimmung, die Sendung sobald wie möglich ausstrahlen zu lassen.«

Sorensen übernahm den Antrag, der von Dr. Ryker und Mrs. Lacey unterstützt und einstimmig angenommen wurde. Lediglich Lincoln und Carrol enthielten sich der Stimme, da es um ihr eigenes Projekt ging. Der Vorsitzende hatte wie üblich keine Stimme, da er nur im Falle von Stimmengleichheit zur Entscheidung herangezogen wurde.

Preacher warf einen Blick auf seine Notizen. »Dr. Ryker und Dr. Sorensen sind übereingekommen, daß Dr. Sorensen über den Stand der Vorarbeiten zu unserem Kreuzzug berichtet.«

Dr. Sorensen erhob sich. »Ich freue mich, Ihnen mitteilen zu können, daß von den fünfzehn wichtigsten Fernsehgemeinden elf sich bereit erklärt haben, bei unserem Kreuzzug mitzuarbeiten. Von den Evangelisten dieser Gemeinden werden fünf am Tage des Kreuzzugs hier bei uns auf der Bühne erscheinen, die anderen schicken uns Video-Bänder, weil sie andere Verpflichtungen haben und nicht persönlich anwesend sein können. Mit einunddreißig großen Stadien, Hallen und Theatern haben wir Verträge für unseren Kreuzzug geschlossen. Auf diese Weise können wir ein Live-Publikum von über zwei Millionen Menschen versammeln. Im Durchschnitt werden fünf Dollar Eintritt verlangt, von denen wir vierzig Prozent erhalten. Also können wir aus dieser Quelle mit über vier Millionen Dollar rechnen. In unseren Tochtergemeinden wird natürlich kein Eintritt verlangt. Aber es interessieren sich, über den Kreis unserer ständigen Partner hinaus, noch zahlreiche andere Fernsehstationen für die Übertragungsrechte des Kreuzzugs. Wir werden nicht in allen Fällen mit direkten Zahlungen rechnen können, weil zum Teil auch Gegengeschäfte geplant sind, aber aufgrund der jetzigen Verhandlungsergebnisse glaube ich sagen zu können, daß wir aus dieser Quelle mindestens zehn Millionen Dollar einnehmen werden. Außerdem liegen auch Angebote von Rundfunkstationen vor, die den Kreuzzug mitschneiden und in Lizenz übernehmen wollen. Einige Anfragen kommen sogar aus dem Ausland, und ich rechne mit einer weiteren Million aus diesem Verwertungsbereich. Bei alledem ist das Spendenaufkommen aufgrund der Sendungen noch gar nicht mit berücksichtigt. Wir können mit bis zu vierzig Millionen Zuschauern rechnen, und ich brauche Ihnen ja nicht zu erklären, daß ein durchschnittlicher Kollektenerfolg von einem Dollar pro Zuschauer durchaus im Rahmen des Möglichen liegt. Beim Veranstaltungskomitee liegen über sechshundert Zusagen von prominenten Politikern vor, die hier in Churchland an unserem Kreuzzug teilnehmen wollen. Inzwischen hat auch der Programmausschuß mit der Arbeit begonnen, und wir erwarten innerhalb der nächsten Wochen eine genaue Aufteilung der Sendezeit für die einzelnen Redner, Sänger und Showmaster.« Als sich Sorensen setzte, wurde Beifall geklatscht.

Preacher stand auf. »Im Namen unserer Kirche möchte ich Dr. Sorensen, Dr. Ryker und allen anderen Mitarbeitern in den zuständigen Ausschüssen sehr herzlich für ihre großartige, uneigennützige Tätigkeit danken. Ich glaube, Dr. Sorensens Bericht hat gezeigt, daß unser Kreuzzug für Christus ein großer Erfolg werden wird.« Er zögerte einen Moment. »Wenn keine weiteren Fragen mehr vorliegen, schlage ich vor, daß wir die heutige Sitzung beenden.«

Preacher schob seine Papiere zurück in die Mappe und wollte gerade aufstehen, als Randle ihn fragte: »Hast du noch einen Augenblick Zeit?«

Preacher sah sich um. Die ersten Vorstandsmitglieder hatten den Raum schon verlassen, aber Randle, Richard Craig, Mrs. Lacey und die beiden stellvertretenden Pastoren waren geblieben. »Ja, natürlich«, sagte Preacher und setzte sich wieder.

Randle nickte in Richtung Ausgang, und Ryker sprang auf, um die Türe zu schließen, und setzte sich wieder. Randle starrte Preacher sekundenlang an. Als er schließlich zu sprechen begann, mischten sich in seiner Stimme Triumph und Entrüstung: »Dr. Talbot, wir sind im Besitz von gewissen Informationen, die es äußerst fragwürdig erscheinen lassen, ob Sie und Ihr Stellvertreter, Reverend Washington, noch weiter von Nutzen für diese Kirche sein können. Genauer gesagt: Wir besitzen Informationen, die uns davon überzeugt haben, daß Sie und Ihr ... Komplize dieser Kirche außerordentlichen Schaden zufügen würden, wenn Sie noch länger im Amt blieben. Informationen, die unsere Kirche vernichten würden, wenn sie der Öffentlichkeit bekannt werden sollten. Informationen, die alle bisherige Arbeit und all unsere Bemühungen, dem amerikanischen Volk das Wort Gottes zu bringen, unweigerlich zunichte machen würden, wenn sie in falsche Hände gerieten.«

Preachers Stimme war vollkommen ruhig.

»Ich nehme an, Sie können diese Informationen hier vorlegen?«

»Natürlich«, sagte Randle. Er öffnete seine Mappe und gab Ryker einen Bericht, den dieser zu Preacher hinüberschob, ohne auch nur auf das Deckblatt zu blicken.

Preacher schlug den Schnellhefter auf und fand den Namen einer bekannten Detektei. Der Bericht beschäftigte sich mit Reverend Joseph Washington alias Ali Elijah. Aus der kurzen Zusammenfassung ging hervor, daß Joe als Mitglied der Black Muslim-Bewegung verschiedene Gewalttaten begangen hatte, zeitweilig vom FBI gesucht worden war und in dieser Zeit mit einer gewissen Leah Turner zusammengelebt hatte, die ihm zwei Kinder geboren hatte. Seit einigen Jahren war er mit Beverly Lee verheiratet.

Preacher schlug den Bericht wieder zu. Er wußte genug. »Stammt das Material von jenen Leuten, die Joe heute morgen zusammengeschlagen und entführt haben und ihn illegal irgendwo festhalten?«

»Es wurde niemand entführt, Dr. Talbot«, sagte Randle. »Reverend Washington wurde nur für eine etwaige Überstellung an die Polizeibehörden in Gewahrsam genommen.«

»Und warum ist er der Polizei bisher nicht übergeben worden?«

»Weil ich die Betreffenden darauf hingewiesen habe, wie außerordentlich schädlich das für unsere Kirche wäre«, erwiderte Randle. »Seine Bewacher sind ehrliche christliche Bürger, die nicht einsehen, daß sie Tausende unglücklich machen sollen, nur weil einer, und sei er es auch in noch so verabscheuungswürdiger Weise wie dieser Joseph Washington, kriminell ist.«

»Ehrliche christliche Bürger«, höhnte Preacher sarkastisch. »Sie hatten wohl gar nichts damit zu tun, Mr. Randle?«

Randle gab keine Antwort. Er preßte die Lippen zusammen und starrte Preacher wütend an. Es schien, als ob er zu atmen aufgehört hätte.

»Darf ich Ihr Schweigen so deuten, daß Sie diese widerrechtlichen Maßnahmen veranlaßt haben?«

»Denk dir, was du willst«, erklärte Randle und zog einen weiteren Schriftsatz aus seiner Mappe. Wieder reichte Ryker ihn weiter.

Der vornehme grüne Einband zeigte, daß es sich um den Schriftsatz eines hochbezahlten Rechtsanwalts handeln mußte. TALBOT GEGEN TALBOT stand drauf. Die Scheidungsklage von Jane. Als Begründungen hatte der Rechtsanwalt wiederholte Fälle von Ehebruch, seelischer Grausamkeit und unmenschliche Behandlung aufgeführt. Preacher legte den Schriftsatz ungelesen beiseite. »Soviel ich sehe, ist dieser Schriftsatz bei keinem Gericht eingereicht worden. Außerdem hat meine Frau mir ausdrücklich versichert, daß sie momentan unter gar keinen Umständen die Scheidung einreichen werde.«

»Bis jetzt jedenfalls hatte sie das vor«, sagte Randle. »Aber sie wird es bestimmt tun, wenn sie das sieht, was ich Ihnen jetzt zeige.« Er zog eine Video-Kassette heraus. »Mrs. Lacey, vielleicht möchten Sie lieber hinausgehen? Ich kann Ihnen diese Perversionen wirklich nicht zumuten.«

»Das kommt gar nicht in Frage«, rief Mrs. Lacey entschlossen. »Ich gehöre zu den Gründungsmitgliedern unserer Stiftung, und ich glaube, es ist meine Pflicht, mich über alles zu informieren, auch wenn mich die Details vielleicht abstoßen mögen.«

Preacher blieb reglos. Er wußte, was nun kam. Randle hatte nicht nur sein Telefon abgehört, sondern auch eine Kamera in seinem Schlafzimmer einbauen lassen.

Ryker hatte das Videoband eingelegt, und als Randle nickte, setzte er das Gerät in Gang. Gleichzeitig erloschen die Lichter.

Erst flimmerten ein paar Zahlen, dann Farbflecken über den Bildschirm. Dann kam das Bild, allerdings sah man nicht mehr als zwei undeutliche Schatten, die sich im Dunkeln bewegten. Preacher fragte sich gerade, ob das schon alles sein sollte, als eine Frauenstimme ertönte. »Dein Schwanz fühlt sich unglaublich groß an. Ich ersticke ja fast. Komm, ich will dich unbedingt sehen.«

Im Schlafzimmer wurde es hell, und alles war nun deutlich zu sehen. Preacher kniete im Bett, sein nackter Rücken verdeckte das Gesicht der Frau, die vor ihm lag. Nur ihre in sein Gesäß vergrabenen Hände waren zu sehen. Plötzlich bewegte sie sich, drehte ihn um, so daß ihn die Kamera voll erfaßte, mit spitzen Fingern hielt sie sein erigiertes Glied hoch. Dann warf Kim Hickox sich auf den Rükken, spreizte die Beine und zog ihn auf sich herunter. Als er das erste Mal in sie hineinstieß, schloß sie die Augen.

»Ich glaube, das genügt«, sagte Randle. »Schalten Sie ab!«

Preacher blieb stumm. Kim hatte ihn bewußt bloßgestellt. Das konnte man schon daran erkennen, wie sie ihn herumgedreht hatte. Sie mußte gewußt haben, wo die Kamera war.

»Nun«, fragte Randle, »bist du immer noch sicher, daß deine Frau die Scheidung nicht einreichen wird? Ich glaube, wenn sie das gesehen hat, wird sie nie wieder mit dir zu tun haben wollen.«

»Ich kann nicht für Jane sprechen«, erwiderte Preacher. »Was mich allerdings interessieren würde: Was haben Sie Kim Hickox für diese Sache geboten?«

Randle gab keine Antwort.

»Ist sie auch eine ehrliche christliche Bürgerin, die nur ihre Pflicht tut? Hat sie sich für das Wohl der Gemeinde geopfert?« Er lachte verächtlich. »Man hat mich vor dieser Lady gewarnt. Wie es scheint, hat sie ihr Seelenheil nicht zum ersten Mal im Bett eines Pastors gesucht.«

»Wir wollen nicht zu streng mit dir sein«, sagte Randle. »Dazu liegt uns die Kirche viel zu sehr am Herzen. Deshalb verzichten wir darauf, daß du und Joseph Washington jetzt und hier euren Rücktritt bekanntgebt. Wir geben uns damit zufrieden, wenn ihr am Tag nach dem Kreuzzug zurücktretet. Das allerdings hätten wir gern heute schon schriftlich.«

»Und wenn ich nicht zurücktrete?«

»Dann erhält deine Frau das Videoband«, sagte Randle, »und der Nigger wird der Polizei übergeben.«

Preacher schwieg einen Augenblick. »Geht in Ordnung. Das ist mir egal. Tun Sie nur, was Sie nicht lassen können!«

Randle starrte ihn ungläubig an. »Talbot, du wirst diese Kirche zerstören!«

»Nein«, sagte Preacher. »Nicht ich. Das wollen Sie tun. Ich hätte mir von Anfang an denken können, daß Sie gar nicht an Gottes Wort interessiert sind, sondern nur an der Macht und dem Geld, die es Ihnen verschafft.«

»Einer von den Männern, die deinen Freund in Gewahrsam genommen haben, hat bei einem Bombenattentat der Black Muslims zwei Familienmitglieder verloren«, sagte Randle. »Die Frau deines Freundes kann froh sein, wenn er unversehrt den Polizeibehörden überstellt wird. Vielleicht sieht sie ihn auch niemals wieder.«

Preacher sah dem alten Mann in die Augen. »Sie sind ein eigenartiger Mensch, Jake. Erpressung, Mord, Totschlag. Das alles bedeutet Ihnen wohl gar nichts?«

»Mir geht es nur um die Kirche«, sagte Randle.

»Und was ist mit Ihrer Tochter?«

»Jane wollte dich heiraten. Ich hätte mir etwas anderes gewünscht«, sagte Randle. »Jetzt muß sie eben für ihre Sünden bezahlen.«

»Und für wessen Sünden werden Sie zahlen?« fragte

Preacher. »Für Ihre eigenen doch offenbar wohl nicht, oder?«

Randle gab keine Antwort.

»Ich werde am nächsten Sonntag in meiner Sendung ankündigen, daß ich mich bis zu unserem Kreuzzug zur Meditation und Erholung zurückziehe.«

»Das ist mir nur recht«, sagte Randle.

»Vielen Dank«, sagte Preacher ironisch.

»Bekommen wir Ihre Rücktrittserklärung?« fragte Randle.

»Ja«, sagte Preacher. Er erhob sich, ging quer durch den Raum zum Ausgang und machte die Tür auf. Dann drehte er sich noch einmal um. »Sie haben da eine hübsche kleine Telefongesellschaft, Mr. Randle. Was haben Sie hier eigentlich noch für Schweinereien installiert, über die Ihre Freunde nichts wissen?«

Randle zuckte die Achseln. »Wann dürfen wir mit dem Schreiben rechnen?«

»Sobald ich von Beverly höre, daß Joe heil und gesund bei ihr zu Hause am Tisch sitzt«, sagte Preacher und ging.

# Zwanzigstes Kapitel

Der grüne Buick bog etwas nördlich von San Diego auf einen Campingplatz am Pacific Coast Highway ein und fuhr die schmale, gepflasterte Straße zu dem großen schwarzsilbernen Wohnwagen hinunter, der auf einem Hügel über dem Strand geparkt war. Joe stieg als erster aus, einen Augenblick später folgten Beverly und Tarz.

»Das muß er sein«, sagte Joe. »Der einzige schwarz-silberne Wohnwagen weit und breit.«

»Warum klopfen wir nicht einfach an und sehen, wer rauskommt?« schlug Beverly vor.

Behutsam klopfte Joe an die Tür. Keine Antwort. Er klopfte noch einmal, etwas lauter.

Einen Augenblick später hörte man die gedämpfte Stimme einer Frau durch die Tür. »Ja, bitte? Wer ist da?«

»Hallo Charlie!« rief Joe. »Ich bin es, Joe. Mach auf!«

Die Tür flog auf, Charlie stürmte die Treppen hinunter und warf sich Joe an die Brust. »Ihr seid da!« lachte sie. »Ihr seid tatsächlich gekommen! Ach, was bin ich froh!«

»Hat euch Preacher denn nicht gesagt, daß wir kommen?«

»Das schon«, sagte Charlie. »Aber wir warten jetzt schon über eine Woche auf euch. Ich dachte, ihr kämt überhaupt nicht mehr.«

Joe zuckte die Achseln. »Es hat eine Weile gedauert, bis wir alles zusammenhatten, was Preacher verlangt hat.« Melanie erschien in der Tür, und Joe winkte ihr zu. »Hey, Baby«, rief er. »Gut siehst du aus.«

Melanie kam die Treppe herunter, und Joe umarmte sie, während Charly sich Beverly zuwandte. Einen Augenblick lang redeten alle durcheinander. Schließlich fragte Tarz: »Wo steckt eigentlich Preacher?«

»Am Strand«, sagte Melanie. »Er geht jeden Morgen hinunter und meditiert.«

»Geht es ihm gut?« fragte Beverly.

»Es geht ihm ganz ausgezeichnet«, sagte Charlie. »Kommt mal her. Ihr könnt euch selbst überzeugen.«

Sie gingen zur Abbruchkante des Hügels, und Charlie zeigte zu einem Felsen am Ufer hinunter. Preacher saß vollkommen still und starrte hinaus auf die Wellen.

»Er hat sein Haar wieder lang wachsen lassen«, sagte Beverly.

»Stimmt«, sagte Charlie. »Und einen Bart trägt er auch wieder. Er wirkt zehn Jahre jünger. Er ist wieder ganz so, wie wir ihn kannten.«

»Hat er sich über die Scheidung sehr aufgeregt?« fragte Beverly.

»Eigentlich nicht«, sagte Melanie. »Das ist ja auch schon ein paar Wochen her. Er war nicht sonderlich überrascht, als Jane es ihm mitteilte. Er meinte, es wäre wohl für alle Teile das Beste.«

»Es hat mich verblüfft, daß nichts in den Zeitungen stand«, sagte Charlie.

»Dafür hat der alte Randle gesorgt«, sagte Joe. »Er hat die Presse zurückgepfiffen.« Er deutete auf Preacher. »Wie lange bleibt er da unten?«

»Vielleicht noch eine halbe Stunde«, sagte Charlie. »Wenn du willst, kann ich ihn holen.«

»Nein«, sagte Joe. »Wir haben jetzt zwei Monate darauf gewartet, ihn zu sehen, da können wir die halbe Stunde auch noch erwarten.«

»Kommt doch mit in den Wagen, wir haben schönes kaltes Bier im Kühlschrank für euch«, sagte Charlie.

Im Inneren des Wohnwagens war es angenehm kühl, und das leise Summen der Klimaanlage wirkte irgendwie beruhigend. Joe nahm einen Schluck Bier. »Was habt ihr eigentlich in den letzten Wochen gemacht? Ihr habt ja aus den unmöglichsten Orten angerufen. Ich hatte den Eindruck, ihr wart jede Woche in einem anderen Staat.«

Melanie nippte an ihrem Eistee. »Wir haben jeden Tag irgendwelche Kirchen besucht. Preacher stand herum und hat mit den Leuten geredet. Das heißt, eigentlich hat er nicht viel gesagt, sondern mehr zugehört. Und am nächsten Tag ging es in einer anderen Stadt weiter.«

»Hat er denn gar nicht gepredigt?« fragte Tarz.

»Überhaupt nicht. Er sagte, er wolle endlich einmal tun, was ihm seine Mutter schon immer geraten hätte: mit den Leuten reden und zuhören, was sie ihm sagen.«

Beverly nickte. »Hör mal, Joe. Ich glaube, wir sollten ihm die Akten aus dem Kofferraum holen, ehe er wieder zurückkommt.«

Joe stand auf. »Hey, Tarz«, sagte er. »Komm mit und hilf mir. Du brauchst nicht alle Arbeit den Schwarzen zu überlassen.«

Tarz lachte, und die beiden Männer verließen den Wagen.

Beverly wandte sich noch einmal an die Mädchen. »Geht es Preacher auch wirklich gut?« fragte sie.

Melanie nickte. »Das schon. Er ist nur viel stiller geworden als früher, ganz nach innen gewandt. Ich habe manchmal den Eindruck, er redet mit jemand da drinnen.«

»Es ist richtig unheimlich«, fügte Charlie hinzu. »Man erzählt ihm was, und man denkt, er hört gar nicht zu. Aber dann sagt er was, und man merkt, er ist vollkommen da.«

»Die meiste Zeit liest er die Bibel«, sagte Melanie. »Er hat die Seiten so oft umgeblättert, daß sie schon ganz zerfleddert sind.«

Beverly schwieg einen Augenblick, dann sagte sie leise: »Die buddhistischen Priester sagen, jedes Wort hat tausend Bedeutungen, aber nur eine ist für dich richtig. Vielleicht ist es das, was er sucht: die Bedeutung, die richtig für ihn ist.«

Nach dem Essen hatten sich alle um den großen Tisch im hinteren Teil des Wagens versammelt. Preacher saß zwischen Joe und Beverly, während Tarz und die beiden Mädchen auf der anderen Bank saßen. Auf dem Tisch waren alle Unterlagen ausgebreitet, die Beverly mitgebracht hatte.

Beverly schlug den ersten Ordner auf. »Dieser Computerausdruck stammt vom fünfzehnten Juni. Danach konnten wir leider keine Informationen mehr kriegen.«

»Warum nicht?« fragte Preacher.

»Ich glaube, sie sind mißtrauisch geworden«, sagte Beverly. »Sie haben vermutlich geahnt, daß irgend jemand ihren Computer angezapft hatte, und haben den Suchcode geändert.«

»Gibt es irgendwelche Methoden, mit denen sie feststellen können, daß du sie angezapft hattest?« fragte Preacher.

Beverly schüttelte den Kopf. »Nein«, sagte sie. »Wir haben jedesmal den Standort gewechselt, wenn wir uns eingeschaltet haben, und der Computer speichert Anfragen nicht.«

Preacher nickte. »Kannst du uns die wichtigsten Sachen erzählen, ohne daß ich das ganze Ding lesen muß?«

»Sicher. Als erstes hat Randle dafür gesorgt, daß er selbst nichts verliert. Er hat Churchland für fünfundzwanzig Millionen der Kirche verkauft. Die Eigentumsübertragung und die Auszahlung des Geldes sollten Zug um Zug am dreißigsten Juni stattfinden.«

»Kein schlechter Preis für tausend Morgen unfruchtbare Prärie und ein paar Gebäude im Gesamtwert von sechs Millionen«, sagte Preacher ironisch.

»Fünfhundert Morgen«, korrigierte ihn Beverly. »Den Flugplatz und das Land dahinter hat er für sich behalten. Dafür muß Churchland jetzt jährlich zweihunderttausend Pacht zahlen.«

Preacher schwieg.

»Ungefähr acht Millionen Dollar wurden der Jake Randle Foundation zur Verteilung an verschiedene andere Gemeinden und politische Aktionsgruppen gespendet. Jeweils eine Million erhielten Mr. Craigs Gesellschaft für ein Besseres Amerika und der Christliche Frauenrat von Mrs. Lacey. Dr. Sorensen und Dr. Ryker erhielten neue Verträge, und ihre jährlichen Bezüge wurden kräftig erhöht. Mrs. Kim Hickox erhielt für besonderen Einsatz bei der Vorbereitung des Kreuzzugs eine Prämie von zweihundertfünfzigtausend Dollar.« Beverly unterbrach sich einen Augenblick, um einen Schluck Eistee zu trinken. Dann fuhr sie fort. »Bis zum fünfzehnten Juni sind insgesamt etwa sieben Millionen Dollar für die Sonderwerbung und die Sendezeit für den Kreuzzug gezahlt worden.«

»Wieviel Geld hat die Kirche denn noch in Reserve?«

»Zwischen sechs und sieben Millionen«, sagte Beverly. »Wenn man die jetzigen Einnahmen und Ausgaben hochrechnet, wird dieser Betrag bis zum Tag des Kreuzzugs auf die Hälfte geschrumpft sein, aber wenn die Vorhersagen stimmen, werden sie mehr als fünfundzwanzig Millionen daran verdienen.«

Preacher nahm den Computerausdruck und blätterte darin. »Jeder hat seinen Teil von der Beute gekriegt«, sagte er.

»Vielleicht«, sagte Joe. »Aber glücklich sind sie erst, wenn sie die Spenden vom Kreuzzug haben. Und außerdem weißt du zuviel. Sie sind sich ihres Fischzugs noch keineswegs sicher. Randle weiß ganz genau, daß du ihn mit einem Wort fertigmachen kannst. Er riskiert bestimmt nicht, daß du ihn verpfeifst.« Joe wandte sich um. »Erzähl doch mal, Tarz, was du neulich erlebt hast.«

»Vor einer Woche bin ich in Los Altos ins Kino gegangen und danach einen trinken. In der Bar war es ziemlich voll, aber ich fand einen freien Tisch, setzte mich hin und bestellte ein Bier. Plötzlich kommen zwei Typen und setzen sich zu mir. Man konnte auf den ersten Blick sehen, daß es Plattfüße waren. Sie warteten, bis mir das Mädchen mein Bier gebracht hatte, dann fingen sie an. ›Sie sind doch einer der stellvertretenden Prediger der Gottesgemeinde, oder?‹ ›Stimmt‹, habe ich gesagt. ›Sie sind doch ein alter Freund von Preacher? Haben Sie nicht kürzlich was von ihm gehört?‹ ›Nein‹, habe ich erwidert, ›seit er sich zurückgezogen hat, habe ich keinen Kontakt mehr mit ihm gehabt.‹

›Dieses Märchen glauben Sie doch selbst nicht!‹ ›Doch‹, habe ich erwidert, ›das wurde doch ganz offiziell bekanntgemacht.‹ ›Von wegen‹, sagt einer der Schnüffler, ›dieser Preacher ist mit dem ganzen Geld abgehauen.‹ ›Das kann doch nicht sein‹, habe ich gesagt und völlig schockiert getan. ›Das glaube ich ganz einfach nicht. So etwas würde Preacher nie und nimmer tun.‹

Daraufhin hat der Typ ganz tückisch geglotzt und gefragt, ob ich nicht zufällig wüßte, wo du dich aufhältst. ›Tut mir leid‹, habe ich gesagt. ›Ich habe keine Ahnung, wo Preacher überhaupt steckt.‹ Daraufhin sehen die beiden Typen sich an, und dann sagt der eine: ›Mr. Randle möchte mit Talbot reden und die Sache ohne Aufsehen beilegen. Er würde mit Rücksicht auf die Kirche einen Skandal gern vermeiden.‹ ›Das kann ich gut verstehen‹, habe ich geantwortet. Darauf nickt der Kerl und sagt: ›Mr. Randle zahlt zehntausend Dollar an jeden, der ihm mitteilt, wo wir Talbot erwischen.‹

Also, ich atme tief durch und trinke erstmal einen Schluck Bier. ›Das ist eine Menge Geld‹, habe ich gesagt. ›Naja‹, sagt der Typ, ›Mr. Randle macht sich halt Sorgen. Große Sorgen.‹ ›Habt ihr schon bei seiner Mutter in Fullerton nachgefragt?‹ erkundigte ich mich, denn ich wußte ja, daß du dort nicht warst. ›Wir bewachen das Haus rund um die Uhr‹, sagte der Kerl, ›und das Telefon hören wir auch ab. Selbst seine Ex-Frau wird überwacht, aber sie hat seit einem Monat nichts mehr von ihm gehört.‹ ›Dann weiß ich euch auch keinen Tip mehr‹, habe ich erklärt.

›Und wie sieht es denn mit diesem Nigger-Prediger aus, der überall in den Kirchen herumzieht‹, wollten die Typen wissen. ›Von dem weiß ich auch nicht viel, mit diesen Sachen hatte ich nie was zu tun.‹ Der Typ dachte einen Augenblick nach. Dann schob er mir seine Karte über den Tisch. ›Wenn Ihnen noch irgendwas einfällt oder falls Sie was von ihm hören, dann rufen Sie uns gleich an. Wenn wir ihn dann finden, kriegen Sie die zehntausend. Verlieren Sie die Karte nicht, sie ist gutes Geld wert.‹

›Die verlier ich bestimmt nicht‹, habe ich ihm versichert. Hier ist sie übrigens.«

Preacher musterte die Visitenkarte, die Tarz ihm gegeben hatte. Special Security Services Inc., Houston, Texas.

Die Telefonnummer begann mit der Ziffer 8, was bedeutete, daß alle Anrufe kostenlos waren.

»Das ist dieselbe Bande, die mich entführt hat«, sagte Joe.

Preacher nickte schweigend und steckte die Karte in seine Tasche. »Vielen Dank«, sagte er.

Tarz lächelte. »Wofür denn? Ich habe doch gar nichts getan.«

»Für deine Liebe und Sorge«, sagte Preacher. Er wandte sich Joe und Beverly zu. »Was macht denn die Übergabe der Kirche an unsere Tochtergemeinden?«

Joe lächelte. »Neunzig Prozent der Gemeinden haben das Geld eingezahlt und ihren Anteil erhalten. Der Rest kommt vermutlich in den nächsten vier Wochen. In den zehn Aktenordnern da drüben sind alle Verträge.«

»Fein«, sagte Preacher. »Und wie sieht es mit der Stiftung für die Kinder aus?«

»Das ist auch erledigt«, sagte Beverly und schob ihm einen großen braunen Umschlag zu. »Das ist die notariell beglaubigte, von der Bank bestätigte Stiftungsurkunde. Du brauchst nur noch deiner Ex-Frau die Abschrift zu schicken.«

Preacher gab ihr den Umschlag zurück. »Schick du sie ihr, Beverly. Per Einschreiben, einen Tag vor dem Kreuzzug.«

»Okay«, sagte sie.

»Ist die Klage der Tochtergemeinden gegen Randles Stiftungsrat vorbereitet?« fragte Preacher.

»Ja«, sagte Joe. »Als wir den Pfarrern die Anteile ausgehändigt haben, ließen wir uns gleich auch die entsprechende Vollmacht erteilen. Unsere Rechtsanwälte haben uns empfohlen, die Klage bei einem Bundesgericht in Kalifornien einzureichen, denn die Kirche der amerikanischen Christen ist eine Gesellschaft nach kalifornischem Recht, und in Texas hat Randle viel zuviel Einfluß. Er könnte die Sache zumindest verschleppen. Jetzt suchen wir gerade in San Diego den besten Richter für unseren Fall.«

Preacher nickte.

»Die Rechtsanwälte haben uns empfohlen, die Klage am Freitag vor dem Kreuzzug einzureichen und zugleich eine Einstweilige Verfügung zu beantragen, denn Labor Day ist ja ein Feiertag. Auf diese Weise werden der Kirche sofort alle Konten gesperrt, so daß Randle nicht an die Kollektengelder rankann.«

Preacher holte tief Atem. »Dann werdet ihr für mich vor Gericht gehen müssen, denn ich werde an dem Tag nicht in San Diego sein.«

Joe starrte ihn ungläubig an. »Wo willst du denn hin?«

»Ich gehe nach Churchland. Da gehöre ich hin«, sagte Preacher. »Ich werde schließlich immer noch in allen Ankündigungen genannt. Ich soll die Schlußpredigt halten.«

»Bist du verrückt?« fragte Joe. »Denkst du, nach allem, was Tarz dir gerade erzählt hat, die ließen dich lebend da rein?«

»Sie können mich nicht daran hindern«, sagte Preacher gelassen.

»Also, wenn du das wirklich tust, dann komme ich mit«, sagte Joe. »Und am besten nehmen wir gleich noch ein paar handfeste Brüder mit. Ich kann sie ja bitten, ein paar hübsche Überraschungen vorzubereiten. Am besten fangen wir gleich damit an.«

»Niemand geht mit«, sagte Preacher. »Ich werde nicht zulassen, daß wegen mir irgend jemand verletzt wird. Keiner von denen, die für mich, und keiner von denen, die gegen mich sind. Ich bin gegen das Töten.«

»Und du bist fest überzeugt, deine Feinde denken dasselbe, ja?« Joe war regelrecht wütend.

»Wenn nicht, dann tun sie mir leid«, sagte Preacher.

»Das nutzt dir auch nichts mehr, wenn du tot bist.«

Preacher nickte. In seiner Stimme lag eine Endgültigkeit, die sie noch niemals gehört hatten und die keine Widerrede mehr zuließ. »Das wußte auch Jesus, als er nach Jerusalem ging, und doch bedurfte es eines Pontius Pilatus, der den Befehl zu seiner Hinrichtung gab.« Er sah sich am Tisch um. »Macht euch keine Sorgen um mich, meine Kinder. Ich werde überleben, so wie unser Herr überlebt hat.«

# Einundzwanzigstes Kapitel

Das Schrillen des Telefons riß ihn erbarmungslos aus seinem Tiefschlaf. Die Digitaluhr auf dem Nachttisch zeigte 5 Uhr 55. Er gähnte und sah zum Fenster hinüber. Draußen war es noch dunkel. Die Dämmerung ließ auf sich warten. Er seufzte. Vor drei Stunden erst war er endlich ins Bett gekommen. Es kostete ihn eine Menge Überwindung, zum Hörer zu greifen. Seine Stimme klang müde und rauh. »Lincoln.«

»Abraham?«

Diesen blöden Scherz hatte er wirklich satt. Seit seiner Jugend litt er darunter. »Nein«, sagte er. »Marcus.«

Die flüsternde, weit entfernte Stimme kicherte. »Was ist los, Marcus? Hab ich Sie geweckt?«

Plötzlich war Lincoln hellwach. Er wußte, wer da am Apparat war. »Sind Sie –?«

Die Stimme schnitt ihm das Wort ab. »Keine Namen, bitte. Gehen Sie hinunter zur öffentlichen Telefonzelle vor Ihrer Tür. Ich werde in drei Minuten dort anrufen.«

»Okay«, sagte Lincoln.

Als das Telefon klingelte, stand er bereits in der Zelle. »Sind Sie das?« fragte er atemlos. »Wie geht es Ihnen denn?«

»Besser denn je.«

»Und wo sind Sie gewesen? Ich suche Sie überall.«

»Unterwegs. Ich habe gelernt, nachgedacht und gebetet.«

»Sie hätten mich anrufen sollen. Ich bin doch Ihr Freund«, sagte Lincoln.

»Ich weiß. Aber ich konnte wirklich nicht anrufen. Ich

war vollauf damit beschäftigt, den ganzen Mist zu vergessen. Lincoln, ich möchte Sie um einen Gefallen und ein paar Informationen bitten.«

»Was wollen Sie wissen?«

»Ist es technisch möglich, sämtliche Stiftmikrofone und drahtlosen Handmikros lahmzulegen und nur ein 24-Volt-Mikrofon im Bereich des Kreuzes offenzulassen?«

»Das läßt sich ohne weiteres bewerkstelligen.«

»Wie viele Kameras werden denn im Einsatz sein?«

»Zwanzig.«

»Und läßt es sich irgendwie machen, daß eine arretiert wird und starr auf das goldene Kreuz gerichtet bleibt, ohne daß die Möglichkeit besteht, auf eine der verbleibenden neunzehn Kameras umzuschalten?«

»Auch das ist kein Problem. Sie müssen mir nur sagen, auf welchen Bildausschnitt es Ihnen ankommt.«

»Haben Sie einen guten Mann an der Hand, der die Aufgabe übernehmen kann?«

»Das erledige ich besser selbst.«

»Fein. Halten Sie genau auf das Zentrum des Kreuzes, wo die Schiebetüren für die Scheinwerfer sind.«

»Ich verstehe.«

»Können Sie, wenn die Schiebetüren aufgehen und die Scheinwerferbühne ausgefahren wird, alle anderen Monitore abschalten?«

»Aber ja.«

»Fein, das wäre dann alles.«

»Hey, warten Sie mal! Wann soll die Sache denn losgehen?«

»Sobald Sie mich sehen.«

»Sie kommen doch hier gar nicht rein.«

»Warum denn nicht? Immerhin stehe ich nach wie vor auf dem Programm, oder nicht?«

»Ja, natürlich. Aber Sie wissen doch genausogut wie ich, daß Randles Leute auf gar keinen Fall zulassen werden, daß Sie vor die Kameras treten. Die haben statt Ihnen im Ablaufplan längst Sorensen vorgesehen.«

»Hoffentlich wird das keine Riesen-Enttäuschung für Randle.«

»Der Alte hat auf dem Gelände dreihundert Privatpolizisten ausschwärmen lassen, die jeden Quadratmeter hier kontrollieren. Von denen hat jeder Ihr Foto und sobald Sie sich irgendwo blicken lassen oder auch nur in der Nähe der Eingänge auftauchen, wird man Sie schnappen.«

»Die werden mich nie zu Gesicht kriegen.«

»Und ob! Bitte tun Sie mir den Gefallen, und versuchen Sie es besser gar nicht erst. Diese Kerle sind äußerst brutal, und sie haben den Befehl, Sie fertigzumachen.«

»Das ist wirklich dumm. Dann kann ich ja gar nicht mehr raus.«

»Was soll das heißen?«

»Ich bin schon seit drei Tagen drin.« Wieder hörte Lincoln das vertraute, freundliche Lachen. »Gott schütze Sie, Marcus.«

Die Leitung war tot. Zögernd verließ Lincoln die Telefonzelle. Im Osten war jetzt die erste Morgenröte zu sehen. Es würde ein herrlicher Tag werden.

Kurz vor Mittag, vier Stunden vor dem Beginn des Kreuzzugs, war das große Freilufttheater für zehntausend Zuschauer, das auf dem Platz vor dem Hauptgebäude aufgebaut worden war, bereits überfüllt. Sämtliche Parkplätze im weiten Umkreis waren besetzt, und auf jedem Fleckchen Rasen saßen zahllose Besucher. Es herrschte eine freundliche, festliche Atmosphäre. Die fliegenden Händler mit Popcorn, heißen Würstchen und kalten Getränken machten ein Bombengeschäft, und vor den Hunderten von Behelfstoiletten begannen sich Schlangen zu bilden. Aber selbst die Leute, die anstehen mußten, schienen nicht böse darüber zu sein, sondern lachten und scherzten.

Lincoln stand in dem eigens aufgebauten Regieturm, der das große Halbrund der Zuschauerbänke weit überragte. Unter ihm wogten die Menschenmassen. Auf dem Dach des Hauptgebäudes standen uniformierte Wächter mit Ferngläsern und Gewehren, und die spiegelnden Fensterscheiben der Büros zeigten Lincoln, daß über ihm auf dem Dach des Regieturms ebenfalls Bewaffnete patrouillierten.

Direkt vor der Kirche befand sich die Plattform der provisorischen Bühne, unter deren brandneuem blau-weiß-roten Leinwandbaldachin für die sechshundert Ehrengäste ausreichend Platz war. Lincoln blinzelte zu dem riesigen goldenen Kreuz hinauf, das zwischen den beiden Bürotüren hing. Die Schiebetüren der Scheinwerferbühne waren im gleißenden Sonnenlicht nicht zu erkennen. Lincoln starrte eine Weile hinauf, dann drehte er sich um und ging zurück ans Regiepult.

Er stellte die Kamera Eins an, die außen am Regieturm, unmittelbar unter den überhängenden gläsernen Wänden, angebracht war. Im Monitor beobachtete er den Schwenk auf die Mitte des goldenen Kreuzes, dann holte er mit der Gummilinse die Schiebetüren so nahe heran, daß sie das ganze Bild füllten. Er fixierte die Kamera in dieser Position, kontrollierte noch einmal den Ausschnitt und stellte den Monitor ab. Plötzlich war er sehr müde. Er ging in die winzige Einbautoilette und sah in den Spiegel. Seine Augen waren schmerzlich geweitet, und in seinem Inneren war eine schreckliche Trauer. Er verriegelte die Tür, holte das Kokainfläschchen aus der Tasche und nahm zwei mächtige Prisen. Dann schraubte er die Flasche wieder zu, faltete ungeschickt seine Hände und senkte den Kopf. »Bitte, lieber Gott, laß es nicht zu!« sagte er mit geschlossenen Augen.

Lincoln warf einen Blick auf die große Uhr im Regiepult. Sie hatten die Zeit genau eingehalten. Der Kreuzzug lief jetzt seit einer Stunde und vierundfünfzig Minuten, sechs Minuten noch bis zum Ende der Sendung, bis zum letzten Stichwort noch eine Minute. Soviel war jetzt schon sicher: Dies war der größte Gottesdienst aller Zeiten gewesen. Die Fernschreiber in der Sendezentrale tickten ununterbrochen, und alle Berichte sprachen von einem Riesenerfolg. Es schien, als ob Amerika endlich von der Liebe Gottes berührt worden sei. Preachers großer Traum war Wirklichkeit geworden.

Lincoln stellte sich neben den Bildregisseur. »Ich werde den Rest übernehmen«, sagte er. »Sie sind doch sicher ganz groggy.«

Der Mann nickte. »Danke. Ich bin wirklich hinüber. Außerdem muß ich unbedingt pinkeln, sonst platzt meine Blase.«

Lincoln stülpte die Kopfhörer über. »Kamera Sieben bitte eine Großaufnahme von Randle«, sagte er ins Regiemikrofon. »Das ist der Mann mit der Sonnenbrille und dem weißen Anzug, gleich links neben der Kanzel.« Sofort erschien Randle auf einem der Monitore, hinter ihm die bullige Gestalt seines Leibwächters. Randle schien düster zu Boden zu starren, sein Augenausdruck war hinter der Brille nicht zu erkennen. Er schien sich nicht im geringsten für die Ereignisse auf der Bühne zu interessieren. Soeben war der Ansager wieder aus der Kulisse getreten.

Lincoln warf einen Blick auf die Uhr. Noch dreißig Sekunden. Der Ansager war pünktlich. Als er auf dem Bildschirm erschien, begann das riesige, lächelnde Gesicht eines bekannten Evangelisten aus Kalifornien auf der gigantischen Projektionsleinwand hinter ihm zu verblassen.

Lincoln schaute auf den Monitor hinüber, der ihm das Bild von Kamera Eins mit dem goldenen Kreuz lieferte. Der Ansager war jetzt auf Sendung. Mit geschulter Stimme vermeldete er: »Der Mann, dessen Glaubenseifer uns alle zu diesem großen Kreuzzug geführt hat, der Oberhirte der Kirche der amerikanischen Christen, Dr. C. Andrew Talbot ist lei –«

Lincoln legte blitzschnell einen Schalter um und schnitt damit dem Sprecher das Wort ab. Einen Augenblick blieb alles dunkel, dann tauchte auf Lincolns Bildschirm das goldene Kreuz auf. Die Schiebetüren öffneten sich, und die Scheinwerferbühne glitt aus dem Inneren des Kreuzes heraus. Die Scheinwerfer waren auf ein zwei Meter hohes Holzkreuz montiert, das die Kabel und Reflektoren verdeckte. Ein Mann in einem weißen Gewand, das lose bis auf die nackten Füße herabfiel und nur durch einen weißen Strick zusammengehalten wurde, trat aus dem Schatten und bewegte sich langsam zur Mitte der Plattform. Nur beiläufig stützte er sich auf das Geländer.

Ungläubig starrte Lincoln auf seinen Bildschirm. Die Haare des Mannes waren mehr als schulterlang, sein Bart verdeckte den unteren Teil des Gesichts. Er stand einen Augenblick still und sah auf die Menge hinunter. Erst als er die mächtige Stimme hörte, war Lincoln sicher, daß wirklich Preacher da oben im Kreuz stand. Er betätigte erneut einen Schaltknopf. Nun war Preacher auch auf der großen Leinwand zu sehen, und die angeschlossenen Sender trugen sein Bild hinaus in alle Städte des Landes.

»Brüder und Schwestern in Christi –«, dröhnte seine Stimme aus den Lautsprechern, dann wurde er von dem gewaltigen Begeisterungsschrei übertönt, mit dem ihn die Menge begrüßte.

Aus Lincolns Kopfhörern kam das hektische Schreien des Sendeleiters. »Was macht ihr da oben? Haltet euch gefälligst ans Drehbuch! Dr. Sorensen steht auf der Kanzel und wartet!«

Lincoln warf einen Blick auf den Bühnen-Monitor. Randle war aufgesprungen, blickte mit offenem Mund zur Leinwand hinauf und rief seinen Leibwächter. Dann drängte er sich zur Kanzel durch und fuchtelte wild mit den Armen. Offenbar wollte er Sorensen dazu bringen, mit seiner Predigt zu beginnen. Aber der Pastor starrte entsetzt in die Menge und brachte kein Wort heraus.

»Geschieht dir recht, Jake«, murmelte Lincoln.

Preacher hob seine Hände, und die Menge verstummte. Überall sanken Männer und Frauen in die Knie, um zu beten. Manche Gläubige wurden von ihren Gefühlen überwältigt und weinten, andere wurden ohnmächtig und mußten von Helfern versorgt werden. Erneut dröhnte Preachers Stimme über die Lautsprecher.

»Ich bin heute nicht hierhergekommen, um euch zu sagen, daß ihr Gott lieben sollt. Das tut ihr seit langem. Ich bin auch nicht gekommen, um euch zu sagen, daß er euch liebt, denn das wißt ihr. Ich will euch statt dessen von Judas erzählen. Nicht von dem armseligen Judas, der für dreißig Silberlinge unseren Herrn und Erlöser verriet, sondern von den Hunderten von Judassen, die unseren Glauben an Jesus so schändlich benutzen, um euch und ihn zu betrügen.

Ihr vertraut diesen Männern. Sie versprechen, euch in den Himmel zu führen, sie bitten um Almosen. Aber in Wirklichkeit benutzen sie eure Spenden, um sich zu bereichern und Macht zu gewinnen. Ich kenne diese Männer, denn ich war einmal einer von ihnen.

In den vergangenen Monaten bin ich bei euch in den Kirchen gewesen. Ich habe viel von euren Schmerzen, Sorgen und Kämpfen, aber auch von euren Träumen gehört. Und dabei habe ich erfahren, daß ich mich nicht nur an Gott, sondern auch an euch, meinen Brüdern und Schwestern, versündigt habe. So habe ich doppelt gesündigt, und ich bete zu unserem Herrn Jesus Christus, daß er mir seine Gnade zuteil werden läßt.

Die Kirche der amerikanischen Christen, wie alle anderen, wurde auf der Grundlage jener zahllosen Dollars errichtet, die ihr uns geschickt habt, um Gott eure Liebe zu zeigen. Und was haben wir mit dem Geld getan? Wir haben uns Luxuswagen und Flugzeuge, große Häuser, elegante Anzüge gekauft und als Schlemmer gelebt. Wir hatten all diese Dinge. Ihr hattet sie nicht. Obwohl es doch euer Geld gewesen ist, mit dem alles bezahlt wurde. Aber wir waren damit noch nicht zufrieden, wir wollten unsterblich werden, wir bauten uns Denkmäler in Form von Krankenhäusern und Schulen, Kirchen und Kathedralen. Und wenn für diese Dinge alles Geld draufgegangen war, baten wir euch, neues zu schicken. Wir verkauften euch symbolisch die Grundstücke unserer Kirchen. Wir forderten, ihr solltet genausoviel spenden wie irgendwelche Millionäre, von denen wir in Wirklichkeit nie einen Pfennig oder nur einen Bruchteil dessen erhielten, was sie angeblich zur Verfügung gestellt hatten. Wir erwarteten, daß ihr unsere Fernseh- und Rundfunkprogramme finanziert, die dazu dienten, uns noch bekannter zu machen. Wir haben so getan, als könnten wir Glauben, Vergebung der Sünden und Liebe verkaufen, aber das meiste Geld benutzten wir, um euch zu überreden, noch mehr Geld zu schicken.

Aber es gab noch Schlimmeres. Wir benutzten euer Geld, um Macht und Einfluß zu gewinnen. Wir schmierten Politiker, die uns die Möglichkeit einräumten, euch zu beherrschen, euer Bewußtsein und euer Leben zu lenken. Wir haben Politiker ans Ruder gebracht, die dafür sorgen, daß man euch den Lohn kürzen und eure Arbeitsplätze wegnehmen kann, die den Bau von immer neuen umweltvernichtenden Freeways, Atomkraftwerken und Chemiefabriken fördern, damit ihre Freunde Profit machen können. Wir haben Politikern zu Macht verholfen, die nicht verhindern, daß Schulen verkommen, die Lehrer auf der Straße stehen und nur noch die Kinder der Reichen studieren können. Wir haben mit dazu beigetragen, daß ihr im Krankheitsfalle nur schlecht versorgt seid und euch die Renten gekürzt werden. Wir haben euer Geld Männern gegeben, die euch und euren Mitbürgern die Menschenrechte verweigern wollen, die gegen die Gleichberechtigung der Geschlechter, Rassen und Konfessionen kämpfen, die zum Haß gegen die Mitbürger anderer Hautfarben aufrufen. Wir haben die Spenden, die ihr uns aus Liebe geschickt habt, Politikern zugeschoben, die Milliarden von Dollars für Raketen und Rüstung vergeuden und uns erzählen, wir müßten den Gürtel enger schnallen, damit kein Haushaltsdefizit entstünde, während sie der Bedrohung durch den Kommunismus begegnen.

All diese Dinge haben wir im Namen des Herrn geduldet, abgesegnet und mit eurem Geld unterstützt, um unsere eigene Macht und unsere Stellung in dieser Gesellschaft zu sichern. Sind wir deshalb nicht genauso schlimm wie die machtgierigen Bürokraten des Ostblocks, die im Namen des Kommunismus ihr Volk unterdrücken? Jene Männer, über die wir uns täglich empören?

Hier in meiner Hand halte ich ein Stück Papier voll Informationen, das der Computer dieser Kirche ausgedruckt hat. Daraus geht hervor, daß wir eure Kollekten, das Geld, das ihr Gott geben wolltet, benutzt haben, um das Land zu kaufen, auf dem ihr jetzt steht. Wir haben fünfundzwanzig Millionen Dollar dafür bezahlt, obwohl dasselbe Grundstück und alle Gebäude darauf vor sechs Jahren nicht mehr als fünf Millionen gekostet haben. Weitere zehn Millionen sind politischen Zecken zugute gekommen, die euch schaden. Sie sind in sogenannte Erziehungsprogramme gesteckt worden, die dafür sorgen, daß die Privilegien gewisser, angeblich christlicher Herrschaften nicht von sozialen Forderungen bedroht werden, daß rassische und religiöse Minderheiten unterdrückt und freie Menschen in der Entfaltung ihrer Sexualität eingeschränkt werden.

Aber unsere größte Sünde ist bei alledem gar nicht bemerkt worden, obwohl sie gewiß die häufigste ist. Jeden Tag halten Fernsehkirchen wie die unsere euch davon ab, in die Gotteshäuser eurer Gemeinde zu gehen. Statt dessen locken wir euch an den Fernseher und setzen euch ein elektronisches Bild vor und heißen euch beten! Aber Gott hat befohlen: ›Du sollst dir kein Bildnis machen und anbeten‹.

Wegen all dieser Vergehen, derer ich mich schuldig gemacht habe, habe ich in eurem Namen zugunsten der Tochtergemeinden, den rechtmäßigen Eigentümern dieser Kirche, vor drei Tagen bei einem Bundesgericht in San Diego beantragt, die Kirche und ihr gesamtes Vermögen einem Zwangsverwalter zu unterstellen. Dadurch soll genau herausgefunden werden, welche Summen veruntreut und unterschlagen worden sind und wer sich daran bereichert hat. Ich habe soeben erfahren, daß meinem Antrag stattgegeben und ein Zwangsverwalter eingesetzt worden ist. Damit ist allem weiteren Mißbrauch ein Riegel vorgeschoben, und die Tochtergemeinden werden in den Besitz all des Geldes gelangen, das ihr uns geschenkt habt. Ich selbst werde mich einem Verfahren stellen, bei dem über meine Schuld oder Mitschuld befunden werden kann.«

Preacher unterbrach sich für einen Moment. Totenstille herrschte auf den Tribünen. Kein Laut war in der Menge zu hören. Der Schock saß zu tief. Preacher faltete auf dem Geländer die Hände.

»Liebe Brüder und Schwestern, wir wollen den Herrn bitten, uns zu vergeben!«

Lincoln schaltete die Publikumsmikrofone ein, um das

Gebet der Gläubigen mit in der Sendung zu haben. Doch statt dessen kam ein wütendes Kreischen über die Lautsprecher. Die Bühnenkamera fing Randle ein, der in rasender Wut auf seinen Leibwächter und den Chef der Privatpolizisten einbrüllte. »Es ist mir ganz gleich, was ihr denkt! Legt den Hundesohn endlich um!«

Schüsse peitschten über die Köpfe der Menge. Entsetzt starrte Lincoln auf den Monitor. Die erste Kugel riß Preacher seitlich die Brust auf, während die zweite seine betenden Hände durchschlug, als sein Körper zur Seite flog. Haltsuchend griff er nach dem Scheinwerferkreuz, als ein drittes Geschoß seine Füße traf. Das Kreuz, das der Sterbende eisern umklammert hielt, löste sich aus der Befestigung, und Preacher stürzte über die Brüstung. Sein Körper überschlug sich in der Luft und landete ausgestreckt auf dem Kreuz.

Instinktiv richtete Lincoln die Kamera auf den Gestürzten, und im selben Augenblick brach hinter den Türmen der Kirche die Sonne hervor und tauchte Preachers leblosen Körper in strahlendes Licht. Ein schmerzliches Stöhnen entrang sich der Menge beim Erscheinen dieses Bildes auf der überdimensionalen Leinwand. Viele knieten sich hin, und in ihre Gebete mischten sich Tränen.

Lincoln starrte hinunter wie hypnotisiert. Hände und Füße des Toten waren durchbohrt, und in seiner Seite klaffte eine blutige Wunde. Lincoln holte Preachers Gesicht mit der Kamera ganz nahe heran, und plötzlich würgte ein Schluchzen ihn in der Kehle, und Tränen liefen ihm über die Wangen.

Preachers Gesicht war gelassen und friedlich – und so voller Liebe wie nie zuvor.

*9 Denn die da reich werden wollen, die fallen in Versuchung und
Stricke und viel törichte und schädliche Lüste, welche die Men-
schen versinken lassen in Verderben und Verdammnis. 10 Denn
Habsucht ist eine Wurzel alles Übels; wie etliche gelüstet hat und
sind vom Glauben abgeirrt und machen sich selbst viel Schmerzen.
11 Aber du, Gottesmensch, fliehe solches! Jage aber nach der Ge-
rechtigkeit, der Gottesfurcht, dem Glauben, der Liebe, der Geduld,
der Sanftmut; 12 kämpfe den guten Kampf des Glaubens; ergreife
das ewige Leben, dazu du berufen bist und bekannt hast das gute
Bekenntnis vor vielen Zeugen. 13 Ich gebiete dir vor Gott, der alle
Dinge lebendig macht, und vor Christus Jesus, der unter Pontius
Pilatus bezeugt hat das gute Bekenntnis, 14 daß du haltest das
Gebot unbefleckt, untadelig, bis auf die Erscheinung unsers Herrn
Jesus Christus, 15 welche uns wird zeigen zu seiner Zeit der Selige
und allein Gewaltige, der König aller Könige und Herr aller
Herrn, 16 der allein Unsterblichkeit hat, der da wohnt in einem
Licht, da niemand zukommen kann, welchen kein Mensch gesehen
hat noch sehen kann. Dem sei Ehre und ewiges Reich! Amen.*

*Der erste Brief des Paulus an Thimotheus, Kap. 6*